Charme Fatale

D1721605

Widmung

Ich möchte dieses Buch allen 4-1-9-Opfern widmen und hoffe darauf, dass sich dadurch etwas positives bewegen wird und Menschen in Zukunft mehr vor dieser Art von Internetkriminalität geschützt werden. Außerdem widme ich dieses Buch, den Menschen, welche ich von Herzen liebe. Ihr wisst, wer ihr seid.

Wichtig ist es, zu erkennen, dass ich selbst Einfluss habe auf die Realität, die ich erfahre.

Tarab Tulku Rinpoche

Wenn man alles, was einem begegnet, als Möglichkeit zu innerem Wachstum ansieht, gewinnt man innere Stärke.

Milarepa

All I need is NOT a MAN but a GENTLEMAN

Jasmine Buchner

Jasmine Buchner

Charme Fatale

Bibliografische Information der Deutschen Nationalbibliothek
Die Deutsche Nationalbibliothek verzeichnet diese Publikation in der Deutschen Nationalbibliografie; detaillierte bibliografische Daten sind im Internet über http://dnb.dnb.de abrufbar.

1. Auflage 2014
Satz, Herstellung und Verlag: BoD – Books on Demand
ISBN 978-3-7357-0832-8
Grafik/Cover Layout: Jasmine Buchner
Copyright: Jasmine Buchner

JASMINE BUCHNER

Vita

Die am 29.08.1978 in München geborene deutsch-österreichische Romanautorin, Übersetzerin und Fotografin JASMINE BUCHNER hat im zarten Alter von 7 mit der Fotografie begonnen und mit 16 an ihrem ersten Roman geschrieben, den sie mit 20 veröffentlichte. Dieser wurde sowohl auf der Frankfurter Buchmesse 2001 als auch der New Yorker Buchmesse 2002 unter einem Pseudonym präsentiert. Anfang Zwanzig gewann Jasmine einen Poesie-Wettbewerb mit ihrem Gedicht „Kindheit". Dieses Gedicht schaffte es in einen deutschen Gedichteband, welcher die besten Gedichte des 21. Jahrhunderts umfasste. Ein Höhepunkt in Jasmines literarischer Laufbahn. Schon immer getrieben von einem unglaublich großen Ehrgeiz, schaffte es Jasmine in ihren Zwanzigern auch auf dem britischen Buchmarkt Fuß zu fassen. Zwischen 2009 bis 2010 brachte sie unter einem weiteren Pseudonym ein Fotobuch über London als auch New York heraus sowie einen Roman. Zudem erschien ein Kinderbilderbuch in englischer Sprache. Dieses illustrierte sie auch selbst. Buchsignierungen und Lesungen folgten in diversen Buchhandlungen wie im Hugendubel Book Shop in München oder im British Book Shop in Wien als auch anderen Buchhandlungen. Nach einer turbulenten künstlerischen Zeit in den Zwanzigern mit vielen Höhen und Tiefen ist Jasmine nun in ihren Dreißigern literarisch angekommen. Mit CHARME FATALE möchte Jasmine einen Psychothriller herausbringen, dessen Thematik sie selbst erlebt hat und welcher Weltpremiere feiert, da es dieses Thema noch nie zuvor in Buchform als Roman zu lesen gab. Im Herbst 2014 wird er zudem in den USA, England, Kanada und Australien erhältlich sein. 2015 wird er auf der Pariser Buchmesse der Presse und dem Publikum in französischer Sprache vorgestellt werden. Weitere Sprachversionen wie Italienisch und Spanisch sind in Planung. Durch einen unermüdlichen Willen und harter Arbeit hat sich Jasmine innerhalb der letzten Jahre weltweit eine treue Fangemeinde im Literatur- und Fotografiebereich aufbauen können. So vor allem in den USA, Deutschland, England, Spanien, Frankreich und Italien.

Während sich Jasmine unermüdlich um den Aufbau ihrer Künstlerkarriere seit 1999 kümmerte, war sie tagsüber in ihrem Hauptberuf als Fremdsprachenkorrespondentin tätig und studierte neben ihrem Beruf und ihrer freiberuflichen Tätigkeit als Romanautorin, Übersetzen (Englisch) an einer deutschen Fernhochschule von 2006 bis 2009. Von 2011 bis 2014 entschied sie sich ein weiteres Mal zu einem Studium - als Medienbetriebswirtin, um als Künstlerin auch unternehmerisch fit zu sein. Seit 2014 bildet sich Jasmine zudem als Sozialmanagerin an einer Fernhochschule aus beruflichen Gründen weiter. Die Marketingkonzepte für ihre Bücher kann die ausgebildete Medienbetriebswirtin nun größtenteils selbst erstellen, arbeitet aber auch mit anderen Fachleuten und PR-Agenturen dieser Branche weltweit zusammen.

Durch ihre jahrelange Erfahrung in der Literaturbranche konnte sie sich seit 1999 bisher viele nutzvolle Kontakte im Ausland, so vor allem in England oder den USA aufbauen, als auch im deutschsprachigen Raum, Frankreich, Italien und Spanien. Zudem ist sie für ihre Buchprojekte grafisch selbst tätig, wie beim Cover ihres Psychothrillers CHARME FATALE.

Im Frühsommer 2015 erscheint ein Fotobuch von Jasmine, da ihre Fotografien bei ihren Fans weltweit äußerst beliebt sind und diese schon des öfteren nach einem Fotobuch nachgefragt haben. Weitere Buchprojekte, so auch ein neuer Roman, sind in Planung.

Jasmines große Leidenschaften neben der Literatur und Fotografie sind vor allem Fremdsprachen und fremde Kulturen, Musik und Pferde. Neben ihrer Muttersprache Deutsch und fließendem Englisch, kann sie zudem Grundkenntnisse in Französisch, Italienisch und Spanisch vorweisen.

Doch auch die Musik spielte in Jasmines Leben durch ihre Wiener Künstlerfamilie väterlichseits als auch vor allem durch ihre Eltern schon sehr früh eine große Rolle. So brachte sie die große Passion für die Musik dazu in jungen Jahren mit dem Gesang im Schulchor anzufangen. Seit ihrem 14. Lebensjahr spielt sie Klavier im klassischen Bereich. Dass die Musik einen wichtigen Teil in Jasmines Leben einnimmt, spiegelt sich vor allem in ihren Romanen wider. Jedes Musikstück, welches in ihren Romanen vorkommt, hat seine eigene Vorgeschichte in Jasmines Leben. Musik ist zudem eine große Inspirationsquelle, ohne die Jasmine nicht kreativ sein könnte wie sie wollte.

Als Hobbysportlerin ist Jasmine sowohl im Dressurreiten als auch im Schwimmsport aktiv.

Von 2002 bis 2004 ließ sich Jasmine als Tierpsychologin und Tierheilpraktikerin ausbilden, um dies neben ihrer Haupttätigkeit ausüben zu können. So hat sie für einige Zeit in diesem Bereich freiberuflich gearbeitet und auf diese Weise vielen Hunden und Katzen psychologisch helfen können. Auch das Interesse der Münchner Presse als auch von Tierzeitschriften hatte sie geweckt, da zu diesem Zeitpunkt das Thema Tierpsychologie noch eine Neuheit in Deutschland war. Sogar eine Tierpsychologiesendung auf einem bekannten deutschen TV-Sender ist auf Jasmine aufmerksam geworden und wollte sie für ihre Sendung gewinnen. Zudem hat Jasmine in der Tierpsychologie auch als Dozentin Erfahrungen sammeln können.

Jasmine engagiert sich sehr für Tierrechte wie z.B. Gut Aiderbichl oder PETA.

Doch auch Menschenrechte liegen ihr sehr am Herzen, hier insbesondere Kinder. Seit Jahren engagiert sie sich deshalb für die Schwächeren unserer Gesellschaft durch Organisationen wie Amnesty International oder UNICEF.

Als freiberufliche Romanautorin sowie Fotografin arbeiten zu können, ist für Jasmine ein schon langersehnter Wunsch in Erfüllung gegangen. Dies jedoch sogar hauptberuflich machen zu können, ist ihr Ziel für die Zukunft.

Mehr Information zu JASMINE finden Sie unter:
www.jasminebuchnerwriterfansite.com
www.facebook.com/jasminebuchnerwriter

Danksagung

Ich möchte all den Menschen, die ich von ganzem Herzen liebe, hier ausdrücklich dafür danken, in dieser schweren Zeit nach dem 4-1-9-Vorfall für mich bedingungslos dagewesen zu sein und mich seelisch aufgefangen zu haben. Danke, dass ihr an mich und mein Buchprojekt geglaubt sowie mir mit Rat und Tat zur Seite gestanden habt!

Auch möchte ich meinen engsten Freunden dafür danken, sich so intensiv mit dieser Materie befasst zu haben und mir damit unglaublich geholfen zu haben, aus dem Buch das zu machen, worauf ich unendlich stolz bin. Ich möchte vielen anderen Menschen damit Trost spenden und die Leute davor bewahren, den 4-1-9-Albtraum selbst erleben zu müssen.

Vorwort

Wenn Sie diese Geschichte lesen, können Sie hautnah miterleben, was es heißt, ein *Internet-Love-Scamming*-Opfer zu werden und wie sich dadurch ein normales Leben in einen Albtraum verwandelt. Da ich selber auf solche betrügerischen Machenschaften hereingefallen bin, ist es mir ein besonderes Anliegen, auf dieses Thema aufmerksam zu machen. Dieser Roman mit autobiographischen Zügen soll über *Internet-Love-Scamming* aufklären, damit anderen Frauen und Männern solche schlimmen Erlebnisse erspart bleiben, aber auch all die Vorurteile, die man den Opfern gegenüber hegt, abgeschafft werden. Das Bestreben eines jeden Schriftstellers ist es, mit all seinen Sinnen in eine Geschichte einzutauchen. Es dauert, bis ein Buch vollendet ist, und auch dann, wenn es perfekt scheint, tauchen immer wieder Zweifel auf. Besonders aber, wenn man die Geschehnisse selbst erlebt hat, wie ich, und möchte, dass der Leser versteht, wie tragisch dieses Thema ist, welches jeden Tag neue Opfer fordert. Mein Ziel ist es, dieses Thema „gesellschaftsfähig" zu machen, und durch öffentliche Diskussionen die Bevölkerung dafür zu sensibilisieren, im Falle einer angehenden „4-1-9"-Attacke erst gar kein Opfer zu werden. Man soll zudem Dinge erfahren, die man bisher so noch nie gehört hat, und dadurch die ganze Thematik von Grund auf verstehen lernen. Es macht einen riesigen Unterschied, über Love-Scamming zu lesen, wenn es als Roman aufbereitet ist, als wenn man nur einen Zeitungsartikel liest oder irgendwelche lächerlichen Blog-Kommentare. Nur durch eine Geschichte, die von Anfang bis zum Ende erzählt wird, wie man ein Love-Scamming-Opfer wird, kann man nachvollziehen, welch krimineller Akt dadurch begangen wird. Deswegen dieses Buch! Es soll ein für allemal klarstellen, was „4-1-9" wirklich ist. Es fiel mir lange Zeit sehr schwer, an diesem Buch zu arbeiten. Doch dann begriff ich, dass es nicht nur für mich wichtig war, diese Dinge aufzuschreiben, sondern auch für all die Menschen, die diese Hölle ebenso durchleben mussten, denn diese Geschichte ist kein Einzelfall. Tag für Tag werden Menschen auf ähnliche Weise um ihr Geld gebracht – weltweit! Das Internet macht dies möglich. Durch das Schreiben wuchs ich innerlich und konnte mich befreien. Es ist fast eine Ironie des Schicksals, dass ich heute stärker bin als je zuvor – sowohl als Schriftstellerin als auch als Frau. Wenn ich außerdem dazu beitragen kann, andere davor zu bewahren, auf solche Betrüger hereinzufallen, dann habe ich das erreicht, was ich wollte. Das Thema „4-1-9" wird mich mein Leben lang begleiten. Ich habe lange recherchiert, bevor ich damit angefangen habe, diesen Roman zu schreiben. Es selbst erlebt zu haben, bedeutet nicht zwangsläufig, alles darüber zu wissen. Während meiner Recherche schwoll die Wut auf meinen Betrüger immer mehr an. Hier erkannte ich zum ersten Mal, wie schlimm „4-1-9" wirklich ist. Allein der finanzielle Schaden, der jährlich weltweit mit mehreren hundert Millionen Dollar zu beziffern ist, schockierte mich. Mir wurde schnell klar: Hier muss rasch etwas unternommen werden! Ich kann natürlich durch mein Buch „4-1-9"-Betrug nicht verhindern, aber ich kann durch das Erzählen meiner wahren Geschichte wesentlich dazu beitragen, dass es eine bessere Aufklärung gibt, damit die Menschen sich ernsthafter mit diesem Phänomen auseinandersetzen – so geschieht es bereits in den amerikanischen oder britischen Medien sowie durch offiziell anerkannte Hilfsorganisationen für „4-1-9"-Opfer in diesen Ländern. Im deutschen Sprachraum hingegen gibt es bisher weder professionelle Hilfe für Opfer, noch sorgen die Medien hierzulande wirklich dafür, dass dieses Thema verstanden wird. Stattdessen wird bis heute viel zu sehr um den heißen Brei herumgeredet oder zu einseitig darüber diskutiert. Vor allem, weil „4-1-9"-Opfer stets als naiv und dumm dargestellt werden, was einen unsäglichen Groll in mir auslöst. „4-1-9" stellt einen alten nigerianischen Kodex des Strafgesetzbuches für Diebstahl unter falschen Angaben dar. Da ich dieses Buch so authentisch wie möglich halten wollte, musste ich Nigeria zu meinem Hauptthema machen, möchte hier aber ausdrücklich betonen, dass kein bestimmtes Land verurteilt werden soll. Basil Udotai von der nigerianischen *Cybercrime Working Group* der Regierung sagte, dass „4-1-9"-Betrug einen ganz kleinen Teil der nigerianischen Computerkriminalität ausmache; es würde von den Behörden ernst genommen werden, weil es dem Ansehen ihres Landes sehr schade. „Die nigerianische Regierung sitzt nicht einfach nur tatenlos herum", kommentiert er. „Es ist immens wichtig, dass die internationale Gemeinschaft weiß, dass Nigeria das Thema „4-1-9" nicht nur flüchtig abhandelt. Wir stellen Richtlinien zusammen, welche alle Arten von Internetkriminalität behandeln und geben der Vollzugsbehörde Möglichkeiten, um diese zu bekämpfen."

Dieses Buch ist eine Botschaft an die Welt, wie Liebe auf kriminelle Weise ausgenutzt werden kann – durch das Internet. Sie werden erfahren, mit welch kaltherziger Brutalität diese Betrüger vorgehen und Menschen Leid zufügen – berechnend und rücksichtslos. Schuldgefühle sind diesen Männern fremd, ihre Gedanken werden beherrscht von der Gier nach Geld und Reichtum.

Menschen, die so herzlos handeln, haben kein Gewissen. So habe ich es erleben müssen.

Dieses Buch ist trotz des ganzen Schmerzes, den ich mit dieser Geschichte nochmals durchleben musste, gleichzeitig auch eine Liebeserklärung an die Stadt Paris, welche zu meinem künstlerischen Exil in dieser schlimmen Zeit geworden ist.

Wann immer ich die Sehnsucht nach Paris verspüre, finde ich meinen Weg dorthin. Es war Liebe auf den ersten Blick oder wie der Franzose sagen würde: „C'était un coup de foudre."

Trotz all dem, was mir widerfahren ist, ich werde die Hoffnung nicht aufgeben, die wahre Liebe noch zu finden, oder wie es BONO von meiner Lieblings-Rockgruppe U2 in einem Lied treffend sang: *You can run from love, and if it's really love, it will find you.*

Jasmine

PROLOG

Lauras Puls raste. Andy? Mit eiligen Schritten hastete sie zum Telefon, um den Anruf bloß nicht zu verpassen. Schon einen Moment später hörte sie seine Stimme, so warm, so männlich, so endlos sinnlich ... All ihre Ängste, alle Sorgen waren wieder vergessen – für diesen einen Moment, von dem sie sich nicht mehr trennen wollte. Wie sehr sie ihn vermisste! Wann würde er kommen, Nigeria endlich verlassen können? Laura wollte bei ihm sein, ihn umarmen und nie mehr loslassen, aber er war tausende von Meilen von ihr entfernt. Sie musste mit ihrer Einsamkeit und ihrer brennenden Sehnsucht alleine klar kommen. Alles, was sie von Andy momentan hatte, war seine Stimme, die so betörend klang, wenn er ihr zuflüsterte: „Baby, ich liebe dich so sehr." Diese Worte waren mehr als nur eine Aneinanderreihung von Buchstaben; sie waren ein Zeichen. „Lass mich nicht im Stich! Ich stehe das nicht ohne dich hier durch ..., hilf mir!", drang es wie ein Hilfeschrei flehentlich von der anderen Seite einer ihr vollkommen fremden Welt immer wieder aus dem Telefonhörer.

Laura spürte, wie ihr das Adrenalin durch den Körper schoss; die Sorgen um Andy trieben sie fast in den Wahnsinn. Als er zärtlich ein letztes Mal flüsterte, bevor er wieder auflegte, „Baby, ich liebe dich ..., ich will nur dich!", war sie mehr denn je überzeugt davon, dass sie beide füreinander bestimmt wären.

Was sie in diesem Augenblick nicht ahnte, aber bald auf schmerzlichste Weise herausfinden sollte, war, dass es Menschen gab, die mit den Gefühlen anderer grausam spielten und sie für ihre kriminellen

Machenschaften ausnutzten. Ein emotionaler Leidensweg voller seelischer Höllenqualen stand Laura bevor.

Es gibt Momente im Leben, die brennen sich unauslöschlich in unsere Seelen ein.

Teil 1

Kapitel 1

Gut gelaunt verließ Laura kurz vor 17 Uhr das Fitnessstudio. Ihr langes Haar hatte sie, wie immer beim Training, zu einem Pferdeschwanz zusammengebunden. Die vergangenen Wochen war sie beruflich dermaßen ausgelastet gewesen, dass keine Zeit für Sport geblieben war. Aber heute hatte ein Kunde kurzfristig einen Termin abgesagt, sodass sie die freie Zeit für ihre Fitness nutzen konnte. Es war ein gutes Gefühl, mal wieder etwas für sich zu tun. Die Sonne blendete Laura so stark, dass sie die Umgebung nur schemenhaft wahrnahm. Sie blinzelte. David? War das wirklich *ihr* David, der da mit einer attraktiven Blondine, die sich eng an ihn schmiegte, an ihr vorbeiging? Lachend schlenderten sie die Straße hinunter. Laura starrte ihnen einige Sekunden ungläubig hinterher. Sie wirkten sehr vertraut. Am liebsten hätte sie ihren Verlobten auf offener Straße zur Rede gestellt, aber sie hielt sich zurück. David hatte Laura offenbar nicht bemerkt; achtete aber auch nicht auf seine Umgebung. Er hatte nur Augen für seine sexy Begleiterin. Außerdem ging er davon aus, dass seine Verlobte bei einem Kunden war – nicht hier in dieser Gegend, nicht um diese Uhrzeit. Laura setzte ihre Carrera-Sonnenbrille auf und folgte den beiden. Wo wollten sie hin? An einer roten Ampel blieben sie stehen. David legte den Arm um die Hüfte der jungen Frau und küsste sie auf den Mund. Dieser Anblick war zu viel für Laura. Hastig wandte sie sich ab. Sie hätte schreien können vor Wut und Eifersucht, aber sie litt still. Tränen brannten in ihren Augen. Laura drehte sich um, lief die Straße hinunter und verschwand in der Menschenmenge. Eine Stunde lang irrte sie wie umnebelt durch die Straßen. Im Hyde Park setzte sie sich eine Weile auf eine Bank. Ziellos starrte sie ins Leere. Betrogen zu werden, tat schrecklich weh. Sie liebte David, zweifelte nicht im Geringsten daran, dass auch er sie liebte. Bis heute! Laura dachte, sie würde David kennen. Seit fünf Jahren waren sie ein Paar, sprachen sogar von Heirat. Und nun? Die Gedanken wirbelten wie ein Sturm durch Lauras Kopf. David betrog sie. Dass so etwas passieren würde, hätte sie nie gedacht. Sie war nie argwöhnisch gewesen, wenn er länger arbeiten musste und erst spät nach Hause kam. Im Gegensatz zu David neigte sie nicht zu übertriebener Eifersucht. Es war ein Fehler gewesen, ihm blindlings zu vertrauen, das wusste sie jetzt.

Laura fragte sich, ob etwa dieses blonde Gift in ihrem kurzen Rock die Ursache für Davids „Überstunden" war? Eines war jedenfalls klar: David hatte eine Affäre!

Lauras Blick schweifte in die Ferne, blieb an den Kindern, die quietschvergnügt auf dem Spielplatz herumtollten, hängen. David sprach immer wieder davon, dass er möglichst bald Kinder haben möchte, denn er war ein richtiger Kindernarr. Sobald er seine Nichten und Neffen traf und mit ihnen im Garten seines Bruders herumtollte, wirkte er so glücklich. Doch Laura war noch nicht bereit für die Mutterrolle. Die nächsten Jahre hatte ihr Beruf oberste Priorität. Da blieb sie stur. Hatte das David dazu verleitet, sie zu betrügen? Was auch immer der Grund dafür war – Untreue war etwas, das Laura nicht verzeihen konnte. Nicht David und auch keinem anderen Mann.

Auch ihr Vater gehörte zu den Männern, die nicht treu sein konnten. Zwischen ihren Eltern gab es deswegen häufig Streit. Bis Lauras Mutter die Untreue ihres Mannes nicht mehr länger ertragen hatte und sich von ihm trennte.

Unschöne Erinnerungen wurden wachgerufen, verbunden mit viel Kummer und Schmerz. Das prägte Laura.

Deshalb saß der Schock über Davids Untreue so tief. Selbst zwei Monate nach der Trennung konnte Laura noch nicht begreifen, wie er ihr das hatte antun können. David hatte doch gewusst, wie sie zu dem Thema „Treulosigkeit" stand, dass sie so etwas nicht tolerieren würde.

Als er Laura mit schuldbewusstem Gesicht bat, ihm zu vergeben, schüttelte sie entrüstet den Kopf: „Nein! Das verzeihe ich dir nicht. Du müsstest mich gut genug kennen, um zu wissen, dass ich für dein Verhalten kein Verständnis habe."

„Laura, bitte, hör mich doch wenigstens an!"

Um seinem flehenden Blick zu entgehen, senkte sie den Kopf und schwieg.

Als David dann aber versuchte, ihr irgendwelche billigen Ausreden aufzutischen, flippte Laura völlig aus. „Verdammt noch mal, David, hör auf damit! Du hast mich tief verletzt, gedemütigt, gekränkt. Es interessiert dich überhaupt nicht, was ich fühle; du denkst nur an dich und wie du ungeschoren aus dieser Situation herauskommst. Du bist echt ein Schwein! Dabei dachte ich immer, du seiest ein Mann mit Niveau, aber jetzt … So lasse ich jedenfalls nicht mit mir umgehen. Ohne dich bin ich besser dran."

Sich von jemandem zu trennen, war nicht leicht. Trotzdem versuchte Laura, so zu tun, als sei alles in bester Ordnung. Doch der Anblick von Davids Foto versetzte ihr einen Stich. Manchmal fand sie noch irgendwelche Kleinigkeiten, die David vergessen hatte, mitzunehmen. So wie diese Aufnahme von ihm und seinen zwei kleinen Nichten. *Wie es wohl gewesen wäre, mit David Kinder zu haben?*, dachte sie etwas wehmütig. Mit einem tiefen Seufzer schenkte sich Laura ein Glas Bordeaux ein. Sie führte das Weinglas an die Lippen, ließ es aber wieder sinken, ohne etwas zu trinken. Ihr ging gerade eine Menge durch den Kopf. Irgendwo, irgendwann würde sie ihrem „Mr. Right" begegnen. Lauras angeborener Optimismus gewann wieder die Oberhand.

*

In letzter Zeit saß Laura durch die vielen Kundenanfragen, die sie erhielt, fast täglich eine Stunde länger an ihrem Laptop, um diese zu beantworten. Obwohl sie ihren Assistenten Ronny hatte, wollte sie sich um diese Dinge lieber persönlich kümmern. Außerdem lenkte es sie von ihrem privaten Kummer ab.

Nachdem sie bereits eine Stunde lang Angebotsanfragen für neue Modeaufnahmen beantwortet hatte, brauchte sie eine kleine Pause. Also schlenderte Laura in die Küche, um sich einen Kaffee zu machen. Dieser Duft von frisch gerösteten Kaffeebohnen belebte ihre Sinne im Nu.

Auch Mimi, Lauras Tigerkatze, tapste auf leisen Sohlen in die Küche und forderte ihre Portion Streicheleinheit ein. Während Laura sich liebevoll um ihre Katze kümmerte und ihr samtweiches Fell bürstete, hörte sie das Signal ihres Computers – *Sie haben Post.*

Noch ein weiterer Kunde, dachte Laura erfreut. Dass es zur Zeit so rund lief, machte sie vergnügt.

Die Kaffeetasse in ihrer Hand ging Laura zu ihrem Laptop, um die neue Anfrage zu lesen. Aber es gab keine. Stattdessen fand sie eine E-Mail von einem gewissen *Andy Smith* vor. Kannte sie diesen Mann etwa? Was wollte er von ihr? Das Foto, welches er ihr mit seiner E-Mail mitgeschickt hatte, zeigte ihn als sehr männlichen Typ mit einem mediterranen Flair und einem sympathischen Lächeln. *Vielleicht ist er ja ein Model,* schoss es ihr durch den Kopf. Das Aussehen dazu hätte er. Von der Neugier gepackt, klickte sie auf seine E-Mail und las erstaunt folgende Nachricht:

„Hallo Laura. Mein Name ist Andy Smith. Ich bin US-Amerikaner, 37 Jahre alt und von Beruf Geologe. Ich hatte heute einen sehr anstrengenden Tag – und dann sah ich dein Foto auf deiner offiziellen Website – wow, was für ein bezauberndes Lächeln! Da fühle ich mich gleich viel besser. Bitte schreibe mir.“ Andy Smith

Als Laura diese Zeilen las, zögerte sie zuerst, ob sie antworten sollte. Obwohl er äußerst sympathisch wirkte, löschte sie seine E-Mail kurzerhand.

Aber Andy gab nicht auf. Zwei Wochen lang überhäufte er Laura mit elektronischer Post. Erst noch verwundert über seine Hartnäckigkeit, entwickelte Laura langsam Interesse für ihn. Was sie vor allem wissen wollte, war, warum er ihr regelmäßig schrieb *Ich muss ständig an dich denken.* Er kannte sie doch überhaupt nicht, wusste über sie nur das, was er auf ihrer Website lesen konnte.

Oder wirkte ihr Foto etwa so anziehend auf ihn, dass er deswegen den Kontakt zu ihr suchte? Laura war daher noch immer etwas skeptisch, entschloss sich aber, auf Andys E-Mail zu antworten.

Hallo Andy!
Ich möchte mich für deine zahlreichen E-Mails bedanken, die du mir in den letzten Wochen geschrieben hast. Jede Frau fühlt sich über so viel Engagement geschmeichelt, natürlich auch ich. Aber du sollst wissen, dass ich nicht auf Partnersuche bin. Ich habe gerade eine sehr schmerzliche Trennung hinter mir, über die ich erst einmal hinwegkommen muss. Mache dir keine falschen Hoffnungen!
Viele Grüße
Laura

Damit war die Sache für Laura erledigt. Doch Andy schien das ganz anders zu sehen und schrieb sofort zurück.

Hallo Laura!
Ich habe gerade deine E-Mail gelesen und verstehe deine Situation sehr gut. Aus eigener Erfahrung weiß ich, wie du dich momentan fühlst. Aber könnten wir uns nicht trotzdem schreiben – ganz unverfänglich und freundschaftlich? Ich fände es jedenfalls interessant, etwas mehr über dich zu erfahren, zum Beispiel, wie du dir deine nähere Zukunft vorstellst. Ich würde mich wirklich freuen, bald wieder von dir hören zu können.
Liebe Grüße
Andy

Zuerst war sich Laura nicht sicher, ob es richtig war, zu Andy weiterhin Kontakt zu halten. Doch dann entschied sie sich dafür. Was war schon dabei?

Hallo Andy,
du weißt ja bereits durch meine Website, dass ich Modefotografin bin. Ich liebe diesen Beruf sehr und kann behaupten, äußerst erfolgreich darin zu sein. Es macht mir großen Spaß, mit all den Stars dieser Szene arbeiten zu dürfen. Meine Karriere ist mir wichtig, denn es war harte Arbeit, bis ich es soweit geschafft hatte. Familienplanung ist daher momentan kein Thema für mich. Später möchte ich aber gerne Kinder

haben ... und natürlich einen Ehemann, der mich auf Händen trägt.
Das sind meine Vorstellungen von einer schönen Zukunft.
Liebe Grüße
Laura

Hallo Baby!
Du faszinierst mich unglaublich. Eine Frau wie dich habe ich schon immer gesucht. Jetzt, da ich DICH, MEINE TRAUMFRAU, gefunden habe, glaube ich wieder an das Schicksal. Ich möchte keine oberflächlichen Beziehungen mehr. Alles, was ich will, bist DU! Ich möchte eine ernsthafte Beziehung und Kinder – mit dir.
In Liebe
Andy

Nachdem Laura Andys E-Mail gelesen hatte, musste sie erst einmal tief durchatmen. Sie war fassungslos, geradezu entsetzt. Was sollte *das denn?*! Ernsthafte Beziehung, Traumfrau, Kinder. Wie kam Andy nur auf solch eine verrückte Idee? *Ich verstehe diesen Mann nicht. Für so etwas habe ich nun wirklich keine Zeit.* Verärgert tippte sie:

Andy!
Wie kommst du nur auf die absurde Idee, dass WIR eine Beziehung haben könnten? Habe ich irgendein Wort davon in meinen Mails erwähnt? Ich kann mich nicht daran erinnern. Sich zu schreiben, bedeutet doch nicht, dass man ein Paar ist. Das sollte doch klar sein. Ich denke, du hast da etwas völlig missverstanden mit meinen – nicht unseren – Zukunftsansichten. Außerdem habe ich dir doch erklärt, was mir momentan am Wichtigsten ist – meine Arbeit! Ich will derzeit keine Beziehung. Weder mit dir noch mit einem anderen Mann. Die Trennung von meinem Ex-Freund ist noch viel zu belastend. Wir sollten es besser sein lassen, uns noch weiter zu schreiben.
Laura

Andy schrieb sofort zurück; sein gekränkter, männlicher Stolz war mehr als deutlich erkennbar.

Laura!
Wie kannst du nur so etwas sagen? Damit tust du mir sehr weh.
Ich schenke dir mein Herz, und du schmeißt es einfach weg? Das ist
nicht nett von dir. Dein Ex-Freund hat dich vermutlich sehr verletzt.
Deshalb verstehe ich, dass du misstrauisch bist, aber ich bin nicht wie
er. Ich werde dich nie enttäuschen, sondern dich immer auf Händen
tragen. Noch NIE habe ich so eine tolle Frau wie DICH kennenge-
lernt. In DIR habe ich eine Seelenverwandte gefunden.
In Liebe Andy

Laura las die Zeilen immer wieder. Andy hatte *nichts, aber auch*
wirklich gar nichts begriffen. Jetzt wurde er lästig; fast schon auf eine
perfide Art aufdringlich. Es reichte ihr. Wollte er nicht begreifen
oder war er einfach nur zu egoistisch?

Sein wahrer Charakter schien sich nun zu offenbaren. Laura hatte
Andy doch klipp und klar gesagt, wie sie fühlte und was für sie
im Augenblick Priorität besaß. Doch er überging es einfach. Einen
Moment lang überlegte Laura, ob sie nochmals antworten sollte,
entschied sich schließlich aber dagegen. Wenn sie ihn ignorierte,
würde Andy vielleicht begreifen, dass er mit diesem Verhalten bei
ihr nichts erreichen würde.

Laura liebte ihre Unabhängigkeit – und die würde sie *niemals*
aufgeben. Andy müsste begreifen, dass es falsch war, sie so zu be-
drängen. Nach einer Woche „Funkstille" dachte sie sich erleichtert:
Andy hat es wohl kapiert.

Doch zwei Tage später erhielt Laura wieder eine E-Mail von ihm.
Eine, bei der Laura an Andys gesundem Menschenverstand zweifelte.

Laura!
Was soll das? Warum meldest du dich nicht mehr? Was habe ich falsch
gemacht?
Ich wollte dir doch nur meine wahren Gefühle mitteilen, da ich dachte,
du bist anders, etwas Besonderes – nicht, wie all die anderen Frauen!
Habe ich mich womöglich in dir getäuscht? Mein Gefühl sagt mir,

nein. Warum willst du also keinen Kontakt mehr zu mir haben? Ich vermisse dich!

In Liebe Andy

Nun platzte Laura endgültig der Kragen. Ihre grün-braunen Augen funkelten vor Zorn, es fiel ihr schwer, ihr Temperament zu zügeln. Was war nur mit dem Mann los? War er wirklich so begriffsstutzig? Empört schrieb sie:

Andy!!
*Dein Verhalten ist absolut inakzeptabel für mich. W-A-R-U-M kannst du mich nicht verstehen? Habe ich mich nicht deutlich genug ausgedrückt? Wir passen nicht zusammen. Suche dir eine Frau, die all deine Wünsche erfüllen kann – ich bin **nicht diese Frau**. Meine Zukunft stelle ich mir anders vor. Kannst du das denn nicht begreifen? Akzeptiere es doch endlich!*
Laura

Seit ihrer Abfuhr vor zwei Wochen hatte sich Andy nicht mehr gemeldet. Laura war heilfroh darüber. Trotzdem dachte sie immer wieder an ihn. War sie vielleicht doch ein bisschen zu hart zu ihm gewesen? Laura wusste zu gut, dass manchmal ihr Temperament mit ihr durchging. Das war ihr Naturell. Damit mussten Freunde klarkommen.

Mimi hatte sich auf ihren Lieblingssessel zusammengerollt und schlief tief und fest. *Beneidenswert*, dachte Laura. Katzen kannten keine Hektik. Sie dagegen hatte mal wieder den üblichen Stress, wie jedes Mal, wenn sie beruflich verreisen musste. Noch einmal kontrollierte Laura die Unterlagen für ihre Reise nach Paris. Sie freute sich riesig über diesen Auftrag, weil er eine große Chance für sie bedeutete. Außerdem war es jedes Mal ein besonderes Erlebnis, in dieser faszinierenden Stadt zu arbeiten. London, die Stadt, in der Laura lebte, hatte natürlich auch viel zu bieten, aber … PARIS – dieser Charme, dieses Flair – einfach unbeschreiblich. Laura fühlte sich wie verzaubert, sobald sie sich dort aufhielt.

Mit ihren Gedanken noch in Frankreich, holte sie das Signal, dass sie eine E-Mail erhalten hatte, wieder in die Realität zurück. Lauras Gesicht spiegelte ihr Erstaunen wider. Andy!

Hallo Laura,

eine „gefühlte Ewigkeit" habe ich nichts mehr von dir gehört. In dieser Zeit ging mir sehr viel durch den Kopf. Es tut mir wirklich leid, dass du dich von mir bedrängt gefühlt hast. Das war NICHT meine Absicht! Aus diesem Grund habe ich mich zurückgezogen – obwohl mir das sehr schwer gefallen ist. BITTE VERZEIH MIR!! Du sollst wissen, meine Gefühle für dich sind sehr stark. Deshalb bist du auch weiterhin die Frau, mit der ich gerne der Zukunft entgegengehen würde. Ich habe aber nun eingesehen, dass du noch keine neue Beziehung eingehen möchtest. Wie viel Zeit du auch brauchst – ich gebe sie dir. Du bist eine wundervolle Frau, auf die es sich lohnt, zu warten. Ich möchte dich auf keinen Fall verlieren. Bitte melde dich.
Dein Andy

Laura starrte auf den flimmernden Bildschirm. Nie hätte sie erwartet, dass sich Andy – noch dazu auf solch einfühlsame Art und Weise – ein weiteres Mal bei ihr melden würde. *Was sollte sie jetzt tun?* Wieder und wieder las Laura Andys E-Mail; seine Zeilen regten sie zum Nachdenken an. Hatte sie ihn noch vor Kurzem als aufdringlich empfunden, berührte sie jetzt, dass er sich so viele ernsthafte Gedanken um sie machte. Vermutlich hatte sie, wegen ihres Ex-Freundes David, zu emotional reagiert und all die verletzten Gefühle auf Andy übertragen.
Sie musste sich eingestehen – seine Art, um sie zu kämpfen, imponierte ihr. Sogar sehr! Was, wenn Andy doch „Mr. Right" wäre?
Als Laura sein Foto auf seiner persönlichen Website genauer betrachtete, spürte sie ein komisches Kribbeln im Bauch. Waren ihre Gefühle für ihn doch stärker, als sie sich bisher eingestehen mochte?
Sie entschloss sich, Andys E-Mail zu beantworten.

Hallo Andy,
du hast mich mit deiner Mail wirklich überrascht. Nicht so schnell aufzugeben, wenn einem etwas wichtig ist, gefällt mir.

Das ist ein Charakterzug, den ich sehr schätze. Außerdem hast du verstanden, um was es mir geht. Falls wir weiterhin in Verbindung bleiben wollen, sollten wir etwas mehr voneinander wissen. Meinst du nicht auch? Übrigens muss ich nächste Woche wegen eines Auftrags für ein französisches Modemagazin nach Paris fliegen.
Liebe Grüße
Laura

Andys Antwort kam prompt.

Liebe Laura,
über deine Mail habe ich mich riesig gefreut. Du hast vollkommen recht, wir müssen uns unbedingt besser kennenlernen. Vielleicht ergibt sich schon bald die Möglichkeit, dass wir uns sogar treffen können. Einmal im Jahr muss ich zu einem Kongress für Geologen. Dieses Mal findet er in Schweden statt. Schon morgen fliege ich von L.A. nach Stockholm. Ich werde mit meinen Gedanken immer bei dir sein. Sobald ich in Stockholm bin, können wir miteinander telefonieren; meine Handynummer schicke ich dir mit. Bitte ruf mich an!
Andy

Laura war ganz aufgewühlt von den Neuigkeiten, die ihr Andy mitgeteilt hatte. Bald würde sie zum ersten Mal seine Stimme hören. In ihrer Fantasie malte sie sich bereits aus, wie diese wohl klingen würde.

Kapitel 2

Laura betrachtete schon eine Weile die E-Mail mit Andys Handy-nummer: *„Soll ich ihn wirklich anrufen?"*, fragte sie sich sichtlich nervös.

Schließlich wählte sie die Nummer.

Es dauerte einen kurzen Augenblick, bis die Verbindung zwischen London und Stockholm hergestellt wurde. „Hallo. Hier ist Andy Smith. Mit wem spreche ich?" Seine warme, männliche Stimme war Laura auf Anhieb sympathisch.

„Ähm, hier spricht Laura."

„Hallo Laura. Wie schön, dich endlich zu hören!", begrüßte Andy sie überschwänglich. „Ich habe schon sehnsüchtig auf deinen Anruf gewartet; ich war mir nicht sicher, ob du dich bei mir melden würdest. Jetzt hast du meinen Tag gerettet. Es ist ziemlich anstrengend hier – stundenlange Vorträge, Besprechungen usw. Aber was rede ich da? Erzähle mir lieber etwas von dir!" Seine tiefe Stimme strahlte Selbstbewusstsein aus.

Laura war jedoch noch immer etwas nervös. „Nun ja ..., was möchtest du denn gerne wissen?"

„So viel wie möglich", lachte Andy. „Ich bin nämlich sehr neugierig, vor allem was dich betrifft. Du hast doch einen interessanten Beruf. Wie wäre es, wenn du mir darüber etwas erzählst", forderte er sie auf.

Mit diesem Thema hatte Andy genau ins Schwarze getroffen. Die Modefotografie war etwas, worüber Laura endlos reden konnte. Ihre Nervosität war im Nu wie weggeblasen. Enthusiastisch erzählte sie ihm: „Mein Interesse für die Fotografie begann schon sehr früh. Ich war etwa zehn Jahre alt, da zeigte mir mein Vater, wie man mit einem Fotoapparat umgeht und gute Fotos machen kann. Meine ersten Aufnahmen waren noch etwas verwackelt, doch ich wurde immer besser. Ich fotografierte alles – die Natur, Tiere, meine Familie. Mein Vater war sehr stolz auf mich, denn er bemerkte, dass ich wirklich Talent hatte." Ein Lächeln erhellte ihr Gesicht. „In meiner Freizeit war ich nun meistens mit meiner Kamera unterwegs; die Faszination der Fotografie hat mich nie mehr losgelassen. So wurde aus dem Hobby später mein Beruf. In der Modefotografie kann ich meine Kreativität richtig ausleben. Obwohl manche Fotoshootings sehr anstrengend sind, kann ich mir keinen schöneren Beruf vorstellen. Und wenn man seinen Beruf mit so großer Leidenschaft ausübt wie ich, macht sich die harte Arbeit irgendwann bezahlt. Ich habe momentan wirklich Erfolg – und den genieße ich."

„Das verstehe ich sehr gut; ich würde dich bestimmt nicht an deiner Passion hindern. Ich habe großen Respekt vor Frauen, die wissen, was sie wollen. Übrigens – was für dich die Fotografie ist, ist für mich die Geologie. Allerdings war es bei mir ein steiniger Weg, bis ich endlich mein Ziel erreicht hatte." Andys Stimme wurde plötzlich ernst. „Alles habe ich mir hart erarbeiten müssen – mein Studium, mein berufliches Ansehen, mein Haus in Los Angeles. Ich hatte niemanden, den ich um Rat fragen konnte oder der mich irgendwie unterstützt hätte. Immer war ich auf mich selbst gestellt." Andy hielt für einen kurzen Moment inne. „Aber dass es mir letztendlich gelungen ist, ohne fremde Hilfe auszukommen, das macht mich besonders stolz. Dennoch ...", wechselte er plötzlich den Tonfall, „es gibt Wichtigeres im Leben, als Karriere zu machen."

Laura atmete tief ein. Sie wusste genau, auf was er anspielte. Doch sie reagierte nicht darauf.

Um das peinliche Schweigen zwischen ihnen zu beenden, versuchte sie, das Gespräch auf ein unverfänglicheres Thema zu bringen. „Sag mal Andy, welche Art von Musik hörst du gerne?"

„Nun ja ..., ich höre gerne Rockmusik, vor allem U2."

„Das ist ja cool, U2 ist auch *meine* Lieblingsband. Musik hat schon immer eine große Rolle in meinem Leben gespielt. Seit früher Kindheit spiele ich Klavier. Später kam noch Gitarre dazu. Das hat mir großen Spaß gemacht. Erzähl mal Andy, wie war eigentlich deine Kindheit?"

Nach einem Moment des Schweigens äußerte sich Andy: „Du sollst wissen, dass ich nicht gerne über diese Zeit spreche." Seine Stimme klang mit einem Mal traurig. „Ich möchte dir allerdings auch nichts verheimlichen, denn schließlich wollen wir uns ja besser kennenlernen."

Er machte eine kurze Pause. Andy schien es sichtlich schwer zu fallen, darüber zu reden.

An Laura nagte plötzlich das schlechte Gewissen, weil sie ihn darauf angesprochen hatte. Andys Kindheit war anscheinend kein erfreuliches Thema.

Mit gepresster Stimme berichtete er, was ihn so sehr aufwühlte: „Ich bin in verschiedenen Waisenheimen in Kalifornien aufgewachsen, bis ich schließlich als Pflegekind zu einer Familie nach Santa Monica kam. Das Ehepaar wohnte mit ihren zwei kleinen Söhnen in einem großen Haus. Zuerst freute ich mich, dass ich in so einer schönen Villa leben durfte. Aber diese Menschen waren nicht gut zu mir. Nur zu deutlich ließen sie es mich spüren, dass ich – ein Latino – nicht wirklich zur Familie gehörte."
Er stockte abermals. „Da die Jungs erheblich jünger waren als ich, wurde ich allzu gerne als ‚Babysitter' eingesetzt. Die beiden waren aber nicht nur verwöhnt und schlecht erzogen, ihr Verhalten mir gegenüber war teilweise sogar recht bösartig. Hatten diese kleinen Teufel etwas ausgefressen – was häufig vorkam – wurde *ich* dafür bestraft. Ich hasste sie! Alle! Das war die schlimmste Zeit in meinem bisherigen Leben. Die Erinnerung daran ist noch sehr lebendig und schmerzt mich nach wie vor."
„Andy, es tut mir so leid. Wenn ich geahnt hätte …"
„Du konntest es ja nicht wissen. Aber verstehe bitte, dass ich in Zukunft nicht mehr darüber reden möchte, okay?" Andy rang geräuschvoll um Fassung. „Seit ich 20 Jahre alt bin, habe ich keinen Kontakt mehr zu meinen Pflegeeltern, und ich will auch nie wieder …" Seine Stimme versagte ihm erneut.
Laura spürte förmlich Andys Hass auf diese Menschen, die unterdrückte Wut. Die vielen Jahre der Demütigung hatten Spuren hinterlassen. Plötzlich sah sie Andy in einem ganz anderen Licht, verstand seine tiefe Sehnsucht nach einer eigenen Familie, einer, die er nie hatte. Dass Andy ihr von seiner Kindheit erzählt hatte, obwohl es ihn emotional so sehr aufwühlte, empfand Laura als großen Vertrauensbeweis.
Es gefiel ihr, dass er nicht versuchte, seine verletzliche Seite vor ihr zu verbergen. Laura mochte es, wenn Männer ihre wahren Gefühle zeigten; leider taten das nicht viele.
Stattdessen verschanzten sie sich hinter aufgeblasenen Egos und Ar-

roganz. Andy jedoch schien sensibler zu sein als Laura dachte. Das machte ihn, in ihren Augen, nur noch sympathischer.

Als Andy darum bat, das Gespräch morgen fortzusetzen, weil er mit Kollegen zum Abendessen verabredet sei, konnte Laura ihre Enttäuschung nur schwer verbergen. Zu gerne hätte sie sich noch länger mit ihm unterhalten.

*

„Andy Smith."
„Hallo Andy ..."
„Hey Baby ..., wie geht's dir?"
„Begrüßt du alle deine Anruferinnen so?", fragte Laura etwas irritiert.
„Nein, natürlich nicht, aber ich habe deinen Anruf bereits erwartet."
Das etwas skeptisch klingende „Aha" von Laura überging Andy einfach. Stattdessen schilderte er das Treffen mit seinen Kollegen vom vergangenen Abend.
„Ich, als einziger Junggeselle in dieser Männerrunde, bekam so einige gut gemeinte Ratschläge, wie ich eine passende Ehefrau finden könnte."
Laura verkniff sich jeglichen Kommentar.
„Aber damit war das Thema ‚Partnerschaft, Ehe und Familie' noch nicht erledigt", fuhr Andy fort. „Auch hierzu gaben mir die erfahrenen Ehemänner – wie sie sich selber bezeichneten – wertvolle Tipps."
„Über so etwas sprechen Männer?", forschte Laura verblüfft.
„Nur, wenn schon reichlich Alkohol geflossen ist."
Lauras Lachen ließ erkennen, dass sie diese Vorstellung amüsierte.
„Apropos – Partner, was hast du eigentlich diesbezüglich für Erwartungen, Laura?"
„Nun, da gibt es schon einiges. Ganz wichtig ist mir Ehrlichkeit. Angelogen zu werden, ist so ... kränkend. Besonders schlimm finde ich, einem Menschen vorzutäuschen, dass man ihn liebt. So etwas ist sehr verletzend; da spreche ich leider aus Erfahrung", brachte sie mühsam heraus. Für ein paar Sekunden hielt Laura inne, überlegte, ob sie wirklich schon so viel von sich offenbaren sollte.

„Und weiter?", riss Andy sie aus ihren Gedanken.

„Treue ist ein absolutes Muss in einer ernsthaften Beziehung. Aber auch Sinn für Humor sollte mein Partner haben. Humorlose Menschen machen einem das Leben nur unnötig schwer."

Andy hörte Laura sehr aufmerksam zu. Dann, nach einer kurzen Pause, sagte er: „Wenn es doch nur mehr Frauen geben würde, die so denken wie du!"

„Die gibt es Andy. Da bin ich mir ziemlich sicher."

„Aber nicht in Kalifornien. Da bin *ich* mir sicher. Hier habe ich noch keine einzige Frau kennengelernt, die so ist wie du – von der ich annehmen kann, dass sie meine Seelenverwandte ist. Entschuldige Laura, ich weiß, dass ich das nicht sagen sollte. Aber es ist die Wahrheit. So empfinde ich eben."

In diesem Moment veränderte sich etwas in Laura. Andys Stimme – sanft, ruhig und doch so männlich – brachte sie zum Träumen. Sie hätte ihm stundenlang zuhören können. Hatte sie sich etwa in Andy verliebt?

„Ich würde dich wahnsinnig gerne persönlich kennenlernen", gestand er Laura.

Ihr Schweigen irritierte ihn. „Was ist los, habe ich etwas Falsches gesagt?"

„Nein nein, ich habe nur nachgedacht. Du weißt doch, dass ich am Mittwoch nach Paris fliege. Wäre es vielleicht möglich, dass wir uns dort treffen?"

„Oh Baby, das ist eine tolle Idee. Ich versuche gleich, meine Reisepläne etwas umzuändern. Zunächst muss ich zwar nach Nigeria, dann am Donnerstag weiter nach Malaysia. Aber ich könnte eventuell von Nigeria aus nach Paris fliegen, anschließend nach Malaysia. Das heißt, von Montag bis Mittwoch könnten wir zusammen sein. Wäre das in Ordnung für dich?"

„Tja …, das wird etwas schwierig, da ich ja erst am Mittwoch in Paris ankomme."

„Hmmh … nun ja …, das ist sehr schade. Gibt es denn keine Möglichkeit für dich, deine Pläne ein bisschen umzuändern – für *mich*, für *uns*?" Der hoffnungsvolle Unterton in seiner Stimme war unüberhörbar.

Was mache ich jetzt bloß? Ich will ihn unbedingt kennenlernen. Und wenn Andy extra für mich seine Pläne ändert, dann muss mir das doch auch gelingen.

„Okay", erwiderte Laura, das Gesicht vor Aufregung gerötet. „Dann mach ich mich mal gleich an die Arbeit. Ich verspreche dir, ich werde alles versuchen, damit wir uns sehen können."

Minuten später suchte Laura hektisch ihre Reiseunterlagen zusammen. Wo sollte sie zuerst anrufen – im Hotel oder bei der Fluggesellschaft? *Besser wäre es, zuerst den Flug umzubuchen; ein Hotelzimmer bekommt man leichter*, überlegte sie.

„Ich muss es schaffen. Ich kann es schaffen. Ich werde es schaffen", murmelte Laura laut vor sich hin. Erleichterung blitzte in ihren Augen auf, als es ihr tatsächlich gelungen war. Beschwingt von dem Gefühl, Andy bald zu sehen, tanzte Laura durchs Zimmer. Froh gestimmt, ließ sie sich zum Verschnaufen auf ihre Couch plumpsen.

Fünf Minuten später rief sie Jane an, um ihr alles über Andy zu erzählen. Sie freute sich, dass Laura so glücklich war. Andy schien ein netter Mann zu sein.

*

In dieser Nacht schlief Laura vor Aufregung erst spät ein. Das Klingeln des Weckers hätte sie deshalb zu gerne ignoriert. Aber ihr Tag war bereits verplant. Also, erst mal unter die Dusche und dann eine Tasse starken Kaffee.

Bei dem Gedanken an den köstlichen Duft von gerösteten Kaffeebohnen war sie mit einem Mal hellwach. Laura liebte ihre Tasse Kaffee am Morgen. Während sie duschte, sprach Jane auf die Mailbox. „Hallo Laura. Vergiss bitte nicht, dass wir im Fitnessstudio verabredet sind! Bis dann."

Laura sah auf die Uhr. Sie überlegte … Für einen kurzen Anruf hatte sie noch etwas Zeit. Andy wollte sicher wissen, ob es mit dem Treffen in Paris klappen würde. Hastig wählte sie seine Nummer.

Erwartungsvoll lauschte sie dem Klingeln des Telefons, aber Andy ging nicht ran. Enttäuscht legte sie auf. Wahrscheinlich war er schon unterwegs. *Vielleicht meldet er sich ja bald bei mir,* hoffte Laura. *Wenn nicht, versuche ich es später noch mal.* Nach dem Training schaute Laura sofort nach, ob sie eine Nachricht von Andy erhalten hatte. Nichts! *Warum ruft er eigentlich nicht bei mir an?,* fragte sie sich verärgert. Dass auch sie Andy den ganzen Tag nicht erreichen konnte, beunruhigte Laura und machte alles noch schlimmer für sie.

Sie wollte endlich mit ihm sprechen; klären, was noch offen war. Laura legte großen Wert auf Zuverlässigkeit. War das nur seine lockere Art, oder …? Sie fand keine Ruhe, und so wählte sie am Abend nochmals Andys Nummer.

Sein Telefon klingelte und klingelte; Laura wollte gerade auflegen, als er sich doch noch meldete: „Ja …, hallo?"

„Hallo … Ich bin's … Laura."

„Oh, hallo Baby."

Erleichtert, seine Stimme zu hören, verflogen all ihre Bedenken, die sie noch vor ein paar Minuten hatte. Ihre negativen Gedanken behielt sie lieber für sich. Freudig erzählte sie Andy: „Es ist mir gelungen, meinen Flug umzubuchen. Unserem Treffen steht also nichts mehr im Wege."

„Was für eine gute Nachricht – ich freue mich schon riesig darauf. Du bist ein Schatz, Laura – *mein* Schatz. Übrigens fliege ich schon heute Abend nach Nigeria, damit ich am Montag nach Paris kommen kann", redete er eifrig weiter. „Ich werde die Stunden zählen, bis ich dich umarmen kann. Dich endlich zu sehen – dieser große Wunsch von mir wird wahr. Ich kann es noch gar nicht fassen."

Seine überschwängliche Reaktion nahm Laura jeden Zweifel. Er meinte es wirklich ernst.

„Als Dank für deine Bemühungen möchte ich dir auch einen Wunsch erfüllen. Sag, mit was kann ich dir eine Freude machen?"

Da musste Laura nicht lange überlegen.

„Ich hätte gerne ein Foto von dir."

„Ein Foto?", meinte Andy verwundert. „Aber du hast doch das von meiner Website."

„Das ist richtig. Doch das kann sich *jede andere Frau* auch ausdrucken, wenn sie das möchte. Ich aber möchte eines, das *nur für mich* bestimmt ist."

„Kein Problem, Baby. Wenn dich das glücklich macht, bekommst du es."

Während des langen Gesprächs, das sie noch führten, bekam Laura das Gefühl, als würde sie Andy schon jahrelang kennen. Eine solche Vertrautheit nach so kurzer Zeit hatte sie bisher noch bei keinem Mann gespürt.

Andy hatte erstaunlich schnell den richtigen Weg zu Lauras Herz gefunden. Die Schmetterlinge in ihrem Bauch schlugen bereits mit den Flügeln. Laura war ein sehr emotionaler Mensch. Als sie sich von Andy verabschiedete, konnte sie ihre Traurigkeit nur schwer verbergen.

Feinfühlig, wie Andy war, spürte er sofort Lauras Gemütszustand. „Baby, sobald ich in Lagos ankomme, bekommst du meine neue Telefonnummer, okay? Da ich ein iPhone habe, kann ich eine weltweit gültige Sim-Karte kaufen. In jedem Land habe ich zwar eine neue Nummer – aber ich bin überall erreichbar. Da ich in vielen Ländern unterwegs bin, ist das für mich sehr wichtig. Und *du* bekommst die neue Nummer zuerst. Beruhigt dich das?"

„Ja, das ist großartig. Hauptsache, ich kann dich anrufen, das ist mir wirklich wichtig."

Er wirkte sehr erfreut über diese Bemerkung. „Laura, du bist etwas ganz Besonderes für mich. Du bist wie ein Sonnenstrahl, der Licht in mein Leben bringt."

„Wow, wie poetisch!", freute sich Laura.

Dann war die Verbindung ohne ein weiteres Wort unterbrochen.

*

Lauras Terminkalender für die nächsten Tage war randvoll. Wegen der früheren Abreise nach Paris hatte sie ziemlichen Stress. Doch dieses „Opfer" brachte sie gerne, um Andy zu treffen.

Den geplanten Anruf bei ihrer Freundin verschob sie auf den Abend. Jane hörte interessiert zu, als Laura ihr euphorisch von dem bevorstehenden Date mit Andy erzählte. Für Jane gab es keine Zweifel – Laura war verliebt. Dieser Mann musste eine unglaubliche Ausstrahlung besitzen, dass sich ihre Freundin dermaßen von ihm angezogen fühlte. *Wie eine Motte vom Licht*, dachte Jane. *Hoffentlich verbrennt sie sich nicht.* Das war typisch für Jane, immer etwas skeptisch zu sein – ganz im Gegensatz zu Laura. Überhaupt waren die beiden ziemlich gegensätzlich – trotzdem seit vielen Jahren beste Freundinnen. Obwohl Jane nur ein paar Monate älter war, übernahm sie gerne die Rolle der älteren Schwester. Vielleicht auch deswegen, weil Laura kleiner und zierlicher war als sie. Aber Janes teilweise recht energisches Verhalten führte schon mal zum Streit, denn temperamentvoll waren beide. Doch die Versöhnung ließ nie lange auf sich warten.

Der folgende Tag wurde sehr anstrengend für Laura. Sie war es zwar gewöhnt, manchmal unter chaotischen Verhältnissen arbeiten zu müssen, aber heute war es besonders schlimm. Nur mit eiserner Disziplin gelang es ihr, das fast Unmögliche zu schaffen. Modefotografie ist ein hartes Geschäft. Völlig erschöpft kam sie am Abend in ihrer Wohnung an.

Mimi, ihre Tigerkatze, begrüßte sie mit einem lauten Miauen. Laura nahm sie auf den Arm. Liebevoll streichelte sie über ihr samtweiches Fell. Schnurrend gab Mimi zu verstehen, wie sehr ihr das gefiel. Die Zuneigung dieses kleinen Stubentigers tat Laura gut. Vor allem heute. Tiere sind so treue Begleiter – sie verletzen einen nicht bewusst und rücksichtslos, wie das manche Menschen tun.

Andy hatte sich nicht bei Laura gemeldet, wie versprochen. Was sollte sie davon halten? Sie hörte noch immer ganz deutlich seine Worte: „Sobald ich in Nigeria bin, rufe ich dich an." Warum tat er es dann nicht? Sie konnte und wollte nicht glauben, dass er das vergessen hatte. Mal wütend, dann wieder besorgt, fragte sie sich, ob es nicht doch ein Fehler gewesen war, für ihn alles umzubuchen? Doch jetzt war es zu spät, um darüber nachzudenken.

Das Glas Wein, das sich Laura zum Abendessen gegönnt hatte, entfaltete bereits seine entspannende Wirkung. Plötzlich hatte sie eine Idee. Sie griff zum Telefon und wählte die Nummer, mit der sie

Andy in Stockholm erreicht hatte. Es klingelte kurz; schon meldete sich ein Mann.

„Hallo?"

Laura konnte die Stimme nicht eindeutig erkennen, da sie ein bisschen verzerrt klang.

„Andy, bist du es?"

„Laura?", fragte er erstaunt.

Mit ihrem Anruf hatte er sicher nicht gerechnet.

„Du hast mir doch versprochen, dich zu melden, um mir …"

„Ich weiß, ich weiß."

„Ich habe die ganze Zeit auf deinen Anruf gewartet." Laura klang gekränkt.

„Entschuldige Baby, aber bei der Ankunft in Lagos gab es große Probleme. Ich musste sehr lange warten, bis ich endlich den Flughafen verlassen konnte. Aber jetzt schicke ich dir gleich eine SMS mit der neuen Nummer."

Bevor Laura antworten konnte, war die Verbindung unterbrochen.

Kurz danach piepste es zweimal auf ihrem Handy – die SMS kam an.

Laura rief umgehend zurück. Beim anschließenden Gespräch machte Andy ihr nochmals klar: „Solange ich mich in Nigeria aufhalte, rufst du mich nur unter dieser Nummer an, okay?!"

„Okay, mach ich", nuschelte Laura.

„Hast du mich verstanden, Laura?"

„Natürlich. Alles in Ordnung bei dir? Du klingst etwas angespannt."

„Ich bin nur müde. Die Reise war anstrengend, die Ankunft in Lagos stressig. Ich bin noch immer geschockt über die Zustände, die dort herrschen. Von dem Moment an, als ich aus dem Flugzeug stieg, bekam ich es schon zu spüren – ohne Geld ist man hier verloren. Ich musste Bestechungsgelder zahlen, nur, um unversehrt den Flughafen verlassen zu können. Kannst du dir sowas vorstellen? Überall standen Bewaffnete in Uniform herum – ein beklemmender Anblick. Man spürte richtig die Angst der Passagiere vor diesen Männern. Zahlst du genug, dann lassen sie dich in Ruhe. Wenn nicht, führen sie einen ab. Zum Glück hatte ich genügend Bargeld bei mir, sonst könnten wir nicht miteinander telefonieren."

„Bist du jetzt in Sicherheit?", erkundigte sich Laura besorgt.

„Mach dir keine Sorgen, Baby – es geht mir gut. Morgen fahre ich nach Abuja, dort habe ich mir ein Zimmer in einem renommierten Hotel gebucht. Da besteht bestimmt keine Gefahr für mich. Ich erledige meinen Auftrag, und am Montag bin ich dann bei dir." Laura war trotzdem beunruhigt über das, was Andy erzählt hatte, versuchte aber, ihre Gefühle zu verbergen. Um das Thema zu wechseln, fragte sie ihn nach seiner Arbeit. Sie wollte Genaueres darüber wissen.

Doch Andy wich aus. „Baby, ich erzähle dir alles, was du wissen willst, wenn wir uns sehen. Jetzt habe ich noch einiges zu erledigen. Ich hoffe, du verstehst das."

„Na gut, wir sehen uns ja am Montag", überspielte sie ihre Enttäuschung.

*

Gut gelaunt kehrte Laura von ihrem Einkaufsbummel zurück. Das schicke rote Kleid sowie die dazu passenden Pumps sahen toll aus. Damit sie nicht mehr daran erinnert wurde, wie viel Geld sie dafür ausgegeben hatte, entfernte sie gleich mal die Preisschilder. Bei ihrem ersten Treffen mit Andy wollte sie besonders hübsch aussehen – nicht zu sexy, nicht zu brav, nur … umwerfend. Plötzlich fiel ihr ein, dass sie ihr Handy ausgeschalten hatte, während sie beim Shoppen war. Laura drückte die Einschalttaste. Andy hatte eine Nachricht auf die Mailbox gesprochen.

„Laura, ich versuche schon seit Stunden, dich zu erreichen. Ich habe hier ein großes Problem! Bitte ruf mich an – es ist dringend!" Andys Stimme klang abgehetzt.

Lauras Puls klopfte wie verrückt. Ihre Finger zitterten vor Aufregung, als sie seine Nummer wählte. Mit einem flauen Gefühl im Magen wartete sie darauf, dass er sich endlich meldete: „Andy, was ist denn bloß los?"

Ein kurzes Zögern, dann gestand er zerknirscht: „Nun …, die Sache ist folgende: Ich wollte heute meine Hotelrechnung bezahlen, da ich morgen nach Lagos zurück will. Jetzt akzeptieren sie hier meine

Reiseschecks nicht – sie wollen, dass ich die Rechnung bar bezahle. Ich habe aber nicht mehr so viel Bargeld bei mir. Deshalb lassen sie mich erst gehen, wenn die Hotelrechnung vollständig beglichen ist. Mein Laptop hat der Hotelmanager schon konfisziert – als Sicherheit, wie er sagt. Auch meine geologischen Gesteinsproben, die ich im Safe deponiert habe, gibt er erst raus, wenn ich bar bezahle, ebenso meinen Pass. Du kannst dir ja vorstellen, was das für mich bedeutet."

„Kein Pass – keine Ausreise!" Laura war sichtlich bestürzt. „Und was hast du jetzt vor?"

Nach ein paar Sekunden des Schweigens erklärte Andy mit bemüht ruhiger Stimme seine Situation: „Nun ja … meine Versuche, jemanden in L.A. zu erreichen, sind leider gescheitert. Wenn ich das Flugzeug nach Paris noch pünktlich erreichen will, kann ich nicht mehr länger warten. Verstehst du Laura, mir läuft die Zeit davon."

In Lauras Gesicht spiegelte sich ungläubiges Entsetzen.

Das würde ja bedeuten, dass ihr Treffen mit Andy nicht stattfinden könnte.

„Deshalb wollte ich dich fragen, ob du mir aus dieser Notlage helfen könntest", riss Andy sie aus ihren Gedanken.

„Wie viel brauchst du?"

„300 Dollar."

„300 Dollar? Um ehrlich zu sein, so viel Bargeld habe ich momentan nicht daheim", stellte sie klar.

Für einen kurzen Moment herrschte betretenes Schweigen.

„Es war auch nur eine Idee von mir, da ich angenommen habe, dass du etwas für mich empfindest …"

„Einen Moment mal, Andy! Das hat mit meinen Gefühlen für dich absolut nichts zu tun. Ich kenne dich im Grunde genommen noch gar nicht. Trotzdem erwartest du von mir, dass ich dir Geld schicke. Du verlangst da echt viel von mir, weißt du das eigentlich!", platzte es aus ihr heraus.

„Laura, hör mir bitte zu!" Andys Stimme klang leicht gereizt: „Du sollst mir das Geld doch *nur leihen*. Ich verspreche dir, in Paris bekommst du es sofort zurück. Da kann ich dann meine Reiseschecks einlösen. Dort gibt es diesbezüglich ja keine Probleme – nur hier ist das nicht möglich. Ich habe mir das alles auch nicht so kompliziert vorgestellt. Ich bin schon richtig genervt; ich will einfach nur weg von hier. Lass mich bitte jetzt nicht hängen!"

Hektisch fuhr sich Laura durch ihr Haar. Der psychische Druck, den Andy auf sie ausübte, ließ sie noch fahriger werden: „Verdammt, Andy …, wieso hast du dich nicht *vorher* darüber informiert?"

„Ja, das war falsch – aber hast *du* noch *nie* einen Fehler gemacht? Laura, wenn du mir nicht hilfst, dann sitze ich hier fest. *Ich* würde das für dich tun!"

„Andy, heute ist *Samstag,* da haben alle Banken *geschlossen.* Ich könnte dir das Geld also erst am *Montag* überweisen."

„Nein, nein, die WESTERN UNION Bank hat *jeden* Tag geöffnet. Du kannst doch sicher am Geldautomaten deiner Bank 300 Dollar abheben. Dann könntest du das Geld bei der WESTERN UNION Bank einzahlen und mir überweisen. Du musst nur angeben, wohin das Geld geschickt werden soll, dann bekommst du eine CTN-Nummer und ein Codewort. Die gibst du mir durch, und ich kann das Geld abholen."

„Von dieser Bank habe ich noch nie gehört. Das klingt alles irgendwie seltsam für mich. Bist du sicher, dass da alles korrekt abläuft? Ich möchte nämlich keine Probleme wegen illegaler Überweisungen bekommen."

„Laura, ich bitte dich, das ist eine *Reisebank,* die gibt es weltweit in jeder Großstadt. Da musst du wirklich keine Bedenken haben."

Andy überzeugte Laura zwar, dass sie kein Risiko eingehen würde, wenn sie ihm auf diese Weise half, aber ein mulmiges Gefühl hatte sie dennoch. Außerdem fühlte sie sich unter Druck gesetzt. Es war eine unschöne Situation, in die Andy sie gebracht hatte. Ungläubig schüttelte sie den Kopf. Wie sollte sie nur darauf reagieren?

„Laura, bist du noch dran?", wurde Andys Tonfall plötzlich hektisch.

„Ja, bin ich." Am liebsten hätte sie ihm jetzt gesagt, wie verärgert sie darüber war, dass er es anscheinend für selbstverständlich hielt, dass sie ihm das Geld überwies. Doch sie verkniff es sich, versuchte stattdessen, ihre Wut zu unterdrücken.

Nach einer kurzen Pause ließ sie ihn schließlich wissen: „Okay …, ich helfe dir – falls es eine Filiale dieser Bank in London gibt. Das muss ich aber erst herausfinden."

„Oh Baby, du bist meine *Rettung!* Dafür hast du einen Wunsch frei." Andy klang sehr erleichtert, fast schon übermütig.

Doch Laura war enttäuscht von ihm, fand seine Euphorie völlig überzogen. Zornig fuhr sie ihn an: „Hör auf mit deinen Versprechen, Andy! Du hast mir bisher noch nicht einmal meinen ersten Wunsch erfüllt. Ich warte noch immer auf dieses spezielle Foto von dir, schon vergessen? Erfüll mir doch erst mal diesen Wunsch, bevor du weiterhin nur Sprüche klopfst!"

Das saß!

„Es tut mir leid Baby, aber ich hatte bisher keine Gelegenheit dazu. Hör zu, sobald sich hier wieder alles normalisiert hat, erledige ich das als Erstes – versprochen."

*

Laura fand – dank Internet – schnell heraus, dass es in London eine WESTERN UNION Bank gab.

Die Adresse hektisch auf ein Blatt Papier gekritzelt, war sie auch schon wenige Minuten später unterwegs zu ihrer Hausbank. Anschließend machte sich Laura auf den Weg zur WESTERN UNION Bank. Der Stress mit Andy zerrte an ihren Nerven. Sie entschied sich, eine Pause einzulegen. Da sie den ganzen Tag noch nichts gegessen hatte, ging sie kurzentschlossen in ein indisches Restaurant, welches auf ihrem Weg zur Bank lag. In ihren Augen gab es absolut keinen Grund zur Hektik, schließlich hatte die Bank bis 22 Uhr noch geöffnet.

Offensichtlich sah Andy das ganz anders. Die SMS, die er an Laura geschrieben hatte, während sie noch im Restaurant war, klang auf jeden Fall sehr anmaßend.

Sie ließ sich aber davon wenig beeindrucken. Momentan war ihr egal, was Andy wollte. Deshalb ignorierte sie ihn weiter.

Im nächsten Moment klingelte ihr Handy. Der Ton alleine wirkte schon so aggressiv auf Laura, dass sie es aus Trotz so lange läuten ließ, bis es verstummte. Zehn Minuten später, als sie das Restaurant verließ, um sich wieder auf den Weg zur WESTERN UNION Bank zu machen, bekam sie erneut einen Anruf. Als sie merkte, dass es Jane war, nahm sie ihn entgegen.

„Hallo Laura, sag mal, wo steckst du bloß? Ich habe schon gerade eben versucht, dich zu erreichen. Wieso hast du nicht abgehoben? Alles in Ordnung?"

„Na ja, wie man's nimmt." Zögernd erzählte sie von Andys Problem in Nigeria.

Jane war entsetzt, weil Laura das Geld *tatsächlich* überweisen wollte. „Laura, bitte, mach das bloß nicht!", flehte Jane sie an. „Das ist viel zu riskant. Was, wenn der Mann ein Betrüger ist, dann verlierst du dein Geld!"

Laura war entrüstet. „Wie kannst du nur so schlecht über Andy denken? Du kennst ihn doch gar nicht."

„*Du* aber auch nicht", konterte Jane. „Für dich ist er doch genauso ein Fremder. Du bist in ihn verliebt – aber du kennst ihn nicht. Bitte Laura, sei vorsichtig!"

Eisernes Schweigen von Laura.

Jane wirkte irritiert. Sie wollte ihre Freundin doch nur vor Schaden bewahren. Warum verstand Laura das nicht? Jedenfalls probierte sie es weiterhin, sie von ihrem Vorhaben, Andy Geld zu schicken, abzubringen.

Laura äußerte sich nicht dazu, ließ Jane einfach reden. Ihr finsterer Blick sprach Bände.

„Überleg doch mal: Andy behauptet, dass er beruflich viel reisen muss. Da müsste er doch wissen, dass man Erkundigungen einholt, bevor man in ein fremdes Land fährt. Noch dazu nach Nigeria – in ein so korruptes Land."

Laura hatte nun endgültig genug von Janes Nörgelei und stellte klar: „Jane, da tust du ihm wirklich unrecht. Er weiß, dass er einen Fehler gemacht hat. Aber was passiert ist, kann man nicht ändern. Und nur aus diesem Grund soll ich ihm nicht helfen? Das wäre nicht fair. Außerdem – ich vertraue ihm. Deswegen werde ich ihm auch das Geld schicken", schwankte ihre Stimme zwischen einer gehörigen Portion Selbstbewusstsein und fast kindlichem Trotz.

Das war zu viel für Jane. Sie konnte einfach nicht verstehen, wie besessen Laura plötzlich von der Idee sein konnte, diesem Andy zu helfen. „Versteh mich bitte nicht falsch, Laura, ich will eure Beziehung nicht zerstören. Aber du liegst mir sehr am Herzen. Bei solchen Dingen muss man sehr vorsichtig sein. Ich möchte nur verhindern, dass dich dieser Mann vielleicht reinlegt. Mein Bauchgefühl sagt: *Laura lass es!*"

„Aber *mein* Bauchgefühl sagt mir etwas anderes", erwiderte diese eigensinnig. „Zuerst hatte ich ja auch meine Befürchtungen. Aber Andy stimmte mich um. Hinzu kommt, dass ich ihn unbedingt kennenlernen möchte. Versteh das doch endlich!"

Jane merkte bald, sie hatte keine Chance, Laura umzustimmen; es war ihr Wunsch, Andy zu helfen. Das musste sie akzeptieren, wenn auch mit zusammengebissenen Zähnen. Laura würde ihre Meinung nicht ändern.

*

Nach dem Gespräch mit Jane machte sich Laura auf den Weg zur WESTERN UNION Bank. In der U-Bahn überfiel sie auf einmal ein beklemmendes Gefühl. Ahnten es Diebe, wenn jemand mit viel Geld unterwegs war? Sie fühlte sich alles andere als wohl. Ihr Gesicht war angespannt, ihre Körperhaltung verkrampft. Auf jeden Fall war es riskant, so etwas zu tun; aber sie hatte ja keine Wahl. Dreißig Minuten später kam sie bei der WESTERN UNION Bank an. Sie wirkte abgehetzt und müde, was man deutlich an ihrem Gesichtsausdruck ablesen konnte. Und dann auch noch die langen Menschenschlangen vor jedem Schalter! Bei diesem Anblick ergriff sie eine heftige Unruhe. Eine Stunde später kam Laura erst dran.

Der Bankangestellte notierte alle Angaben, die sie machte. „Entschuldigen Sie Ma'am, ist Andy eine Abkürzung des Vornamens oder steht das so im Pass? Wenn der falsche Name eingetragen wird, kann das Geld nämlich nicht in Nigeria ausbezahlt werden", machte er ihr unmissverständlich klar. „Das ist eine Vorsichtsmaßnahme der Bank, um sich vor Trickbetrügern zu schützen."

Aber Laura konnte die Frage nicht beantworten; sie musste zuerst mit Andy sprechen. Hektisch wählte sie seine Nummer.

Als hätte er schon auf ihren Anruf gewartet, legte er gleich los: „Laura, ich habe *bisher* kein Geld erhalten. Hast du es noch immer nicht überwiesen?" Der ärgerliche Ton in seiner Stimme war nicht zu überhören. „Der Hotelmanager ist schon *sehr* wütend; er denkt, dass ich die Rechnung nicht bezahlen kann. Du lässt mich doch jetzt nicht im Stich, oder?"

Laura antwortete sichtlich gereizt: „Vielleicht lässt du mich zuerst mal erklären, was passiert ist, bevor du mir solche Dinge unterstellst. Zu deiner Information, ich habe heute schon sehr viel Zeit geopfert, um dir das Geld zu überweisen, trotzdem waren meine Bemühungen umsonst. Und daran bist du nicht ganz unschuldig."

„Wieso das denn?"

„Weil ich nicht beantworten konnte, wie dein korrekter Vorname ist und …"

„Aber warum ist *das* so wichtig?"

„Weil du sonst das Geld nicht ausgehändigt bekommst. Du musst ja deinen Pass vorzeigen, um zu beweisen, dass du der Empfänger bist. Stimmen die Angaben nicht überein, bekommst du kein Geld ausbezahlt", erklärte ihm Laura eindringlich.

„Es steht ‚Andy' in meinem Pass", antwortete er versöhnlicher. „Laura, bitte entschuldige, dass ich gerade so unhöflich war. Aber langsam wird mir das alles zu viel. Ich habe Angst, dass die mich hier auf unbestimmte Zeit festhalten. Du bist mein einziger Hoffnungsschimmer – ohne dich wüsste ich, ehrlich gesagt, nicht mehr weiter."

Er klang so verzagt, dass Laura mit einem Mal den ganzen Ärger vergaß, den sie noch vor ein paar Minuten verspürte.

„Glaube mir Andy, ich tue wirklich alles, was in meiner Macht steht, damit du von dort wegkommst. Du brauchst dir also keine Sorgen zu machen – das Geld überweise ich jetzt gleich, dann kannst du es abholen", versicherte sie ihm ein weiteres Mal.

Plötzlich war die Verbindung unterbrochen.

Laura wollte es später noch mal versuchen. Das Wichtigste war jetzt, dass sie die 300 Dollar einzahlte. Also stellte sie sich wieder an der Schlange vor dem Bankschalter an. Kurz bevor sie an der Reihe war, klingelte ihr Handy erneut. Andys Stimme war gehetzt: „Laura, bitte sag, dass du das Geld noch nicht überwiesen hast."

„Wie bitte? Wieso fragst du mich so seltsam?"

„Offenbar vertraut mir der Hotelmanager nicht mehr, und deshalb möchte er das Geld nun selbst abholen. Aus diesem Grund musst du *ihn* als Empfänger eintragen lassen – *nicht mich*. Ich schicke dir sofort eine SMS mit allen Angaben, die du brauchst, okay?"

Laura schüttelte den Kopf. „Ja, aber mach schnell – ich bin schon die Nächste am Schalter."

Fünf Minuten später, nachdem sie alles erledigt hatte, gab sie Andy die CTN-Nummer und den Code durch. Das Geld war unterwegs.

Kapitel 3

Heute war es soweit. Laura würde Andy zum ersten Mal sehen. In der Früh, kurz bevor sie sich für ihre Parisreise fertig machte, überflog sie bei einer Tasse frischgebrühtem Kaffee die neueste Ausgabe der britischen „Elle". Doch besonderes Interesse zeigte sie heute vor allem für das Horoskop. Was sie bezüglich ihres Sternzeichens lesen konnte, bestätigte Laura in ihrem Gefühl, dass es die *richtige* Entscheidung war, Andy in Paris treffen zu wollen. *Es wird in Ihrem Leben bald eine große Veränderung geben. Eine Begegnung mit einem romantischen Mann bringt Sie zum Träumen. Kuschelstunden und viele Gespräche heilen alte Liebeswunden. Lassen Sie sich die Chance nicht entgehen – es könnte der Partner fürs Leben werden!* Also doch *Mr. Right*, welcher nur für sie nach Paris kommen würde! Aufregende Gedanken schossen Laura in diesem Moment durch den Kopf. Im nächsten Augenblick klingelte das Telefon, und ein ausgelassener Andy begrüßte sie:

„Hallo Baby, ich wollte mich nochmals für deine Hilfe bedanken. Deine SMS mit der CTN-Nummer und dem Codewort habe ich bekommen. Ich habe sie dem Hotelmanager weitergegeben, damit er das Geld, das ich ihm schulde, abholen kann."

„Okay, das hört sich gut an", entgegnete Laura. „Um wie viel Uhr kommst du eigentlich in Paris an? In der ganzen Hektik habe ich leider deine Flugdaten verlegt."

„Kein Problem, Baby. Ankunftszeit in Paris ist um 16.30 Uhr. Wir sehen uns dann im Hotel, wie vereinbart. Ich verspreche dir, ich melde mich sobald ich in Paris bin. Baby, wenn du wüsstest, wie sehr ich mich schon nach dem heutigen Abend sehne, wenn ich dich zum ersten Mal in meine Arme nehmen kann …", hauchte er ins Telefon. Seine verführerische Stimme verfehlte nicht ihre Wirkung.

„Das klingt wunderbar Andy! Wir werden bestimmt eine herrliche Zeit in Paris zusammen verbringen. Bist du jetzt am Flughafen von Lagos?"

Ein Zögern in Andys Stimme deutete auf das hin, was Laura befürchtete. „Baby, leider noch immer nicht. Die Straßen in Lagos sind ständig überfüllt, sodass es ewig dauert, bis man endlich an sein Ziel gelangt."

Ungläubig verdrehte Laura ihre Augen. Sie konnte nicht fassen, dass Andy dabei auch noch so ruhig blieb. „Das ist nicht dein Ernst. Andy, weißt du eigentlich wie spät es ist? Du wirst noch deine Maschine verpassen. Das wäre alles andere als wunderbar!"

„Baby, mach dir keine Sorgen! Ich sehe den Flughafen schon vor mir, also werde ich mein Flugzeug auf keinen Fall verpassen und heute Abend bei dir in Paris sein. Ich habe dem Fahrer vorhin schon klargemacht, dass ich zu meiner Freundin möchte und es deshalb eilig habe. Er wird dafür sorgen, dass ich rechtzeitig ankomme. Auf nigerianische Taxifahrer ist Verlass, auch wenn ihr Fahrstil ein bisschen abenteuerlich ist. Baby, glaub mir, *nichts* kann mich davon abhalten, zu dir zu kommen. Sobald ich in Paris bin, werde ich mich bei dir melden. Versprochen", war alles, was Laura noch von Andy hörte. Dann war sie wieder von ihm getrennt.

*

In den folgenden Stunden weilte Laura immer wieder mit ihren Gedanken bei Andy. Sie hoffte inständig, er würde es noch rechtzeitig zu seinem Flugzeug schaffen. Dass sie ihn nun auch telefonisch nicht mehr erreichen konnte, machte die Situation nicht gerade erträglicher.

Am Heathrow Flughafen war es hektisch – wie immer. Laura ging in den Warteraum ihrer Fluglinie. Sie suchte sich einen Sitzplatz, etwas abseits von all den vielen Menschen, damit sie ungestört „THE TIMES" lesen konnte. Doch ihr Interesse daran verflog schnell. Andy ging ihr nicht aus dem Kopf.

Unruhig beobachtete sie die Flugzeuge durchs Fenster, wie sie abwechselnd landeten und abhoben. Auch sie würde bald in einem davon sitzen – und was war mit Andy? Hatte er es noch rechtzeitig geschafft? Ihre eigene Ankunft am Charles-de-Gaulle-Flughafen war äußerst unangenehm. Die recht unsanfte Landung und das Gedrängel in der Kabine raubten Laura dermaßen die Luft, dass sie das Gefühl hatte, gleich zu ersticken. In ihr fing plötzlich alles an, sich zu verkrampfen; nur mit größter Mühe schaffte sie es bis zum Ausgang. Keiner bekam aber etwas von ihrer Panikattacke mit.

Als Laura wenig später endlich ihre Koffer vom Transportband zerrte, empfand sie das geradezu als Erlösung. Eilig floh sie Richtung Taxistand.

Diese Panikattacke, vorhin im Flugzeug, nagte noch deutlich an ihr; die Sorge um Andy machte dieses Gefühl noch unerträglicher. Alle möglichen unangenehmen Vorstellungen schwirrten durch ihren Kopf.

Nachdem sich der Taxifahrer, nach etlichen Wutanfällen und Hupattacken wegen der anderen unfähigen Autofahrer, welche er als „canard", also Idioten, beschimpfte, durch den dichten Pariser Autoverkehr gequält hatte, kam sie eine Stunde später am Hotel an. Wie immer wurde sie sehr herzlich vom Hotelteam empfangen. Mit einem Lächeln und einem schon fast singenden „Bonjour Madame" überreichte ihr der Rezeptionist die Schlüssel für die gebuchte Suite.

Wenig später öffnete Laura die Eingangstür und war geradezu überwältigt von der exklusiven Ausstattung. Bewundernd ließ sie ihren Blick über all die edlen Möbelstücke schweifen und fühlte sich in diesem Moment wie eine Königin. In diesem Ambiente konnte sie sich von all den Strapazen der letzten Tage erholen.

Von der Terrasse aus bot sich ihr ein atemberaubender Blick auf Paris. Doch das Eindrucksvollste daran war der Eiffelturm. Wer einmal von dort oben auf Paris hinabgeblickt hatte, der würde diesen grandiosen Ausblick nie mehr vergessen. Ein Lächeln huschte über ihre Lippen bei diesen Gedanken. Laura war überzeugt, dass ihre gemeinsame Zeit mit Andy an der Seine bestimmt unvergesslich bleiben würde.

Ein Blick auf die Uhr bedeutete ihr, dass Andy in wenigen Minuten landete. Mit einer Mischung aus Nervosität und Vorfreude wartete sie auf seinen Anruf.

Doch zwei Stunden später hatte sich Andy noch immer nicht bei ihr gemeldet. Herzklopfen. Was war bloß geschehen? Hektisch suchte Laura nach ihrem Handy im Zimmer. Als sie es endlich unter einem

Kleiderberg gefunden hatte, tippte sie mit einem mulmigen Gefühl Andys Nummer ein.

Nur die Mailbox! Was sollte das? Sie probierte es weiter. Ohne Erfolg. Lauras Anspannung stieg ins Unermessliche. Sie vibrierte förmlich vor Ungeduld.

Ein Anruf am Flughafen bestätigte ihr wenig später, dass die Maschine aus Lagos pünktlich gelandet war. Diese Information verursachte bei Laura ein leichtes Schwindelgefühl.

Sie musste raus aus dem Hotelzimmer – raus an die frische Luft! Ein kurzer Spaziergang im Park würde ihr sicher guttun. Sie wollte ihre Gedanken ordnen.

Die fröhlichen Kinder, die sich auf dem Spielplatz tummelten, lenkten sie für einen Moment von ihren Sorgen ab, die sich wie spitze Nägel in ihre empfindsame Seele bohrten und sie marterten. Sie hatte das Gefühl, nur noch eine Hülle, ein Geist zu sein, so aufgelöst fühlte sie sich. Wo steckte Andy? War ihm etwas passiert? Schreckliche Angst quälte sie.

Als Laura wieder vor dem Hoteleingang ankam, verharrte sie dort für einen kurzen Moment. Ihr Herzklopfen wurde stärker, ihre Ängste immer größer. *Ist Andy endlich da?* Mit suchendem Blick durchquerte Laura die Lobby. Kein Andy!

Mit raschen Schritten eilte sie zur Rezeption. Ihre letzte Hoffnung, doch noch eine positive Nachricht wegen Andy zu erhalten. „Entschuldigen Sie …, Monsieur, können Sie mir sagen, ob mein Freund, Mr. Andy Smith, mittlerweile angekommen ist?"

„Einen Moment bitte … Nein, tut mir leid, Madame Watson."

Der Gesichtsausdruck des Rezeptionisten ließ erkennen, wie leid es ihm tat, Laura diese Auskunft geben zu müssen. Es versetzte ihr einen heftigen Stich ins Herz; nur mit Mühe konnte sie ihre Tränen zurückhalten. Sie fühlte sich wie mit Drogen zugedröhnt; registrierte nichts mehr um sich herum. Alles in ihr war taub. Mit gesenktem Kopf wankte sie auf ihr Zimmer.

Sobald die Tür hinter ihr ins Schloss gefallen war, quollen die Tränen aus ihren Augen wie dicke Regentropfen und liefen ihr über das ganze Gesicht. Der Gedanke, jetzt dort einsam und allein zu übernachten, schnürte ihr förmlich die Kehle zu. Erst in diesem

Moment wurde ihr richtig bewusst: Andy würde *nicht* nach Paris kommen, nicht heute und womöglich auch nicht morgen! Was für ein Schock!

Sie versuchte, sich innerlich wieder zu fangen. Aber ohne mit jemandem darüber zu reden, würde sie die Nacht nur schwer durchstehen. Und so wählte sie Janes Nummer.

„Hallo Jane, hier ist Laura."

„Hallo meine Liebe. Na, wie geht's? Ist Andy gut angekommen?"

„Er ist überhaupt nicht angekommen!"

„Was meinst du damit?", fragte Jane irritiert nach.

„So, wie ich es sage – Andy ist NICHT gekommen."

Nun war es mit ihrer Beherrschung vorbei. Sie weinte bitterlich.

Jane war furchtbar wütend auf Andy, wegen all dem Schmerz, den er Laura zugefügt hatte. Doch ihre Freundin brauchte jetzt Trost, nicht noch mehr Aufregung.

„Laura, bitte, sei nicht traurig! Es klärt sich bestimmt bald alles auf. Vielleicht hatte das Flugzeug Verspätung. Du wirst sehen, Andy ruft dich sicher bald an." Ihre Stimme klang wie eine feste Umarmung.

„Nein, Jane, *das kann nicht sein!*", machte Laura eine abwehrende Handbewegung. „Ich habe mich doch erkundigt. Die Maschine ist pünktlich gelandet." Laura schluchzte. „Jane, ich halte diese Ungewissheit nicht mehr länger aus. Was, wenn er …"

„Laura, Schätzchen, glaub mir, es wird sich bestimmt bald aufklären. Du bist momentan einfach völlig überreizt. Ruh dich jetzt lieber ein bisschen aus, um wieder einen klaren Kopf zu bekommen! Du kannst mich ja später noch mal anrufen, wenn du möchtest, okay?"

„Okay. Bis dann."

Nach dem Gespräch mit ihrer Freundin ging Laura noch für einen kurzen Moment auf die Terrasse und blickte sehnsüchtig Richtung Eiffelturm. Wie schön es jetzt wäre, diesen wunderschönen Anblick zusammen mit Andy zu genießen!

Wo war Andy nur?

Es machte sie unendlich traurig, dass Andy sein Versprechen nicht gehalten hatte. Sie fühlte sich zerbrechlich wie eine Porzellanpuppe. Laura wischte sich die Tränen aus dem Gesicht, schloss die Terrassentür und legte sich aufs Bett, ihren Kopf tief im Kissen vergraben.

Für einen Moment hielt sie ihre Augen noch offen und starrte zur Decke hoch, während sie sich bemühte, ruhig ein- und auszuatmen. Andys Websitefoto, das einzige, was sie bisher von ihm hatte, drückte sie fest an ihr Herz, um ihn ganz nahe bei sich zu haben. Doch im nächsten Augenblick überfiel sie schlagartig eine bleierne Müdigkeit, und sie schlief ein.

*

Am nächsten Morgen verwandelte die Sonne mit ihren warmen Strahlen ganz Paris in ein goldenes Lichtermeer.

Laura bekam von alldem nichts mit, da sie noch immer im Tiefschlaf versunken war, bis ihr Handy plötzlich schrill klingelte. Aufgeschreckt starrte sie sekundenlang auf das Display. Schlagartig war sie hellwach. Ein Anruf aus Nigeria? Sie erkannte es an der Vorwahlnummer.

Lauras Herz pochte heftig. Ihre Hände zitterten vor Aufregung, als sie das Telefonat entgegennahm.

Ein Mann mit starkem afrikanischen Akzent, dessen feindseliger Tonfall einer scharfen Messerklinge ähnelte, brüllte sie an.

Laura war wie versteinert. Wie kam er überhaupt an ihre Nummer? Hatte Andy sie ihm etwa gegeben? Und wenn ja, warum?

Der Mann behauptete, der Manager von dem Hotel aus Abuja zu sein, in dem Andy wohnte, und dass dieser ihm noch immer Geld schuldete.

„Wo ist Mr. Smith?" Die Sorge um Andy war deutlich in Lauras Stimme herauszuhören.

Doch das schien diesen cholerischen Typen nicht im Geringsten zu interessieren. Ihre Frage ignorierte er einfach. Stattdessen brüllte er immerzu ins Telefon: „Ich will *mein* Geld! *Sofort!* Und das *Codewort* … verdammt, das Codewort stimmt nicht. *Ihr Mann und Sie* haben versucht, mich hereinzulegen. Aber ich lasse mich *nicht* hereinlegen!"

„Sir, ich verstehe nicht. Ich … ich habe doch alle nötigen Angaben durchgegeben und die 300 Dollar überwiesen. Das müssen Sie mir glauben, bitte!", flehte sie ihn an.

Abrupt war die Verbindung unterbrochen.

Fünf Minuten später klingelte ihr Handy erneut. Als Laura die Nummer erblickte, raste ihr Puls wie verrückt. Panik breitete sich in ihr aus. Dieser Mann machte ihr Angst. Er war so wütend – wütend auf *sie,* obwohl sie doch alles getan hatte, was man von ihr verlangte. *Was geht dort in Nigeria nur vor sich? Und wo ist Andy?* Dieses Mal brüllte der widerwärtige Unbekannte jedoch nicht mehr, sondern er drohte. Drohte mit Worten, die Laura tief unter die Haut gingen.

„Lady, jetzt hören Sie mir mal gut zu! Wenn ich mein Geld *nicht* bekomme, dann lernen *Sie mich* kennen. Ich habe überall Leute, die finden *jeden.* Wenn Sie keinen Ärger wollen, und damit meine ich richtigen Ärger, dann bezahlen Sie verdammt noch mal die Schulden Ihres Mannes, kapiert?!"

„Andy Smith ist *nicht* mein Mann!", schrie Laura regelrecht ins Telefon.

Er reagierte nicht, sondern legte einfach auf.

Ungläubig starrte Laura auf das Display. Was hatte das alles zu bedeuten? Hatte Andy den Hotelmanager wirklich betrogen? Aber warum sollte er so etwas tun?

Laura fand das alles sehr rätselhaft. Als sie Andy am Flughafen angerufen hatte, behauptete er doch, alles sei in Ordnung. Warum dann dieser wütende Anruf des Hotelmanagers? Hunderte solcher Gedanken schossen ihr durch den Kopf. Die Verzweiflung spiegelte sich in ihren Augen. Was sollte sie bloß tun?

Einen kurzen Augenblick später wählte sie Andys Nummer. „Dr. James am Apparat. Mit wem spreche ich bitte?", meldete sich eine fremde Männerstimme.

Laura war verunsichert. Hatte sie sich etwa verwählt?

Verstört bat sie: „Könnte ich mit Mr. Smith sprechen?"

„Ma'am ... Andy Smith ... Autounfall."

Mehr konnte Laura nicht verstehen. Doch das genügte, um sie panisch werden zu lassen. Laura zitterte vor Aufregung am ganzen Körper.

„Was?", schrie sie hysterisch ins Telefon. „*Wo* ist Mr. Smith – so reden Sie doch ... Sir!"

Die Verbindung war so schlecht, dass sie nur Bruchstücke von dem verstand, was dieser fremde Mann ihr zu erklären versuchte.

„In zehn Minuten … noch mal versuchen."

Dann wurde die Verbindung gekappt.

Lauras Herz pochte wie verrückt. Andy hatte einen Autounfall gehabt – das war also der Grund, warum er nicht erschienen war. Ihr wurde plötzlich schmerzlich bewusst, dass er womöglich schwer verletzt war, vielleicht sogar um sein Leben kämpfte. Sie setzte sich auf ihr Bett und schlang die Arme um ihre Beine. Hemmungslos rannten ihr die Tränen die Wangen hinunter. Noch nie in ihrem Leben hatte sie sich so allein und hilflos wie jetzt gefühlt. Wie schön hatte sie sich die Zeit mit Andy vorgestellt, aber aus dem Traum war der reinste Albtraum geworden.

Noch immer benommen von dem seelischen Schmerz, wählte Laura nach einer halben Stunde erneut Andys Nummer, um mit dem Arzt Kontakt aufzunehmen.

„Hallo?", meldete sich Dr. James.

„Hallo …, hier spricht Laura Watson."

„Nun, Ms. Watson, ich habe leider keine guten Nachrichten für Sie. Wie ich Ihnen schon sagte, hatte Mr. Smith einen sehr schlimmen Autounfall."

Laura fühlte ihr Herz bis zum Halse schlagen. „Ist er schwer verletzt?"

Dr. James antwortete nicht gleich und machte so die Situation für Laura noch unerträglicher. Sie spürte, wie sich jede einzelne Faser, jeder winzigste Muskel in ihrem Körper bis zum Zerreißen anspannte. Es war ein Gefühl wie pure Folter.

„Ja …, es steht sehr ernst um ihn, aber wir tun hier alles, damit er überlebt. Im Moment kann ich Ihnen leider nicht mehr sagen, außer, dass er medizinisch gut versorgt wird. Aber Sie können auch etwas für Ihren Freund tun: Beten Sie!" Mit diesen Worten legte er auf.

Eine grauenhafte Szene tauchte vor Lauras innerem Auge auf: Andy, wie er in einem Krankenhausbett in Lagos lag und um sein Leben kämpfte, angeschlossen an ein Dutzend Kabel, welche über Leben und Tod entschieden.

Verzweifelt schüttelte sie den Kopf. *Es ist nicht wahr. Es kann nicht wahr sein!* Warum nur …, warum musste das geschehen? Sie hätte schreien können vor Wut und Verzweiflung – doch sie blieb stumm. Der Schmerz in ihrem Herzen drückte auf ihre Brust, raubte ihr fast die Luft zum Atmen. Sie fühlte sich leer, seelenlos. Die Angst, die Einsamkeit, sie konnte es nicht mehr ertragen.

Schon seit einiger Zeit wanderte Lauras Blick immer wieder zu der Rotweinflasche, die noch ungeöffnet auf dem Tisch stand. Damit könnte sie den entsetzlichen Schmerz betäuben, der von ihr Besitz ergriffen hatte.

Wie hypnotisiert, starrte sie den Wein an. „Komm, Laura, trink mich – ich befreie dich von deinem Schmerz! Trink mich, danach geht es dir besser, sogar viel besser!", schien die Flasche sie zu betören.

Aber war das wirklich die Lösung? Sie hatte die Wahl: Entweder ihren Schmerz mit Alkohol zu ertränken oder Stärke zu zeigen und der Verlockung zu widerstehen.

„Beten Sie!", hatte Dr. James Laura geraten.

Und genau das wollte sie jetzt auch tun.

Kapitel 4

Es war mal wieder einer der Montage, an denen sich jeder aus den U-Bahnen Londons zur Arbeit quälte. Die hektischen Menschen, welche im 5-Minuten-Takt zu Hunderten aus den Türen der U-Bahnen strömten und sich in der ganzen Stadt verteilten, waren ein Teil Londons, dieser pulsierenden Stadt, welche vibrierte wie keine zweite.

Auf dem Weg zur Arbeit las Jane, wie immer, ihre Morgenzeitung. Plötzlich stach ihr ein Artikel förmlich ins Auge. Es ging um das Thema *Internet-Love-Scamming,* auch bekannt als *Romance-Scamming* oder einfach *4-1-9.* Sie las Folgendes:

Wenn jemand plötzlich unaufgefordert eine Liebes-E-Mail aus einem englischsprachigen Land über ein Internetportal erhält, kann er mit ziemlicher Sicherheit davon ausgehen, dass sich dahinter ein Love-Scammer verbirgt.

Weltweit sind es mehrere hunderte von Frauen am Tag pro Scammer, die ein und dieselbe E-Mail erhalten. Durch den Schneeballeffekt reicht es aber, wenn nur bis zu fünf Frauen täglich – pro Betrüger – reagieren, die Geld fließen lassen. Geld, welches sie nie mehr wiedersehen.

Dieser Satz ließ Janes Herz schneller schlagen. War Andy womöglich doch ein Betrüger? Sie dachte an die 300 Dollar, die Laura für die angebliche Hotelrechnung bezahlt hatte. Was sollte sie tun? Laura sofort davon erzählen oder dem Schicksal freien Lauf lassen? Jane wusste sehr gut, dass der Überbringer der schlechten Botschaft meist derjenige war, der am Ende verteufelt wurde. Sie müsste einen Weg finden, ihre Freundin davon zu überzeugen, die Finger sofort von Andy zu lassen. Nur wie, das wusste sie noch nicht. Aber die Zeit drängte, dieser Typ würde bestimmt nicht aufhören, Lauras Gutmütigkeit auszunützen und sie weiterhin um noch mehr Geld zu bitten.

*

Laura holte sich ihre Lieblingsjacke aus dem Schrank und machte sich auf den Weg in die nahegelegene Kirche. Es war eine kleine

Kathedrale, die von den Touristen nicht oft besucht wurde. Laura war schon öfters in diesem Gotteshaus gewesen. Manchmal hatte sie das Bedürfnis nach einem Zwiegespräch mit Gott. So auch heute. Um diese Tageszeit hielten sich nicht viele Menschen in der Kirche auf. Die Stille, die hell flackernden Kerzenflammen – eine Wohltat für Lauras Seele.

Sie betete um ein Wunder – nur um ein Kleines. Und sie hoffte, dass Gott ihre Bitte erhören würde. In dem Moment, als Laura aus der Kirche trat, fiel eine Sternschnuppe vom Himmel.

Bei so einem Ereignis durfte man sich etwas wünschen. Das hatte Lauras Mutter ihr erzählt, als sie noch ein kleines Mädchen gewesen war. Ein Lächeln erhellte ihr Gesicht. Sie glaubte fest daran, dass dieser Wunsch, diese Himmelsbotschaft, in Erfüllung ging.

Kurz nach ihrer Rückkehr ins Hotel rief Laura ihre Freundin in London an. Unter Tränen berichtete sie über Andys Unfall.

„Weißt du, wie es zu dem Unfall kam?" In Janes' Stimme schwang Skepsis.

„Nein, noch nicht."

Jane wollte Laura nicht noch mehr beunruhigen, deshalb erwähnte sie nicht, dass sie an dieser Geschichte ihre Zweifel hatte.

„Hätte ich doch bloß nicht den Vorschlag gemacht, dass wir uns in Paris treffen. Dann würde er jetzt nicht im Krankenhaus in Lagos liegen und um sein Leben kämpfen müssen. Und das alles nur …", schluchzte Laura herzzerreißend.

„Laura, das ist doch *nicht* deine Schuld. Außerdem weißt du gar nicht, ob das alles stimmt", rutschte es Jane heraus.

„Wie meinst du das? Wieso glaubst du nicht, dass Andy einen Unfall hatte?" Laura war empört.

„Oh Laura, bitte, beruhige dich! Ich wollte nur …, ich habe einfach nur gemeint, dass …"

„Ach, hör doch auf damit! Wie kannst du nur so schlecht über meinen Freund denken?! Deine boshaften Anschuldigungen kannst du dir sparen, Jane. Ich will nichts mehr davon hören. Kannst du dir denn nicht vorstellen, dass Andy jetzt viel lieber bei mir in Paris wäre, als im Krankenhaus in Lagos?"

„Das mag schon sein, aber …"

„Kein *aber*. Ich glaube ihm, und ich stehe zu ihm!"

Jane war schockiert über Lauras heftige Reaktion. Sie wollte ihre Freundin doch nur davor bewahren, dass ihr wieder einmal von einem Mann weh getan wurde. Besonders nicht von Andy – diesem rätselhaften Unbekannten.

Das Gespräch mit Jane deprimierte Laura. Sie konnte nicht nachvollziehen, warum ihre Freundin so negativ über Andy dachte. In einen Unfall konnte man doch jederzeit verwickelt werden. Was war daran ungewöhnlich? Warum war Jane Andy gegenüber nur so misstrauisch? Sie konnte es nicht verstehen.

Grübelnd saß Laura auf ihrem Bett und starrte zum Fenster hinaus. Unruhe breitete sich in ihr aus, da sie nicht wusste, wie es Andy ging. Am liebsten würde Laura den schrecklichen Tag von gestern für immer aus ihrem Gedächtnis streichen. Sie wollte nicht länger in diesem Hotel bleiben, da es hier nur schmerzliche Erinnerungen für sie gab. Sie wollte weg, in ein anderes Hotel, um nicht ständig an diesen schrecklichen Vorfall erinnert zu werden. Sie brauchte unbedingt Abstand zu diesen aufreibenden Emotionen, um wieder zu sich selbst zu finden. Doch es schien schwieriger als gedacht.

Mit einem betrübten Gesichtsausdruck stieg Laura wenig später ins Taxi, welches sie in das neue Hotel bringen sollte. Taxifahrer unterhalten sich gerne mit ihren Fahrgästen – auch dieser Fahrer war sehr gesprächig. Laura aber hatte keine große Lust auf Konversation. Doch als der Mann im quirligen Französisch erzählte, er käme aus Nigeria, weckte das im Nu ihr Interesse.

Es fiel ihr sichtlich schwer, ihm zu erklären, dass ihr Freund gestern einen schweren Verkehrsunfall in Lagos erlitten hatte.

Mit einem ernsten Blick schaute der Taxifahrer in den Rückspiegel seines Autos, um Augenkontakt zu Laura halten zu können. „Wissen Sie denn schon etwas Genaueres darüber, Madame?"

„Leider nicht", zuckte Laura hilflos mit den Schultern. „Alles, was man mir bisher gesagt hat, war, dass mein Freund sehr schwer verletzt wurde."

„Wissen Sie, in welchem Krankenhaus er liegt?", hakte er nach, während er weiterhin immer wieder in den Rückspiegel blickte.

„Es hieß, er werde in einer amerikanischen Privatklinik behandelt."

„Mademoiselle", machte der Taxifahrer eine aufmunternde Handbewegung. „Dann brauchen Sie sich um Ihren Freund keine Sorgen zu machen. Dort bekommt er die beste medizinische Versorgung. Wie Sie vielleicht wissen, ist das nämlich nicht selbstverständlich in Nigeria."

„Ja …, das war auch zuerst meine große Befürchtung. Aber wenn Sie mir das sagen …" Ein Lächeln spielte um ihren Mund. „… bin ich doch wieder ein bisschen beruhigter."

Als der Taxifahrer sich von Laura verabschiedete, drückte er fest ihre Hand und wünschte ihr für die Zukunft alles Gute. Dabei sah er sie mit einem Blick an, den sie nicht deuten konnte. War es Mitleid, Anteilnahme an ihrem Kummer oder sogar Traurigkeit? Sie wusste es nicht.

*

Das Zimmer in dem neuen Hotel war klein, aber gemütlich. Laura ließ sich auf ihr schmales Einzelbett sinken. Ihr Herz wurde schwer bei dem Gedanken an Andy. *Warum nur?*, fragte sie sich dauernd. Quälende Gedanken durchzuckten sie erneut.

Andys tragischer Unfall. Von einem Moment auf den anderen hatte er die Pläne zweier junger Menschen sinnlos zerstört. Plötzlich war alles anders: Andy war in Lagos, Laura in Paris – beide tausende von Kilometern voneinander entfernt. Trotzdem schien dieser Vorfall in Nigeria Laura und Andy wie ein unsichtbares Band zu verbinden.

Aber auch das Gefühl der Hilflosigkeit verstärkte sich bei ihr – noch immer wusste sie nichts Genaueres über Andys Zustand. Hektisch kramte sie in ihrer Tasche herum, bis sie ihr Handy gefunden hatte; vielleicht hatte sie ja Glück und konnte über Andys Handynummer Dr. James erreichen.

Endlich meldete sich jemand, es war aber nicht Dr. James, wie erwartet, sondern ein anderer Arzt.

„Ma'am, ich bin Dr. Harmmed, Mr. Smiths' neuer Arzt. Dr. James, der ihn bisher betreute, hat mir alles berichtet und den Fall nun an mich weitergegeben. Wenn Sie Fragen über Mr. Smiths' Gesundheitszustand haben, wenden Sie sich bitte zukünftig an mich."

„Dr. Harmmed, ich würde endlich gerne mehr über Andys Zustand wissen. Alles, was man mir bisher mitteilte, war, dass mein Freund sehr schwer verletzt wurde."

„Ms. Watson, Ihr Freund wird auf der Intensivstation medizinisch versorgt, da er im Koma liegt. Er wird rund um die Uhr betreut. Sein jetziger Zustand ist den Umständen entsprechend gut. Die Atmung ist zwar noch nicht ganz stabil, aber das bekommen wir schon hin. Er wird es schaffen, da bin ich mir sicher. Machen Sie sich keine Sorgen – er ist ein starker Mann und ein Kämpfer, das sehe ich!", beruhigte der Arzt sie.

„Dieser Unfall, wie ist das passiert? Können Sie mir mehr dazu sagen?"

„Nun …, soviel ich weiß, hat Mr. Smith den Taxifahrer gebeten, schneller zu fahren, weil er das Flugzeug nach Paris noch erreichen wollte. Einem nigerianischen Taxifahrer zu sagen, er solle schnell fahren, ist der größte Fehler überhaupt, den man in Nigeria machen kann. Autofahren in Lagos ist riskant, da es sehr hektisch zugeht. Wenn man dann noch rast, kann das sehr gefährlich werden – unter Umständen sogar tödlich enden. In Nigeria fährt man nicht so zivilisiert wie in den USA oder in Europa; das sollte man bedenken. Ich nehme also an, Ihr Freund war noch nie in Afrika. Deshalb machte er auch diesen fatalen Fehler …, und das hätte ihn beinahe das Leben gekostet."

Abermals stellte sich Laura die Frage, warum sich Andy nicht besser auf diese Reise vorbereitet hatte.

Da Dr. Harmmed wusste, dass Laura viel zu weit weg war, um sich persönlich um Andy zu kümmern, machte er ihr folgenden Vorschlag: „Ma'am, Sie können mich jederzeit anrufen, wenn Sie Fragen haben. Solange Mr. Smith noch im Koma liegt, trage ich sein Handy bei mir. Das ist allerdings ein absoluter Ausnahmefall", betonte er. „Aber so kann ich auch anderen besorgten Anrufern Bescheid geben, welche sich nach Andy erkundigen wollen."

Laura nickte zustimmend und versprach, sich morgen wieder zu melden.

*

Der Artikel, den Jane heute Morgen in der U-Bahn gelesen hatte, machte sie sehr nachdenklich. Sie konnte das ungute Gefühl einfach nicht aus ihrem Kopf vertreiben.

Immerzu kreisten ihre Gedanken um das Thema *Internet-Love-Scamming*. Da sie den Artikel nicht fertiggelesen hatte, wollte sie dies noch nachholen, bevor sie nach Hause ging.

Dass die Love-Scammer nach ihrem „Auftrag" unauffindbar sind, dafür sorgt ihre vage Identität, welche einem Phantom entspricht. Diese dreisten Gauner stammen meistens aus Nigeria. Aber auch Länder wie Russland und Asien haben mittlerweile immer mehr Gefallen daran gefunden, mafiöse Geldgeschäfte mit der Internetliebe zu machen, was auch unter 4-1-9-Scam bekannt ist.

In Jane kroch eine derartige Wut hoch, die einem Vulkan, kurz vorm Ausbruch, ähnelte. Sie schlug mit der Faust auf den Tisch und schrie zornig: „Andy Smith, wenn ich herausbekomme, dass du ein *Internet-Love-Scammer* bist, dann Gnade dir Gott!"

Den Artikel als Beweisstück in ihre Aktentasche gesteckt, verließ sie das Büro.

*

Um sich von ihren Sorgen um Andy etwas abzulenken, entschloss sich Laura zu einem Stadtbummel. Es hatte keinen Sinn, den ganzen Tag im Hotelzimmer zu verbringen und Trübsal zu blasen. Außerdem wollte sie sich noch ein bisschen einstimmen auf ihre Arbeit.

Morgen Nachmittag begann das Fotoshooting – der eigentliche Grund für ihren Aufenthalt in Paris. Schon nach kurzer Zeit wurde sie wieder nur von einem Gedanken getrieben: Wie geht es Andy?

Ein Anruf bei Dr. Harmmed, so hoffte Laura, würde sie von ihrer schrecklichen Angst endlich befreien. Doch statt von Andys Gesundheitszustand zu berichten, erkundigte er sich, wie es *ihr* ging. Das irritierte Laura. Sie hatte das Gefühl, als ob er etwas verheimlichen wolle. Auf ihre Nachfragen war er geschickt ausgewichen. Sie spürte jedoch, dass irgendetwas nicht stimmte. „Doktor, ist mit meinem Freund wirklich alles in Ordnung?"

„Ma'am, ich weiß nicht, wie ich es Ihnen sagen soll …", begann der Arzt mit ernster Stimme. „Mr. Smiths' Zustand verschlechtert sich zunehmend. Wenn er nicht bald operiert wird, kann das schlimme Folgen haben."

Laura stockte der Atem. „Warum operieren Sie ihn dann nicht?" Für einen Moment herrschte am Telefon eine lähmende Stille. „Die Operation kostet 2.000 Dollar – und die müssen bezahlt werden, *bevor* er operiert wird", erklärte ihr Dr. Harmmed schließlich.

„So ist das nun mal in Nigeria. Es tut mir leid, Ma'am …" „Soll das heißen, kein Geld – keine Operation?", fragte Laura entsetzt.

„Das ist nicht meine Entscheidung, Ma'am. Aber … ja, so ist es." Diese Aussage setzte Laura massiv unter Druck. Ihr war klar, was das bedeutete. Da Andy noch im Koma lag, konnte also *nur sie* helfen, denn er hatte sonst niemanden, der diese Operation für ihn bezahlen könnte. Er musste aber möglichst bald operiert werden, sonst würde er womöglich sterben. Das hatte der Arzt sie jedenfalls wissen lassen.

„Ma'am, sind Sie noch dran?"

Laura atmete tief ein, bevor sie antwortete.

„Doktor, schicken Sie mir eine E-Mail mit allen Daten, die ich benötige, um das Geld zu überweisen!"

„Ich sende Ihnen gleich eine SMS, das geht schneller."

„Nein, ich möchte lieber eine E-Mail", beharrte Laura. „Über welche Bank soll ich das Geld schicken?"

„Am schnellsten geht das über die WESTERN UNION Bank. Vergessen Sie nicht, dies hier ist ein Wettlauf gegen die Zeit."

„Na gut, ich werde mich um alles Nötige kümmern."

Trotz der angeblichen Dringlichkeit bekam Laura seltsamerweise die E-Mail erst am Mittwochabend. Am Tag darauf fuhr sie zum „Gare du Nord"-Bahnhof, um das Geld zu überweisen. Laura hatte mit dem Arzt vereinbart, dass sie am Donnerstag um 9.30 Uhr das Geld überweisen würde, welches dann von einem Angestellten des Krankenhauses abgeholt werden könnte, so hatte Dr. Harmmed es ihr zumindest erklärt. Somit würde der Operation nichts mehr im Wege stehen, und diese könnte am Freitag durchgeführt werden.

Mit der Geldüberweisung hatte Laura ihren Teil dazu beigetragen, um Andys Leben zu retten. Alles Weitere lag nun in den Händen der Ärzte.

*

Der Stress der letzten Tage machte sich bei Laura deutlich bemerkbar. Sie fühlte sich völlig ausgelaugt. Zum heutigen Fotoshooting musste sie fit sein. Sie wollte auf keinen Fall, dass jemand von ihren privaten Problemen etwas bemerkte. Bei der Arbeit verhielt sie sich deshalb stets fröhlich und gut gelaunt. Sie war zu professionell, um sich vor anderen Leuten gehen zu lassen. Die Melancholie überkam sie erst wieder, als sie abends allein in ihrem Hotelzimmer saß. Mehrmals versuchte sie, Dr. Harmmed zu erreichen – ohne Erfolg. Dabei sagte er doch, sie könne ihn jederzeit anrufen. Nervös trommelte sie mit den Fingern auf den Tisch. Ihr wurde klar, dass es heute keinen Zweck mehr hatte, bei dem Doktor anzurufen.

Stattdessen meldete sie sich bei ihrer Freundin.

Jane war fassungslos: „Du hast *schon wieder* Geld nach Nigeria überwiesen?" Ihre Stimme überschlug sich fast bei der Frage. Sofort schossen ihr die Wörter *„Betrüger"*, *„4-1-9"*, oder *„Internet-Love-Scammer"* durch den Kopf.

„Ich kann Andy doch nicht hängen lassen! Er wollte nur *meinetwegen* so schnell zum Flughafen, und deshalb hatte er diesen schlimmen Unfall", rechtfertigte Laura ihre Entscheidung, während sie nervös mit ihrem Schlüsselbund spielte.

Wenn Jane den ärgerlichen Blick sehen könnte, den Laura momentan hatte! „Ob du es glauben willst oder nicht, es gibt Momente im Leben, in denen man weiß, dass man helfen muss. Und das ist *jetzt* der Fall – *ohne* meine Hilfe ist er dort verloren."

„Also ehrlich, das ist doch lächerlich."

Laura dachte, sie höre nicht richtig. Sie tat alles, damit Andy überleben konnte, und Jane kritisierte sie wegen dieser Hilfe auch noch. Das Verhalten ihrer Freundin war ihr ein Rätsel; sie fühlte sich von ihr ganz und gar missverstanden.

Jane war während dieses Gesprächs eines klargeworden: Laura fühlte sich schuldig …, schuldig an dem Unfall …, schuldig, dass Andy schwer verletzt worden war. Deswegen hatte sie ein schlechtes Gewissen, und das quälte sie. *Dieser Unfall ist womöglich nur vorgetäuscht. Ich bin mir ziemlich sicher, dass Andy ein Betrüger ist.* Das hätte Jane ihrer Freundin gerne gesagt, aber sie würde ihr nicht glauben. Deshalb behielt sie es vorerst für sich. Die einzige Möglichkeit, um Laura die Augen zu öffnen, war, ihr Beweise zu bringen – und das wollte sie tun. Janes Augen funkelten wild entschlossen.

*

Das schrille Klingeln des Weckers riss Laura blitzartig aus dem Schlaf. Es dauerte meistens ein paar Minuten, bis sie richtig wach wurde. *Heute* war das anders. *Heute* wurde Andy operiert. Deswegen war Laura ganz mulmig zumute. Sie hoffte, dass alles gut verlaufen würde.

Obwohl die Operation für 11 Uhr geplant war, sollte sie sich jedoch erst gegen 18 Uhr bei Dr. Harmmed melden.

Viel Zeit zum Grübeln blieb ihr nicht. Das Fotoshooting sollte in einer Stunde beginnen; Laura musste sich also beeilen. Die Arbeit mit den Models lenkte sie von ihrer Sorge um Andy ab. Doch als der Auftrag abgeschlossen war, übermannten sie die Gefühle. Angst und Sorge machten sich breit.

Zur Ablenkung machte Laura einen Spaziergang entlang der Seine. Vor Kurzem hatte sie noch davon geträumt, wie schön es werden würde, mit Andy hier entlang zu schlendern – Hand in Hand! Deprimiert und alleine stand sie nun am Ufer. Die zahlreichen eng umschlungenen Liebespaare, auf die sie ständig traf, konnte sie nicht länger ertragen. Sie wollte nur noch weg von hier …, weg von all den glücklichen Verliebten.

Auf dem Weg zurück ins Hotel stoppte sie vor jedem Schaufenster, denn sie musste noch eine ganze qualvolle Stunde warten, bis sie Dr. Harmmed endlich anrufen konnte. Vor der Vitrine eines Juweliers verharrte sie lange. Laura fühlte sich von den glitzernden Schmuckstücken wie magisch angezogen. Da entdeckte sie ihn …, einen wunderschönen Silberring mit zwei blutroten Herzen. Das Herz – ein Symbol der Liebe. Der Ring – ein Zeichen für eine womöglich beginnende Liebe zwischen ihr und Andy? Laura konnte nicht widerstehen.

*

Endlich 18 Uhr! In den letzten Stunden hatte Laura diesen Moment geradezu herbeigesehnt. Sie wollte sofort von dieser Anspannung erlöst werden und Dr. Harmmed durchs Telefon sagen hören: „Andys Operation verlief gut." Voller Hoffnung, aber auch ängstlich wählte sie die Nummer. Als sie nach kurzem Warten das Freizeichen hörte, steigerte sich Lauras Nervosität erneut ins Unermessliche, so, als hätte sie Lampenfieber. *Warum hat er 18 Uhr gesagt, wenn er dann doch nicht zu erreichen ist?,* fragte sie sich frustriert.

Mit Wut im Bauch knallte sie den Hörer auf die Gabel. Am liebsten hätte sie aufgeschrien vor Verzweiflung, aber das half ihr auch nicht weiter – sie war auf Dr. Harmmed angewiesen; das machte sie geradezu rasend.

Zwei Stunden später erreichte sie ihn endlich. Laura konnte es sich nicht verkneifen, Dr. Harmmed zu sagen, dass sie seit 18 Uhr versuche, ihn zu erreichen. Ihre sorgenvolle Frage nach Andy beantwortete er zunächst sehr sachlich: „Mr. Smith hat die Operation gut überstanden, aber jetzt braucht er noch viel Ruhe." Verständnisvoll fuhr er fort: „Sie müssen keine Bedenken mehr haben – Ihr Freund wird wieder gesund."

Dieser Moment war der Schönste für sie seit Tagen. Laura fühlte, wie all die Sorgen und Ängste plötzlich von ihr abfielen. Sie weinte vor Erleichterung.

Sie hatte sein Leben gerettet. Darauf war sie besonders stolz. Manchmal musste man einfach auf seine innere Stimme hören und nicht auf die warnenden Worte anderer. Und plötzlich kam ihr auch wieder das Horoskop in den Sinn, welches sie vor ihrer Parisreise gelesen hatte; vor allem zwei Sätze davon blieben haften: *Es wird in Ihrem Leben bald eine große Veränderung geben. Lassen*

Sie sich die Chance nicht entgehen – es könnte der Partner fürs Leben werden.

*

„Mr. Smith ist vor einer Stunde kurz aufgewacht", berichtete Dr. Harmmed. Seine ersten Worte waren: „Wo ist meine Frau ... Laura?"
Laura war darüber zu Tränen gerührt. Jetzt gab es für sie keinen Zweifel mehr, dass Andy sie liebte. Sie war Andys erster Gedanke, nachdem er nach seiner schweren Operation aus dem Koma erwacht war! Dies erfüllte sie mit großer Sehnsucht.
„Es war gut, dass ich gerade bei ihm war; so konnte ich ihn ein bisschen beruhigen. Obwohl er noch nicht richtig wach war, erinnerte er sich gleich an Sie. Das ist umso erstaunlicher, da es meistens etwas länger dauert, bis die Erinnerung wieder da ist. In den zwanzig Jahren, die ich nun schon als Arzt im Krankenhaus tätig bin, habe ich einen solchen Fall bisher noch nie erlebt. Ms. Watson, Ihr Freund scheint Sie *sehr* zu lieben."
„Könnte ich ihn kurz sprechen?", bat ihn Laura mit brüchiger Stimme. Sie war sehr ergriffen von Dr. Harmmeds Neuigkeit über Andy.
„Tut mir leid Ma'am, aber heute nicht mehr. Er war nur kurz wach, jetzt schläft er wieder. So eine Operation am Kopf erfordert eine starke Narkose, und die Patienten sind noch den ganzen nächsten Tag in einem Dämmerzustand. Rufen Sie in zwei Tagen an, dann können Sie kurz mit Ihrem Freund reden."
„Aber das ist ein Sonntag, Dr. Harmmed. Haben Sie da überhaupt Dienst?"
„Das ist kein Problem, Ma'am. Ich komme am Vormittag kurz ins Krankenhaus, um nach meinen anderen Patienten, die operiert wurden, zu sehen; so gegen 10.30 Uhr können Sie mich erreichen."
Wie gerne hätte Laura jetzt Andys Hand gehalten oder ihm über seine Wange gestrichen ..., ihm einen Kuss gegeben. Sie sehnte sich

so sehr nach ihm; es machte sie unendlich traurig, nicht bei ihm sein zu können.

*

Als Laura am Sonntag, noch immer über Andys Handy, bei Dr. Harmmed anrief, befand er sich gerade in Andys Zimmer. Der Arzt bat sie, sich kurz zu fassen, und übergab Andy sein Handy.
„Hallo Baby!", flüsterte Andy kraftlos. Zunächst schockiert über diese schwache, fast nicht wahrnehmbare Stimme, war Laura dennoch froh, ihn endlich zu hören.
„Hallo Andy, wie fühlst du dich?"
Er schwieg kurz, als müsste er Kräfte sammeln. „Nicht besonders gut." Seine Stimme war kaum noch hörbar.
Jetzt verstand sie auch, warum der Arzt nur ein kurzes Gespräch erlaubt hatte. Schweren Herzens verabschiedete sich Laura wenig später.
Danach war wieder der Arzt am Telefon. „Geht es Ihnen gut, Ms. Watson?", erkundigte er sich in einem freundlichen Ton. Nachdem Laura nicht sofort antwortete, sprach er weiter: „Sie brauchen keine Angst zu haben, Ma'am, weil Ihr Freund noch so geschwächt ist. Morgen geht es ihm schon besser. Sie können zwischen 10 Uhr und 11 Uhr anrufen."
„Danke Dr. Harmmed, aber nennen Sie mich doch bitte Laura! Das klingt persönlicher."
„Gerne … Laura, … also bis morgen.

*

Ein neuer Tag war angebrochen, ein Tag voller Hoffnung. Die Aussicht, mit Andy heute endlich länger telefonieren zu können, stimmte Laura fröhlich.
Pünktlich, wie vereinbart, rief sie Dr. Harmmed um 10 Uhr an, da er um diese Zeit im Krankenhaus sein wollte. Aber er vertröstete sie mit den Worten: „Laura, es tut mir leid … Ich bin noch zu Hause. Rufen Sie mich gegen 11 Uhr nochmals an!"

Auch zu dem Zeitpunkt entschuldigte er sich wieder, da er noch nicht im Krankenhaus war. „Ich wurde zu einem Notfall gerufen und bin leider noch unterwegs. Um 12 Uhr bin ich aber sicher im Krankenhaus. Bitte rufen Sie dann an!"

Jetzt riss Laura der Geduldsfaden.

„Hören Sie, Dr. Harmmed, ich habe auch noch andere Verpflichtungen. Um 12 Uhr kann ich *auf keinen Fall* anrufen."

„Ist es um 18 Uhr möglich?", fragte er etwas irritiert. Damit hatte er wohl nicht gerechnet, dass Laura nicht mehr bereit war, sich nur nach *seinem* Zeitplan zu richten. Auch *ihre* Geduld hatte Grenzen – das sollte Dr. Harmmed ruhig wissen. Diese große Abhängigkeit von dem Arzt, weil Patienten kein Handy benutzen durften, ließ ihren Frustpegel enorm steigen. Wie lange sollte das noch so weitergehen? Ihre Gefühle schwankten zwischen Ärger und Hilflosigkeit. Anscheinend hatten ihre klaren Worte Wirkung gezeigt, denn dieses Mal klappte es.

Als der Arzt Laura mitteilte, er würde zu Andy ins Zimmer gehen, damit sie ihn kurz sprechen konnte, raste ihr Herz. Wieder spürte sie diese starke Sehnsucht in sich – schlimmer als je zuvor. Sie wollte bei ihm sein! Für ihn da sein. Seine Hand in ihrer halten.

„Andy, geht es dir heute schon etwas besser?"

Andy reagierte, aus welchem Grund auch immer, nicht auf ihre Frage und gab stattdessen leicht lallend von sich: „Laura …, ich … ich liebe dich." Kurze Pause.

„Ist alles in Ordnung, Andy?"

„Mein Kopf … , ich … ich habe … starke Schmerzen. Mein Kopf … tut mir so weh."

Andys Stimme klang matt und erschöpft. So hatte sie sich das Gespräch nicht vorgestellt. Sie starrte aus dem Fenster, während sie Andys Worten lauschte. Warum hatte sie der Arzt nicht darüber informiert, dann hätte sie mit dem Anruf noch gewartet. Jetzt war für sie alles noch schlimmer als zuvor. Die Situation schien Laura maßlos zu überfordern. Die Nervosität hatte sie wieder voll im Griff. Aufgeregt kritzelte sie mit dem Kugelschreiber Herzchen auf ein Blatt Papier.

Sie hörte Andy in einem gequälten Unterton sprechen: „Laura …, ich habe starke … Schmerzen. Ich … muss Schluss machen. Dr. Harmmed möchte, dass ich … mich noch schone. Ich liebe dich."

Einen Moment später war auch schon wieder der Arzt am Apparat. „Dr. Harmmed, Sie meinten doch, es ginge Andy schon besser."

„Das tut es Laura. Als Arzt sehe ich den Gesundheitszustand eines Patienten mit anderen Augen, und der hat sich eindeutig verbessert. Vor allem ist er nicht mehr in Lebensgefahr. Das ist ein großer Fortschritt, das sollten Sie nicht vergessen. Es wird aber noch einige Zeit dauern, bis er sich vollständig erholt hat."

Das klang einleuchtend. Trotzdem war Laura enttäuscht. Wie sehr hatte sie sich auf dieses Gespräch gefreut, aber dieser zerbrechliche Ton in seiner Stimme schmerzte. Laura fiel es sichtlich schwer, die Situation, in der Andy sich befand, zu akzeptieren. Dass er so leiden musste, konnte sie kaum ertragen.

Dennoch versuchte sie, ihre Gefühle im Zaum zu halten, weiterhin stark zu sein. Für ihn – weil sie ihn liebte. Aber sie wurde einer Illusion beraubt. Sie dachte, wenn sie Andys Stimme hörte, dann …

Doch all der Zauber war weg.

*

Laura hatte mit Dr. Harmmed vereinbart, dass sie ihn am nächsten Tag um 19 Uhr anrufen könnte. Sein freundliches Angebot, ihn in Zukunft auch auf seinem Handy anrufen zu dürfen, da sie ihn so leichter erreichen konnte, nahm sie gerne an. *Dieses Privileg bekäme nur sie,* betonte er.

Pünktlich zur verabredeten Zeit rief sie den Arzt an. Als er sich meldete, wirkte er irgendwie unpersönlich. Seine Stimme klang so, als gäbe es Probleme. Das löste bei Laura sofort Unbehagen aus.

„Hallo Dr. Harmmed, hier spricht Laura."

„Hallo Laura. Was kann ich für Sie tun?"

Was kann ich für Sie tun?!, wiederholte sie stumm. Hatte er vergessen, dass sie wegen Andy anrief?

„Dr. Harmmed, ich würde gern mit Andy sprechen. Ich …"

„Es tut mir leid Laura, aber das geht heute nicht mehr. Andy bekommt gerade seine Infusion."

Dann verabschiedete er sich und legte auf, ohne Laura überhaupt die Chance zu geben, nachzufragen, ob sie morgen mit ihrem Freund reden könnte. Sie war fassungslos. Schließlich hatte ihr der Arzt gesagt, dass *sie* um diese Zeit anrufen sollte. Und jetzt fertigte er sie einfach so ab. Ganz tief drinnen spürte sie so etwas wie Argwohn.

*

Laura war klar, dass sie so nicht weitermachen konnte. Die Probleme mit Andy fraßen sie innerlich geradezu auf. Zudem konnte sie kaum noch schlafen. Was sie vor allem quälte, war das schlechte Gewissen; es nagte nach wie vor an ihr. Andys Unfall ließ sie einfach nicht zur Ruhe kommen.

Sie brauchte frische Luft, und so flüchtete sie sich, noch in ihr Nachthemd gekleidet, auf die Terrasse. Für einen Moment setzte sie sich auf einen der Holzstühle, die draußen standen, und ließ ihren Blick über die Silhouette der Altstadt schweifen. Sie wollte wieder einen klaren Kopf bekommen, doch die Traurigkeit war stärker, denn dass Andy nicht kommen würde, war nun klar.

Sicher würde es noch Wochen dauern, bis er aus Lagos weg konnte. Sie stieß einen tiefen Seufzer aus, während sie aufstand und für einen weiteren Moment auf Paris schaute.

Da winkte ihr eine alte Frau aus einer gegenüberliegenden Wohnung zu und rief ihr ein freudiges „Bonjour, Mademoiselle" zu.

Laura war so erfreut über diese Freundlichkeit, dass sie der alten Dame, welche ihre getigerte Katze auf dem Arm hielt, lächelnd zuwinkte. So sehr der Aufenthalt in Paris momentan schmerzte, liebte Laura diese Stadt nach wie vor. Sobald sie sich in Paris aufhielt, befand sie sich in einem Rauschzustand. Dieses besondere Gefühl der Freiheit und dieses „savoir-vivre" erlebte sie nur hier.

Dieses Gefühl – wie lange hatte sie es schon nicht mehr gespürt? Die Antwort war: Seit sich ihr ganzes Leben nur noch um Andy drehte. Das musste ein Ende finden.

Ihre Arbeit war beendet, ihr blieb genügend Zeit, um den Duft dieser Stadt tief einzuatmen. Sie war in Paris, das wollte sie jetzt endlich spüren, mit Leib und Seele.

Zwanzig Minuten später kam Laura frisch gestylt aus dem Badezimmer, schnappte sich ihre rote Strickjacke und machte sich schnurstracks auf den Weg Richtung *Sacre Coeur*.

Sie mochte diese Gegend mit ihren verwinkelten Gässchen und dem lieblichen Flair. Es war schon kurz vor Mittag, als Laura schließlich in der Nähe der *Sacre Coeur* ankam.

Und so setzte sie sich in ein Bistro. Das köstliche Essen, der gute Wein, ein fast südländisches Flair! Laura blieb nicht lange alleine am Tisch sitzen, weil sich andere – wie es dort so üblich war – dazugesellten. Es wurde eine herrlich amüsante Runde daraus, aus jungem Pariser Witz und altem französischen Charme. Es machte ihr riesigen Spaß, mit all den Leuten zusammenzusitzen und über die verschiedensten Themen zu diskutieren. In Augenblicken wie diesen war sie froh, in Paris zu sein.

Kapitel 5

Heute war der letzte Tag, den Laura in Paris verbrachte. Da sie noch ein bisschen von Paris erleben wollte, unternahm sie kurzfristig eine Schiffsrundfahrt auf der Seine. Glücklicherweise hatte Laura ihre Kamera mitgenommen, denn von dem gläsernen Ausflugsboot bot sich ihr ein fantastischer Blick auf die Stadt. Mittlerweile war sie schon fleißig dabei, viele Fotos aus verschiedenen Perspektiven aufzunehmen. Sie merkte, wie entspannt sie plötzlich wurde, als wären all die schrecklichen Ereignisse der letzten Tage nie passiert. Es war ein wunderbares Gefühl.

Auf dem Schiff sprach sie ein junger schwarzer Mann an, der sie darum bat, ihn mit seiner Kamera zu fotografieren. Sie kamen ins Gespräch; er erzählte ihr ein bisschen aus seinem Leben und über sein Land. Er stammte aus Nigeria. Daraufhin berichtete Laura ihm von Andy und seinem schrecklichen Unfall dort.

„Ja, Autofahren in Lagos ist nicht ungefährlich; gerade Taxifahrer sind ziemlich waghalsig unterwegs, beweisen ihren Fahrgästen gerne, was sie draufhaben."

Dies hörte Laura nicht zum ersten Mal; es bestärkte sie darin, dass der Taxifahrer für diesen Unfall verantwortlich war. Das befreite sie ein bisschen von dem seelischen Druck, mitschuldig zu sein, an Andys misslicher Lage.

Nach der Schifffahrt steuerte sie einen der öffentlichen Fahrradstände an, bei denen man sich ein Rad ausleihen konnte. Dass es hektisch auf Paris' Straßen zuging, war für Laura nicht weiter schlimm. Es machte ihr einen Heidenspaß, möglichst schnell mit dem Rad durch die Gegend zu flitzen, während der Fahrtwind ihr durchs offene Haar blies. Dieses Gefühl von Freiheit beflügelte sie. Doch der Gedanke an Andy machte dies alles zunichte; sie spürte schon wieder dieses altbekannte Ziehen in ihrer Brust – ein Ausdruck der Sehnsucht, aber auch der Angst um Andy.

Ihr nächstes Ziel war die *Notre Dame*. Dort wollte sie eine Kerze für ihn anzünden. Durch ihre katholische Erziehung spielte der Glaube noch immer eine große Rolle in ihrem Leben. So hatte Laura auch heute das starke Bedürfnis nach einem Zwiegespräch mit Gott. Die vielen flackernden Kerzen in der Kirche funkelten wie kleine Sterne. Das gab ihr für einen Moment inneren Frieden.

Laura schloss die Augen und sprach ein stummes Gebet. *Bitte mach, das alles wieder gut wird,* flehte sie.

Während sie stillschweigend vor dem schimmernden Kerzenmeer stand, hing sie mit ihren Gedanken noch für eine Weile dem Wunsch nach, endlich Andy bei sich zu haben. Doch schließlich wurde ihr bewusst, dass sie an der Situation nichts ändern könne, und dass es besser sei, diese zu akzeptieren. Stattdessen wollte sie Paris noch ein bisschen genießen.

Um ein wenig zu entspannen, fuhr Laura mit ihrem Rad in den *Jardin des Tuileries,* welcher in der Nähe des *Louvre* lag. Sie setzte sich in einen der Sonnenstühle, welche überall im Park herumstanden und beobachtete die Menschen um sich herum. Die vielen Kinder, die dort spielten, die Hunde, die herumtollten, die älteren Damen, welche mit viel Hingabe die Tauben fütterten, und die vielen Sonnenanbeter, welche dankbar für jeden einzelnen Sonnenstrahl waren, all das lenkte Laura von ihrem Kummer ab und ließ sie wieder lächeln. Nach einiger Zeit machte sie sich mit ihrem Rad wieder auf den Weg. Als sie an einem Straßencafé vorbeikam, stieg ihr Kaffeeduft in die Nase. Ohne lang zu überlegen, hielt sie an. Sie setzte sich, wie es dort so üblich war, zu anderen Menschen an den Tisch. Laura bestellte einen Kaffee und Macarons – ein typisch französisches Gebäck.

Nach der Pause fuhr sie entlang der *Champs Elysées* zum *Arc de Triomphe.* Von dort hatte man einen herrlichen Blick auf den Eiffelturm und andere Sehenswürdigkeiten. Dieser Ort erinnerte sie an die französischen Filmklassiker der 60er- und 70er-Jahre mit Jean Paul Belmondo und Romy Schneider. Genau dieses besondere Flair umgab Paris nach wie vor.

Doch die schönste Zeit in dieser wunderbaren Stadt war unumstritten der Abend, da dann alle Monumente hell erleuchtet waren; vor allem der Eiffelturm wirkte dadurch noch eindrucksvoller. Laura war begeistert, wenn es zu jeder vollen Stunde plötzlich glitzerte, als würden viele kleine Feuerwerke um ihn herum explodieren. Es war ein Fest der Sinne.

Stunden später stand sie auf der beleuchteten Brücke *Pont d'Alexandre* und betrachtete den Eiffelturm mit einem wehmütigen Blick. Ihr einziger Gedanke in diesem Moment: ANDY.

Plötzlich wehte ein starker Wind und blies Laura durch ihr langes, dunkles Haar. Sie strich sich eine Haarsträhne aus der Stirn und seufzte.

Ein letzter Blick zum Eiffelturm, danach machte sie sich mit dem Rad auf den Rückweg zum Hotel. Als sie wenig später in ihrem Hotelzimmer ankam, sog sie auf der Terrasse, bei einem Glas Weißwein, nochmals für ein paar Minuten die Stimmung in sich auf. An die Brüstung gelehnt, ließ sie ihren Blick über die Silhouette der Altstadt schweifen. Traurigkeit wallte in ihr auf. Morgen würde sie Paris verlassen.

*

Der Taxifahrer, der Laura zum Flughafen brachte, war auffallend groß und hatte eine sehr dunkle Hautfarbe. Viele Schwarze verdienten sich in Paris ihren Lebensunterhalt auf diese Weise.

Meistens waren es sehr freundliche Männer, die sich gerne mit ihren Fahrgästen unterhielten. Doch dieser Fahrer unterschied sich deutlich von seinen Kollegen; er schwieg während der ganzen Fahrt. Dafür musterte er Laura immer wieder im Rückspiegel. Noch nie hatte sie sich während einer Taxifahrt so unwohl gefühlt.

Das ist kein guter Typ, schoss es ihr durch den Kopf. Nervös zupfte sie an ihren Haarspitzen. Vor ihrem inneren Auge blitzte ein erschreckendes Bild auf. Bei dem Gedanken, dass sie bei einem Psychopathen im Auto saß, lief es ihr eiskalt den Rücken hinunter. Das Klingeln des Handys bewahrte sie vor einer Panikattacke.

„Laura, hier spricht Dr. Harmmed."

„Ist etwas passiert …, geht es Andy gut?" Laura fühlte ihr Herz bis zum Halse schlagen.

„Keine Sorge, es geht ihm gut, aber es gibt ein anderes Problem."

„Dr. Harmmed, ich sitze gerade im Taxi. Können wir später darüber reden?"

Aber der Arzt sprach weiter, als ob Laura nichts gesagt hätte. „Andys Aufenthalt in der Privatklinik und seine medizinische Versorgung kosten *viel Geld*. Die Krankenhausverwaltung hat schon mehrmals nachgefragt, wann die Kosten nun beglichen werden."

„Und warum rufen Sie da *mich* an?", wollte Laura, sichtlich entrüstet, wissen.

„Weil wir leider *nur Sie* als Kontaktperson haben. Andy hat keine Familie, das ist Ihnen ja bekannt. Wir haben also niemanden, an den wir uns wenden könnten."

„Also, dachten Sie wieder mal an mich", bemerkte Laura spitz.

„Hören Sie Laura … Ich mache das wirklich nicht gerne, aber irgendjemand muss halt die Krankenhauskosten übernehmen."

„Habe ich gerade richtig gehört? *Ich* soll die Krankenhauskosten bezahlen?" Ihre Wangen röteten sich vor Empörung. Was dachte sich dieser Arzt eigentlich dabei, so etwas von ihr zu verlangen?

„Dr. Harmmed, das geht so nicht weiter. Ich bin *nicht* Andys Ehefrau, und das wissen Sie."

„Aber Laura, wenn man sich liebt, hilft man einander." Damit wollte er sie schon wieder unter Druck setzen.

Laura spürte die Wut in sich gären. „Ich werde *das nicht machen!*", entgegnete sie ihm kühl.

„Was soll das heißen?", herrschte der Arzt sie an. Jetzt lernte Laura sein afrikanisches Temperament kennen.

„Hören Sie mir zu, Laura! Andy bekommt hier die beste medizinische Versorgung. Nur durch *diese* hervorragende Behandlung in unserem Krankenhaus ist er noch am Leben – das sollten Sie nicht vergessen! Dafür möchten wir natürlich auch bezahlt werden."

„Aber dafür bin nicht ich zuständig. Das müssen Sie mit Andy klären. Schließlich ist er wieder bei Bewusstsein und kann sich um seine finanziellen Angelegenheiten selber kümmern."

„So einfach, wie Sie sich das vorstellen, ist das nicht. Seine Reiseschecks decken auf keinen Fall die angefallenen Kosten."

„Wenden Sie sich doch an das amerikanische Konsulat."

„Einen Moment mal, ich bin Arzt und nicht Andys Privatassistent. Es ist nicht meine Aufgabe, so etwas zu tun. Ich hatte immer den Eindruck, dass Sie Andy lieben – und jetzt lassen Sie ihn im Stich?"

Laura war der missbilligende Unterton nicht verborgen geblieben. Eine ganze Weile sagte keiner von beiden ein Wort. Schließlich fuhr Dr. Harmmed fort: „Dabei hat er nur *einen* Wunsch: Gesund zu werden und so schnell wie möglich zu Ihnen zu kommen. Andy braucht Hilfe – *Ihre* Hilfe", versuchte er, sie zu überzeugen.

Laura überlegte fieberhaft. Sie wusste einfach nicht, was sie tun sollte. Ein Wechselbad der Gefühle durchströmte sie. Einerseits bekam sie ein schlechtes Gewissen bei dem Gedanken, Andy nicht mehr zu helfen, andererseits war sie verärgert über die Art und Weise, wie Dr. Harmmed sie behandelte.

„Doktor, meine finanziellen Mittel sind begrenzt; ich bin schließlich nicht die Bank von England. Um meinen Lebensunterhalt zu verdienen, muss ich hart arbeiten – mir wird nichts geschenkt. Sie verlangen wirklich viel von mir. Ich habe schließlich schon Andys Operation bezahlt, und die war *nicht* billig."

„Aber Laura, Sie sollen Andy das Geld nur *leihen* und nicht *schenken*. Das werden Sie doch für ihn tun, nicht wahr? Sonst muss er dieses Krankenhaus morgen verlassen, das wäre sehr schlecht für seine Gesundheit. Die medizinische Betreuung, die er noch dringend braucht, bekommt er aber nur in *unserem* Krankenhaus. Andy hat niemanden außer Ihnen, der ihm helfen könnte, sonst würde ich Sie nicht darum bitten. Verstehen Sie das, Laura?"

Laura ließ etliche Sekunden ohne Antwort verstreichen. Die Alarmglocken, die sie nur kurz läuten hörte, verklangen rasch wieder. „Von welcher Summe sprechen wir überhaupt?"

„Nun, einschließlich der kommenden Woche – die noch dringend nötig ist, damit sich Andys Zustand nicht wieder verschlimmert – beläuft sich der Betrag auf 7.000 Dollar."

„7.000 Dollar?", wiederhole Laura ungläubig.

„… die Sie sofort zurückbekommen, sobald Andy bei Ihnen in London ist."

„Ja, aber wann wird das sein?", fragte Laura argwöhnisch.

Dr. Harmmed spürte Lauras Zweifel. „Laura, ich will Sie wirklich nicht unter Druck setzen. Aber ich mache das alles nur für Ihren Freund – nicht für mich. Das sollten Sie nicht vergessen." Er wirkte wie ein strenger Lehrer, der Laura in die Schranken zu weisen versuchte. „Die Krankenhausverwaltung wird nicht zögern, Andy zu entlassen, wenn die Rechnung nicht bald beglichen wird."

„Die würden ihn einfach vor die Tür setzen? Egal, wie sein Gesundheitszustand ist?"

„Leider ja."

Diese Vorstellung wühlte Lauras Gefühle von Neuem auf. Bevor sie antworten konnte, war die Leitung tot. Das Handynetz kam mal wieder zum Erliegen.

Nachdenklich schaute Laura aus dem Fenster. Noch immer aufgewühlt von dem Gespräch mit Dr. Harmmed, nahm sie kaum etwas wahr von der Gegend. Das Gefühlskarussell, in dem sie sich befand, machte sie ganz schwindlig. Wie sehr hatte sie sich auf Paris gefreut – aber die Angst um Andy überwog die meiste Zeit. Laura versuchte, die Erinnerung daran aus ihren Gedanken zu verbannen – ohne Erfolg. In ihren Augen schimmerten Tränen.

Als das Taxi am Flughafen ankam, stellte der Taxifahrer den Motor ab, drehte sich zu Laura um und stierte sie mit einem durchdringenden Blick an.

Hastig kramte sie ihre Geldbörse aus der Tasche, bezahlte die Fahrt und stieg schnell aus dem Wagen. Sie spürte den Blick des Mannes, der ihr hinterherschaute, als sie mit ihrem Koffer Richtung Eingang ging. Ungeduldig schaute Laura auf ihre Armbanduhr, da der Pilot des Fliegers nochmals eine Verspätung von 15 Minuten ansagte. Sie fühlte sich plötzlich wie eine Gefangene in diesem Flugzeug. Zudem litt sie an Flugangst. Sie versuchte, so ruhig wie möglich zu bleiben, und beobachtete für eine Weile das Treiben auf der Startbahn. Dann war es soweit. Das Dröhnen der Motoren wurde lauter. Gleich würde das Flugzeug abheben. Immer schneller, immer höher … Ein letzter Blick auf die Stadt, an die Laura schon vor langer Zeit ihr Herz verloren hatte. Das Flugzeug stieg höher und höher – Laura fühlte sich dabei frei wie ein Vogel. Es war ein erlösendes Gefühl, so, als würde sie alle Sorgen nun unter sich lassen.

Ächzend nahm Laura ihren roten Koffer vom Gepäckband und spazierte ohne Hast nach draußen zum Taxistand. Dunkle Wolken hingen über der Stadt.

Keine schöne Begrüßung, seufzte Laura. Jetzt wollte sie nur noch eines: Endlich nach Hause, wo ein bequemes Bett auf sie wartete! Einer der Taxifahrer kam ihr sogleich entgegen und verstaute ihr Gepäck im Kofferraum. Laura zuckte unmerklich zusammen. Der Fahrer war ein Schwarzer.

War das wirklich nur ein Zufall oder steckte etwas anderes dahinter? Mit einem leichten Zittern in ihrer Stimme nannte sie ihre Adresse. Verwundert musterte der Taxifahrer Laura. Sie wirkte auf ihn irgendwie verwirrt.

„Alles in Ordnung?", wollte er wissen.

Aber Laura hörte überhaupt nicht zu. Ihre Gedanken kehrten immer wieder zu jenem Tag zurück, als der Hotelmanager ihr gedroht hatte: *„Ich habe überall Leute, die finden jeden."*

*

Es war ein langer Tag und Laura dementsprechend müde. Eingehüllt in ihre kuschelige Bettdecke, hörte sie dem Regen zu, der gegen die Fensterscheiben prasselte. Ein melancholisches Lächeln erhellte ihr Gesicht, als sie an Andy dachte. „Er liebt mich", war ihr letzter Gedanke, bevor sie in den Schlaf sank.

Laura träumte. Sie war in Lagos. Mit schnellen Schritten ging sie durch die Krankenhausflure, auf der verzweifelten Suche nach Andy. Da entdeckte sie ihn. Ihr Herz raste. Hilflos und bleich lag er in seinem Bett. Mit traurigen Augen blickte er sie an. Seine Stimme war leise, als er flüsterte: „Baby, ich habe auf dich gewartet. Hilf mir …, rette mich …, ich brauche dich. Du bist meine einzige Hoffnung. Endlich bist du bei mir …, endlich bin ich nicht mehr allein. Ich liebe dich."

Laura setzte sich zu ihm, streichelte seine Wangen, küsste ihn zärtlich auf die Stirn. Sie nahm seine Hände behutsam in ihre und versprach ihm, ihn nie mehr zu verlassen. Die Zärtlichkeit, die sie in diesem Moment für Andy empfand, war unbeschreiblich.

Abrupt endete der Traum. So plötzlich wie ein Filmstreifen, der gerissen war. Laura lag mit hämmerndem Herzen da. Stille. Unerträgliche Stille. Die Sehnsucht nach Andy wurde zur puren Folter und fühlte sich an wie Speere, die mitten in ihr Herz trafen.

Wann würden sie sich endlich sehen? Die Vorstellung, dass Andy zu früh aus dem Krankenhaus entlassen wurde, wenn sie die Kosten nicht beglich, beunruhigte sie enorm. Wer weiß, ob Andy dann jemals nach London kommen könnte. Laura traf eine Entscheidung: Gleich morgen würde sie die 7.000 Dollar überweisen.

*

Widerwillig schlug Laura die Bettdecke zurück, schnappte sich ihren Bademantel und schlurfte in die Küche. Jetzt brauchte sie erst einmal ihre morgendliche Tasse Kaffee, möglichst stark, um wach zu werden.

Auf dem Weg zur Western Union Bank bettelte ein etwa 15-jähriger schwarzer Junge Laura an. Da sie von Natur aus ein großzügiger, hilfsbereiter Mensch war, fiel es ihr nie leicht, nein zu sagen, wenn jemand um Hilfe bat.

Aber diese penetrante Art des Bettelns verabscheute sie. Ihre Handtasche eng an sich gepresst, lief Laura rasch weiter, doch der Junge gab nicht auf und folgte ihr. An einer Ampel huschte sie schnell über die Straße, bevor diese auf Rot umschaltete. Verstohlen schaute sie sich um, ob sie den Jungen loswerden konnte. Dieser stand, frech grinsend, auf der anderen Straßenseite und blickte ihr dreist hinterher. Laura setzte ihren Weg zur Bank fort; es blieb jedoch ein ungutes Gefühl bei ihr zurück.

Es dauerte einen Moment, bis das Klingeln des Handys in ihr Bewusstsein vordrang. Der Lärmpegel um sie herum war sehr hoch.

„Laura, hier spricht noch mal Dr. Harmmed. Haben Sie das Geld schon überwiesen?" Die Ungeduld in seiner Stimme hörte man deutlich heraus.

„Ich komme gerade aus der Bank", antwortete sie in einem schroffen Ton. „Warum fragen Sie?"

„Weil ich bisher keine CTN-Nummer und kein Codewort bekommen habe und deswegen das Geld nicht abgeholt werden kann."

„Dr. Harmmed, ich bin gestern ziemlich spät in London angekommen. Haben Sie etwas mehr Geduld! Ich hätte Ihnen die Daten schon noch zukommen lassen. Manchmal habe ich das Gefühl, ich lebe nur noch für Andy. Doch ich brauche auch etwas Zeit für mich. Dass ich von Ihnen ständig unter Druck gesetzt werde, nervt mich gewaltig." Eben noch leicht angesäuert, war sie jetzt stinksauer. Ihr Gesicht lief vor Empörung rot an.

Dr. Harmmed räusperte sich. „Dass Sie das so empfinden Laura, ist sehr bedauerlich, denn ich versuche nur, Ihrem Freund zu helfen. Er braucht Sie", beharrte er theatralisch. „Ohne Ihre Unterstützung ist er hier verloren. Vergessen Sie das nicht!"

Laura atmete tief ein und aus. Dr. Harmmed machte sie so nervös, dass die starke Anspannung in Lauras Körper einfach nicht von ihr wich. Eilig suchte sie nach dem Zettel in ihrer Handtasche, auf dem die Nummer und das Codewort standen.

Nachdem sie Dr. Harmmed die Daten durchgegeben hatte, erkundigte er sich in einem scheinheilig freundlichen Ton – so empfand sie es jedenfalls: „Laura, wollen Sie später noch mit Andy sprechen? Ich bin in einer halben Stunde bei ihm, dann können Sie gerne anrufen."

Natürlich wollte sie.

Schon während des Telefonats mit Dr. Harmmed hatte Laura das unangenehme Gefühl, beobachtet zu werden. Ihr Blick schweifte suchend umher. Da entdeckte sie, gegenüber der Western Union Bank, einen dunkelhäutigen jungen Mann. Und da wusste sie es! Er war es, der sie fixierte. Laura war sich dessen sicher. Aber warum? Steckte etwa der Hotelmanager aus Abuja dahinter? Dieser Gedanke durchfuhr sie wie ein Blitz. In London lebten viele Nigerianer; vielleicht hatte dieser Mann den Auftrag, sie zu suchen. Machte der Hotelmanager seine Drohung jetzt wahr?

Laura wurde nervös. Ihre Augen suchten hektisch nach dem Kerl mit der Sonnenbrille, aber er war bereits in der Menschenmenge verschwunden. Sie beschleunigte ihre Schritte. Ihren ursprünglichen Plan, nochmals in ihre Wohnung zu fahren, änderte sie.

*

Gut gelaunt begrüßte Andy Laura. „Hallo Baby. Wie geht's dir?»
„Mir geht es gut. Noch!", betonte Laura.

„Wie meinst du das?"

„Na ja, ich werde von nigerianischen Männern beschattet, vermutlich sogar verfolgt." Davon war sie überzeugt.

„Was? Wie kommst du auf diese absurde Idee?" Andy glaubte ihr anscheinend nicht und lachte.

Verärgert über seine Reaktion, konterte sie streng: „Andy, ich möchte eine ehrliche Antwort von dir. Hast du dem Hotelmanager aus Abuja die CTN-Nummer und das Codewort gegeben?"

„Selbstverständlich. Was soll diese Frage?"

„Er hat mich angerufen und mir gedroht. Dieser Mann behauptet, von dir betrogen worden zu sein. Jetzt verlangt er von mir, dass ich deine Hotelrechnung bezahle. Wenn nicht, so sagte er, werden mich seine Leute schon finden. Das macht mir Angst, Andy. Und woher hat er überhaupt meine Handynummer? Hast du ...?"

„Beruhige dich, Laura! Ich habe ihn nicht betrogen. Wie er zu deiner Nummer kam, kann ich dir leider auch nicht erklären. Vermutlich hat er sie sich illegal beschafft. Es gibt hier viele Kriminelle, die sich auf jede erdenkliche Art bereichern wollen – vor allem an Ausländern. Angst musst du vor denen keine haben", besänftigte er Laura.

„Tja, das sagt sich so leicht, wenn man nicht selber betroffen ist." Skepsis schwang in ihrer Stimme.

„Glaube mir! Diese Gauner haben es nur auf Geld abgesehen." Ohne auf Lauras Ängste näher einzugehen, wechselte Andy das Thema. „Heute können wir uns etwas länger unterhalten. Dr. Harmmed hat noch etwas zu erledigen; wir stehen also nicht unter Zeitdruck, wie sonst. Und ... kein Arzt, der das Gespräch mithört, weil er im Zimmer ist. Keine Aufforderung, das Gespräch zu beenden. Ist das nicht wunderbar?", klang er begeistert. Er sprühte geradezu vor Energie.

Doch Laura reagierte anders als erwartet. „Na ja, das könnte aber auch daran liegen, dass ich erneut einen hohen Betrag überwiesen habe. Da zeigt sich mal wieder, was Geld alles bewirken kann."

Lauras leicht sarkastischer Unterton schien Andy zu verwirren. „Wie meinst du das?" Seine Stimme wurde deutlich kühler.

„Dr. Harmmed hat dir doch sicher mitgeteilt, dass ich deine Krankenhauskosten bezahle oder vielleicht nicht?"

„Ja ..., natürlich. Dafür bin ich dir auch sehr dankbar. Noch nie hat jemand so viel für mich getan wie du, Laura", bemühte er sich, sie mit schönen Worten zu umgarnen. „Ich wüsste nicht, was ich ohne dich machen würde."

„Genau das frage ich mich auch. Vor allem aber stellt sich bei mir die Frage, warum du nicht solche Dinge mit mir persönlich besprichst und mich stattdessen dein Arzt wegen des Geldes anruft."

Auf so einen Vorwurf war Andy anscheinend nicht gefasst. Er rang mit den Worten. „Weil ich nicht wollte, dass du schon wieder für mich etwas bezahlen solltest. Das ist mir richtig peinlich. Aber Dr. Harmmed erklärte mir, dass ich das Krankenhaus verlassen muss, wenn die Rechnung nicht bezahlt wird. Er sah keine andere Möglichkeit, als dich darum zu bitten."

„*Bitten* ist gut. Er hat mich mächtig unter Druck gesetzt …, und er war sehr ruppig zu mir", empörte sich Laura. „Dr. Harmmed denkt anscheinend, dass ich Unmengen an Geld habe, weil ich Modefotografin bin; aber das ist nicht richtig, Andy." Sie machte eine kurze Pause, bevor sie weiterredete. „Das war jetzt das letzte Mal, dass ich die Kosten übernommen habe. In Zukunft musst du eine andere Lösung für deine finanziellen Probleme finden. Ich habe schon mehr als genug bezahlt", knallte sie ihm angriffslustig ins Gesicht. „Du liegst nicht mehr im Koma, du hast ein Handy, was hindert dich also daran, in L.A. anzurufen und dort um Hilfe zu bitten? Dein Handy wirst du doch sicher für diesen Ausnahmefall benutzen dürfen."

Einen Augenblick lang herrschte Schweigen. „Hör zu Laura, das ist mir alles sehr unangenehm, das kannst du mir glauben. Du bekommst das Geld sofort zurück, wenn ich nach London komme."

„Das hoffe ich. Du schuldest mir nämlich ziemlich viel Geld." Ihre Stimme klang nicht gerade freundlich.

Andy fühlte sich ungerecht behandelt. Erbost antwortete er ihr: „Zweifelst du etwa an meiner Ehrlichkeit? Willst du das damit ausdrücken? Dass du so von mir denkst, hätte ich nicht gedacht. Ich bin der ehrlichste Mensch, den es gibt. Dein Misstrauen tut mir echt weh."

Andy hatte es geschafft: Laura bekam ein schlechtes Gewissen, und sie schob diese feindseligen Gedanken weit von sich: „Ich vertraue dir …, aber ich bin ziemlich genervt von der ganzen Situation. Seit ich dich kenne, habe ich sehr viel Leid ertragen müssen." Laura konnte ihre Emotionen kaum im Zaum halten. Sie kämpfte mit den Tränen. „Ich vermisse dich …, und dass du so weit weg bist, macht mich sehr unglücklich."

„Baby, bitte … weine nicht! Das macht mich auch traurig. Es dauert sicher nicht mehr lange, bis wir endlich zusammen sein können. Wir werden dann die schlimmen Dinge vergessen und eine wunderschöne Zeit miteinander verbringen."

„Aber wann, Andy …, *wann wird das sein?*"

„Das kann ich dir im Moment leider noch nicht beantworten. Doch sobald ich gesundheitlich dazu in der Lage bin, komme ich sofort zu dir nach London. So lange müssen wir einfach noch durchhalten, okay?"

Andy tröstete Laura mit zärtlichen Worten. „Laura, mein Engel …, du bist die Liebe meines Lebens. Noch nie hat mich jemand so geliebt wie du … so viele Opfer für mich gebracht. Durch dich habe ich gelernt, wieder zu vertrauen. *Du* hast mir gezeigt, was *wahre Liebe* ist. Ich liebe dich von ganzem Herzen."

Dieser sanfte Ton seiner Stimme wirkte beinahe hypnotisierend auf Laura. Andy machte eine kurze Pause, bevor er mit verführerischer Stimme weitersprach. „Oh Baby, ich sehne mich so sehr nach dir. Um mich dir näher zu fühlen, trage ich dein Bild ständig bei mir. Auf dem Foto wirkst du so zart und zerbrechlich – das löst in mir den Wunsch aus, dich zu umarmen …, dich zu beschützen. Du bist außerdem eine wunderschöne, begehrenswerte Frau – ich würde gerne mit dir zusammen durchs Leben gehen."

Durch Andys Worte, in der sich seine Sehnsucht nach Laura widerspiegelte, wurden ihre Gefühle für ihn immer stärker. Sie war wie verzaubert von ihm. Doch sein Charme war fatal.

Kapitel 6

Für heute Abend hatte Laura ihre Freundin Jane eingeladen. Sie freute sich schon darauf. Nur Jane vertraute sie all die Dinge an, die in den vergangenen Tagen vorgefallen waren. Laura erzählte ihr von Paris, von ihrer Arbeit dort, und vor allem von Andy. Bei ihrer besten Freundin konnte sie ihre Seele öffnen. „Sobald ich seine Stimme höre, bekomme ich Herzklopfen", gestand sie.

Jane versuchte, amüsiert zu klingen: „Wie aufregend!" Ihre Vermutung, dass Andy ein Internet-Love-Scammer sei, behielt sie für sich, um ihrer Freundin den Abend nicht zu verderben.

Als Laura aber nebenbei erwähnte, dass sie die Krankenhauskosten für Andy bezahlt hatte, wurde Jane hellhörig. „Du hast was?", fragte sie mit lauter Stimme, während sie ihre linke Augenbraue mit einem skeptischen Blick hochzog. „Hast du jetzt völlig den Verstand verloren?"

Laura hatte das Gefühl, ihre Hilfe Andy gegenüber verteidigen zu müssen: „Aber Jane …, ich habe ihm das Geld doch nur *geliehen*! Wenn er nach London kommt, bezahlt er mir alles zurück. Versteh doch …, es gab keine Alternative. Andy hat sonst *keinen*, der ihm helfen könnte. Ich konnte ihn unmöglich im Stich lassen. Das hätte ich nicht übers Herz gebracht!"

Janes Miene verfinsterte sich. Mit bestürztem Ton äußerte sie: „Oh Laura, ich hoffe nur, dass du das nicht bereuen wirst! Wenn er schon von Anfang an so viele Opfer von dir verlangt, wie soll das bloß weitergehen?"

Laura reagierte äußerst gereizt darauf. Ihr Gesicht signalisierte: Sie war absolut nicht bereit, schlechte Dinge über Andy zu hören. „Andy ist ein aufrichtiger Mann. Es ist *nicht sein* Verschulden, in solch einer Situation zu sein. Er ist noch sehr geschwächt von der Operation und braucht meine Hilfe."

Janes Augen funkelten vor Wut: „Herrgott noch mal, Laura …, was würde er denn tun, wenn du ihm nicht helfen könntest? Das Problem muss doch auch anders zu lösen sein. Warum wendet er sich nicht an das amerikanische Konsulat in Lagos – oder an das Institut in L.A., für das er arbeitet? Für mich ist das alles nicht nachvollziehbar."

Sie verschränkte ihre Arme und wirkte sehr enttäuscht über Lauras Verhalten. Wie konnte sie nur so unüberlegt handeln? Das war doch sonst nicht ihre Art. Dass Andy Laura schon so sehr unter Kontrolle zu haben schien, war geradezu beängstigend.

„Bisher hattet ihr *nur* telefonischen Kontakt; er kann dir viel erzählen – aber ist das auch die Wahrheit? Einige Punkte klingen sehr suspekt. Denk mal darüber nach …, ernsthaft und ohne Emotionen!" Jane schaute ihre Freundin sorgenvoll an, während sie ihre Hände in ihre nahm: „Laura, Träume sind das eine – die Realität ist etwas ganz anderes."

Laura konnte nicht verstehen, warum Jane so gegen Andy war und beharrte trotzig auf ihrem Standpunkt: „Ich habe versprochen, ihm zu helfen, und ich halte meine Versprechen. Du hattest von Anfang an Vorurteile, warst misstrauisch; aber Andy nutzt mich nicht aus. Er liebt mich! Er wird kommen und mir das Geld zurückzahlen. Er hat es mir geschworen." Mit diesen Worten versuchte Laura, sich selber zu beruhigen.

*

Janes Worte hatten ihre Spur hinterlassen. Aus diesem Grund wollte Laura ihren Freund heute Abend auch nicht mehr anrufen. Sie brauchte etwas Zeit für sich und wollte darüber nachdenken, ob es wirklich eine gemeinsame Zukunft für sie beide gäbe. In ihr tobte ein Kampf. Das Lied *I miss you* von *Beyoncé*, welches sie gerade im Radio hörte, machte ihre Sehnsucht nicht gerade einfacher. Sie liebte diesen Mann, aber sie war sich plötzlich unsicher, ob er auch sie lieben würde. Während sie vor sich hingrübelte, klingelte ihr Handy. Andy! „Hallo Baby, warum hast du mich nicht angerufen?", fragte er vorwurfsvoll.

„Ich hatte Besuch von meiner Freundin Jane …, und so spät wollte ich Dr. Harmmed nicht mehr stören. Er will sicher auch mal seine Ruhe haben."

„Keine Bange! Heute hat er Spätschicht. Und deshalb hat er mir freundlicherweise das Telefon vorbeigebracht. Ich wollte dir so gerne eine gute Nacht wünschen." Er machte eine kurze Pause. „Du hast natürlich recht …, es ist wirklich schon spät. Rufst du mich morgen an?"

„Ich werde es versuchen. Um welche Zeit soll ich mich melden?"

„Dr. Harmmed ist ab 13 Uhr wieder im Krankenhaus. Dann kannst du jederzeit anrufen, soll ich dir von ihm ausrichten lassen. Ich werde sehnsüchtig auf deinen Anruf warten, Baby", flüsterte er mit einer Stimme, die heute besonders sexy klang. Er hauchte ihr noch einen Kuss durchs Telefon, dann legte er auf.

Seine verführerische Stimme verfehlte nicht die beabsichtigte Wirkung. Laura wurde nur noch von ihren Gefühlen gesteuert – die aufkommenden Bedenken, die sie kurz vorher gehabt hatte, lösten sich in Luft auf wie Nebel in der Sonne. Unglaublich, wie stark *eine Stimme* manipulieren konnte!

*

Als Laura am nächsten Tag anrief, war Andy nicht auf seinem Zimmer. Es war das erste Mal, dass er – in Begleitung einer Schwester – im Krankenhausflur spazieren ging. Laura freute sich sehr darüber, als ihr Dr. Harmmed das berichtete. Das war ein gutes Zeichen – Andy war auf dem Weg der Besserung.

Er war etwas außer Atem, als er Laura begrüßte.

„Dein Spaziergang war wohl anstrengend", stellte sie fest.

„Ja, aber es war ein wunderbares Gefühl. Ich bin zwar jetzt etwas erschöpft, aber glücklich. Dr. Harmmed ist sehr zufrieden. Er sagt, dass ich gute Fortschritte mache."

„Das klingt gut. Dann kannst du dich sicher bald wieder um deine Angelegenheiten selber kümmern. Hast du schon jemanden informiert, dass du im Krankenhaus liegst?"

„Ich habe es versucht, aber leider konnte ich noch niemanden erreichen."

„Was ist das denn für ein Institut, bei dem keiner ans Telefon geht? Ich finde das schon eigenartig. Außerdem … vermisst dich denn niemand, wenn sie so lange nichts von dir hören?"

„Ich bin öfter mal für längere Zeit unterwegs, ohne dass ich mich melde. Das ist also nichts Ungewöhnliches."

„Das klingt nach einer sehr lockeren Arbeitsweise."

„Was soll das werden, Laura …, ein Verhör? Dazu bin ich wirklich nicht in Stimmung", herrschte er sie an.

Seine Reaktion irritierte Laura. Sie versuchte sich vorzustellen, warum Andy so schroff reagierte, aber es gelang ihr nicht. Zum ersten Mal spürte sie einen leisen, aber bohrenden Zweifel an seiner Geschichte.

Sie war enttäuscht und versuchte nicht, dies zu verbergen. Nach einem kurzen Moment angespannter Stille entgegnete sie distanziert: „Na gut, wenn du das so empfindest, dann beenden wir das Gespräch besser." Wütend schaltete sie ihr Handy ab.

Andys Benehmen – rüpelhaft und völlig überzogen – das wollte Laura nicht einfach so hinnehmen, bei all dem, was sie schon für ihn getan hatte. Was dachte er sich eigentlich dabei, mit ihr so unverschämt zu reden? Das war sehr verletzend. Laura wollte ihr Handy gerade wieder in ihre Tasche stecken, als der Anruf kam.

„Laura, bitte verzeih mir!", bat Andy sie inständig. „Ich weiß, mein Verhalten war falsch. Aber diese Hilflosigkeit, und vor allem die Abhängigkeit von dir, wühlt mich unglaublich auf. Dass ich im Institut keinen erreiche, macht mir ebenfalls große Sorgen. Bisher habe ich das verdrängt, aber das gelingt mir nicht mehr. Ich hoffe aber, dass ich das in den nächsten Tagen alles klären kann. Ich fühle mich hier sehr einsam … Nur dein Foto, deine strahlend grün-braunen Augen, dein Lächeln …, das ist es, was mich aufbaut. Du bist ein wunderbarer Mensch, Laura. Danke für all die Opfer, die du für mich gebracht hast. Ich muss jetzt leider aufhören. Dr. Harmmed wartet bereits. Ich liebe dich."

*

Morgens beim Aufwachen dachte Laura als Erstes an Andy. Zu gerne hätte sie mit ihm gesprochen. Bedauerlicherweise konnte sie ihn nicht auf seinem Handy anrufen, da dies nicht gestattet war. Deshalb war Laura nach wie vor auf Dr. Harmmed angewiesen. Und dessen Dienst begann heute um 10 Uhr. Diese ständige Abhängigkeit von Andys Arzt fand sie langsam unerträglich. Doch sobald sie Andys Stimme hörte, besserte sich ihre Laune schlagartig.

„Laura, meine Süße, was hältst du davon, mit mir auf die Bahamas zu fliegen?"

„Wie bitte? Du möchtest was …?" In Lauras Gesicht spiegelte sich sprachloses Erstaunen.

„Nun …, ich möchte mich bei dir mit dieser Reise einfach dafür bedanken, was du alles für mich bisher getan hast. Ich weiß, Baby, ich habe in letzter Zeit nicht immer richtig reagiert; das möchte ich wieder gutmachen. Kannst du dir vorstellen, wie schön es wäre, wenn wir – Hand in Hand – an einsamen Stränden spazieren gingen … eng umschlungen den Sonnenuntergang betrachten würden?" Überschwänglich schwärmte er Laura von dem wunderschönen Fleckchen Erde vor, das er so gerne mit ihr besuchen würde.

Einerseits fühlte Laura sich geschmeichelt über seine Einladung, andererseits hielt sich ihre Begeisterung in Grenzen.

Andy fiel es sowieso nicht auf, dass Laura noch nichts dazu gesagt hatte. Er wartete ihre Antwort erst gar nicht ab und redete einfach weiter. Vermutlich konnte er sich nicht vorstellen, dass eine Frau nicht überglücklich war, wenn sie auf die Bahamas eingeladen wurde.

Das Einzige, was Laura sich wirklich von Herzen wünschte, war, dass Andy endlich zu ihr nach London käme.

*

Laura saß, um sich von der Sehnsucht nach Andy etwas abzulenken, vor ihrem Laptop. Ihre Katze Mimi lag daneben und beobachtete blinzelnd den Bildschirm, während Laura im Internet surfte.

Eigentlich war es nicht ihre Absicht, auf Andys Profil zu gehen, doch irgendwie reizte es sie, nach längerer Zeit mal wieder draufzuschauen, auch wenn Andy momentan keinen eigenen Zugang zu seinem Profil hatte.

„N-e-e-e-e-i-i-i-n … *Das kann nicht sein!"* Der verzweifelte Aufschrei erschreckte Mimi so sehr, dass sie fauchend vom Schreibtisch sprang und sich ängstlich unter dem Wohnzimmersessel verkroch.

„Nein, nein, nein!" Ihr ganzer Schmerz spiegelte sich in diesen Worten wider. „Das ist unmöglich! Das glaube ich einfach nicht!" Laura starrte fassungslos auf den Bildschirm.

Dieses verdammte kleine Wort „ONLINE" blinkte unaufhörlich weiter – abwechselnd in Rot und Grün – immer wieder – richtig provozierend. Als ihr bewusst wurde, was *das* bedeutete, weckte es den Zorn in ihr. Herzklopfen.

„Dieser intrigante Lügner!", schrie Laura laut. Andy war „online"!!! Dabei hatte er doch behauptet, sein Laptop sei ihm gestohlen worden. Und jetzt? Jetzt blinkte dieses kleine Wort ständig und gab ihr zu verstehen: *ANDY HATTE GELOGEN!*

In ihrem Kopf schwirrte es, als wären hunderte von Bienen darin gefangen. Sie spürte diese unsägliche Wut, die sich in ihrem Körper anstaute. Gleich würde sie explodieren. Zornig ergriff sie ein Kissen und warf es mit voller Wucht an die Wand, wobei sie einen herzzerreißenden Schrei von sich gab. Für Laura brach in diesem Moment eine Welt zusammen.

Schlimme Gedanken rasten durch ihren Kopf. Was, wenn das **alles** nicht der Wahrheit entsprach, was Andy ihr von sich erzählt hatte?! Sie konnte nicht mehr klar denken. War er wirklich der Mann, für den er sich ausgab … oder doch ein Betrüger? Ihr wurde ganz übel bei dieser Vorstellung. Die Wut und Aufregung waren mittlerweile so groß, dass sie am ganzen Körper bebte. Ruhig durchatmen! „Dieses miese Schwein ist das alles nicht wert!", würde Jane dazu sagen. Vielleicht hatte sie ja recht. Aber die Macht der Gefühle war stark …, sehr stark! Während Laura unruhig durch die Wohnung tigerte, erinnerte sie sich an ihr letztes Gespräch mit Andy. Die Bahamas – ein romantischer Ort für Liebespaare – dort wollte er mit ihr hin. Hatte er ihr das auch nur vorgegaukelt?

Je mehr sie über seine zärtlichen Worte, seine Schmeicheleien, seine Versprechen nachdachte, umso zorniger wurde sie. Zu der Wut kamen aber auch Verzweiflung und Traurigkeit. Tief verletzt, kauerte sich Laura auf die rote Couch – ihr Lieblingskissen eng an sich gedrückt. Sie weinte bittere Tränen. Den Schmerz, welchen Andy ihr zugefügt hatte, konnte sie nicht so einfach vergessen. Diese Beziehung forderte bisher schon zu vieles von ihr.

Was wollte Andy wirklich? Vielleicht *doch nur* ihr *Geld*? Sie wusste nicht mehr, was sie noch glauben sollte. Deprimiert schaute sie aus dem Fenster.

Der Himmel hing voller grauer Wolken – passend zu ihrer Stimmung. Sie fühlte sich seelisch ausgelaugt. Dieser Mann machte sie langsam, aber sicher psychisch krank. So konnte es nicht weitergehen. Andy war wie ein riesiger Strudel im Ozean, der sie erbarmungslos mit sich nach unten zog. Laura wollte aber nicht untergehen – sie wollte leben! Und sie wollte endlich Klarheit. Deshalb musste sie mit Andy sprechen. Sie dachte … vielmehr sie hoffte, dass sie von ihm eine plausible Erklärung bekommen würde. Nur wann? Wann würde sie ihn erreichen?

*

Es regnete in Strömen, als Laura an Janes Tür klingelte.

Was um Himmels Willen war geschehen, dass Laura so verloren – mit leerem Blick – vor ihr stand? Jane war bestürzt, denn ihre Freundin glich einem Häufchen Elend.

Das konnte nur mit Andy, diesem Mistkerl, zu tun haben, vermutete sie. So durfte es nicht weitergehen. Laura wirkte, als wäre sie kurz vorm Umkippen. Deshalb wollte Jane erst einmal ein ruhiges Gespräch mit ihrer Freundin führen und begleitete sie ins Wohnzimmer.

„Laura, Schätzchen, was ist bloß los?" Sie nahm Lauras Hand in ihre und schaute sie mitfühlend an, während sie tröstend ihre Wange streichelte.

„Er liebt mich nicht …, nicht wirklich. Er … er …" Laura konnte kaum noch sprechen vor Verzweiflung. Die bisher zurückgehaltenen Tränen liefen an ihrem Gesicht herunter und verschmierten die schwarze Mascara.

Jane wartete, bis sich ihre Freundin etwas beruhigt hatte.

„Ich habe herausgefunden, dass Andy im Netz war … und mit anderen Frauen gechattet hat."

„Verdammt!", fluchte Jane. Ihr Instinkt hatte sich also als richtig erwiesen. „Laura, lass bloß die Finger von diesem Schuft! Sieh dich doch mal an! Er macht dich noch krank! Ich sage dir, kein Mann dieser Welt ist das wert. Vergiss ihn, so schnell wie möglich!"

Laura stierte Jane an, als würde sie durch sie hindurchsehen. „Ich … ich habe so viel für ihn getan. Ich habe ihm vertraut, verstehst du?" Ihre Stimme wurde immer leiser, während sie gegen die Tränen ankämpfte.

„Laura, dieser ganze Kummer mit Andy – tu dir das nicht länger an! Er gehört anscheinend zu den Menschen, die völlig egozentrisch nur an sich selbst denken – an die eigenen Wünsche und Bedürfnisse. Und das Schlimmste hierbei ist: Er dominiert *dein Leben*. Und du bleibst dabei auf der Strecke. Er macht dir lediglich leere Versprechungen. Du musst endlich der Realität ins Auge blicken. Ich sehe, ehrlich gesagt, keine Perspektive mehr in dieser Beziehung. Die jüngsten Vorkommnisse bestätigen es doch, dass es besser wäre, wenn du ihn endlich in die Wüste schickst."

„Das kann ich nicht. Ich liebe ihn nun mal", fügte ihre Freundin leise hinzu. Laura befand sich momentan offensichtlich in einem Gefühlschaos, und war nicht in der Lage, klar zu denken.

Jane zuckte merklich zusammen. Entsetzt schaute sie Laura an. „Warte! Das ist nicht dein Ernst!"

Betretenes Schweigen. „Aber Laura … er *schadet* dir! Ich kann nicht glauben, dass du es nicht wahrhaben willst, was Andy für ein Ganove ist. Wach endlich auf! Dieser Mann liebt nicht *dich* – er liebt *dein Geld*!"

„Nein! Das ist nicht wahr", behauptete Laura mit dem Mut der Verzweiflung.

Jane dachte, sie höre nicht richtig. „Und warum war er dann online und hat mit anderen Frauen gechattet?", fragte sie provozierend.

„Ich werde ihn noch fragen. Er wird schon eine plausible Erklärung dafür haben", beantwortete Laura genervt Janes Frage.

Mit Sicherheit, setzte Jane im Geiste hinzu.

Doch Laura wollte dies nicht wahrhaben. Und so wurden die Stimmen der Freundinnen immer lauter.

Für Jane war es schwer, zu begreifen, warum Laura so auf Andy fixiert war. Die Alarmglocken müssten spätestens jetzt auch bei ihr schrillen. Es war doch alles so offensichtlich. Laura verhielt sich wie ferngesteuert, wenn es um Andy ging. Es war, als hätte sie eine emotionale Wand aufgebaut, die alles und jeden – außer Andy – abprallen ließ. Jane kam momentan einfach nicht mehr an sie heran. Diese Reaktion von Laura war ihr allerdings nicht fremd.

Sie konnte sehr eigensinnig bei dem Thema „Männer" sein. Jane machte sich zurecht Sorgen – große Sorgen.

„Laura, hör auf damit, ihn ständig anzurufen – und schick ihm kein Geld mehr! Er hätte sich schon längst beim US-amerikanischen Konsulat melden können, damit er finanzielle Unterstützung erhält. Dort kümmern sie sich um in Not geratene Staatsbürger. Ich verstehe nicht, warum er diesbezüglich nichts unternimmt. Jeder vernünftige Mensch würde zum Konsulat gehen – warum nicht Andy? Warum bittet er stattdessen **dich** immerzu um Geld? Laura, willst du das denn nicht auch wissen? Für mich sieht das nach einem miesen Spiel aus, das er mit dir treibt. Aber ich betrachte das natürlich etwas nüchterner, denn ich bin nicht in ihn verliebt." Jane schaute ihre Freundin mit einem sorgenvollen Blick an. „Willst du nicht herausfinden, was passiert, wenn du ihm kein Geld mehr schickst? Wenn er dich wirklich liebt, werden sich seine Gefühle für dich nicht ändern. Mach dich etwas rar – und du wirst sein *wahres Ich* kennenlernen. Das willst du doch, nicht wahr?"

„Du meinst, ich soll das *wirklich* machen?", starrte Laura ihre Freundin ungläubig an. „Oh Gott … es fällt mir so schwer, das zu tun. Was, wenn er kein Betrüger ist und die Wahrheit sagt? Das wäre sehr beschämend für mich. Schon der Gedanke daran macht mich unglücklich."

Noch unglücklicher wäre Laura aber, wenn sich meine Vermutung bestätigen würde, dachte sich Jane insgeheim. Um Laura nicht noch mehr aufzuwühlen, behielt sie diesen Gedanken aber für sich. Doch auf indirekte Weise versuchte sie, Laura trotzdem zu warnen: „Du bist zu gutmütig. Dadurch kann man dich leicht ausnutzen. Du darfst nicht so unvorsichtig sein."

„Ich kann mir nicht vorstellen, dass er das alles vortäuscht …, wirklich nicht, Jane. Das erste Gespräch mit ihm, nach seinem Unfall … Ich erinnere mich noch so gut daran – seine Stimme klang so schwach; er konnte kaum sprechen. So etwas kann man nicht spielen."

„Für einen guten Schauspieler wäre das kein Problem", verteidigte Jane ihren Standpunkt. „Die Frage, die mich beschäftigt, ist jedoch eine ganz andere. Warum nimmt er keinen Kontakt zu dem Institut auf, für das er arbeitet? Er müsste doch seinen Kollegen Bescheid geben. Hast du darüber schon mal nachgedacht?"

Laura gab keine Antwort. Sie wirkte zutiefst verunsichert und bereute es ein bisschen, Jane davon erzählt zu haben. Mit aller Macht versuchte sie, solche negativen Gedanken zu verbannen. Eine innere Stimme warnte sie zwar, aber sie wollte nicht darauf hören.

„Du bist offensichtlich mit deinen Gedanken ganz woanders. Hast du mir überhaupt zugehört?", fragte Jane mit einer leichten Gereiztheit in ihrer Stimme.

Nun wurde Laura wütend. Ihre Freundin hatte überhaupt keine Ahnung von dem, was sie behauptete. Sie kannte Andy doch gar nicht …, hatte nie mit ihm gesprochen. Laura spürte, dass es besser war, wenn sie nun ginge.

Verärgert stand sie auf und verließ das Haus, ohne sich zu verabschieden. Jane konnte leicht reden – sie hatte schließlich einen Mann, der sie aufrichtig liebte. Laura aber musste kämpfen – kämpfen um den Mann ihrer Träume.

*

Die Anrufe nach Nigeria waren jedes Mal aufs Neue eine Art Lotteriespiel. Wie Laura das hasste!

Als sie dann endlich mit Andy sprechen konnte, fiel es ihr sichtlich schwer, nicht die Beherrschung zu verlieren. Wie sehr hatte sie sich die letzten Wochen nach ihm gesehnt …, und nun wurde sie von ihm dermaßen enttäuscht. Das war wie ein Dolchstoß mitten ins Herz. Sie wollte klarstellen, dass er *nicht* mit ihr auf *solch eine Art und Weise* umgehen konnte. Für derartige Spielchen war *sie definitiv* die Falsche!

„Hallo Baby, alles in Ordnung?", erkundigte sich Andy. Auf Laura wirkte diese Begrüßung jedoch wie blanker Hohn; dass er so unschuldig tat, machte sie nur noch zorniger, was in ihrem Gefühls-ausbruch deutlich zu erkennen war: „*Nichts* ist in Ordnung! Für wie dumm hältst du mich eigentlich?" Ihr Ton verschärfte sich. „Sag, was willst du wirklich von mir? Mein Geld?" Laura war unglaub-lich wütend auf Andy, und das signalisierte sie ihm auch in aller Deutlichkeit.

„Seit Wochen leide ich deinetwegen, ich bin für dich dagewesen, habe dir Geld geschickt … Und was machst du? Loggst dich un-geniert ins Internet ein, um Kontakt zu anderen Frauen zu suchen. Ich kann es nicht fassen, dass du mich so kaltschnäuzig angelogen hast, indem du behauptest, ich sei die *einzige* Frau auf dieser Welt, die du willst. Ich habe dir vertraut, Andy Smith! Wie konntest du das tun?" Blinde Wut stieg in ihr auf. Doch komischerweise spürte sie auch eine gewisse Erleichterung, da sie ihm unmissverständlich klar machte, was sie von seiner miesen Art hielt. Es gab ihr ein Gefühl der Genugtuung, als sie mit kalter, fast unnahbarer Stimme erklärte: „Ich weiß nicht, ob ich dich überhaupt noch sehen möchte. Du hast mich zu sehr enttäuscht. Warum …, *warum nur* hast du mir das angetan?"

Mit einem solchen emotionalen Ausbruch hatte Andy wohl nicht gerechnet. „Okay, Laura, ganz ruhig", säuselte er. „Zieh bitte keine voreiligen Schlüsse!"

„Voreilige Schlüsse?! Verdammt Andy, ich habe es doch mit eigenen Augen gesehen. Versuche also nicht, mir weiszumachen, dass da nichts war!", brüllte sie ihn entnervt an.

„Laura, glaube mir, ich war *nicht* im Internet. Das ist die Wahrheit! Ich lüge dich nicht an. Ich habe dir doch erzählt, dass mir mein Laptop gestohlen wurde. Das können also nur Hacker gewesen sein. Und hier im Krankenhaus habe ich gar keine Möglichkeit, um ins Internet zu gehen."

Laura antwortete etwas sarkastisch: „Erzähl mir bloß nicht so was! Für solche Gefälligkeiten hast du doch Dr. Harmmed, nicht wahr?"

Andy merkte, Lauras Wut war nicht zu bändigen. Wie ein Vulkan schien sie jeden Moment zu explodieren. Das war nicht mehr die bedingungslos liebende Laura, die alles für ihn tat. Er müsste nun einen anderen Weg finden, um sie wieder zurückzugewinnen.

Es entstand ein Augenblick des Schweigens. „Dass du *so* über mich denkst, verletzt mich, Laura. Meine Liebe zu dir ist echt, und ich würde dir *das* nie antun. Ich war dir gegenüber *immer* ehrlich.“

„Ich kenne dich doch kaum“, konterte sie. „Wie soll ich da also beurteilen können, ob du die Wahrheit sagst? Ebenso wenig kennst du mich. Aber ich habe es dir bereits mehrmals bewiesen, wie aufrichtig ich dir gegenüber bin. Jetzt bist *du* endlich mal an der Reihe! Aber *du* willst weder über *dich* noch über *deine Arbeit* reden. Dabei gibt es vieles, was mich interessieren würde.“

„Du hast ja recht, Laura. Wir kennen uns kaum. Aber ich habe das Gefühl, als hätte ich mein Leben lang auf dich gewartet. Du bist die Frau, der ich vertraue. Bitte vertraue *du* auch mir!“

Laura überfiel ein seltsames Gefühl – eine Mischung aus Zweifel und Hoffnung. Sie konnte es nicht logisch erklären, aber, sobald sie seine sanfte Stimme hörte, fühlte sie sich wie hypnotisiert. Sie schloss ihre Augen. Wie gerne hätte sie ihm geglaubt, aber Andy musste endlich etwas beweisen. Jetzt mussten den Worten auch mal Taten folgen. „Wenn du wirklich so viel für mich empfindest, dann solltest du auf meine Gefühle mehr Rücksicht nehmen. Ich mag solche Geheimniskrämereien nicht; schon gar nicht in einer Beziehung.“

„Laura, es tut mir wirklich leid, dass ich dich enttäuscht habe! Dieser Unfall hat mich etwas aus der Bahn geworfen. Ich habe die Situation immer nur aus *meiner* Sicht betrachtet …, nie aus *deiner*. Bitte verzeih mir! Ich verspreche dir, das wird sich ändern. Du weißt, dass ich meinen Beruf so liebe wie du deinen. Ich bin stolz auf das, was ich erreicht habe. Da es aber viele Neider gibt, wenn man Erfolg hat, habe ich gelernt, mich mit einer unsichtbaren Mauer zu umgeben. Das betrifft leider auch das Privatleben. Im Laufe der Zeit bin ich immer vorsichtiger geworden – bei Frauen gilt dieser Grundsatz doppelt. Doch bei dir ist das nicht so, denn du bist anders. Zu dir habe ich Vertrauen, du bist zur wichtigsten Person in meinem Leben geworden und hast mich nicht im Stich gelassen, als ich deine Hilfe gebraucht habe. Du bist etwas ganz Besonderes.“

Seine Stimme klang zärtlich. „Als Dank möchte ich dich nach L.A. in mein Haus einladen und dir alles zeigen, was ich mir aufgebaut habe. Und anschließend machen wir einen romantischen Urlaub auf den Bahamas."

Dieser Vorschlag besserte Lauras Stimmung. Andy war es gelungen, all ihre Bedenken zu zerstreuen. Es klang aufrichtig in ihren Ohren; beinahe flehentlich, als er sie um Verzeihung bat.

Nachdem sie aufgelegt hatte, ließ sie sich das Gespräch nochmals durch den Kopf gehen und kam zu dem Schluss: *Sie wollte Andy vertrauen.*

Noch betört von seiner Stimme, tauchte sie in ihre Traumwelt ab. Sie stellte sich vor, mit Andy Seite an Seite an einem Strand auf den Bahamas entlangzulaufen.

Sie spürte den warmen Sand unter ihren nackten Füßen ... und genoss die Sonnenstrahlen auf ihrer Haut wie auch seine zärtlichen Umarmungen.

Diese romantische Vorstellung endete abrupt, als das Telefon klingelte. Doch Laura ließ es so lange klingeln, bis der Anrufer auflegte. Heute wollte sie mit niemanden mehr sprechen.

*

Die letzten Tage hatte Laura sich nicht bei Jane gemeldet, obwohl diese ihr schon ein paar Mal auf den Anrufbeantworter gesprochen hatte. Jane war zwar ihre beste Freundin, aber ihre ewigen Nörgeleien wegen Andy gingen Laura gewaltig auf die Nerven.

Trotz der Zweifel, die auch sie manchmal Andy gegenüber hegte.

Trotz der Unsicherheiten, die sie in ihrer Liebe zu ihm spürte.

Trotz des Geldes, das sie ihm geliehen hatte.

Sie wollte und konnte ihn nicht aufgeben – egal, was andere darüber dachten. Kein Mensch würde verstehen, warum sie das alles für diesen Mann getan hatte, obwohl sie ihn noch gar nicht persönlich kannte. Für Laura war der Grund ganz einfach: Sie liebte Andy. Und diese Liebe war so stark, dass alle Kritik an ihr abprallte. Die zärtlichen Gefühle, die sie für ihn empfand, wollte sie sich nicht von anderen Menschen zerstören lassen. Immer alles in Frage stellen. Ständig auf die Meinung anderer hören und die eigene untergraben. Sich nicht mehr wie ein Mensch fühlen, der liebte, sondern wie ein

Kind, das ständig Regeln zu befolgen hatte. Das wollte sie nicht länger hinnehmen. Und auf die gutgemeinten Ratschläge konnte sie auch verzichten. Sie liebte Andy, und sie träumte von einer gemeinsamen Zukunft. Was war daran falsch? Es war schließlich *ihr* Leben – *ihre* Entscheidung!

Kapitel 7

Nach all dem Trubel, den Laura in letzter Zeit gehabt hatte, freute sie sich riesig über Besuch aus den USA. Ihr älterer Bruder Benny kam für ein paar Tage nach London. Laura liebte ihren großen Bruder sehr, war er doch für sie Vaterersatz, seit ihr Vater die Familie verlassen hatte. Damals, als Jugendliche, stand Benny ihr mit Rat und Tat zur Seite.

Benny merkte, wie sehr seine Schwester die ganze Sache mit Andy bedrückte. Er spürte, dass sie jemanden brauchte, mit dem sie darüber reden konnte. Bevor er Laura danach fragte, fing sie schon an: „Was soll ich nur machen, Benny? Sobald ich mit Jane über Andy diskutiere, kommt es zum Streit. Unsere Gespräche sind so emotional, so aufwühlend. Ich fühle mich danach immer sehr schlecht, weil ich das Gefühl habe, einen Fehler zu machen." Sie schaute ihn ernst an: „Ist es denn falsch, Andy zu lieben?"

Benny strich seiner Schwester mit einer Hand liebevoll über die Schulter: „Schau mal, Laura …, ich bin mir ganz sicher, dass Jane eine liebenswürdige, aufrichtige Person ist. Das ist mein Eindruck von ihr. Sie würde dir nie schaden wollen. Vielleicht möchte sie dir einfach nur die Augen öffnen vor etwas, was du momentan noch nicht so sehen willst. Es ist schwierig, auf die Stimme der Vernunft zu hören, wenn man verliebt ist. Jane will dich nur beschützen. So sehe ich das!"

Mit ihren großen Rehaugen schaute Laura ihren Bruder betrübt an. „Warum denkst du das?"

„Nun, Andy ist ein sehr undurchschaubarer Mensch. Er gibt wenig von sich preis, vor allem über sein Arbeitsumfeld. Warum macht er so ein Geheimnis daraus? Darüber solltest du nachdenken. Geben und Nehmen ist in dieser Beziehung sehr unausgewogen, Laura. Den Partner so auszunutzen, das ist keine Liebe. Deswegen empfehle ich dir: Überlege gut, ob du das noch länger mitmachst!

Obwohl Laura sich erhofft hatte, dass ihr Bruder anders reagieren würde, konnte sie seine Bedenken auch verstehen. Er hatte nur den Wunsch sie zu beschützen – so wie Jane. Laura wollte trotz allem nicht wahrhaben, dass Andy ein schlechter Mensch war. Dafür liebte sie ihn mittlerweile zu sehr.

Die nächsten Tage wollte sich Laura nur um ihre eigenen Bedürfnisse kümmern. Abschalten von all den Problemen, die sie sich mit Andy eingebrockt hatte.

Sie hatte für ihn alles getan, was nötig war. Dass er es als selbstverständlich ansah, wie sie sich um ihn kümmerte, ihn unterstützte, ärgerte sie gewaltig. Jetzt sollte er ruhig ein bisschen zappeln. Sie fasste einen Entschluss: Keine tägliche Anrufe mehr im Krankenhaus. Ein bisschen Abstand konnte sie gebrauchen.

Einen Augenblick lang – aber nur ganz kurz – bedauerte sie ihren Entschluss.

*

Mit ihrer obligatorischen Tasse Kaffee in der Hand checkte Laura ihre Mails. Eine Menge Arbeit wartete auf sie. Das verhinderte, dass sie zu häufig an Andy dachte. Bereits seit Tagen hatte sie sich nicht mehr bei ihm gemeldet. War es richtig, ihn auf die Probe zu stellen, wie Jane es ihr geraten hatte? Langsam nagte das schlechte Gewissen an ihr; ihre Entschlossenheit wankte. Aber Laura musste sich auf ihre Arbeit konzentrieren und Andy aus ihren Gedanken verdrängen.

Nach diesem langen Tag war Laura hundemüde. Mimi dagegen war putzmunter und wollte spielen. Erwartungsvoll blickte sie ihr Frauchen an.

„Na gut", seufzte Laura. „Aber nur kurz, Mimi. Ich will jetzt nur noch ins Bett."

Es war noch dunkel, als Laura in ihrem Bett hochschreckte. Ihr Puls raste. Sie brauchte eine gewisse Zeit, um zu begreifen, dass sie nur geträumt hatte. Im Traum flog Laura nach Lagos, um sich dort mit Andy zu treffen. Er wollte sie vom Flughafen abholen, war aber noch nicht da, als Laura ankam. Plötzlich stand ein großer, schwarzer Mann mit einem Maschinengewehr vor ihr. „Komm mit!", forderte er sie barsch auf. Er machte ihr *Angst. Alles* machte ihr Angst. Wo war Andy? Warum kam er nicht, um sie zu beschützen?

Der furchteinflößende Mann brachte sie in einen Raum, in dem schon eine andere weiße Frau saß. „Was will der von uns?", fragte Laura sie mit klopfendem Herzen. „Geld …, wir müssen ihm Geld geben. Er wird uns sonst die Pässe wegnehmen, vielleicht sogar ins Gefängnis stecken. So ist das in Nigeria", flüsterte die junge Frau ängstlich. Dann wurde die Tür aufgerissen, ein gleißendes Licht überflutete den Raum, und Andy trat ein. Höhnisch lachend verkündete er: „Es ist nur ein Spiel, Baby … nur ein Spiel!"

*

Die Londoner U-Bahn war heute Morgen mal wieder völlig überfüllt. Laura hasste es, so eingezwängt zwischen all den fremden Menschen zu stehen. Als der Zug abfuhr, schweifte ihr Blick über die wartenden Menschen auf dem Bahnsteig. Unwillkürlich riss Laura die Augen auf, als sie einen jungen Mann erblickte, der Andy unglaublich ähnlich sah. Nur wenige Sekunden konnte sie ihn erkennen, dann war er wieder aus ihrem Blickfeld verschwunden – nicht aber aus ihrem Gedächtnis.

Gedankenverloren ging Laura den Weg entlang, der zum Studio führte. Ohne auf die Radfahrer zu achten, die hier entlangfuhren, überquerte sie ihn.

Im nächsten Moment landete sie auch schon auf dem Boden. Der junge Mann, der Laura angefahren hatte, half ihr wieder auf die Beine.

„Es tut mir schrecklich leid", entschuldigte er sich. „Ich habe noch versucht, Ihnen auszuweichen ..."

„Es war meine Schuld. Ich war in Gedanken", stellte Laura klar. Die ganze Sache war ihr ziemlich peinlich.

„Sie sehen blass aus. Alles in Ordnung?", fragte der Mann besorgt.

„Mir geht es gut. Alles halb so wild."

Mit skeptisch gerunzelter Stirn schaute er Laura an. „Darf ich Sie wenigstens auf eine Tasse Kaffee einladen ..., als kleine Entschädigung? Keine fünf Minuten von hier ist ein Starbucks."

Laura schüttelte den Kopf. „Ich stehe leider unter Zeitdruck. Sorry. Aber danke für die Einladung", schob sie schnell hinterher.

„Na, dann wünsche ich Ihnen noch einen schönen Tag", verabschiedete er sich. Er schien es zu bedauern, dass sie seine Einladung abgelehnt hatte.

*

Andys Erleichterung über Lauras Anruf war nicht zu überhören. Sie freute sich über seine überschwängliche Begrüßung. Im Laufe des Gesprächs gestand er ihr: „Ich habe schon befürchtet, du würdest dich nicht mehr melden."

„Wie kannst du nur so etwas von mir denken? Hast du etwa vergessen, dass *ich* es war, die deine Operation bezahlt hat?", fragte Laura gekränkt.

„Es tut mir leid ... wirklich", beschwichtigte Andy sie. „Aber meine schlechten Erfahrungen in der Vergangenheit mit Frauen ließen mich wohl auf diese törichte Idee kommen. Und im Krankenhaus hat man viel Zeit zum Grübeln. Bisher hast du doch jeden Tag angerufen ..., und dann höre ich tagelang nichts mehr von dir – das hat mich beunruhigt. Dr. Harmmed hat sich auch schon gefragt, was mit dir los sei. Er hat es mir nämlich erzählt, dass du täglich angerufen hast, um nachzufragen, wie es mir geht. Es war ein beruhigendes Gefühl für mich, dass ich nicht alleine war."

Für einen Moment kehrte Stille ein.

„Andy ..., so sehr es mich freut, dass dir meine Hilfe so viel gebracht hat, aber für mich war es zeitweise die reinste Hölle. Weißt du eigentlich, wie schwierig es für mich gewesen ist, dich überhaupt sprechen zu dürfen? Wie oft habe ich vergeblich versucht, Dr. Harmmed zu erreichen. Es waren unzählige Male. Und wenn es dann einmal geklappt hat, durfte ich trotzdem immer nur kurz mit dir reden. Hinzu kamen die ständigen Ängste und Sorgen um dich. Das war so frustrierend für mich – ich brauchte einfach eine kleine Pause."

Da Andy anscheinend nicht mehr zu Lauras Vorwürfen einfiel, als wie gewohnt zu reagieren mit: „Oh Baby, ich bedaure es sehr, dass du meinetwegen so viel durchmachen musst. Wie gerne hätte ich dir das alles erspart", überging Laura diesen Kommentar und konfrontierte Andy stattdessen mit einer ganz anderen Sache:

„Dein Unfall ..., erzähl mir doch, wie es dazu kam! Du bist sehr schwer verletzt worden. Wie konnte das überhaupt passieren?"

Diese Frage brachte ihn für einen Moment aus dem Konzept. „Ich ... wollte einfach so schnell wie möglich zu dir." Damit schien das Thema für ihn erledigt zu sein.

Doch mit dieser knappen Antwort gab sich Laura nicht mehr zufrieden. Sie wollte es jetzt ganz genau wissen und ließ nicht locker. Sie hatte das Recht, endlich zu erfahren, was wirklich geschehen war. Sie hörte nicht auf, ihn zu löchern.

Schließlich gab er nach: „Nun ja ..., auf dem Weg zum Flughafen habe ich bemerkt, dass die Zeit knapp wurde. Die Straßen in Lagos waren völlig verstopft, es ging einfach nichts mehr. Da wurde ich nervös. Also sagte ich dem Taxifahrer, dass ich unbedingt mein Flugzeug nach Paris noch erreichen müsste, da meine Frau dort auf mich warten würde."

„Deine Frau?", wirkte Laura irritiert.

„Na ja, für mich bist du meine Frau – zumindest in meinem Herzen. Jedenfalls versprach ich dem Taxifahrer, wenn er mich rechtzeitig zum Flughafen bringen würde, bekäme er ein großzügiges Trinkgeld. Daraufhin fuhr er wie ein Irrer durch die Stadt.

Er missachtete sämtliche Verkehrsregeln. Die Fußgänger mussten zur Seite springen, da er einfach über den Gehweg fuhr.

Diese Fahrweise war unverantwortlich, ja fast schon abenteuerlich. Aber vor allem folgenschwer. Mir wurde angst und bange; doch über meine Bedenken lachte er nur. ‚Auch andere Autofahrer fahren zu schnell', meinte er lakonisch. Das sei in Lagos nichts Ungewöhnliches. Und dann geschah es: Plötzlich tauchte ein anderes Auto vor uns auf, und der Taxifahrer fuhr ungebremst auf. Ich knallte mit meinem Kopf auf das Armaturenbrett, dann verlor ich das Bewusstsein."

„Oh mein Gott!", entfuhr es Laura. „Ich bin so froh, dass du diesen schrecklichen Unfall überlebt hast. Jetzt wünsche ich mir nur noch eines: Dass es dir bald wieder besser geht und du zu mir kommst."

„Ja, das möchte ich auch. Und ich hoffe, dass es nicht mehr lange nur ein Wunsch bleibt. Ich fühle mich sehr einsam ohne dich. Laura, ich liebe dich von ganzem Herzen. So wie dich, habe ich noch keine andere Frau geliebt."

Diese Worte machten Laura sehr glücklich. Sie erinnerten sie an den Song *"You give me something"* (You, you give me something, something that nobody else can give, see my heart has started thumpin' you're the one I truly know I dig) von Jamiroquai.

Der Text dazu geisterte ihr noch lange durch den Kopf.

*

Gut gelaunt, mit einem Becher Kaffee in der Hand, saß Laura auf einer Parkbank. Bei schönem Wetter kam sie gerne in den Hyde Park, um ein bisschen abzuschalten von dem hektischen Leben, das ihr Beruf mit sich brachte. Sie beobachtete schmunzelnd die possierlichen Grauhörnchen, die sehr zutraulich waren. Ohne Scheu kamen sie ganz nahe zu den Menschen, die sie fütterten. Auch Laura hatte Nüsse mitgebracht. Ein besonders keckes Hörnchen sprang sogar auf ihren Schoß, kletterte dann auf ihre Schulter, um kurz darauf blitzschnell mit einer Nuss wieder zu verschwinden.

Diese putzigen Tierchen brachten sie immer zum Lachen. Andy hätte sicher auch Spaß an diesen niedlichen Geschöpfen. Bevor sie wieder ins Fotostudio zurück musste, wollte sie ihn kurz anrufen. Seit Andy erlaubt wurde, sein eigenes Handy zu benutzen, war es viel einfacher, ihn zu erreichen. Deshalb fragte sie auch nicht nach, wie er das geschafft hatte. Vermutlich hatte Dr. Harmmed seine Finger dabei im Spiel.

Als Andy sich meldete, hörte Laura im Hintergrund viele laute Stimmen und das Geräusch von fahrenden und hupenden Autos. Sie hatte nicht das Gefühl, dass sich Andy in seinem Krankenhauszimmer aufhielt. Dem Lärmpegel nach zu urteilen, würde er sich eher auf einer sehr belebten Straße befinden. Irgendetwas stimmte da nicht. Nur was? Laura war sichtlich irritiert.

„Andy, wo bist du?", erkundigte sie sich misstrauisch.

„Wieso fragst du? Du weißt doch, dass ich noch im Krankenhaus bin." Andys Stimme klang nervös, als hätte er etwas zu verbergen.

„Seltsam, dass man in einem Krankenhauszimmer ein so lautes

Stimmengewirr hören kann und dann noch dazu die lauten Autogeräusche."

„Baby …, das sind doch nur die Geräusche aus dem Fernseher", versuchte er, sie zu beruhigen.

Doch diese Erklärung machte Laura erst richtig wütend; sie fühlte sich von ihm verarscht. „Andy, lüg mich nicht an!", warnte sie ihn. „Wo bist du wirklich?"

„Ich …" Das Gespräch brach abrupt ab. Oder war es gar absichtlich beendet worden? Wütend tippte Laura Andys Nummer noch einmal in ihr Handy. Ein kurzes Freizeichen …, schwupp brach die Verbindung wieder ab. Laura probierte es wieder und wieder. Plötzlich hörte sie: *Kein Anschluss unter dieser Nummer!*

Nun reichte es ihr endgültig. Am liebsten würde sie sofort nach Lagos fliegen, um dem Ganzen auf den Grund zu gehen. Aber ihr war klar, dass eine Reise nach Nigeria für eine weiße Frau nicht ratsam war. Dieser Gefahr durfte sie sich keinesfalls aussetzen.

Kapitel 8

Dr. Harmmed schien nicht damit gerechnet zu haben, dass Laura bei ihm wieder anrufen würde, da sie ja mit Andy jederzeit sprechen konnte. Doch Laura wollte herausfinden, ob Andy geschummelt hatte. Deshalb fragte sie ihn nicht, wann Andy aus dem Krankenhaus entlassen werden konnte, sondern ob er bereits entlassen wurde.

„Entlassen? Natürlich nicht!" Er wirkte gestresst und speiste Laura mit der Information ab, dass Andy noch ein bis zwei Wochen im Krankenhaus bleiben müsse. Das Finanzielle solle sie mit ihm persönlich klären. Er hatte aufgelegt, bevor sie darauf reagieren konnte. Blanke Wut erfasste Laura. Was sollte das? Sie hatte doch ausdrücklich betont, *keine weiteren Kosten* mehr zu übernehmen. Wenige Minuten später wählte sie empört Andys Nummer.

In gereiztem Ton forderte sie ihn auf, ihr zu erklären, was Dr. Harmmeds' Anspielung zu bedeuten hätte.

Anscheinend musste er erst überlegen, wie er Laura davon überzeugen konnte, dass sie ihm noch einmal aushalf.

Sein Schweigen brachte Laura noch mehr in Fahrt. „Ich warte auf eine Erklärung, Andy."

„Ich weiß nicht, wie ich es dir sagen soll", stammelte er entschuldigend. Tatsache ist, entweder ich bezahle oder ich muss gehen. Dabei habe ich nicht mal mehr Kleidung zum Wechseln. Diebe haben nach dem Unfall alles geplündert, was ich bei mir hatte. Nur, was ich am Körper getragen habe, ist mir geblieben." Geknickt sprach er weiter: „Es ist mir äußerst unangenehm, dich schon wieder um Hilfe bitten zu müssen, aber ..."

„Ich werde den Krankenhausaufenthalt nicht weiter finanzieren", erklärte Laura entschieden. Sie war stinksauer – auf Andy, auf Dr. Harmmed und auf das Krankenhaus.

„Baby, mir geht es wirklich noch nicht so gut, dass ich schon entlassen werden könnte."

Laura blieb hart: „Andy, es tut mir leid, aber ich kann *nicht noch einmal* bezahlen. Du musst beim amerikanischen Konsulat anrufen. Die werden dir helfen. Dafür gibt es doch Konsulate in jedem Land. Du bist US-amerikanischer Staatsbürger und hast ein Recht auf Unterstützung."

Laura ließ nicht locker, bis ihr Andy versprach, dass er sich darum kümmern würde.

*

Andy wirkte sehr ernst, als Laura ihn am nächsten Tag anrief.

„Oh Baby, die Leute hier machen es mir echt nicht leicht. Ich habe alles versucht, aber die Leute vom Konsulat verlangen von mir einen Beweis, dass ich US-amerikanischer Staatsbürger bin; dazu müsste ich persönlich vorbeikommen." Er machte eine dramatische Pause. „Aber das kann ich unmöglich, jedenfalls nicht jetzt."

„Habe ich dich gerade richtig verstanden? Du bekommst keine Hilfe vom Konsulat? Das kann doch nicht sein!"

„Du hast doch gehört, was ich gesagt habe!" Sein barscher Ton überraschte Laura. Er schien ziemlich gereizt zu sein, wegen dieser Sache. Bevor sie dazu noch etwas erwidern konnte, sagte er: „Laura, ich muss auflegen … Mir geht es nicht gut. Ich habe wieder starke Kopfschmerzen. Ruf mich später nochmal an!"

Laura war geschockt und verwirrt zugleich. Wie konnte ein Konsulat die Hilfe für ihren eigenen Staatsbürger ablehnen?

„Wenn er wenigstens jemanden im Institut erreichen könnte", redete Laura mit sich selbst.

Sie war den Tränen nahe. *Warum … warum nur ist immer alles so kompliziert bei Andy?* Ihre Gedanken drifteten ab …, merkwürdige Dinge gingen ihr durch den Kopf. Glaubte sie wirklich, dass Andy …?

*

Obwohl Dr. Harmmed sicher nicht erfreut sein würde, wenn sie ihn nochmals belästigte, wählte Laura seine Nummer. Der Arzt bestätigte aber nur das, was sie bereits wusste: Andy bekam kein Geld vom Konsulat! Deshalb ging er davon aus, dass Laura nun wieder Geld fließen lassen würde.

„Nein, Dr. Harmmed …, das geht nicht!", protestierte Laura mit lauter Stimme.

„Aber Andy braucht *Ihre* Hilfe. Es wäre ein großes Risiko, wenn er jetzt entlassen werden würde. Wollen Sie Ihrem Freund wirklich zumuten, dass er *ohne ärztliche Hilfe* – allein und geschwächt – zurechtkommen muss? Vergessen Sie nicht, sein Zustand kann sich schnell wieder verschlimmern. Das könnte tragisch enden, Laura", stellte der Arzt ungerührt fest.

Laura fühlte sich überrumpelt.

„Kann sich Andy denn nicht mit seinem …", beinahe hätte sie gesagt 'mysteriösem' Institut in Verbindung setzen? Die könnten ihm das Geld überweisen."

„Das wäre sicher möglich, aber er erreicht dort leider keinen. Er ist schon völlig verzweifelt deswegen – alleine dadurch hat sich sein Gesundheitszustand auch wieder verschlechtert. Andy will Sie nicht um Geld bitten, Laura. *Ich* sehe allerdings keine andere Möglichkeit, deshalb …"

„Dr. Harmmed, können *Sie* Andy das Geld nicht leihen?", fiel Laura ihm ungeduldig ins Wort.

„Laura, beim besten Willen nicht. Ich habe eine Familie zu versorgen; drei Kinder, die zur Schule gehen, und diese Kosten sind sehr hoch." Nach einer kurzen Pause fuhr er fort: „Ich bedaure das sehr – Andy ist ein so netter, sympathischer Mann, der es verdient hätte, dass man ihm hilft. Laura, wenn Sie Andy lieben, dann werden Sie einen Weg finden, um ihm zu helfen. Liebe bedeutet, dass man Opfer bringen muss!", fügte er noch als Krönung hinzu.

„Ich kann diesen Satz nicht mehr hören!", empörte sie sich.

Dr. Harmmed erwiderte nichts darauf.

Seine seltsame Reaktion verunsicherte Laura. *Was mache ich jetzt?*, überlegte sie fieberhaft. Eigentlich hatte sie sich ja vorgenommen, nichts mehr zu zahlen. Doch ihre Entscheidung wurde von der tiefen Loyalität beeinflusst, die sie für Andy empfand.

„Okay, dieses eine Mal noch – aber ich werde *nur* für *eine* Woche zahlen, dann ist endgültig Schluss!"

Ihre Zusage bereute Laura bereits in dem Moment, als Dr. Harmmed sie daran erinnerte: „Vergessen Sie aber nicht, auch noch etwas

Geld für Kleidung zu überweisen!" Und dann hatte er auch schon aufgelegt.

So eine Unverschämtheit! Laura unterdrückte den Impuls, das Handy in die Ecke zu schleudern.

*

Laura war bei Jane und Tim zum Abendessen eingeladen. Sie freute sich auf einen gemütlichen Abend mit ihren Freunden. Von den Problemen, die sie schon wieder mit Andy hatte, wollte sie lieber nichts erzählen.

Aber Jane spürte instinktiv, dass ihre Freundin etwas quälte. Sie ließ nicht locker.

So schilderte Laura den beiden, was in den vergangenen Tagen geschehen war. Ihr Gesichtsausdruck verriet, was sie davon hielten. Jane regte sich mächtig auf über das, was sie zu hören bekam. Für sie stand nun definitiv fest: Andy war ein *Romance-Scammer*. Ihr reichte es nun endgültig. Sie konnte nicht mehr länger mit ansehen, wie Laura sich von diesem Kriminellen ausnutzen ließ.

„Laura, wie lange willst du das eigentlich noch mitmachen? Sag ihm endlich: ‚Du bist *nicht der Mr. Right*, der du für mich sein wolltest. Du tust mir nicht gut, und ich will das alles nicht mehr. Es ist vorbei'."

„Jane, so einfach ist das nicht", wehrte Laura ab. „Zum einen möchte ich mein Geld wieder zurück, das ich Andy schließlich *nur* geliehen habe. Zum anderen kann ich nicht einfach auf einen Knopf drücken und meine Gefühle ausschalten. Vielleicht ist er ja auch gar nicht so, wie du immer vermutest. Möglicherweise tun wir ihm unrecht, so über ihn zu denken." Laura überlegte kurz, wie sie Jane davon überzeugen könnte, Andys Handeln besser zu verstehen. „Weißt du Jane, Andy hatte es die letzten Wochen nicht gerade leicht. Stell dir vor, *du* wärst in *seiner* Situation. Wärst du dann nicht auch froh, wenn man dir helfen würde?"

Dass Laura so stark an Andy festhielt, war beängstigend. Dieser Mann hatte aus Laura eine andere Frau gemacht. Eine, die Jane fremd war.

„Laura, bitte …, hör endlich auf, ihn immer in Schutz zu nehmen! Ein Mann sollte doch wohl in der Lage sein, Probleme selber zu lösen. Aber Andy wälzt alles auf dich ab. Wie lange soll das noch so weitergehen? Willst du ernsthaft *solch einen Mann* haben? Falls er überhaupt jemals kommt!"

Doch Laura überhörte Janes Zynismus und erwiderte zuversichtlich: „Er *wird* kommen."

„Bekanntlich stirbt die Hoffnung zuletzt", fügte Jane leise hinzu.

Laura war verärgert über diese Äußerung und warf Jane einen vernichtenden Blick zu. „Jane, lass das, okay? Es ist *mein* Leben – *meine* Beziehung. Du dramatisierst das alles viel zu sehr …, nicht wahr Tim?"

Laura hoffte darauf, dass Tim ihr recht gab. Doch er zuckte nur mit den Schultern, denn es war ihm klar, dass dies *nicht* der richtige Moment war, um Laura seine ehrliche Meinung mitzuteilen.

Er war schließlich Psychotherapeut; er wusste, dass manche Frauen so viel Sympathie und Verständnis für ihre Partner entwickeln konnten, dass sie taub für jede Art von Kritik wurden – auch, wenn diese gut gemeint war. Der Traum davon, wie die Beziehung sein könnte, war wichtiger, als die reale Situation. Offensichtlich gehörte Laura zu diesen Frauen. Trotzdem versuchte er es auf seine Art, Laura dazu zu bewegen, diese Beziehung einer genauen Prüfung zu unterziehen.

„Hör zu Laura, Jane und ich verstehen ja, dass du dich nach Andy sehnst, ihn endlich bei dir haben möchtest. Du solltest aber nicht deine ganze Energie dafür einsetzen, dich nach einem – ehrlich gesagt – fremden Mann zu verzehren. Andy bestimmt *dein Leben* …, er hat dich *vollkommen* verändert. Du ziehst dich von deinen Freunden zurück, lebst *nur noch* für ihn. Du darfst deine Augen vor gewissen Dingen nicht verschließen! Blindes Vertrauen ist nicht gut."

Laura saß mit gesenktem Kopf auf der Couch. Sie wirkte sehr angespannt und unglücklich. Es dauerte ein Weilchen, bis sie etwas sagte. „Ich weiß, Tim. Du hast ja recht. Es macht mir manchmal wirklich Angst."

Tim schaute Laura ernst an. „Du hast Angst vor ihm?"

Wieder ein Moment des Schweigens. Laura schien nach der passenden Erklärung zu suchen.

„Nein …, ich habe keine Angst vor *ihm,* sondern vor *seiner Vorstellung* unseres gemeinsamen Lebens. Dass er mich schon als seine Ehefrau sieht, dass er mit mir eine Familie gründen möchte. Seine Art, wie er sich Dinge zusammenträumt – *das* macht mir Angst. Diese Denkweise scheint mir absolut irrational. Es wäre mir lieber, er wäre da etwas vernünftiger. Aber wahrscheinlich hängt das mit seiner unglücklichen Kindheit zusammen, wie er es mir am Anfang erzählte. Er war Vollwaise und wurde von einem Heim zum nächsten geschickt und später dann von seiner Pflegefamilie herzlos und gemein behandelt. Jetzt will er alles das nachholen, was er als Kind nicht hatte, die ganze Liebe und Zuneigung, und zwar möglichst schnell."

Wieder einmal suchte Laura nach Gründen, um Andys Verhalten zu entschuldigen.

Jane konnte sich das nicht mehr länger mit anhören. Erneut versuchte sie, Laura ins Gewissen zu reden. „Laura, siehst du nicht, was er mit dir macht, dir die ganze Zeit antut? *Er* verlangt – und *du* gibst! Und was bekommst *du* von *ihm* außer leeren Versprechungen? Großer Gott, Laura …, sieh der Wahrheit endlich ins Auge! Er liebt dich *nicht*!"

Mit einer abwehrenden Geste gab Tim seiner Frau zu verstehen, sie solle es gut sein lassen. „Jane, du machst es nur noch schlimmer für Laura. Sie braucht deine Unterstützung, keine Belehrungen."

„Sag bloß, dass du jetzt auch daran glaubst, dass Andy ein guter Mensch ist?" Entrüstet sprang sie auf. „Was ist mit euch beiden los? Seht ihr denn nicht, was da abläuft?", herrschte Jane Tim und Laura an. Zynisch wandte sie sich an Laura: „Es würde mich nicht überraschen, wenn du dir noch mehr Geld abknöpfen lässt. Du kennst ja das Sprichwort: ‚Wer sich die Suppe einbrockt …'" Dann verschwand sie mit schnellen Schritten in die Küche.

„Es ist wohl besser, wenn ich jetzt gehe." Laura war zum Heulen zumute. Seit sie Andy kannte, hatte sie regelmäßig Streit mit ihrer Freundin.

Tim bedauerte Janes heftige Reaktion. Manchmal konnte sie sehr scharfzüngig sein. Zu Laura sagte er beschwichtigend. „Du kennst sie ja – Jane kann nun mal nicht aus ihrer Haut. Und sie macht sich Sorgen um dich. Du hast dich in letzter Zeit sehr verändert.

Früher habt ihr über alles gesprochen – und nun blockst du immerzu ab, sobald sie dir ihren Standpunkt zu erklären versucht. Ich kenne den wahren Grund dafür zwar nicht, aber wenn du mit mir darüber reden möchtest, bin ich dazu gerne bereit."

In ihrem Gesichtsausdruck spiegelte sich Traurigkeit und Unbehagen wider. Es schien Laura sehr zu bedrücken, dass Andy ihr bisher mehr Kummer als Freude bereitete.

Dass Tim ihr anbot, darüber zu reden, zeigte, er war ein echter Freund. In Gedanken ließ sie die Ereignisse der letzten Wochen Revue passieren. Ihre Körpersprache ließ erkennen, wie sehr sie jemanden brauchte, sich alles von der Seele zu reden.

Und so erzählte sie von ihrer Liebe, die sie für Andy empfand, aber auch von ihren Zweifeln, die sie immer wieder überfielen. Und von Andys Zukunftsträumen. Laura verschwieg ihm nichts, weil sie keine Angst davor hatte, dass er ihr Verhalten missbilligte. Er verurteilte weder sie noch Andy.

Nach einer Weile stellte Tim ihr eine Frage, die sie überraschte. „Glaubst du, es ist *Liebe*, was er für dich empfindet?"

Laura schwieg. Diese Frage stimmte sie sehr nachdenklich. Sie schaute Tim mit einem verzweifelten Blick an, der ihre Unsicherheit verriet. Mit einem Achselzucken antwortete sie ihm: „Tim, wenn ich ehrlich bin … Ich weiß es einfach nicht. Er sagt es mir zwar die ganze Zeit, aber sein Verhalten ist nicht immer so, dass ich das ohne jeden Zweifel glauben kann."

„Liebst *du* Andy?"

„Ja, ich liebe ihn wirklich. Dieser Unfall, den er hatte … ich fühle mich ihm seither so verbunden."

„… oder fühlst du dich ihm dadurch eher verpflichtet, weil er zu dir kommen wollte?"

Diese Frage brachte sie etwas aus dem Gleichgewicht. Sie wirkte nervös, verkrampft, gar nicht mehr sie selbst. Sie fühlte sich wie eine Seiltänzerin, welche auf einem dünnen Seil ins Schwanken geriet und nun befürchtete, es vielleicht gar nicht bis ans Ziel zu schaffen.

„Nun … aus dieser Sicht habe ich das noch nie betrachtet. Vielleicht … ja, es ist möglich, dass es am Anfang so war. Er hatte etwas so Verletzliches an sich, dass ich nicht anders konnte, als ihm zu helfen.

Dadurch wurden meine Gefühle für Andy immer stärker. Er ist mir fremd und doch so vertraut. Seine Stimme bringt mich zum Träumen, lässt mein Herz schneller schlagen. Ich habe so etwas noch nie zuvor erlebt, Tim – und ich habe keine Erklärung dafür." Verlegen lächelnd schaute sie für einen Moment auf den Boden.

Tim war wichtig, Laura das Gefühl zu geben, sich für ihr Verhalten nicht schämen zu müssen: „Nun, ich werde dich für deine Entscheidungen sicher nicht verurteilen, aber auch nicht dazu ermutigen, weiterhin Kontakt zu Andy zu halten. Nur eines solltest du bedenken Laura: Eine glückliche Fernbeziehung zu führen, ist schwierig. Hast du dir diesbezüglich schon mal Gedanken darüber gemacht, wie das funktionieren soll?"

„Ja, schon … Ich hoffe, dass es klappt …, aber im Moment ist alles so …"

„… verwirrend, meinst du?"

„Richtig! Nehmen wir zum Beispiel meine Freundschaft mit Jane. Seit Andy in mein Leben getreten ist, haben wir immer wieder Streit … und das seinetwegen. Warum nur?"

„Laura, sie ist besorgt um dich. Es ist ja nicht so, dass sie dir die Liebe zu Andy nicht gönnt. Du bist ihre beste Freundin, deswegen bedeutest du ihr sehr viel. Aber die Beziehung zu Andy hat *dich* verändert. Du lässt keinen anderen Menschen – nicht mal Jane – an dich ran, und ziehst dich in dein Schneckenhaus zurück. Vor was hast du Angst, Laura?"

„Ich habe keine Angst." Doch noch während sie diesen Satz aussprach, wurde ihr bewusst: Sie log sich selbst an. Sie hatte Angst, dass diese ungewöhnliche Liebesgeschichte zu Ende war, bevor sie richtig begonnen hatte. Angst davor, nicht nur Andy, sondern mit ihm auch ihr Geld zu verlieren. Laura wusste, dass sie deshalb alles tun würde, um zu verhindern, dass diese Beziehung auseinanderbrach. Sie durfte nicht aufgeben – und vielmehr durfte sie Andy nicht aufgeben.

Und, als könne Tim ihre Gedanken lesen, erklärte er ihr: „Laura, Frauen, die so intensiv und aufopfernd lieben wie du, stecken meistens voller Angst. Angst davor, allein zu sein oder verlassen zu werden. Angst darf aber nicht die treibende Kraft in der Liebe sein.

Irgendwann wird es für dich körperlich wie seelisch unerträglich werden."

Tim wollte, dass dieses Gespräch Laura dabei half, sich darüber im Klaren zu werden, ob Andy wirklich der richtige Mann für sie sei. Es sollte sie zum Nachdenken anregen. Mehr konnte er momentan nicht tun. Nachdenklich schaute sie ihn an. „Darf ich dich etwas fragen?"

Sie nickte zustimmend, während sie ihn mit einem angespannten Gesichtsausdruck anblickte.

„Was weißt du *definitiv* über Andy?"

„Ich muss gestehen – ich weiß nicht viel. Andy ist kein Mensch, der viel über sich preisgibt."

„Erzählt er dir also nichts über sein Leben, seinen Beruf?"

„Er redet nicht gern über sich. Wenn ich mehr von ihm erfahren will, muss ich immer nachhaken. Sobald er nach London kommt, wird er mir alles erzählen. Das hat er mir versprochen."

In diesem Moment kam Jane wieder zu ihnen ins Wohnzimmer. Ihr Ärger war anscheinend verflogen. Sie setzte sich neben Laura, legte ihren Arm um sie und lächelte sie an. Jane wollte ihr zu verstehen geben: *Auch ich bin für dich da. Egal, was passiert.*

*

Auf dem Bett liegend betrachtete Laura die funkelnden Sterne am pechschwarzen Himmel. Obwohl sie müde war, konnte sie nicht einschlafen. Ihre Gefühle fuhren – wie so oft in letzter Zeit – Achterbahn. Wieder spürte sie diesen bohrenden Zweifel, verdrängte ihn aber rasch wieder. Als das Telefon klingelte, zuckte sie erschrocken zusammen. *Andy? Um diese Zeit?*

„Laura, bitte entschuldige, dass ich noch so spät bei dir anrufe, aber ich wollte dir die gute Nachricht unbedingt noch heute zukommen lassen. Baby ..., ich werde in zwei Tagen entlassen. Ich komme raus aus diesem Krankenhaus – ich komme zu *dir*, Laura!", jubelte Andy. Lauras Herz machte einen Freudensprung, als sie das hörte. „Endlich ..., endlich!", war alles was sie herausbrachte.

Diesen einen Satz von Andy zu hören – *„Ich komme zu dir!"* – wie lange hatte sie darauf gewartet. Und jetzt ging er ihr nicht mehr aus dem Kopf. Seit Stunden versuchte Laura vergeblich, zu schlafen, aber ihre Gedanken hielten sie wach. Sie dachte an die vergangenen Wochen zurück. Plötzlich kam ihr alles so unwirklich vor, so, als hätte sie alles nur geträumt.

*

Lauras Freude über Andys bevorstehende Entlassung aus dem Krankenhaus wurde etwas getrübt. Andy hatte kein Geld, um in einem Hotel zu übernachten. Aber irgendwo musste er bis zu seinem Abflug bleiben. Da kam ihr die rettende Idee! Sofort rief sie Dr. Harmmed an.

„Dr. Harmmed, ... es gibt da eine Sache, die mich sehr beschäftigt. Andy wird doch in zwei Tagen entlassen und ...“

Der Arzt unterbrach sie lachend: „Aber Laura, das ist doch ein Grund zur Freude und nicht, um sich unnötige Gedanken zu machen.“

„Ja, schon ... aber, wo soll er die Zeit bis zu seiner Abreise unterkommen?“

Stille am anderen Ende der Leitung.

„Doktor, können Sie ihm nicht helfen? Ihn für die kurze Zeit bei sich wohnen lassen?“

„Nun ... Laura, verstehen Sie mich bitte nicht falsch, aber das geht nicht. Andy ist mein Patient. Ein sehr sympathischer sogar – aber eben nur *ein Patient.*“

„Ich dachte, Sie mögen Andy? Und da Sie wissen, in welch schwieriger Lage er momentan ist, habe ich gehofft, Sie würden ihm helfen. Andy würde Ihnen für die Unterkunft sicher etwas bezahlen.“

„Darum geht es nicht, Laura. Ich glaube nicht, dass meine Frau damit einverstanden wäre, einen fremden Mann bei uns aufzunehmen.“

„Schade! Ich hatte so gehofft, Sie würden Andy den Gefallen tun.“ Laura konnte die Niedergeschlagenheit in ihrer Stimme nicht unterdrücken.

Der Arzt merkte, wie verzweifelt sie war. „Na gut, Laura. Ich werde mit meiner Frau darüber sprechen“, bot Dr. Harmmed hilfsbereit

an. „Wenn sie damit einverstanden ist, kann Andy in unserem Haus übernachten. Es handelt sich ja nur um ein paar Tage."
Augenblicklich huschte ein Lächeln über Lauras Gesicht. Optimistisch gestimmt beendete sie das Gespräch.

*

Glücklich – so fühlte sich Laura, als sie Andys Stimme hörte; vor allem, weil er so gute Laune hatte. Das war in den letzten Wochen nicht gerade häufig der Fall. Doch jetzt rückte der Zeitpunkt näher, an dem sie sich endlich sehen würden. Für einen kurzen Augenblick ließ sie ihre Gedanken schweifen. Bald würde sie Andy bei sich haben, seine verführerische Stimme nicht nur am Telefon hören ..., und diese Stimme riss sie jetzt aus ihren Überlegungen.
„Hast du verstanden, was ich dir gesagt habe, Laura?"
„Nun ... nein, tut mir leid, ich war für einen Moment abwesend."
„Dann schenk mir doch jetzt deine Aufmerksamkeit! Ich habe nämlich Neuigkeiten ..., gute Neuigkeiten. Dr. Harmmed wird mich bei sich aufnehmen, wenn ich hier rauskomme."
„Seine Frau ist also damit einverstanden, dass du bei ihnen übernachtest?!", stellte Laura erleichtert fest.
„Du weißt darüber schon Bescheid?" Andy wirkte etwas erstaunt.
„Nun, ich war besorgt, da du ja kein Geld fürs Hotel hast; deshalb habe ich Dr. Harmmed um seine Hilfe gebeten."
„*Das* hast du für mich getan? Oh Laura ..., du bist ein Engel!"

*

Heute war Andys letzter Tag im Krankenhaus. Laura betrachtete das Foto, das sie von ihm hatte. Sie versuchte, sich vorzustellen, wie er jetzt aussah – ohne seine schönen dunklen Haare, welche ihm vor der Operation abrasiert worden sind. Hoffentlich erkannte sie Andy überhaupt, wenn sie ihn vom Flughafen abholte.
Andy lachte, als sie ihm von ihrer Befürchtung erzählte.
„Baby, mich kannst du nicht übersehen. Mit den Klamotten, die

Dr. Harmmed für mich gekauft hat, sehe ich aus wie ein Rockstar", lautete sein amüsierter Kommentar.

„Bedenken, dass du mich nicht erkennst, sind also völlig überflüssig. Wie wäre es, wenn wir uns morgen via Webcam sehen würden? Ich hätte bei Dr. Harmmed die Möglichkeit dazu."

„Tja, das tut mir leid Andy ..., aber ich habe keine Webcam."

„Dann kauf dir doch eine."

„Ehrlich gesagt – ich will mir keine kaufen."

„Aber ich vermisse dich, Laura, und ich würde dich so gerne sehen."

„Du kommst doch sowieso bald nach London."

„Wie du meinst!", entgegnete er ein bisschen beleidigt.

„Andy, du musst auch mal meine Wünsche respektieren und akzeptieren", erklärte Laura mit leicht tadelndem Unterton. Heute lernte er mal eine andere Seite von Laura kennen – eine, die auch „nein" sagen konnte.

*

Stunde um Stunde verstrich, ohne dass der sehnlichst erwartete Anruf kam. Andy wollte heute das Flugticket besorgen und sich anschließend bei Laura melden. Nun war es bereits 18 Uhr, und sie hatte noch immer nichts von ihm gehört. Als auch ihre Versuche, Andy zu erreichen, scheiterten, beschlich sie eine leise Angst.

Ihr ganzer Körper wurde plötzlich nur noch von Gefühlen beherrscht, die sich ständig abwechselten. Mal war es Wut und Verzweiflung, im nächsten Moment wieder Hoffnung und Sehnsucht. Im Augenblick fühlte sich Laura allerdings hilflos, da sie nichts tun konnte – außer zu warten. Irgendetwas war offensichtlich nicht in Ordnung. Nur was? Laura versuchte, es sich vorzustellen, aber es gelang ihr nicht. Während sie über all das nachdachte, was in letzter Zeit passiert war, streichelte sie geistesabwesend ihre Katze, die auf ihrem Schoß eingeschlafen war.

In diesem Moment klingelte das Telefon. Andy meldete sich. Seine Stimme, charmant wie eh und je. Erleichtert atmete Laura auf. Aber Andy sollte ruhig spüren, dass sie sauer war. Sie wollte eine plausible Erklärung von ihm.

Auf ihre Frage, warum er erst so spät anrief, bekam sie keine Antwort. Erst nach einigen Sekunden merkte Laura, dass die Verbindung unterbrochen war.

Am nächsten Tag, frühmorgens, rief Andy noch einmal an. Laura war noch ganz verschlafen, doch als sie begriff, was Andy ihr gerade gesagt hatte, war sie schlagartig hellwach und außer sich vor Freude.

„Andy, ist das wirklich wahr ... oder träume ich? Du kommst morgen nach London?"

„Ja, Baby ..., morgen um 16.30 Uhr landet meine Maschine am Heathrow Flughafen; da kannst du mich abholen. Ich zähle schon die Stunden, bis ich dich endlich in meine Arme nehmen kann."

Laura war überglücklich – sofort waren all die Sorgen und Ängste vergessen. Nur noch ein Gedanke beherrschte sie: *Andy kommt!*

Kapitel 9

Voll freudiger Erwartung fuhr Laura zum Flughafen, das Kribbeln in ihrem Bauch wurde umso stärker, je mehr sie sich ihrem Ziel näherte. Nun war sie doch froh, dass sie auf Janes Rat gehört hatte und nicht mit ihrem eigenen Auto gefahren war. Die Schnellbahn brachte sie sicher an ihr Ziel, auch wenn sie vor sich hinträumte. Sie konnte es kaum erwarten, Andy endlich bei sich zu haben. In Gedanken sah sie ihn schon fröhlich lachend auf sich zukommen. Wie lange hatte sie auf diesen Augenblick gewartet, ihn herbeigesehnt! Ungeduldig schaute Laura auf ihre Armbanduhr, deren Zeiger sich heute besonders langsam vorwärts zu bewegen schienen.

Da sie viel zu früh am Flughafen ankam, musste sie sich die Zeit bis zu Andys Ankunft irgendwie vertreiben. Lustlos blätterte sie in einer Modezeitschrift, die sie sich gekauft hatte. Doch ihr Blick wanderte immer wieder zu der Anzeigentafel, auf der die Ankunftszeiten angegeben waren: *Noch ganze zwanzig Minuten bis zur Landung der Maschine aus Lagos*, dachte sie sich voller Ungeduld. Zur Ablenkung beobachtete Laura die Menschen um sich herum, die entweder eilig mit ihren Koffern durch die Gegend liefen oder, so wie sie, erwartungsvoll die Anzeigentafel im Auge behielten.

„Oh nein!", stöhnte Laura auf, als sie feststellte, dass sich der Flieger, in dem Andy saß, um dreißig Minuten verspäten würde. Diese lange Warterei machte sie völlig kribbelig.

Dann – genau dreißig Minuten später – war der langersehnte Moment endlich Realität geworden: Andys Flugzeug landete. Die Anspannung war Laura deutlich anzumerken, als sie am Terminal 2 nach ihrem Freund Ausschau hielt. Die ersten Passagiere kamen schon heraus: Andy war *nicht* dabei. Immer mehr Menschen strömten in den Ankunftsbereich. Laura hoffte, Andys Gesicht zu erkennen. Sie beobachtete die Fluggäste sehr genau; besonders aber hielt sie nach einem großgewachsenen Mann mit kurz geschorenen Haaren Ausschau. So hatte er sich jedenfalls beschrieben, um Laura die Suche nach ihm zu erleichtern. Aber sie konnte ihn nirgends entdecken.

Sie wartete und wartete. Aber der letzte Fluggast war vor etwa fünf Minuten aufgetaucht. Seither stand Laura alleine da, traurig und ziemlich verstört.

Sie verstand die Welt nicht mehr. Nach weiteren zehn Minuten – die ihr wie die längsten ihres Lebens erschienen – wurde es langsam zur bitteren Gewissheit: Andy war *nicht* erschienen!

Die Erkenntnis, dass es wieder *nicht* zum heißersehnten Treffen kam, schlug wie eine Woge über ihr zusammen; ein plötzliches Schwindelgefühl erfasste sie.

Als ihr bewusst wurde, dass sie ein *zweites Mal* vom selben Mann versetzt worden war, quälten sie erneut Zweifel. Diesmal heftiger als je zuvor. *War es am Ende doch nur mein Geld, was er wollte?*, schoss es ihr durch den Kopf. Der bloße Gedanke daran jagte ihr schreckliche Angst ein.

Was sollte sie jetzt tun? Wer konnte ihr helfen, ihr sagen, was mit Andy los war? Minutenlang überlegte Laura, an wen sie sich wenden könnte; da kam ihr die rettende Idee; eilig machte sie sich auf den Weg zum Schalter der KLM Airline. Sie schilderte der Mitarbeiterin der Fluggesellschaft die Situation und bat um Informationen, die ihr Klarheit über Andys Verbleib verschaffen würden.

„Auskünfte über Passagiere dürfen wir aus Datenschutzgründen nicht geben“, erklärte ihr die Angestellte kühl. Eine gewisse Ungeduld schwang in ihrer Stimme mit.

„Ich will doch nur wissen, ob Mr. Smith …“

„Tut mir leid, Ma’am, ich muss mich an die Vorschriften halten, und die erlauben es mir eben nicht, Ihnen diese Information zu geben.“

„Das kann doch nicht wahr sein!“, entfuhr es Laura. Entmutigt ging sie durch das Flughafengebäude und murmelte leise vor sich hin: „Warum gibt es jedes Mal Probleme, wenn Andy zu mir kommen will? Ich begreife das einfach nicht.“ Alle paar Minuten stierte sie erwartungsvoll auf das Display ihres Handys und fragte sich, warum ihr Freund nicht wenigstens *anrief*, um ihr zu sagen, was los sei? Ihr Magen krampfte sich zusammen. Diese Ungewissheit machte ihr schwer zu schaffen. Im Augenblick konnte sie nur an eines denken: *WO STECKT ANDY?*

Verzweifelt wählte sie seine Nummer und ließ es lange klingeln –

doch er meldete sich nicht. Herzklopfen. Jetzt hatte sie nur noch eine Möglichkeit, um etwas in Erfahrung zu bringen – sie musste in Lagos anrufen.

„Dr. Harmmed … Andy ist nicht in London angekommen!", schossen die Worte aus ihrem Mund wie Gewehrschüsse. „Er ruft weder an noch kann ich ihn erreichen. Es muss also etwas vorgefallen sein, sonst hätte er sich doch schon längst gemeldet." Eine leise Hysterie schwang in ihrer Stimme mit.

„Laura, das verstehe ich nicht, denn ich habe Ihren Freund selbst zum Flughafen gebracht, bevor ich anschließend zum Krankenhaus weiterfuhr. Er ging auch direkt ins Gebäude, wie ich es ihm geraten hatte. Leider konnte ich ihn aus Zeitgründen nicht begleiten, aber er war früh genug dort, um die Maschine *nicht* zu verpassen."

„Wenn Andy rechtzeitig am Flughafen war, warum hat er dann London nicht erreicht?"

„Das bereitet mir auch Sorgen, denn das Geld für das Flugticket habe ich ihm *nur* unter der Voraussetzung geliehen, dass er es mir *unverzüglich* zurückbezahlt, sobald er in London angekommen ist. Auch Sie haben ihm viel Geld geborgt …, und nun ist Andy verschwunden. Das ist nicht gut."

Laura war mit dieser Antwort nicht zufrieden und hakte weiter nach. „Vielleicht gab es am Flughafen von Lagos Probleme. Könnte das sein, Dr. Harmmed?"

„Genau das müssen wir nun herausfinden … Möglich wäre es. In Nigeria ist alles anders als in Europa oder Amerika – hier muss man ständig Leute bestechen, um sich Ärger zu ersparen, manchmal sogar, um zu seinem Recht zu kommen. Deshalb ist es ratsam, immer genügend Bargeld bei sich zu haben, damit man Schwierigkeiten dieser Art vermeiden kann. Vor allem auf den Flughäfen ist das eine beliebte Methode, mit der sich das Personal sein Gehalt aufbessert. Die meisten Passagiere bezahlen stillschweigend die verlangte Summe; diese Leute gehen nicht zimperlich um mit den Fluggästen, die nichts geben können oder wollen."

In äußerste Aufregung versetzt, lief Laura hektisch durch die Flughafenhalle, während sie mit Dr. Harmmed telefonierte. Alleine der Gedanke, dass Andy etwas Ernsthaftes zugestoßen sein konnte, versetzte sie in große Unruhe. Der Arzt spürte ihre Ruhelosigkeit, deshalb bot er an, sich um die Angelegenheit zu kümmern.

„Ich rufe noch heute am Flughafen an, um etwas über Andy herauszufinden", beruhigte er sie. „Wenn er sich in der Zwischenzeit doch noch bei Ihnen meldet, geben Sie mir bitte Bescheid! Selbstverständlich informiere auch ich Sie, sobald ich etwas Neues erfahre. Wir bleiben in Verbindung, Laura. Bis später."

„Ja, bis später, Dr. Harmmed", erwiderte sie mit leiser, gequälter Stimme. Nach der ganzen Aufregung um Andy fühlte sie sich ziemlich schwach und zittrig, deshalb guckte sie sich nach einem Sitzplatz um. Minutenlang blieb sie regungslos sitzen, während um sie herum das übliche geschäftige Treiben herrschte.

Alle möglichen Gedanken jagten durch ihren Kopf … Wie schön hatte sie sich diesen Tag in ihrer Fantasie vorgestellt! Aber die bittere Realität holte sie schneller ein, als ihr lieb war, wieder einmal blieb ihr nichts anderes als Warten und Hoffen – darauf, dass sich doch noch alles zum Guten wenden würde.

*

Laura hatte das Gefühl, als würde ein schwerer Stein auf ihrer Brust liegen. Sie konnte ihre Tränen nur mühsam zurückhalten, als sie ihrer Freundin am Telefon die Situation schilderte. Schlagartig wurde Jane klar, dass nun eingetroffen war, was sie schon lange befürchtet hatte. Unsägliche Wut stieg in ihr hoch. Dieser Mistkerl trieb es wirklich zu weit. Doch sie wusste, dies war nicht der richtige Moment, um mit Laura über dieses prekäre Thema zu reden. Stattdessen tröstete sie ihre Freundin. Aber es gelang ihr nicht wirklich.

Zu schmerzlich war Lauras Erkenntnis, dass ihr Traum, mit Andy eine wunderschöne Zeit in London zu verbringen, zerplatzt war wie eine Seifenblase.

Als ihr Jane vorschlug, zu ihr zu kommen, nahm sie das gerne an. Sie wollte jetzt nicht alleine sein, denn sie spürte, wie sich Angst und Verzweiflung in ihrem ganzen Körper blitzartig ausbreiteten. Gefühle, die sie lähmten, ihr die Lebensfreude nahmen …, sie verwundbar machten.

Eine große Traurigkeit hatte von ihr Besitz ergriffen; wie betäubt stieg sie ins nächste Taxi. Während der gesamten Fahrt schaute Laura stumm aus dem Fenster und stellte sich die Frage, wie lange sie das alles noch aushalten würde? Ihre Kräfte waren aufgebraucht. Zum Glück hatte sie Freunde, auf die sie sich verlassen konnte und die ihr beistanden in Zeiten wie diesen.

Wenig später hielt das Taxi vor Janes Haustür, eine aufgelöste Laura stieg aus.

Jane nahm sie in die Arme und drückte sie fest an sich. „Ach Schätzchen, wie kann ich dir bloß helfen?", fragte sie mitfühlend. Lauras verzweifelter Gesichtsausdruck sagte alles. „Ich bringe eine Tasse Tee. Einverstanden?"

Laura nickte, obwohl sie Kaffee vorgezogen hätte.

Der gequälte Ausdruck in ihren Augen ging Jane sehr zu Herzen. Besorgt betrachtete sie ihre Freundin, die nachdenklich in ihre Teetasse starrte.

Als Laura wieder aufblickte, seufzte sie: „Der Tag hatte so schön begonnen und endet so tragisch. Ich weiß wirklich nicht mehr, was ich noch glauben oder tun soll."

„Im Moment bist du auch ganz und gar nicht in der Verfassung, um irgendeine Entscheidung zu treffen; deshalb ruhst du dich am besten in unserem Gästezimmer aus, später reden wir dann weiter, okay?"

Während Laura versuchte, etwas zur Ruhe zu kommen, bereitete Jane das Abendessen zu. Als Tim wenig später nach Hause kam, berichtete sie ihm sofort davon, was Laura schon wieder mit Andy widerfahren war.

„Tim, wir müssen etwas dagegen unternehmen, bevor dieser Typ Laura noch unglücklicher macht. Dieser Mistkerl hat schon genug Unheil angerichtet."

„Wie auch immer ..., Laura wird die Hoffnung nicht aufgeben, dass er kommt. Du wirst sie nicht davon überzeugen können, dass dieser Mann ein Betrüger ist."

Energisch strich sich Jane eine widerspenstige Locke hinters Ohr. „Aber du als Psychotherapeut müsstest es ihr doch begreiflich machen können, dass Andys Verhalten *nicht* in Ordnung ist."

Mit einem Kopfschütteln widersprach er seiner Frau: „Schatz, das ist nicht so einfach, wie du dir das vorstellst! Wenn Frauen so stark auf einen Mann fixiert sind, haben sie meistens Angst davor, dass dieser Mann sie verlassen könnte. Deshalb sind sie auch bereit, Opfer zu bringen. Sie tun alles für den Partner, den sie lieben. Laura ist da kein Einzelfall."

Jane wurde richtig wütend über diese Aussage: „Aber wir können doch nicht einfach zusehen, wie sie sich für diesen Kerl ruiniert."

„Ich kann es zwar versuchen, mit ihr darüber zu reden, aber nach meiner Erfahrung werde ich auf taube Ohren stoßen. Die Wahrheit zu erkennen, ist zu schmerzhaft – also wird sie nicht akzeptiert."

Jane konnte nur hoffen, dass Tim nicht recht behielt, bei dem, was er behauptete. Denn das wäre eine Katastrophe. Sie machte sich große Sorgen um ihre Freundin, die stetig mehr und mehr in einen Gefühlsstrudel von Liebe und Psychoterror hineingezogen wurde und darin bald zu versinken drohte.

*

Die überschwängliche Begrüßung ihrer Katze ließ Laura für ein paar Minuten ihren Seelenschmerz vergessen. Sie setzte sich auf den Boden. Mimis raue Zunge leckte liebevoll ihre Hand. In diesem Moment lösten sich sämtliche angestauten Gefühle: Laura ließ ihren Tränen freien Lauf; gleichzeitig drückte sie ihre Katze fest an sich. An diesem Abend kam kein Anruf mehr von Andy und auch keine SMS. Laura hatte eine lange, schlaflose Nacht hinter sich. Emotional ausgelaugt – das wäre wohl die passende Bezeichnung ihres Zustandes. Nur mit Mühe konnte sie einen klaren Gedanken fassen. *Sollte sie nun Dr. Harmmed anrufen ...* oder wollte er sich bei ihr melden? Sie wusste es nicht mehr. Wo zum Teufel steckte Andy bloß? Diese Ungewissheit machte sie noch ganz verrückt. Ihr Kopf produzierte ein Schreckensbild nach dem anderen. Wieder einmal griff sie zum Handy. Inzwischen hatte sie Andys Nummer darin gespeichert. Laura probierte es nun zum gefühlten hundertsten Mal, Andy zu erreichen. Es kam ihr schon fast wie ein Wunder vor, dass sie dieses Mal Erfolg hatte.

Es war aber nicht Andy, der ihren Anruf entgegennahm. Laura war sehr verwirrt. „Hallo? Wer ist da? Könnte ich bitte mit Andy Smith sprechen?"

„Nein, das ist nicht möglich, Ma'am", teilte ihr eine abweisende, männliche Stimme kurz und bündig mit.

„Das ist doch seine Nummer, nicht wahr?"

„Richtig."

„Ich bin Laura Watson, die Freundin von Andy Smith. Erklären Sie mir also bitte, warum ich *nicht* mit meinem Freund sprechen kann; es ist doch *sein* Handy, das Sie gerade benutzen." Lauras Tonfall wurde nun etwas schärfer.

„Mr. Smith sitzt in Untersuchungshaft, und da ist es nicht erlaubt, private Telefongespräche zu führen."

„Er wurde festgenommen? Warum?" Laura hielt vor Aufregung den Atem an.

„Das kann ich Ihnen nicht beantworten; mein Kollege, der diesen Fall bearbeitet, ist zurzeit nicht anwesend."

„Können Sie mir wenigstens mitteilen, in welcher Haftanstalt mein Freund sich befindet?"

„Ma'am, das hier ist eine *Polizeistation, keine Auskunftszentrale*", raunzte der Polizist Laura an.

Da der Mann mit sehr starkem afrikanischen Akzent sprach, dachte Laura erst, sie hätte sich verhört, deshalb wiederholte sie ihre Frage. Der rüde Ton, in dem der Polizist ihr antwortete, erschreckte sie, noch mehr aber das, was er sagte: „In welchem Gefängnis sich Ihr Mann befindet, ist unwichtig. *Wichtig* ist nur, wie *Sie* ihn von dort rausholen können."

Dieses unverschämte Verhalten des Beamten wollte sich Laura nicht mehr länger bieten lassen. Sie verlangte unverzüglich nach seinem Vorgesetzten. Aber er lachte nur höhnisch und legte dann einfach auf. Wie vor den Kopf gestoßen, starrte sie ihr Telefon noch einige Sekunden lang an.

Vielleicht war es besser, wenn Dr. Harmmed sich um die Angelegenheit kümmerte. Da er in Nigeria lebte, wusste er besser, mit diesem Schlag von Menschen umzugehen.

Doch als sie seine Nummer wählte, sprang nur wieder mal die Mailbox an. Widerwillig hinterließ Laura ihm eine Nachricht, da sie nicht wusste, wann er diese abhören würde.

Der Gedanke alleine, dass Andy verhaftet worden war, beunruhigte Laura ungemein, aber jetzt wusste sie wenigstens den Grund, warum er nicht nach London gekommen war.

Seltsamerweise war sie sogar erleichtert darüber, denn das bedeutete, dass er kein Betrüger war, wie Jane ständig behauptete.

Jedoch die Vorstellung, wie nigerianische Polizisten mit einem mittellosen, weißen US-Amerikaner umgehen würden, versetzte sie in Panik. Die Nachrichten im Fernsehen zeigten regelmäßig, wie dieses Land mit roher Gewalt und Korruption beherrscht wurde.

Nigeria war wie ein brodelnder Vulkan, welcher jeden Moment zu explodieren drohte. Es war ein Land, dessen Kluft zwischen reich und arm nicht größer sein könnte.

Trotzdem wollte Laura sich nicht von diesen Tatsachen zu sehr verängstigen lassen. Eine wirksame Methode, um Frustrationen abzubauen, war, sich sportlich zu betätigen. Also entschloss sie sich, zu joggen.

Laura lief und lief – immer im gleichen Tempo – und nur auf den Weg konzentriert. Deshalb bemerkte sie nicht, dass sich dunkle Wolken vor die Sonne schoben. Erst als der Wind an ihren Haaren zerrte, betrachtete sie den Himmel. Das sah nach einem Unwetter aus, der harmlose Wind entwickelte sich schnell zu einem heftigen Sturm.

Laura steigerte ihr Lauftempo, um das nahegelegene Café noch zu erreichen, als es plötzlich wie aus Eimern zu gießen anfing. Nach einer halben Stunde kam die Sonne wieder zum Vorschein, und Laura konnte ihren Lauf fortsetzen.

Zu Hause angekommen, schaute sie sofort nach, ob sich Dr. Harmmed in der Zwischenzeit gemeldet hatte – doch – keine Nachricht; das machte sie nervös. Einen Augenblick später klingelte ihr Handy. In der Hoffnung, dass es Dr. Harmmed war, griff sie hastig danach. Die Enttäuschung war groß. Es war Jane.

„Ich wollte mich nur mal kurz melden. Hast du schon irgendwelche Neuigkeiten aus Lagos erhalten?", wollte diese wissen.

„Ja, Andy sitzt im Gefängnis." Ihre Stimme wirkte gepresst, als sie ihrer Freundin von dem unangenehmen Gespräch mit dem Polizisten erzählte.

„Klingt alles etwas seltsam", meinte Jane skeptisch.

„Seltsam? Wie meinst du das?"

„Hör mir jetzt bitte *genau* zu!", beschwor Jane ihre Freundin; sie wollte Laura auf keinen Fall verschweigen, was sie herausgefunden hatte. Es würde nicht leicht werden, sie davon zu überzeugen, dass ihr Freund womöglich ein Betrüger war, aber es sprach *alles* dafür. „Internet-Love-Scammer, also Internet-Liebesbetrüger, nennt man diese Männer. Ich habe mir gestern Informationen aus dem Netz über Internet-Kriminalität in Nigeria geholt. Es war schockierend, was ich da alles zu lesen bekam; vor allem der Bericht über Internet-Love-Scamming war niederschmetternd."

„Internet-Love-Scamming? Davon habe ich noch nie etwas gehört."

„Das sind Liebesbetrüger oder -betrügerinnen, die in sozialen Netzwerken wie Facebook Anbahnungsversuche starten. Frauen oder auch Männern wird dann eine Beziehung vorgegaukelt, um ihnen möglichst viel Geld herauszulocken."

Jane erzählte ausführlich von der Vorgehensweise dieser Kriminellen, die sehr daran erinnerte, was Laura mit Andy erlebte.

Es folgte eine unangenehme Stille. Laura musste diese Informationen erst einmal verdauen. „So etwas würde Andy nie tun, glaube mir, Jane – er liebt mich. Das spüre ich. Außerdem ist er Amerikaner, kein Nigerianer! Und es gibt keine Beweise dafür, dass er einer von diesen Betrügern ist."

Janes' Miene verfinsterte sich. „Was um Himmels Willen brauchst du denn noch als Beweismaterial, Laura? Ich kann es nicht fassen, dass du ..." Jane sprach den Satz nicht zu Ende. Aber das musste sie auch nicht, denn Laura wusste auch so, was ihre Freundin sagen wollte. Für Jane war es offensichtlich, dass Andy mit Internetkriminalität sein Geld verdiente, aber wenn ihre Freundin den Tatsachen nicht ins Gesicht sehen wollte, dann war sie machtlos. Resigniert legte Jane den Telefonhörer auf.

Laura sank stöhnend in den Sessel. Dass Jane aber auch immer so argwöhnisch sein musste, wenn es um Andy ging. Sie war es leid, mit ihrer Freundin ständig Streit seinetwegen zu haben. Jane hatte ganz sicher unrecht, aber andererseits ... War es ein Fehler, Andy so blind zu vertrauen? Diese Love-Scamming Geschichte brachte sie völlig durcheinander. Andy ein Love-Scammer – niemals! Sein *Ich liebe dich* kam von Herzen. Davon war Laura felsenfest überzeugt. Sie glaubte ihm und träumte von einem Happy-End ..., und ignorierte die Hinweise von Jane. Ein fataler Fehler.

*

Es war noch sehr früh am Morgen, doch Jane war schon hellwach. In der vergangenen Nacht hatte sie unruhig geschlafen – zu vieles ging ihr durch den Kopf.

Sie stand in ihrem roten Schlafanzug im Wohnzimmer und starrte aus dem Fenster. Sie dachte über das Gespräch nach, das sie gestern mit Laura geführt hatte. Dabei musste sie sich eingestehen, nicht sehr erfolgreich bei dem Versuch gewesen zu sein, ihre Freundin davon zu überzeugen, dass Andy ein Internet-Love-Scammer sein könnte. Laura hatte nichts darüber hören wollen, denn sie vertraute ihrem Freund – noch immer. Einerseits war Jane verärgert über Lauras Verhalten, andererseits konnte sie aber auch nicht einfach tatenlos zusehen, wie ihre beste Freundin in ihr Unglück rannte. Obwohl sie sich hundertprozentig sicher war, dass Andy nicht die Wahrheit sagte, konnte sie dies nicht beweisen. Noch nicht! Doch sie würde daran arbeiten, ihn als Betrüger zu entlarven.

Jane war so in Gedanken versunken, dass sie erschrocken zusammenzuckte, als Tim sie sanft berührte.

„Was ist los, Schatz? Warum bist du nicht im Bett?", fragte er mit besorgter Miene und legte seine Arme fürsorglich um seine Frau.

„Ich konnte nicht mehr schlafen ..., das ist alles."

Einen Moment standen sie schweigsam nur so da; dann drehte sich Jane um, schaute Tim mit einem schuldbewussten Blick an, bevor sie ihm gestand: „Wenn ich ehrlich bin, es gibt da schon etwas, was mich bedrückt. Meine Gedanken kreisen ständig um Laura, oder vielmehr um Andy." Und dann sprudelte es nur so aus ihr heraus: „Er ist ein Betrüger, Tim!

Noch dazu ein ganz gerissener, der Lauras Gutgläubigkeit und ihre zärtlichen Gefühle für ihn skrupellos ausnützt – davon bin ich völlig überzeugt. Ich wünschte, Laura hätte diesen Kerl, der nur mit ihr spielt, nie kennengelernt. Wie ein Puppenspieler zieht er die Fäden, und Laura reagiert dementsprechend darauf – wie eine wehrlose Marionette. Dieser Mann zerstört ihr Leben, das fühle ich."

„Übertreibst du da nicht ein bisschen, Jane?"

„Sicher nicht. Ich, als Journalistin, sehe die Dinge eben aus einer anderen Perspektive. Trotzdem bist du der Meinung, dass ich überreagiere, nicht wahr?"

„Ich will damit nur sagen, dass du vielleicht etwas voreingenommen bist."

„Habe ich dich gerade richtig verstanden? Ich soll voreingenommen sein? Überleg doch mal, Tim! Andy ist angeblich ein Geologe, der beruflich nach Nigeria reisen musste. Solch eine Reise muss doch vorbereitet werden. Jeder vernünftige Mensch informiert sich vorher über das Land, in das er reisen will. Und dann auch noch Nigeria – nicht gerade ein Urlaubsziel, oder?"

„Jane, Andy wollte dort auch keinen Urlaub machen."

„Das weiß ich doch auch, Tim!", entgegnete sie barsch.

Eine Weile herrschte angespanntes Schweigen. Um die unbehagliche Stille zu brechen, sagte Tim schließlich: „Vielleicht sind deine Bedenken nicht ganz unbegründet, aber ..."

Jane fiel ihm sofort ins Wort. „Natürlich sind sie das nicht. Ich werde es dir schon noch beweisen."

Tim verschränkte die Arme vor der Brust. Sein sonst so gelassener Gesichtsausdruck verschwand. „Verheimlichst du mir irgendwas, Jane?"

„Natürlich nicht. Ich suche nur etwas – irgendetwas – um zu beweisen, dass Andy ein Love-Scammer ist."

„Ein was?"

„Das recherchierst du am besten selber im Netz."

Und ehe Tim noch etwas darauf erwidern konnte, verschwand Jane in der Küche.

*

Am späten Abend, als Laura schon gar nicht mehr damit gerechnet hatte, kam der Anruf von Dr. Harmmed. Er entschuldigte sich, dass er sich um diese Zeit noch meldete. Dann berichtete er mit ernster Stimme: „Es hat mich viel Zeit gekostet, bis ich endlich herausgefunden habe, wo Andy untergebracht wurde, denn die Beamten waren nicht sehr kooperativ. Solange nämlich kein Geld fließt, schalten die gerne auf stur. Trotzdem ist es mir gelungen, Andy ausfindig zu machen."

„Geht es ihm gut?", erkundigte sich Laura besorgt.

„Ich durfte nur kurz mit ihm sprechen, aber ich würde sagen, den Umständen entsprechend. Ein Gefängnis ist grundsätzlich kein angenehmer Ort; doch in Nigerias Haftanstalten sind die Zustände katastrophal. Das Essen ist fürchterlich, das Wasser zum Duschen kalt, die Wärter brutal. Hinzu kommt, dass Andy noch immer gesundheitliche Probleme hat. Immerhin konnte ich ihn mit Medikamenten versorgen, damit er sich etwas besser fühlt. Morgen sehe ich noch mal nach ihm."

„Wieso wurde er überhaupt verhaftet?"

„Bei der Kontrolle am Flughafen wurden seine Gesteinsproben entdeckt, die er illegal mitnehmen wollte. Geologisches Material aus Nigeria auszuführen, ist *strengstens verboten*. Dafür hätte er ein Zertifikat gebraucht – und das hatte er nicht. Ich habe ihn noch *extra* darauf aufmerksam gemacht, die Steine auf *keinen Fall* ohne diese Bescheinigung mitzunehmen. Doch wie man sieht, hat er nicht auf mich gehört – das war ein großer Fehler."

Laura hörte den ärgerlichen Unterton in seiner Stimme. Und auch sie selbst war nicht gerade freudig gestimmt über diese Neuigkeiten. Was hatte sich Andy nur dabei gedacht, so ein Risiko einzugehen? Vermutlich gar nichts. Durch sein leichtsinniges Verhalten brachte er nicht nur sich in Schwierigkeiten, sondern auch den Arzt in eine unangenehme Situation.

Dr. Harmmed war sehr verstimmt. Trotzdem wollte er sich weiter um Andy kümmern und sie auf dem Laufenden halten; hoffentlich bald mit guten Nachrichten, denn auch Laura hatte es satt, immer nur Unerfreuliches aus Lagos zu hören.

*

Mit wachsender Ungeduld schaute Jane auf ihre Uhr. Seit zwanzig Minuten wartete sie nun schon auf ihre Freundin, mit der sie in ihrem Lieblingslokal zum Mittagessen verabredet war. Jane war immer pünktlich, fast schon pedantisch. Laura hingegen sah das viel lockerer, gab aber jedes Mal Bescheid, wenn sie sich um mehr als zehn Minuten verspätete. Das trieb Jane die Sorgenfalten auf die Stirn. „Warum ruft sie mich nicht an oder schickt mir wenigstens eine SMS?" Nach weiteren zehn Minuten war sie überzeugt, dass ihre Freundin nicht mehr kommen würde. Zynische Gedanken schossen durch ihren Kopf – mit Sicherheit Andys Schuld! Dieser Typ beherrschte inzwischen Lauras Leben.

Jane bezahlte ihr Getränk und wollte gerade gehen, als Laura ins Restaurant gerannt kam; völlig außer Atem sank sie auf den Stuhl.

„Ich dachte schon, du versetzt mich", beklagte sich Jane in vorwurfsvollem Ton.

„Tut mir leid", war alles, was Laura herausbrachte. Erst nach einer kurzen Verschnaufpause konnte sie weiterreden. „Bitte entschuldige die Verspätung …, aber gerade als ich weggehen wollte, bekam ich einen Anruf von Dr. Harmmed. Dann habe ich in der Hektik auch noch vergessen, mein Handy einzustecken; deshalb konnte ich dich nicht benachrichtigen. Und mein Versuch, hier in der Nähe einen Parkplatz zu finden, ist auch gescheitert. Zehn Minuten war ich noch zu Fuß unterwegs – und zwar im Eiltempo."

Jane betrachtete ihre Freundin eine Weile. Laura sah nicht nur abgehetzt aus, sondern auch ziemlich aufgewühlt.

„Gibt es etwa schon wieder Probleme in Lagos?"

Laura ließ sich mit ihrer Antwort etwas Zeit. Es schien fast so, als hätte sie ein bisschen Angst davor, Jane die Wahrheit zu sagen. „Andy geht es nicht besonders gut, da er aus der U-Haft nur entlassen wird, wenn eine Kaution von 10.000 Dollar hinterlegt werden kann. Ist das nicht der Fall, muss er im Gefängnis bleiben, bis es zur Verhandlung kommt; sollte er dann verurteilt werden, kommt er für sieben Jahre hinter nigerianische Gitter."

„Nimm es mir nicht übel, Laura, aber diese Geschichte klingt nicht besonders glaubwürdig. In meinen Augen ist das nur eine neue Methode, um wieder an dein Geld zu kommen. Der Doktor hat dich doch sicher um finanzielle Unterstützung gebeten – also … wie viel sollst du dieses Mal bezahlen?"

„Es ist zwar richtig, dass er mich gefragt hat, ob ich helfen kann –
doch ich habe NEIN gesagt."

Jane riss vor Erstaunen die Augen auf: „Das hast du wirklich getan?
Wie hat er darauf reagiert?"

„Zuerst war er enttäuscht, aber dann zeigte er erstaunlicherweise sogar Verständnis für meine Entscheidung, als ich ihm erklärte: *Andy
hat sich selber in diese unangenehme Lage gebracht, und er wird sicher
einen Weg finden, da wieder herauszukommen – auch ohne meine
Hilfe. Er muss endlich begreifen, dass er für seine Fehler verantwortlich ist – nicht ich. Sein Handeln war gedankenlos und egoistisch; ich
habe es satt, ständig mit neuen Problemen konfrontiert zu werden.* Dr.
Harmmed war wohl etwas irritiert über meine ungewohnt heftige
Reaktion und legte schnell auf."

Überrascht starrte Jane ihre Freundin an. *Endlich* schien sie begriffen zu haben, dass dieser Kerl ihr womöglich nur das Geld aus der
Tasche ziehen wollte. Ein Gefühl der Erleichterung machte sich in
ihr breit. Ihren Plan, Andy zu enttarnen, würde sie trotzdem nicht
aufgeben. Andys wahre Identität enthüllen – das wollte Jane. Sie war
Journalistin, sogar eine ausgezeichnete. Sie war voller Tatendrang
und nicht mehr zu bremsen!

*

Laura saß hinter ihrem Schreibtisch und telefonierte, als ihr Assistent Ronny zur Tür hereinkam. Er wollte nicht stören und war
gerade im Begriff wieder zu gehen, aber Laura gab ihm mit einer
Handbewegung zu verstehen, er solle bleiben.

„Ich muss mich jetzt um andere Dinge kümmern, Dr. Harmmed. Rufen Sie mich morgen wieder an!", schlug Laura kurz angebunden vor.
Doch der Doktor gab nicht so schnell auf: „Hören Sie Laura, ich
kann Sie sehr gut verstehen; es ist natürlich Ihr gutes Recht, Andy
nicht mehr zu helfen, aber sind Sie sich darüber im Klaren, was
das auch für *Sie* für Konsequenzen hätte?", fügte er unnötigerweise
hinzu.

Laura schloss für einen Moment die Augen und überlegte. „Das ist
mir bewusst, Doktor …, aber ich brauche trotzdem eine Bedenkzeit

und werde es *nicht vor morgen* entscheiden", erwiderte sie trocken und legte auf.

„Alles in Ordnung, Laura?", erkundigte sich Ronny besorgt. Er wusste Bescheid über ihre schwierige Beziehung zu Andy, die von Anfang an unter keinem guten Stern stand. Das gequälte Lächeln, mit dem sie Ronny ansah, bestätigte seine Vermutung.

„Ist es dir lieber, wenn wir unsere Besprechung auf später verschieben?"

„Nein, nein, das ist nicht nötig. Die Arbeit lenkt mich ein bisschen ab von all dem Ärger, den mir Andy schon wieder beschert."

„Was ist passiert?"

„Na ja, im Prinzip ist es immer das Gleiche – Andy braucht Geld", klang ihre Stimme hart. „Da er seine geologischen Gesteinsproben aus dem Land schmuggeln wollte, wurde er festgenommen und sitzt nun in U-Haft. Nach einer Kautionszahlung wird er freigelassen – wenn nicht, bleibt er im Gefängnis."

Ronny setzte sich zu Laura an den Schreibtisch. „Ich möchte dir eine Frage stellen, Laura – aber ich weiß nicht, ob ich es darf."

„Selbstverständlich kannst du mich fragen. Was möchtest du wissen?"

„Zweifelst du nicht manchmal daran, dass diese spektakulären Vorfälle in Lagos der Wahrheit entsprechen? Für mich klingt das alles zu dramatisch, um es glauben zu können."

Mit ihrer zarten Stimme antwortete Laura kaum hörbar: „Nun ja, manchmal frage ich mich schon, warum Andy nichts auf die Reihe bekommt ..., aber was soll ich machen? Ich liebe ihn doch. Deshalb möchte ich ihn auch nicht im Stich lassen."

Nach kurzem Zögern vertraute sie Ronny ihre Emotionen an. „Ich befinde mich in einem ständigen Wechselbad der Gefühle – manchmal fühle ich mich wie zweigeteilt. Den einen Moment habe ich schreckliche Angst um ihn, dann bin ich wieder stinksauer. Doch sobald ich Andys Stimme höre, spüre ich diese unbeschreiblich große Sehnsucht nach ihm. Mein ganzer Körper wird beherrscht von diesem Gefühl, jeder noch so kleine Zweifel löst sich in Luft auf. Mir ist nur wichtig, dass er kommt. Und jetzt beantworte *du* mir eine Frage: Ist es denn so falsch, an die *wahre Liebe* zu glauben?"

Ronny überlegte kurz, bevor er antwortete: „Vielleicht wäre ,unrealistisch' das bessere Wort. Ich weiß aus eigener Erfahrung, wie schön

Illusionen sein können und wie ernüchternd die Wahrheit dann ist. Wie leicht man sich in einem Menschen täuschen kann, wenn man ihn kaum kennt, bekam ich letztes Jahr deutlich zu spüren. Damit du nicht den gleichen Fehler machst, gebe ich dir einen freundschaftlichen Rat: Steck den Kopf nicht in den Sand – irgendwann bereust du das nämlich."

Laura schaute ihn einige Augenblicke schweigsam an, bevor sie äußerte: „Findest du, ich bin zu vertrauensselig, was Andy betrifft?"

„Nun ja … um ehrlich zu sein …, das glaube ich schon. Tatsache ist doch, dass er immer irgendwelche Probleme hat, wenn er zu dir kommen soll …, das kannst du nicht verleugnen, Laura. Und warum wendet er sich jedes Mal an dich, wenn er Geld braucht? Vielleicht solltest du dich nicht an eine Beziehung klammern, in der *du* immer diejenige bist, die gibt, und *er* nur nimmt. Seit du Andy kennst, bist du ein ziemliches Nervenbündel geworden. Dieser Mann tut dir nicht gut, Laura."

Ronny führte ihr deutlich vor Augen, was er von Andy hielt: nichts! „Du solltest dich wieder mehr auf deine Arbeit als Modefotografin konzentrieren …, auf deine Ziele, die du dir gesteckt hast. Du bist so talentiert und gerade dabei, eine der gefragtesten Fotografen der Modeszene zu werden. Schmeiß diese Chance nicht einfach weg und das auch noch für einen Mann, der dich nicht wirklich zu lieben scheint", waren Ronnys eindringliche Worte an seine Chefin.

Laura schaute ihn mit großen Augen an. Diese drastischen Worte schockierten sie. War es wirklich nur Wunschdenken von ihr, dass Andy sie liebte? Sie wusste nicht mehr, was sie denken sollte. Noch weniger ahnte sie, auf was sie sich tatsächlich mit Andy eingelassen hatte – auf ein ausgeklügeltes Spiel!

*

Gutgelaunt wie schon lange nicht mehr, verließ Laura ihr Fotostudio. Die Modeaufnahmen waren schon früher fertig als geplant. So konnte sie den restlichen Tag für sich nutzen. Ronnys Worte hinterließen ihre Spuren und kreisten ihr ständig im Kopf herum. So unrecht hatte er nicht. Es wurde ihr in aller Deutlichkeit bewusst, wie sehr sie ihren

Beruf liebte … und für ihn lebte. Seit Andys Unfall in Lagos hatten sich Lauras Prioritäten allerdings zu seinen Gunsten verschoben. Erst durch das Gespräch mit Ronny war ihr klar geworden, dass es so nicht weitergehen konnte. Wenn sie ihre Kunden nicht verlieren wollte, musste sie sich in Zukunft wieder mehr ihrem Beruf widmen, denn wie hieß es so schön: „Die Konkurrenz schläft nie."

Laura saß gerade in einem italienischen Restaurant und studierte intensiv die Menükarte, als ihr Handy klingelte. Sie warf einen Blick auf das Display und bemerkte, dass es schon wieder der Doktor war. Mit einem mulmigen Gefühl nahm sie den Anruf entgegen. Wie würde er wohl reagieren, wenn sie ihm mitteilte, die Kaution nicht zu bezahlen.

„Endlich kann ich Sie erreichen, Laura … Ich habe es schon mehrmals versucht – wo waren Sie?", herrschte er Laura aufgebracht an. Erbost, mit welcher Unverfrorenheit er mit ihr sprach, schnaubte sie zurück: „So wie *Sie*, Dr. Harmmed, habe auch *ich* einen Beruf, der es nicht zulässt, dass ich ständig telefonisch erreichbar bin. Wenn ich meine Foto-Sessions habe, schalte ich mein Handy grundsätzlich aus, damit ich nicht gestört werde."

„Es ist nur so, Laura …, die Frist für die Kaution läuft am Freitag ab; wird sie bis dahin nicht bezahlt, muss Andy im Gefängnis bleiben. Die Zeit drängt."

„Dr. Harmmed, es ist mir wirklich nicht möglich, noch einmal so viel Geld nach Nigeria zu schicken. Tut mir leid, aber Andy muss sich jetzt selber darum kümmern, aus dieser heiklen Situation herauszukommen."

„Aber Laura, Sie können Ihren Freund doch jetzt nicht hängen lassen – das würde er nicht verkraften. Nur *Ihretwegen* hält er das alles noch durch – *noch!* *Sie* sind der *einzige Mensch*, der ihm Halt gibt in dieser harten Zeit. *Ohne Sie* ist er verloren."

„Bitte Dr. Harmmed, hören Sie auf, mich schon wieder unter Druck zu setzen! Das ist nicht fair. Ich habe *weder* die Nerven *noch* das Geld, um ihm aus dieser komplizierten Situation zu helfen. Und überhaupt, warum soll *immer ich* diejenige sein, die für ihn bezahlt? Er muss endlich mal Kontakt zu seinem Institut aufnehmen, ihnen

Bescheid geben, dass er sich noch in Nigeria aufhält, und nicht, wie vorgesehen, in Malaysia. Das kann doch nicht so schwierig sein."

„Laura, haben Sie schon vergessen, wie oft er das schon versucht hatte, aber leider ohne Erfolg. Er macht sich deswegen auch schon große Sorgen, das hat er mir erst gestern erzählt. Im Moment sind *Sie* sein einziger Lichtblick. Wenn Sie sehen könnten, wie sehr Ihr Freund leidet, dann hätten Sie mehr Verständnis für meine Bemühungen, ihn aus dieser verdreckten Zelle herauszuholen. Andy geht es wirklich schlecht, Laura. Allein die Hoffnung, dass er bald zu Ihnen kommen kann, lässt ihn durchhalten. Er hat einen Fehler gemacht ..., das ist nicht mehr zu ändern; aber seine Angst, Sie zu verlieren, wenn er *nicht* kommen würde, war zu groß, sodass er lieber das Risiko eingegangen ist, die Gesteinsproben mitzunehmen, ohne die behördliche Genehmigung zur Ausfuhr abzuwarten."

Offensichtlich versuchte er, Schuldgefühle in ihr zu wecken.

„Auch von mir ließ er sich nicht davon abbringen. Während der Fahrt zum Flughafen erzählte er mir von seinen Zukunftsplänen, von seinen Träumen. Er war so glücklich, dass er endlich die Frau fürs Leben gefunden hatte ..., endlich eine eigene Familie zu haben, das wäre sein größter Wunsch. Andy beschrieb mir, wie schön er sich sein zukünftiges Leben, zusammen mit Ihnen, vorstellte. Dann sagte er: *„Ich liebe Laura von ganzem Herzen, und ich bin überzeugt, dass sie für mich genauso empfindet. Sie hat schon so viele Opfer für mich gebracht – jetzt bin ich an der Reihe. Deswegen muss ich unbedingt heute noch nach London"*, ... und was dann geschah, wissen Sie ja. Laura, ich bin jetzt auf dem Weg zu Andy – was soll ich ihm sagen? Kann er mit Ihrer Hilfe rechnen?"

Die Gedanken überschlugen sich nur so in Lauras Kopf; während sie krampfhaft nach einer Antwort suchte, wurde die Verbindung unterbrochen. Nach dem Gespräch mit dem Doktor fühlte sie sich völlig verunsichert. Was sollte sie nur tun? Plötzlich kam ihr eine Idee; sie griff wieder zu ihrem Telefon und wählte Andys Nummer. Die nigerianische Polizei hatte sein Handy zwar konfisziert, aber vielleicht meldete sich ein Polizist, wie es schon einmal der Fall gewesen war. Zuerst hatte sie kein Glück – niemand ging ran. Beim zweiten Versuch hörte sie die Ansage, dass der Teilnehmer momentan nicht erreichbar sei. Doch Laura gab nicht auf und probierte es erneut. Schon nach dem zweiten Klingeln meldete sich ein Mann, der allerdings auf Lauras Bitte, mit Andy sprechen zu dürfen, mit den Worten reagierte: „Wir sind hier kein Hotel, sondern ein Gefängnis! Außerdem reden wir nicht mit Ehefrauen von Verbrechern. Bezahlen Sie die Kaution, dann können Sie Ihren Mann wieder haben!"

Diese Äußerungen machten Laura rasend. „Hören Sie zu, Officer, ich werde überhaupt nichts bezahlen, wenn ich *nicht* mit Mr. Smith sprechen kann. Haben Sie das verstanden? Nur zu Ihrer Information: Ich bin *nicht seine Ehefrau!*"

Ihr eisiger Ton verblüffte den Polizeibeamten offensichtlich, da er einen Moment lang zögerte, bevor er mürrisch antwortete: „Rufen Sie in einer halben Stunde an!"

Laura konnte es noch gar nicht fassen – sie durfte wirklich mit Andy sprechen.

Als sie ihn endlich am Telefon hatte – die vertraute Stimme hörte, die sie so vermisste – war es um ihre Beherrschung geschehen. Dicke Tränen kullerten über ihre Wangen; sie spürte wieder diese unbeschreibliche Sehnsucht nach ihm, die fast schon schmerzhaft war. Andy klang traurig; es schien auch ihm schwerzufallen, die Kontrolle über seine Gefühle zu behalten. Seine Stimme hatte einen weinerlichen Klang, als er ihr kleinlaut mitteilte, dass er für die nächsten sieben Jahre ins Gefängnis müsste, wenn nicht noch ein Wunder geschah. „Oh Baby …, es tut mir unendlich leid, dass ich dir so viel Kummer bereite. Ich bin kein Krimineller, Laura. Ich wollte nur zu dir kommen. Bitte vergiss mich nicht – ich liebe dich."

Bevor Laura antworten konnte, nahm der Polizist das Handy an sich und meinte sarkastisch: „Ma'am, wenn Sie Ihren Mann zurückbekommen wollen, dann bezahlen Sie die Kaution! Das wäre besser für *ihn* …, glauben Sie mir!" Die Warnung in seiner Stimme konnte man nicht überhören.

Laura war wie versteinert, während die Worte des Polizeibeamten unaufhörlich in ihrem Kopf hämmerten. Sie konnte den Gedanken nicht ertragen, dass Andy für sieben Jahre ins Gefängnis gehen sollte.

Die Sorge, was dort mit ihm geschehen könnte, ließ sie nicht mehr los, und ihr Herz zog sich – bei dieser Vorstellung – schmerzvoll zusammen. In diesem Moment hätte sie alles dafür gegeben, um Andy diese Hölle zu ersparen.

Sie hatte ihn unter Druck gesetzt, damit er endlich zu ihr kommen würde, ihm ein Ultimatum gestellt – entweder er käme jetzt oder es wäre aus zwischen ihnen. Deshalb hatte er den Ausreisetermin nicht verschoben; nun saß Andy im Gefängnis …, und an Laura nagte das schlechte Gewissen.

*

Mit einem flauen Gefühl in der Magengrube machte sie sich auf den Weg ins Fotostudio. Niemand schien zu bemerken, wie elend sie sich fühlte. Die Hektik, die dort schon wieder herrschte, ließ ihr keine Zeit mehr, um sich den Kopf zu zerbrechen. Sobald Laura ihre Kamera in der Hand hielt, war nur noch eines wichtig: Gute Fotos zu machen. Und das gelang ihr auch heute, trotz der Probleme mit Andy. Sie konnte wirklich zufrieden sein mit dem Ergebnis.

Weniger zufrieden war sie mit ihrem Privatleben. Dieser permanente Stress mit Andy zermürbte sie, raubte ihr wichtige Kraft und Energie, die sie für ihre Arbeit bräuchte. Immer wieder geriet er in enorme Schwierigkeiten, aus denen er ohne Lauras Hilfe nicht herauskam. Doch dieses Mal hatte er Pech: 10.000 Dollar konnte sie unmöglich bezahlen. Vielleicht würde ihm der Doktor helfen – irgendwie. Morgen würde sie ihn anrufen, um danach zu fragen.

Mit der Sorge, was mit Andy passieren würde, wenn die Kaution nicht bezahlt werden würde, ging Laura ins Bett.

Kurz bevor sie einschlief, kam ein Anruf von Dr. Harmmed. „Laura, es gibt gute Neuigkeiten – hören Sie zu! Ich habe es geschafft, dass die Kaution von 10.000 Dollar auf 6.000 Dollar herabgesetzt worden ist."

Laura empfand dies ganz und gar nicht als gute Nachricht, denn es blieb noch immer eine Menge Geld, die bezahlt werden müsste. „Dr. Harmmed, Sie haben da anscheinend etwas falsch verstanden …, auch wenn die Summe jetzt niedriger ist … Ich kann das trotzdem nicht finanzieren."

„Das weiß ich, Laura. Deshalb habe ich Freunde von mir gebeten, mir etwas zu borgen, und jetzt fehlen bloß noch 2.000 Dollar."
Obwohl Laura im ersten Moment daran zweifelte, dass er die Wahrheit sagte, geriet sie ins Grübeln. Was, wenn es tatsächlich so war, dass der Arzt Freunde hatte, die ihm Geld liehen? Warum gab er sich überhaupt so viel Mühe, Andy aus dem Gefängnis zu holen? Die einzige Möglichkeit war, dass er genauso dachte wie sie: Sollte Andy nämlich die nächsten Jahre in Haft bleiben, dann konnte er weder Laura noch dem Arzt das Geld, das sie ihm geliehen hatten, zurückzahlen. Das schien ihr ein plausibler Grund für seine Bemühungen zu sein und zerstreute ihre Bedenken. Sie stimmte zu, die restlichen 2.000 Dollar zu bezahlen.
„Bevor ich aber das Geld überweise, möchte ich auf jeden Fall noch mit Andy sprechen. Wenn Sie also morgen zu ihm gehen, soll er mich mit Ihrem Handy anrufen. Das ist meine Bedingung!"
„Nun ja …, da Andy nur telefonieren darf, wenn es ihm die Beamten erlauben, könnte das ein Problem werden. Aber ich verspreche Ihnen, ich werde alles versuchen, damit das Gespräch zustande kommt. Vertrauen Sie mir, Laura!"
„Na gut, Doktor, dann bis morgen."

*

Es war noch früh am Morgen, als der Anruf aus Lagos kam. „Baby, ich möchte mich nur von dir verabschieden", hörte Laura Andys bedrückte Stimme an ihrem Ohr.
„Was soll das heißen?", unterbrach sie ihn bestürzt.
„Ich werde heute in eine andere Haftanstalt verlegt, und da ich nicht weiß, ob ich mich dann noch einmal bei dir melden kann, habe ich um diesen letzten Anruf bei dir gebeten. Es ist wirklich zum Verzweifeln in diesem Land; wenn du etwas willst, und zwar egal was, musst du jemanden bestechen. Der Polizist hat mir nur deshalb das Telefongespräch gestattet, weil ich ihm dafür meine goldene Armbanduhr gegeben habe. Zum Glück haben die Diebe, die mich nach dem Autounfall beraubt hatten, nur meinen Koffer und den Laptop mitgenommen."
Andy machte eine längere Pause, bis er weitersprach, und wirkte dabei

so verzweifelt wie noch nie. „Wenn die Polizei doch nur einen Scheck von mir nehmen würde, dann könnte ich die Kaution selber bezahlen und wäre schon längst wieder ein freier Mann – aber die wollen nur *Bargeld*." Er klang mutlos und niedergeschlagen.

Andy tat Laura so leid in diesem Moment, dass sie mit den Tränen kämpfen musste. Mit zittriger Stimme fragte sie: „Warum wirst du eigentlich noch verlegt, wenn die Kaution doch bezahlt wird? Dr. Harmmed kümmert sich heute darum. Hat er es dir denn nicht mitgeteilt?"

„Doch, das hat er. Aber ehrlich gesagt, glaube ich nicht daran, dass er das noch rechtzeitig schafft. Und die Polizisten denken wohl das Gleiche, sonst würden sie meine Verlegung nicht vorbereiten. Es ist zu spät, Baby."

Laura spürte eine grenzenlose Wut in sich hochsteigen. Das alles wollte irgendwie nicht in ihren Kopf. War es nicht schon schlimm genug, dass Andy diesen schrecklichen Unfall in Nigeria gehabt hatte; jetzt sollte er – fern der Heimat – auch noch für lange Zeit ins Gefängnis. Der Gedanke war einfach zu schrecklich.

„Andy, du darfst die Hoffnung nicht aufgeben; der Doktor kann dich sicher von dort rausholen."

„Hoffentlich, ansonsten wäre das die Hölle auf Erden für mich; ohne Bares bist du hier nichts wert – und so wirst du auch behandelt. Das ist einfach so in Nigeria, Laura. Für Geld kannst du alles bekommen. Da ich aber an meines nicht herankomme, kann ich mir die Freiheit nicht erkaufen. Gestern Abend konnte ich lange Zeit nicht einschlafen, da habe ich mir gedacht, es wäre besser gewesen, wenn ich den Unfall nicht überlebt hätte – für uns beide."

Laura war zutiefst erschüttert von diesen Worten. „Wie kannst du nur so etwas denken, Andy!? Ich verstehe ja, dass du dich momentan miserabel fühlst, aber du kommst bald frei, dann geht es dir wieder besser. Du musst nur fest daran glauben."

„Solange du mich nicht im Stich lässt, Baby, werde ich versuchen, durchzuhalten – für dich, mein Engel, denn du bist der wichtigste Mensch in meinem Leben. Danke für alles, was du für mich getan hast. Ich liebe dich – für immer und ewig", beteuerte er in einem sanften Ton.

Seine Stimme weckte große Sehnsucht in ihr. „Ich liebe dich auch", flüsterte Laura, doch die Verbindung war bereits wieder unterbrochen.

Seine letzten Worte verfolgten Laura noch lange. Wie sehr sie Andy vermisste, wurde ihr in diesem Moment schmerzlich bewusst. Trotz allem, sie war Optimistin und glaubte felsenfest daran, dass es noch nicht zu spät war, ihn aus der Haft herauszuholen. Diese Hoffnung ließ sie sich nicht nehmen .

*

„Hallo Dr. Harmmed, hier spricht Laura. Ich wollte Ihnen nur Bescheid geben, dass ich jetzt zur WESTERN UNION Bank fahre, um die 2.000 Dollar zu überweisen. Andy hat mich vorhin angerufen …"

„Sie durften mit ihm telefonieren?", unterbrach er sie erstaunt.

„Ja, da er angeblich noch heute in ein anderes Gefängnis überführt wird, wollte er vorher noch einmal mit mir sprechen – dafür hat er sogar seine goldene Armbanduhr geopfert. Ich finde das Verhalten des Gefängnispersonals einfach erbärmlich und menschenunwürdig. Von Humanität haben diese Leute wohl noch nie etwas gehört", blitzten Lauras Augen vor Zorn.

„So ist die nigerianische Mentalität, Laura. *Willst du etwas von mir, dann gib erst etwas von dir!*" Das können Sie, als Europäerin, natürlich nicht nachvollziehen, weil Sie nicht um Ihr tägliches Überleben kämpfen müssen. Doch Ihr Freund ist jetzt in einer Situation, in der er ständig mit Korruption konfrontiert wird."

„Deshalb mache ich mich gleich auf den Weg zur WESTERN UNION Bank, um …"

„Laura …, wie soll ich es Ihnen sagen … Ich hätte Ihnen das gerne erspart."

Bei diesen Worten raste Lauras Puls. Sie spürte, wie die Angst aufs Neue in ihr hochkroch, gleichzeitig hatte sie das Gefühl, in einen tiefen Abgrund zu stürzen.

„Es tut mir wirklich leid, Laura …, aber meine Freunde können mir nur 2.000 Dollar leihen, und das bedeutet, es fehlen nun noch 4.000 Dollar um die Kaution für Andy zu bezahlen."

Schlagartig wurde Laura klar, wenn *nicht sie* die restliche Summe bezahlen würde, müsste Andy im Gefängnis bleiben; sie malte sich die schlimmsten Szenarien aus, die er dort über sich ergehen lassen müsste. Nein, der Gedanke war einfach zu furchtbar – das durfte sie nicht zulassen. Die Entscheidung war gefallen: Sie würde die 4.000 Dollar überweisen.

Kapitel 10

„Baby, ich bin wieder ein freier Mann ... Hörst du ... ein *freier* Mann!", rief Andy überschwänglich ins Telefon.

Laura fiel eine schwere Last vom Herzen, als sie das hörte. Ihre Angst, dass doch noch etwas schiefgehen könnte, ließ sie den ganzen Tag nicht zur Ruhe kommen. Aber jetzt war es Gewissheit: Andy war *frei!*

Sie spürte förmlich, wie glücklich ihr Freund war, diese schrecklichen Tage hinter sich zu haben. Seine gute Laune wirkte ansteckend. Vergessen waren die vielen Stunden, in denen sie um ihn bangte. Vergessen auch die Zweifel, die sie immer wieder plagten. Träumerisch betrachtete sie Andys Foto, das sie sich schon vor einiger Zeit ausgedruckt und dann in einen schönen Rahmen gesteckt hatte. Wenn sie das Bild berührte, über sein Gesicht strich, fühlte sie sich ihm gleich näher. Ihre Augen begannen zu strahlen bei der Idee, dass sie bald kein Foto mehr bräuchte, um ihm nahe zu sein.

Hoffnungsvoll fragte sie: „Wann kommst du nach London, Andy?"

Es folgte eine kleine Pause. Sein kurzes Zögern irritierte Laura.

„Wann endlich, Andy?", hakte sie nach. In ihrer Stimme schwang eine Spur von Ungeduld mit.

„Zuerst muss ich mir das Zertifikat von der nigerianischen Regierung besorgen, damit ich meine Gesteinsproben mitnehmen kann."

„Warum kannst du nicht *ohne* diese Steine kommen? Sind sie dir denn *wichtiger als ich?*", schmollte Laura.

„Natürlich nicht! Aber ich bin nun mal Geologe und extra deswegen nach Nigeria gereist – wenn ich diese geologischen Proben in die USA einführen darf, kann ich damit sehr viel Geld verdienen, Laura. Nächste Woche gehe ich zu der zuständigen Behörde, um alles Nötige zu klären. Bitte hab noch etwas Geduld!"

Lauras Herz zog sich schmerzhaft zusammen. Die Hoffnung auf eine baldige Ausreise schwand.

Die Tränen in ihren Augen konnte Andy nicht sehen, als er ihr versprach: „Ich komme Laura. Bald."

*

Die neue Arbeitswoche begann für Laura mit viel Büroarbeit – eine Tätigkeit, die sie allzu gerne vor sich herschob und meistens erst im letzten Moment in Angriff nahm.

Noch war sie alleine im Büro, sodass sie sich ungestört diesen Dingen widmen konnte. Nachdem das Wichtigste erledigt war, gönnte sie sich eine kurze Pause. Ganz relaxt saß sie eine Weile so da – bis ihr Handy klingelte.

„Hallo Baby", hörte sie Andys Stimme, die einen Tick zu fröhlich klang, als er ihr zu erklären versuchte: „Es tut mir wirklich leid, dass ich mich erst jetzt bei dir melden kann, aber mein Handy funktioniert nicht mehr richtig."

„Aha", war alles, was Laura dazu äußerte. Diese Begründung machte sie sprachlos, denn mit dieser billigen Ausrede – und als solche empfand sie es – verletzte Andy ihre Gefühle.

„Laura, was ist los? Freust du dich denn nicht über meinen Anruf?" Ihre ungewohnt kühle Reaktion verunsicherte ihn wohl etwas.

„Willst du mich für dumm verkaufen, Andy?", fragte sie sichtlich gereizt.

„Ich verstehe nicht, was du damit meinst? Wo liegt das Problem, Baby?"

„Nenn mich nicht immer *Baby!*", schrie Laura aufgebracht ins Telefon. „Glaubst du ernsthaft, ich kaufe dir deine lächerliche Erklärung ab? Dein Handy funktioniert doch immer erstaunlich gut, wenn du Geld von mir brauchst. Aber sobald ich dir aus deinen Schwierigkeiten geholfen habe, höre ich tagelang nichts mehr aus Lagos. Kannst du dir vorstellen, wie ich mich dabei fühle? Ich sage es dir: Ausgenutzt …, das ist das passende Wort dafür."

„Aber Laura, ich sage dir die Wahrheit. Glaub mir doch. Bitte!", flehte Andy inständig.

In ihrem Kopf überschlugen sich die Gedanken. „Du wohnst doch wieder bei Dr. Harmmed – warum hast du nicht *sein Telefon* benutzt?"

„Laura, das habe ich getan, aber es kam keine Verbindung zustande. Du weißt doch selber, wie schwierig das alles in Nigeria ist. Das solltest du nicht vergessen, bevor du mir solche unfairen Vorwürfe machst."

„Schwierig ja – aber nicht unmöglich! Auch ich habe deine Nummer schon viele Male erfolglos gewählt, aber irgendwann klappte es dann doch. Mir hat das – im Gegensatz zu dir – aber nicht zu viel Mühe gemacht, denn ich tat es aus *Liebe*!"

„Wow – das ist, ehrlich gesagt, ganz schön hart, was du mir da gerade unterstellst! Wenn ich dich nämlich richtig verstanden habe, dann zweifelst du an meiner Liebe zu dir. Das tut weh, Laura. Wie kannst du nur *so schlecht* über mich denken?"

„Weil mir alles zu viel wird. Und weil du nichts tust, deine Versprechungen nicht einhältst – immer nur redest, aber nicht handelst. Darum!", schnaubte Laura wutentbrannt ins Telefon und brach das Gespräch ab.

Nachdenklich starrte Laura vor sich hin; doch je mehr sie nachdachte, desto verwirrter wurde sie. Dieses Gefühlschaos, in dem sie sich befand, führte dazu, dass sie nicht mehr logisch denken konnte. Was sie im Augenblick fühlte, war eine Mischung aus Ärger und Hoffnungslosigkeit, aber auch Traurigkeit.

Wie gerne hätte sie Andy geglaubt …, aber für sein Verhalten gab es absolut keine Entschuldigung. Er sollte sich wirklich mehr um sie bemühen, denn ihre Gefühle für ihn hatten sich bereits geändert.

Seit Laura das Telefongespräch abgebrochen hatte, rief Andy schon zum fünften Mal an – aber sie ignorierte seine Anrufe. Der Zorn auf ihn war einfach zu groß. Ohne lange zu zögern, schaltete sie nun ihr Handy aus, denn Laura wollte nur noch eines – ihre Ruhe!

*

„Komm schon, leiste mir heute Abend ein bisschen Gesellschaft", versuchte Ronny, Laura zu überreden.

Ronny war nicht nur Lauras Assistent, er war auch ein guter Freund.

144

Sie hatte zwar keine große Lust zum Ausgehen, aber er ließ nicht locker.

„Ich sitze schon seit Tagen abends allein zu Hause rum, da mein Freund auf Geschäftsreise ist – wie wär's mit einem Abendessen in einem schicken Restaurant?"

„Na gut, einverstanden", willigte Laura schließlich ein. Der Gedanke, den Abend mit Ronny zu verbringen, gefiel ihr. Endlich mal wieder unbeschwert sein, Spaß haben – sich einfach nur amüsieren. In diesem Moment erkannte Laura, wie sehr ihr das alles gefehlt hatte.

Sie fühlte sich total entspannt, als sie kurz vor Mitternacht zu Hause ankam. Lag es nur an dem Wein, den sie getrunken hatte, oder eher daran, dass es Ronny gelungen war, sie von Andy und den damit verbundenen Problemen abzulenken? Auf jeden Fall konnte sie sich glücklich schätzen, solche Freunde zu haben, die sich auch in schweren Zeiten um einen kümmerten.

Da für Dienstag der Termin fürs Fotoshooting erst um 14 Uhr angesetzt war, hatte es Laura nicht eilig, schlafen zu gehen. Mit einem Buch in der Hand machte sie es sich auf ihrer Couch gemütlich. Das war wohl für ihre Katze eine stumme Einladung zum Kuscheln, denn Mimi sprang sofort zu ihr hoch und machte es sich auf Lauras Schoß bequem. In der einen Hand hielt sie das Buch und mit der anderen streichelte sie liebevoll über Mimis Rücken, die kurze Zeit später einschlief. Auch Laura fühlte sich langsam schläfrig; nach einiger Zeit fielen ihr die Augen zu.

*

Das Telefon klingelte und klingelte. Auf dem Display erkannte Laura, dass es Dr. Harmmed war; genervt, fragte sie sich, was er *schon wieder* von ihr wollte.

„Warum helfen Sie Ihrem Freund nicht? Er leidet hier Höllenqualen, nur weil *Sie nicht* bezahlen wollen", brüllte er sie an.

Laura blieb fast die Luft weg bei dieser unverschämten Anschuldigung; sie verstand nicht, was Dr. Harmmed eigentlich genau damit meinte.

„Das muss ein Irrtum sein … Ich habe doch bezahlt, was man von mir verlangt hatte", beteuerte sie.

Dann war plötzlich Andy am Apparat! „Laura, hol mich hier raus! Ich kann das einfach nicht mehr länger ertragen. Ich will endlich wieder *mein Leben* zurück, und *du* bist die Einzige, die mir dabei helfen kann." Seine Stimme klang zunehmend verzweifelt. „Du musst mir Geld schicken, *viel mehr* Geld. Hilf mir doch!", bettelte er. Laura hatte das Gefühl, als würde ihr Herz gleich aus der Brust herausspringen, vor lauter Aufregung.

Auf einmal hörte sie Janes Stimme in ihrem Kopf, die ihr zuflüsterte: „Er belügt dich, er betrügt dich. Du darfst ihm nicht vertrauen!" Laura wusste nicht mehr, was sie denken sollte. In ihrem Kopf herrschte Chaos.

Da hörte sie mit einem Mal einen vertrauten Laut – das Miauen einer Katze – immer wieder und wieder; bis ihr dämmerte, es war Mimi, die sie aus diesem beängstigenden Traum erlöst hatte. Noch ganz benommen von dem Albtraum, schaltete Laura den Fernseher ein, um sich abzulenken. Doch er hing ihr noch lange nach, wie ein schlechter Geruch, der ihr dauernd um die Nase wehte.

*

Gekränkt über Andys gedankenloses Verhalten ihr gegenüber, ignorierte Laura seine Anrufe weiterhin. Damit wollte sie ihm demonstrieren, dass sie sich nicht so behandeln ließ. Das dürfte er allerdings in der Zwischenzeit schon begriffen haben, sonst würde er nicht so beharrlich versuchen, sie zu erreichen. Seinen nächsten Anruf nahm sie schließlich entgegen.

„Was willst du?"

„Oh Baby … Es ist so schön, deine Stimme wieder zu hören! Ich war schon richtig besorgt, weil du auf meine Anrufe nicht reagiert hast."

„Besorgt …, warum das denn?", forschte Laura mit sarkastischem Unterton nach.

Es entstand eine kurze Pause. Es schien, als wüsste Andy nicht so recht, was er Laura antworten sollte.

„Du warst so wütend auf mich …, und ich hatte keine Gelegenheit mehr, mich bei dir zu entschuldigen …, dabei hätte ich dir so gerne gesagt …"

Laura fiel ihm ins Wort: „Das kannst du dir sparen! Glaubst du wirklich, es reicht, sich bei mir zu entschuldigen, und dann ist alles wieder gut?"

„Laura, bitte … hör mir zu! Ich verstehe ja, dass du verärgert und gekränkt bist", versuchte Andy, die Situation zu retten, „die momentanen Umstände, in denen wir uns befinden, sind alles andere als leicht – weder für dich noch für mich. Aber wenn du nicht mit mir sprichst, ist alles noch schlimmer." Andy fiel es sichtlich schwer, weiterzureden; es schien fast so, als würde er – kaum vernehmbar – weinen.

„Glaub mir Laura, wenn ich könnte, würde ich alles rückgängig machen, was in den letzten Monaten geschehen ist. Aber leider kann ich das nicht. Ich kann dich nur dafür entschädigen – für all die Opfer, die du meinetwegen gebracht hast. Mein größter Wunsch ist es, dich glücklich zu machen. Ich werde alles dafür tun, damit mir das gelingt. Doch dazu muss ich erst mal aus Nigeria herauskommen."

„Aber *wann* wird das sein, Andy?"

„Spätestens in einer Woche, das verspreche ich dir."

Diese Worte ließen Laura wieder zuversichtlich in die Zukunft blicken.

„Jetzt muss ich mir nur noch das Zertifikat besorgen; morgen fährt Dr. Harmmed mit mir deswegen zu der zuständigen Behörde. Danach steht meiner Ausreise nichts mehr im Wege."

Der Glaube daran verschaffte Laura Hoffnung.

„Ich melde mich bei dir, sobald ich zurück bin, Baby."

*

Schon wieder starrte Laura auf die Uhr. Obwohl sie wusste, dass seit dem letzten Blick darauf erst wenige Minuten vergangen waren. *Warum meldet sich Andy nicht, wie vereinbart?*, grübelte sie. Laura registrierte das als äußerst schlechtes Omen. Den ganzen Tag über wartete sie nun schon angespannt auf diesen Anruf. Vergeblich! Laura wusste nicht mehr, was sie davon halten sollte. Nervös kritzelte sie mit dem Kugelschreiber auf ihrem Notizblock herum. Es konnte doch unmöglich so lange dauern, diese Bescheinigung zu bekommen.

„Ich denke, er hat es wieder vermasselt", brummelte sie vor sich hin.

„Es wäre ja nicht das erste Mal." Sie war enttäuscht.

Der Gedanke, dass etwas nicht stimmte, tauchte auf und verschwand wieder. Um sich Klarheit zu verschaffen, wählte Laura Andys Nummer; doch nur seine Mailbox ging an. Eine elektronische Stimme erklärte ihr, der Teilnehmer sei zurzeit nicht erreichbar.

Laura spürte, wie die Enttäuschung langsam von ihr abfiel und einer unsäglichen Wut Platz machte. Am liebsten hätte sie laut geschrien: „Wieso bringst du einfach nichts auf die Reihe, Andy Smith?" Stattdessen wartete sie weiterhin auf das Klingeln des Telefons. Aber es geschah … nichts.

Laura fragte sich kurz, ob Andy mit ihr spielte. In Wahrheit kannte sie ihn praktisch gar nicht; und diese nicht abreißende Serie von Problemen ...

Mit einem Anflug von Panik wählte sie Dr. Harmmeds Nummer. Es schien eine Ewigkeit zu dauern, bis er ans Telefon ging.

„Wo ist Andy, Dr. Harmmed?", schrie sie regelrecht ins Telefon.

Aber der Doktor ließ sich mit der Antwort etwas Zeit. „Ich habe leider keine guten Nachrichten für Sie, Laura." Zögernd sprach er weiter. „Ihr Freund hatte einen Nervenzusammenbruch. Es geht ihm momentan wieder sehr schlecht."

Laura war schockiert, als sie das hörte, und ihre Wut auf Andy war sofort wie weggeblasen.

Dr. Harmmed berichtete kurz, wie es zu dem Zusammenbruch kam. „Als Andy das Zertifikat *nur deshalb* nicht erhielt, weil der Beamte plötzlich einen erheblich *höheren Betrag* haben wollte, drehte er vollkommen durch. Zum Glück konnte ich ihn etwas beruhigen, sonst wäre er womöglich wieder im Gefängnis gelandet – hier wird nämlich kurzer Prozess mit Leuten gemacht, die sich gegen Staatsdiener auflehnen."

„*Wie viel mehr* müsste Andy denn bezahlen?"

„Es fehlen ihm noch 2.500 Dollar."

„2.500 Dollar?" Laura traute ihren Ohren nicht. Sie wusste aber inzwischen, wie korrupt und kriminell es in Nigeria zuging. Jeder versuchte, sich zu bereichern – Beamte nicht ausgeschlossen – nach dem Motto: Geld = Macht!

„Ist Andy bei Ihnen zu Hause, Dr. Harmmed?"

„Ja, natürlich; meine Frau kümmert sich momentan um ihn. Bevor ich ins Krankenhaus gefahren bin, habe ich ihm noch ein starkes Beruhigungsmittel gegeben, denn im Augenblick ist das Wichtigste, dass er sich von der ganzen Aufregung erholt."

„Wann kann ich mit ihm sprechen?"

„Versuchen Sie es morgen, so gegen 10 Uhr. Aber ... bitte Laura, vergessen Sie nicht, dass Andy sich nicht aufregen soll!", ermahnte sie der Doktor eindringlich, bevor er sich verabschiedete.

Doch das war leichter gesagt als getan. Sie konnte doch das, was passiert war, nicht einfach stillschweigend übergehen. Am besten war es wohl, abzuwarten, wie Andy sich morgen fühlte. Immer wieder spukte ihr ein bestimmter Gedanke im Kopf herum: Wie sollte es nun weitergehen? Fakt war: Andy wollte seine geologischen Proben unbedingt mitnehmen – dafür brauchte er aber eine behördliche Genehmigung. Die kostete wiederum Geld – viel mehr, als Andy erwartet hatte, und außerdem mehr, als er hatte. Wenn sie ihm noch ein allerletztes Mal etwas leihen würde, dann könnte er bald bei ihr sein. Von diesem Gedanken beflügelt, entschloss sie, Andy die fehlende Summe zu überweisen.

Aufgeregt rief Laura ihren Freund am nächsten Tag an. Er war, wie erwartet, etwas deprimiert.

Doch als sie Andy anbot, ihm die 2.500 Dollar zu leihen, änderte sich sein Gemütszustand schlagartig. „Wow, das sind vielleicht Nachrichten! Du bist wirklich ein Engel. ICH LIEBE DICH." Es schien, als könnte er sein Glück noch gar nicht fassen; die Euphorie in seiner Stimme war nicht zu überhören.

*

Der Anruf von Jane riss Laura jäh aus ihren Gedanken. Eigentlich wollte sie ihrer Freundin von den neuesten Ereignissen in Lagos nichts verraten, aber als sich Jane nach Andy erkundigte, berichtete sie zögernd. Über das, was ihr Laura dann gestand, konnte Jane nur noch den Kopf schütteln.

„Ich weiß, dass du das für keine gute Idee hältst, dass ich Andy noch einmal Geld überweisen will, aber ich möchte, dass er endlich zu mir kommt."

„Laura, es wird Zeit, dass du die Stopptaste drückst. Bist du dir überhaupt bewusst, was du da tust?"

„Ich habe doch gar keine andere Wahl", rechtfertigte sich Laura.

„Natürlich hast du eine Wahl", widersprach Jane heftig. Sie redete mit Engelszungen auf ihre Freundin ein; trotzdem hörte sie nicht auf sie.

Laura sah nicht, was eigentlich die ganze Zeit hätte offensichtlich sein sollen! Andy manipulierte sie!

„Ich finde, du solltest dir das wirklich noch einmal überlegen, Laura."

„Überlass das mir, Jane. Das geht dich nichts an." Die Stimmung bei diesem Gespräch wurde immer gereizter.

„Du bist ein unglaublicher Dickkopf, Laura. Wem willst du eigentlich was vormachen? Mir? Oder vielleicht dir selbst? Andy wird nicht kommen! Tatsache ist ..."

Aufgebracht fuhr Laura ihr ins Wort. „Das ist doch lächerlich. Natürlich kommt er."

Laura hatte keine Lust mehr, länger mit Jane zu sprechen. Sie würde nur versuchen, sie weiterhin zu beeinflussen.

„Ich glaube, wir vergeuden unsere Zeit mit dieser Diskussion."

„Wenigstens in diesem Punkt sind wir uns einig", fügte Jane zynisch hinzu. Sie war sehr, sehr wütend.

*

Wie ein Orkan fegte Jane ins Zimmer. „Mist, verdammter!", fluchte sie und schmiss ihre Tasche auf den Sessel.

„Probleme?", wollte Tim wissen.

Doch Jane reagierte nicht auf seine Frage.

„Warum glaubt sie Andy mehr als mir? Warum sieht sie nicht ein, dass es falsch ist, was sie tut?" Aufgebracht rannte sie hin und her.

„Sie ist meine beste Freundin, und ich liebe sie wie meine Schwester ..., aber jetzt bin ich echt sauer auf sie."

Tim rieb sich nachdenklich das Kinn. „Streit mit Laura?"

„Ja", bestätigte Jane frustriert, „aber ich möchte jetzt nicht darüber reden."

*

Mimi hatte sich auf ihrem Lieblingssessel zusammengerollt und schlief tief und fest – im Gegensatz zu Laura, die sich in ihrem Bett hin- und herwälzte. In ihrem Kopf wirbelte alles durcheinander: Sorge, Hoffnung und Angst. Auch Janes ungebetener Rat hallte in ihrem Inneren wider und ließ sie nicht zur Ruhe kommen. Plötzlich erleuchtete ein gewaltiger Blitz den Himmel, gefolgt von einem ohrenbetäubenden Donner.

Der kleine Stubentiger blinzelte nur kurz, schlief aber im nächsten Moment wieder ein. Für Laura dagegen wurde die Nacht zur Qual. Der Streit mit Jane wirkte noch nach, sie hörte die mahnende Stimme ihrer Freundin.

„Lass mich doch in Ruhe!", flüsterte Laura und zog sich die Bettdecke über den Kopf.

Kapitel 11

Ausgenutzt und abgezockt – wie die sogenannte Nigeria-Connection durch Love-Scamming oder auch Romance-Scamming genannt Kasse macht.

Jeder kann Opfer werden – unabhängig von Intelligenz, Alter oder Geschlecht. Unzählige Männer und Frauen sind schon auf diese Masche mit der vorgegaukelten Beziehung reingefallen. Und so läuft das Scamming – auf einen kurzen Nenner gebracht – ab:

Touch a woman's heart – you get her love
(Berühre das Herz einer Frau – und du bekommst ihre Liebe)
Touch a woman's mind – you get her interest
(Berühre die Sinne einer Frau – und sie wird sich für dich interessieren)
Touch a woman's soul – and you get passion beyond your wildest dreams
(Berühre die Seele einer Frau – und du bekommst unvorstellbare Leidenschaft)

Jane saß an ihrem Schreibtisch in der Redaktion; vertieft in ihre Recherche über 4-1-9-Betrüger, bemerkte sie nicht, dass ihre Chefin hinter ihr stand. Neugierig las Samantha Lee mit und witterte sofort eine interessante Story:

„Schreibe mir einen Artikel über *Internet-Love-Scamming*, Jane, so, wie man bisher noch nicht darüber gelesen hat! Rüttle die Leute wach, denn dieses Thema wird nach wie vor viel zu stark unterschätzt. Also, mach dich am besten gleich an die Arbeit! Ich brauche den Artikel nämlich am Freitag in zwei Wochen. Redaktionsschluss ist 12 Uhr." Mit diesen Worten verließ Samantha Lee, Janes Chefin, das Büro.

Jane war als Journalistin sehr beliebt bei ihren Landsleuten; vor allem bei den Lesern ab dreißig – und genau für die war dieses Thema hochaktuell. Viel zu sorglos wurde mit dem Internet umgegangen, immer mehr wurde hier das Privatleben ausgebreitet, an dem alle teilhaben konnten. Insofern hatten es natürlich auch geldgierige Internetbetrüger leicht, Profile zu analysieren, zu speichern und für ihre Vorteile zu nutzen.

Von dem Moment an, als Samantha Lee ihr diesen Auftrag erteilt hatte, wusste Jane, es würde eine Menge Arbeit auf sie zukommen. Dennoch – so hektisch es auch die nächsten Tage werden würde, das war es wert, denn diese Sache brannte ihr unter den Nägeln.

Sie war sich völlig sicher, dass ihre Freundin Laura ein Opfer des *Internet-Love-Scammings* geworden war. Doch wie überzeugte man einen verliebten Menschen davon, „Opfer" geworden zu sein, wenn er blind vor Liebe war? Hinzu käme noch der Schock und die Scham, einer rein elektronischen Liebe verfallen zu sein.

Jane war ganz scharf darauf, diesen Artikel zu schreiben – für ihre Freundin und, um andere Menschen vor solchen Betrügern zu warnen.

*

Es war ein wunderschöner, wolkenloser Sommertag in London. Aus Janes Bürofenster bot sich ein herrlicher Blick auf die Stadtkulisse. Für einen Moment genoss sie nur die Aussicht, um sich von der Arbeit zu entspannen.

Da „World News" eine der wichtigsten Zeitungen Englands war, würde Janes Artikel sicher sehr viel Aufmerksamkeit auf sich ziehen, zumal in den englischen Medien bisher nicht auf so eindringliche Weise über 4-1-9 berichtet worden war.

Es machte fast den Eindruck, als ob viele Redaktionen bisher absichtlich einen großen Bogen um diese Problematik gemacht hätten. Recherchen zeigten Jane, dass wieder einmal die USA die Nase vorne hatten, denn während man in Europa recht spärlich Informationen über die Betrügereien an bindungswilligen Singles finden konnte, quollen sie in Amerika nur so aus dem Netz. Sogar auf „youtube" konnte man z. B. auf dem kalifornischen Nachrichtensender ABC verfolgen, wie diese auf „Scammer-Jagd" in Nigeria gingen – und das recht erfolgreich.

*

Jane starrte auf den leeren Bildschirm. Tausend Gedanken jagten ihr durch den Kopf. Die letzten paar Stunden hatte sie viel recherchiert, trotzdem überkam sie nun das Gefühl, keinen einzigen Satz über *Internet-Love-Scamming* schreiben zu können. Es war ein sehr kompliziertes, aber auch emotionales Thema. Jane spürte eine enorme Anspannung. Panik machte sich in ihr breit. Eine Schreibblockade wäre gerade jetzt ein Desaster, vor allem für sie als Journalistin, die unter Zeitdruck stand. Sie entschied sich, eine Pause einzulegen, auch wenn das bedeutete, dass sie noch stärker unter Druck stehen würde, um den Artikel rechtzeitig fertig zu bekommen.

Als sie eine Stunde später wieder vor ihrem Computer saß, kam ihr plötzlich die rettende Idee, wie sie den Artikel zu schreiben hatte, damit er Aufmerksamkeit erregen würde.

„Wie man mit Gefühlen auf skrupellose Weise Geld macht"
Hätten Sie es gewusst? Laut dem U.S. Secret Service ergaunern sich Betrüger mit Internet-Love-Scamming, also Liebesbetrug über das Internet, jährlich weltweit mehrere hundert Millionen Dollar. Da die Opfer zu viel Angst davor haben oder es ihnen zu peinlich ist, ihren Verlust bei der Polizei zu melden, kommen die Täter ungeschoren davon. Die Länder, in denen das Scamming am Weitesten verbreitet ist, sind neben Großbritannien und den USA, vor allem Deutschland, Österreich und die Schweiz.
Die nationale Behörde gegen Internetbetrug (National Fraud Authority) in Großbritannien meldete alleine für das Jahr 2010 einen Verlust von 3 Millionen Pfund in ihrem Land, verursacht durch Online-Dating-Betrüger.
Nun stellt sich hier zwangsläufig die Frage, wenn Jahr für Jahr so viel Geld durch Internetliebesbetrug verlorengeht: Sind die Geschädigten einfach zu naiv oder die Täter zu raffiniert? Internetbetrüger wenden raffinierte Psychotricks an, um ihre Opfer bis zum Schluss in dem Glauben zu lassen, eine Beziehung mit ihnen zu führen. Nur wie funktioniert das Internet-Love-Scamming genau, und wer sind seine Drahtzieher?
Schon von früher Jugend an durchlaufen die Love-Scammer eine „Ausbildung" in Internetbetrug. So werden Schulkinder, die schon Englisch

gelernt haben, dazu angestiftet, geeignete Personen über Internetportale zu finden. Die Erwachsenen übernehmen aber immer die Hauptaktivität, laut dem Internetportal dangersofinternetdating.com. Einer der Psychotricks ist, mit professionellen afrikanischen Schauspielern zu arbeiten, welche einen hundertprozentigen amerikanischen Akzent durch eine Schauspielschule erlernt haben. Zudem werden ausgebildete Psychologen in das Syndikat mit aufgenommen. Sie sind dafür verantwortlich, das Opfer von Anfang an zu manipulieren.

Dadurch, dass man von klein auf lernt, dass es sich mit Geldgier und Korruptheit gut leben lässt, ist es auch nicht sonderlich verwunderlich, dass diese kriminelle Machenschaft als völlig normal betrachtet wird und jegliches Mitgefühl fehlt, um einsamen Frauen oder Männern so etwas Grausames anzutun. Sie werden zur Sache in den Augen der Gauner, zu Geldmaschinen, die einem zu Reichtum verhelfen. Schon die Kinder, die zur Mithilfe animiert werden, begreifen schnell, wie man durch Internet-Love-Scamming ohne große Anstrengung reich werden kann.

Von Anfang an stellt sich der sogenannte Verehrer als sehr gutaussehender, zärtlicher Mensch dar, der nach der wahren Liebe sucht und dies auch in seinen E-Mails extrem hervorhebt. Sein angebliches Foto hat er von anderen Webseiten gestohlen und auch den Namen und Wohnort – berühmte Großstädte wie London oder New York – frei erfunden. Der Betrüger passt seine eigene Biografie der des Opfers an, um durch psychologische Tricks dessen Vertrauen zu gewinnen und später Geld zu ergaunern. Durch die vielen Frauen, die er täglich kontaktiert, sammelt er viel Erfahrung, und es ist nicht verwunderlich, dass er bald den Dreh herausbekommt, wie diese „ticken". Daraufhin teilt er sie in verschiedene Gruppen ein: die Romantischen, die Sportbegeisterten, die Kulturinteressierten, die Künstlerischen usw. Sehr aufmerksam und geduldig werden Vorlieben, Abneigungen, Wünsche und Ängste in wochen- oder monatelangem Kontakt erforscht, bis genügend „Material" vorhanden ist. Der Scammer präsentiert sich sehr einfühlsam und verständnisvoll; konsequent schafft er eine Vertrauensbasis. Nun wird das Opfer einer regelrechten Gehirnwäsche unterzogen, bis es glaubt, eine echte Liebesbeziehung zu führen.

Der Scammer verspricht, die Liebste zu besuchen. Doch zunächst muss *er geschäftlich nach Westafrika reisen. Von nun an taucht ein Problem nach dem anderen auf. Der angekündigte Besuch muss immer wieder verschoben werden. Zu den plötzlich auftretenden Schwierigkeiten zählen:*

Krankenhausaufenthalt wegen eines Unfalls.

Schecks können vor Ort nicht eingelöst werden.

Konfiszierter/gestohlener Pass ..., der Fantasie sind keine Grenzen gesetzt.

Nun bittet der Betrüger um Geld, mit der Begründung, dass es keine andere Person gibt, die ihm aus der unangenehmen Situation heraushelfen könnte.

Ist das Opfer nicht dazu bereit, wird es massiv unter emotionalen Druck gesetzt. Zum Beispiel: Du liebst mich also doch nicht, sonst würdest du mir helfen. Ohne dich bin ich hier verloren.

Die Liebe füreinander wird immer sehr stark hervorgehoben.

Doch trotz all der Erklärungen darüber, wie raffiniert die Verbrecher vorgehen und warum sie dies tun, sollte man auch ein besonderes Augenmerk auf die Betrogenen richten, meistens Frauen und Männer ab dreißig aufwärts, welche Single sind, geschieden oder verwitwet. Der Vertrauensmissbrauch, der einem Love-Scamming-Opfer widerfährt, kann unter Umständen in einer Tragödie enden. Besonders Männer fühlen sich nach einer Scam-Attacke oft beschämt und in ihrer persönlichen Ehre tief gekränkt. Bei Frauen stellen sich vor allem Selbstzweifel ein. Gefühle wie Scham, Schock, Verlassenheit, Betrug kennen alle Geschädigten.

Es gibt auch immer wieder Fälle, bei denen Geschädigte in Geldwäscheaffären verwickelt werden und dadurch ernsthafte Probleme mit der Justiz bekommen. Ebenso bekannt sind auch Opfer, die Kredite aufnehmen und sich verschulden, um dem vermeintlichen Traumpartner zu „helfen"; dabei machen sie hohe Schulden, weil sie zu diesem Zeitpunkt noch nicht wissen, dass sie ein Internet-Love-Scamming-Opfer sind.

Stark auffallend ist, mit welch negativer Emotionalität viele Leser in den Foren über die Geschädigten, welche meistens Frauen sind, gera-

dezu „herfallen“ – sich auf perfide Art und Weise über sie lustig machen. Sie werden als dumm und naiv beschimpft; als Frauen, die es gar nicht anders verdient haben, als so behandelt zu werden, wie es ihnen widerfahren ist. Solche erniedrigenden wie beschämenden Argumentationen von Lesern sind als sexistisch und diskriminierend zu betiteln.

Im Gegensatz zu den Opfern bleiben die Leser außerdem anonym; da fällt es leicht, zu beleidigen. Es gehört aber sehr viel Mut dazu, sich als Opfer zu outen, die eigene Geschichte publik zu machen, um andere davor zu warnen.

Bei meinen Nachforschungen habe ich entdeckt, dass diese Art von Liebesbetrug vor allem in den angelsächsischen Ländern bekannt ist, aber mittlerweile auch immer mehr im deutschsprachigen Raum. Das wöchentliche deutsche Nachrichtenmagazin „Der Spiegel“ erklärte es auf folgende Weise: „Inzwischen haben sich offenbar Gruppen von Romance-Scammern auch auf dem deutschen Markt der ausbeutungsfähigen Einsamen eingeschossen. Grund genug für die polizeiliche Kriminalprävention der Länder und des Bundes, ihr Beratungsangebot im Internet um entsprechende Kapitel über Romance-Scamming zu erweitern.

In England wird sogar außerhalb des Internets Hilfe angeboten, z. B. die 4-1-9 Victims Organisation, die gegen das Internet-Love-Scamming vorgehen will. Finanziell Geschädigte werden dabei unterstützt, zumindest einen Teil ihres gestohlenen Geldes wieder zurückzubekommen. Die 4-1-9 Victims Organisation arbeitet auch z. B. mit der Polizei in verschiedenen Teilen Afrikas zusammen, um Täter vor Ort aufzuspüren, damit man sie dann im richtigen Moment fassen kann.

Im deutschsprachigen Raum gibt es bisher nur Kontakt-Webseiten, welche von ehemaligen Opfern gegründet wurden.

Von den Medien wird das Internet häufig als DIE Chance angepriesen, um seinen Traumpartner zu finden. Doch von der Gefahr, in die man sich durch diese Art der Partnersuche begibt, erfährt man selten etwas. Was ist mit all den Frauen und Männern, die noch nie etwas gehört haben von vorgespielten Gefühlen und erfundenen Geschichten, die sich Kriminelle ausdenken, nur um an Geld zu kommen. Viel größer noch als der finanzielle Schaden ist aber der emotionale, denn nach so traumatischen Ereignissen verlieren viele Opfer ihr Vertrauen in andere Mitmenschen. Sie werden depressiv, ziehen sich zurück und durchleben eine starke Persönlichkeitsveränderung. Manche entwickeln sogar eine Alkohol- oder Tablettenabhängigkeit, welche letztendlich nur noch durch eine Therapie zu heilen ist. Solche Menschen auch noch mit Boshaftigkeiten zu attackieren, ist mehr als taktlos.

Wir sollten nicht akzeptieren, Unschuldige durch profitgierige Gauner weltweit ins Verderben stürzen zu lassen, während die Hauptverantwortlichen seelenruhig mit ihren kriminellen Machenschaften weitermachen können. Mit einem 4-1-9-Lied aus Nigeria werden die Weißen von den Scammern sogar noch verhöhnt, da sie als die Dummen in dem Lied bezeichnet werden, denen man alles Geld nehmen kann, ohne dass sie es merken. Damit muss endlich Schluss sein!

Sollten Sie nun der Auffassung sein, dass genau das, was in diesem Artikel geschrieben wurde, dem ähnelt, was sie selbst erleben – sofern Sie gerade eine virtuelle Beziehung haben –, beenden Sie diese SOFORT! Blockieren Sie ihn/sie in Ihrem E-Mail-System, und reagieren Sie auf keine weiteren Kontaktaufnahmen mehr! Melden Sie Ihren Fall der nächsten Polizeistelle, auch wenn Sie dies viel Überwindung kostet! Doch nur durch aktives Handeln kann man solchen kriminellen Geschäften endlich ein Ende bereiten. Bitte schreiben Sie Ihre Meinung zu diesem Thema, vor allem, wenn Sie selbst Opfer eines Internet-Love-Scams geworden sind, an: jane.jones@editors-worldnews.co.uk

*

Pünktlich, wie vereinbart um 14 Uhr, wurde Laura von ihrem Freund angerufen.

„Baby, hast du das Geld überwiesen?"

Dass Andy, ohne irgendeine Begrüßung, gleich nach der Überweisung fragte, ärgerte Laura, und deshalb ließ sie sich absichtlich mit der Antwort etwas Zeit. „Ja, natürlich ..., ich breche meine Versprechen nicht. Im Gegensatz zu dir", fügte sie leise nuschelnd hinzu.

Andy überhörte das einfach. „Gut, dann gib mir den Code und die CTN-Nummer!"

Dieser Befehlston, in dem Andy heute mit ihr sprach, ging Laura gewaltig gegen den Strich. Was dachte er sich nur dabei? Um Streit zu vermeiden, sagte sie es zwar nicht laut, aber Andy hatte wohl vergessen, dass er *nur* durch *ihre* Hilfe aus Nigeria weg konnte.

Zwanzig Minuten später kam der nächste Anruf von ihm.

„Es ist kein Geld da, Laura!", behauptete er aufgebracht.

„Was soll das heißen – *kein Geld da*? Ich habe es doch überwiesen – es muss also da sein!"

„Dann hat es womöglich jemand anderer abgeholt."

„Aber Andy, überleg doch mal, das kann doch gar nicht sein! Schließlich bist *du* der Einzige, der die nötigen Informationen dafür hat. Wie soll da eine andere Person an das Geld gekommen sein? Das ist unmöglich!"

„Nicht in Nigeria, Laura. Diebe finden hier immer einen Weg, um andere zu bestehlen. Und Lagos ist die Hochburg der Kriminalität. Weshalb glaubst du, will ich so schnell wie möglich weg von hier? Aber so, wie es im Moment aussieht, gelingt mir das nun wieder nicht. Nur, weil so ein gewissenloser Schuft *dein Geld* gestohlen hat, kann ich wieder nicht zu dir kommen. Ich *hasse* dieses Land jeden Tag mehr!"

„Da bist du nicht der Einzige ..., aber das bringt uns momentan auch nicht weiter. Hör zu Andy, wir machen jetzt Folgendes: Als Erstes vergleichen wir die Daten, die ich dir durchgegeben habe; vielleicht hat es da ein Missverständnis gegeben. Dann gehst du noch einmal in die Bank und versuchst, das Geld zu bekommen; währenddessen erkundige ich mich bei der WESTERN UNION Bank in London, ob sich die Überweisung eventuell verzögert hat. Ruf mich bitte an, wenn du das erledigt hast!"

Andy klang richtig traurig, als er ihr kurze Zeit später gestand: „Es tut mir leid Laura ..., aber das Geld wurde wirklich schon abgehoben – es ist definitiv weg."

Die Verbitterung in Lauras Stimme war nicht zu überhören, als sie vor Empörung schnaubte: „Dann hat also *irgendein* skrupelloser nigerianischer Krimineller *meine 2.500 Dollar?!*"

„Ich befürchte ... ja", entgegnete er zögernd.

Bei dieser ungeheuerlichen Vorstellung wurde Laura ganz schwummerig; sie fühlte sich, als hätte ihr jemand den Boden unter den Füßen weggezogen. Der kurze, frustrierende Wortwechsel zwischen Andy und ihr raubte Laura all ihre Illusionen, die sie sich gemacht hatte; dementsprechend heftig reagierte sie darauf: „Andy, mir reicht's jetzt!" Sie schaltete das Handy aus und steckte es in ihre Tasche. Sie war so wütend. Nein, das stimmte nicht. Sie war *mehr* als wütend. Sie kochte innerlich vor Wut.

Andy sandte eine SMS: *„Es tut mir leid, Laura. Ich verstehe, dass du verärgert bist. Aber vergiss bitte nicht – es ist **nicht meine** Schuld. Ich liebe dich. Ich vermisse dich."*

„Ist das wirklich so?", überlegte Laura laut, als sie das las. Wenn er darauf hoffte, dass sie ihm nochmals Geld schicken würde, irrte er sich gewaltig. Damit war jetzt Schluss. Er musste endlich selber etwas dafür tun ... etwas tun ..., das war die Lösung! Hastig fischte sie das Handy aus ihrer Tasche. Wieder einmal konnte sie Andy nicht erreichen. Auch am nächsten Tag kam keine Verbindung zustande. Laura hatte inzwischen eines gelernt: Bei Anrufen nach Nigeria brauchte man vor allem eines – viel Geduld.

Zu ihrer Überraschung meldete sich Andy am Abend. Ihr Vorschlag, sich einen Job zu suchen, kam bei ihm nicht so gut an, so wie sie sich das erhofft hatte.

„Das ist eine völlig absurde Idee, Laura. Das klappt nie!"

„Woher willst du das wissen, wenn du es nicht versuchst?"

Das Gespräch geriet ins Stocken.

„Frag doch Dr. Harmmed, ob er dir bei der Suche nach Arbeit behilflich sein kann!", schlug Laura schließlich vor.

„Das kann ich versuchen. Aber im Gegensatz zu dir, mache ich mir nicht allzu viel Hoffnung, dass ich hier einen Job finden werde."

„Du solltest es auf jeden Fall versuchen. Wie willst du denn sonst dein Flugticket bezahlen?"

Die Stimmung bei diesem Gespräch war etwas gereizt.

„Aber es geht doch nicht nur darum, den Flug zu bezahlen – zusätzlich brauche ich auch noch 2.500 Dollar für das Zertifikat. Es würde noch Monate dauern, bis ich zu dir kommen kann. Ist dir das auch klar, Laura?"

Schweigen.

Er wechselte plötzlich den Tonfall. „Wenn du mir aber das Geld leihst, mir hilfst ... nur noch dies eine Mal – dann könnte ich bereits *nächste* Woche bei dir sein."

Ruckartig sprang Laura vom Sessel hoch. „Habe ich dich gerade richtig verstanden? Du willst *schon wieder* Geld von mir?", schrie Laura erbost. „Ich kann es nicht glauben, dass du das ernsthaft von mir erwartest." Ihre Stimme wurde noch aufgeregter, fast schon schrill. „Noch dazu, da mir so ein dreister nigerianischer Dieb mein Geld gestohlen hat, soll ich dir noch einmal etwas leihen?!"

„Schon gut!", antwortete er mürrisch. „Ich habe verstanden", und dann hatte er auch schon aufgelegt.

Laura fühlte sich nach diesem Gespräch emotional ausgelaugt. Um sich von der Aufregung zu erholen, hörte sie sich das Lied „*Smile*" von Jamiroquai an (*... you are the one, all lost on the breeze, this is our song, you're the one baby, just smile*) und zündete eine Kerze an. Das warme, flackernde Licht hatte immer eine beruhigende Wirkung. Aber nicht heute Abend.

Am nächsten Morgen wurde Laura von einem Anruf geweckt.

„Baby, hör mich bitte an, und leg nicht gleich wieder auf, bevor nicht einige Dinge zwischen uns geklärt sind. Ich habe einen Fehler gemacht, okay – das gebe ich ja zu; es tut mir wirklich leid, dass ich dich wegen meiner Bitte verärgert habe." Andy schien nach den passenden Worten zu ringen. „Laura ..., du bist für mich wie eine Ehefrau ..., deshalb dachte ich, es sei dir nicht egal, wenn ich noch länger in Lagos festsitze."

Seine Stimme klang auf einmal sehr weich, als er diese Worte aussprach. „Glaub mir, nur deshalb bat ich dich um Hilfe. Aber ich habe von dir zu viel verlangt ..., deine Unterstützung als zu selbstverständlich betrachtet."

Ihr Zorn auf ihn schmolz langsam wie Schnee in der Sonne dahin, nachdem er ihr versprach, sich um Arbeit zu bemühen.

„Vertrau mir Baby, ich werde es dir beweisen, dass ich das schaffe." Andy konnte sehr überzeugend sein – mit Worten.

Doch die Taten ließen auf sich warten. Es war eine zermürbende Situation für Laura; ihre Stimmung verdüsterte sich. Wieder und wieder versuchte sie, Andy zu erreichen.

Warum ging er nicht ans Handy? Die Szenarien, die sich in ihrem Kopf abspielten, ließen sie nicht zur Ruhe kommen.

Laura hatte kein Ziel. Sie lief einfach drauf los, ohne auf die Umgebung zu achten. Sie lief so lange durch die Stadt, bis sie müde wurde. Als sie zuhause ankam, klingelte ihr Handy. Ein rascher Blick auf das Display ließ sie erleichtert aufatmen.

„Hast du dich schon um Arbeit bemüht?", war Lauras erste Frage.

„Baby, entspann dich! Was denkst du, was ich den ganzen Tag mache?! Ich versuche wirklich alles, um einen Job zu bekommen. Aber, wie ich es dir gesagt habe ..., es ist schwierig.

Einerseits war sich Laura sicher, dass Andy die Wahrheit sagte ... ,aber sie hatte auch ihre Zweifel, vor allem, wenn er so sprach wie jetzt. Das klang in ihren Ohren erschreckend unbekümmert. Sie konnte den Gedanken nicht loswerden, dass Andy nicht ganz ehrlich zu ihr war.

Trotz aller Zweifel – die Hoffnung, dass ihr Freund nicht ganz untätig sein würde, wollte Laura nicht aufgeben. Und tatsächlich bekam sie schon am nächsten Tag eine SMS von ihm: *„Habe gute Neuigkeiten. Ruf dich am Abend an."*

Erwartungsvoll legte Laura das Handy vor sich auf den Tisch. Stunde um Stunde verging und Laura kämpfte gegen die Müdigkeit an. Dass Andy sich nicht meldete, versetzte sie in Rage. „Dieser Mann kann einen wirklich auf die Palme bringen", schimpfte sie drauf los. Mit Groll im Herzen ging sie zu Bett. An eine erholsame Nachtruhe war nicht zu denken. Immer wieder schreckte sie aus dem Schlaf hoch, um kurze Zeit später wieder in das Land der Träume zurückzukehren.

Träume konnten schön und angenehm sein – aber auch das Gegenteil. Und genau diese unangenehme Erfahrung machte Laura in den letzten Wochen immer häufiger. In Japan glaubte man früher, schlechte Träume seien durch böse Geister verursacht. Aber es gab da noch ein anderes übernatürliches Wesen – den Traumfresser.

Wer einen Albtraum hatte, konnte ihn bitten, diesen Traum zu fressen. Allein der Gedanke daran, hatte etwas Tröstliches.

Laura war schon eine Weile wach, hatte aber noch keine Lust zum Aufstehen. Während sie ihre Katze betrachtete, die hingebungsvoll ihr Fell leckte, ging ihr die ganze Zeit nur eines im Kopf herum:

Warum kündigt Andy erst an, dass er mich anrufen wird, und dann tut er es nicht? Das ergibt doch keinen Sinn. Was passiert da schon wieder in Lagos? Es gab nur eine Möglichkeit, um das herauszufinden. Sie wählte Andys Nummer und wartete darauf, dass es klingelte.

Laura presste das Handy ans Ohr und dachte verzweifelt: *Bitte, heb ab!*

Andys Stimme klang heiser, als er sich meldete – als hätte er die ganze Nacht durchgefeiert. Misstrauisch und ärgerlich wollte Laura wissen: „Warum hast du gestern nicht angerufen? Ich habe den ganzen Abend darauf gewartet!"

Am anderen Ende der Leitung herrschte Schweigen.

„Andy? Wieso antwortest du mir nicht?"

Mit gedämpfter Stimme stammelte er: „Weil es mir peinlich ist, dass ich dich schon wieder enttäuschen muss."

Noch während er diese Worte aussprach, fragte sich Laura, ob es die Wahrheit war oder einfach nur eine billige Ausrede. Doch sie versuchte, diesen unerfreulichen Gedanken schnell wegzuschieben. Sie wollte sich anhören, was er zu sagen hatte.

„Gestern Vormittag hatte ich ein Gespräch bei dem Personalchef einer großen Firma ..., und er gab mir die Zusage, dass ich einen Job bekommen würde. Daraufhin habe ich dir die SMS geschrieben. Ein paar Stunden später bekam ich eine Mitteilung, dass ich nun doch nicht dort arbeiten kann – ohne irgendeine Begründung. Ich vermute allerdings, wenn ich diesem Mann Geld zugesteckt hätte, wäre seine Entscheidung anders ausgefallen."

„Soll das bedeuten, dass man in Nigeria für einen Arbeitsplatz bezahlen muss?"

„Es sieht ganz danach aus. Du kannst dir nicht vorstellen, was in diesem Land für eine Korruption herrscht! Die Aussicht, dass ich hier eine Arbeit finden werde, ist sehr gering."

„Dann solltest du vielleicht doch zur Botschaft gehen."

„Von dort bekomme ich mit Sicherheit kein Geld für das Zertifikat, und meine Reise nach Nigeria wäre völlig umsonst gewesen. Laura, ich bin Geologe und extra hierhergekommen, um diese Gesteinsproben zu holen – weil ich damit sehr viel Geld verdienen kann."

„Und wie willst du das jetzt finanzieren, wenn du keinen Job hast?"

„Ich muss mir etwas anderes einfallen lassen. Schade, dass du mir nichts mehr leihen kannst."

Diese Worte wirkten wie eine kalte Dusche auf Laura; sie wünschte, sie hätte sich verhört. Zunächst sprachlos, dann empört über diese Äußerung, entgegnete sie scharf: „Weißt du eigentlich, wie hoch die Summe bereits ist, die du mir schon schuldest? Meine Freunde wären entsetzt, wenn sie wüssten, wie viel Geld ich dir schon geliehen habe."

Nun wurde auch Andys Ton härter. „Ich finde es nicht gut, wenn du deinen Freunden davon erzählst; das ist eine Sache zwischen uns beiden. Und das soll auch so bleiben. Diese Angelegenheit geht keine andere Person etwas an – auch nicht deine Freunde – sie betrifft nur uns."

Sein barscher Ton überraschte Laura. Sie verstand nicht, warum Andy so aufgebracht reagierte und sich darüber so aufregte. Eigentlich hätte sie viel eher einen Grund, über *ihn* verärgert zu sein.

Es herrschte kurzes Schweigen zwischen ihnen. Ein paar Sekunden später schien Andy seine Unbeherrschtheit jedoch schon zu bereuen. Sein Tonfall wurde friedlicher.

Aber Laura hatte das Gefühl, die Reue wäre nicht echt.

Um sie zu besänftigen, meinte er abschließend: „Ich bekomme das schon irgendwie hin, Baby. Mach dir keine Sorgen!"

*

Die vielen grauen Wolken, die heute den Himmel bedeckten, machten es der Sonne schwer, durchzukommen. Dieses trübsinnige Wetter trug nicht gerade dazu bei, dass sich Lauras Stimmung besserte. Um auf andere Gedanken zu kommen, plante sie eine Einkaufstour in Londons Innenstadt. Am liebsten unternahm sie solche Shopping-Touren zusammen mit ihrer besten Freundin, aber zwischen Laura und Jane herrschte seit einiger Zeit Funkstille. Die ständigen Unstimmigkeiten zwischen ihnen – wegen Andy – belasteten ihre Freundschaft.

Ein unbekümmertes Zusammensein war anscheinend momentan nicht mehr möglich. Aus diesem Grund bummelte Laura heute alleine durch die Geschäfte. Aber ohne Jane machte es keinen großen Spaß.

Lustlos betrachtete sie einige Kleider, nahm dann aber doch zwei davon zur Anprobe mit. Als sie aus der Umkleidekabine trat, stand plötzlich Jane vor ihr. Im ersten Moment waren beide so erstaunt über die zufällige Begegnung, dass sie sich nur mit großen Augen ansahen.

Als Jane auf die Kleider deutete, die über Lauras Arm hingen, und scherzhaft fragte: „Ein Frustkauf?", musste Laura lachen. In diesem Moment waren alle Differenzen vergessen und sie umarmten sich fest. Der Bann war gebrochen.

„Ich habe dich vermisst, Laura."

Jane, es tut mir schrecklich leid, dass …"

„Sei nicht albern!", fiel ihr Jane ins Wort. „Komm, gehen wir Kaffee trinken."

Jane war sich nicht sicher, ob ihre Freundin über Andy reden wollte, deshalb erkundigte sie sich vorerst nach Lauras Arbeit.

Mit Begeisterung erzählte sie wie gut alles lief. Es war deutlich herauszuhören, wie viel Laura ihr Beruf bedeutete. Aber was war mit ihrem Privatleben? Als könnte Laura ihre Gedanken lesen, erzählte sie von Andy.

„Es ist alles so anstrengend, so kompliziert geworden. Bei unseren Gesprächen geht es hauptsächlich um Schwierigkeiten, die er schon wieder hat, und natürlich um die Frage, wie sie gelöst werden können."

Obwohl es Jane sehr schwer fiel, verkniff sie sich jeglichen Kommentar.

„Ich bin jedenfalls nicht mehr bereit, ihn weiterhin finanziell zu unterstützen."

„Eine gute Entscheidung, Laura."

Jane holte tief Luft: „Übrigens, morgen erscheint ein Artikel von mir, den du unbedingt lesen solltest."

Teil 2

Kapitel 12

Als Laura während ihrer Mittagspause die Zeitung „World News" aufschlug, sprang ihr die Überschrift *„Wie man auf korrupte Weise Geld verdienen kann"* förmlich entgegen. Auf das, was sie nun zu lesen bekam, war sie ganz und gar nicht gefasst. Jane hatte ihr nichts davon erzählt. Den einzigen Hinweis, den sie ihr gegeben hatte, war, heute auf jeden Fall ihren Artikel zu lesen, weil er auch sie betreffen würde. Nun wusste sie, warum. Es ging indirekt um Andy und darum, dass sie es bisher nicht wahrhaben wollte, auch ein Opfer von *Internet-Love-Scamming* geworden zu sein.

Bei dem Gedanken, dass sie vor ein paar Tagen nochmals Geld an Andy überwiesen hatte, raste ihr Herz. *Andy ist ein Betrüger*, gestand sie sich zum ersten Mal ein. Noch nie zuvor hatte sie sich in einem Menschen so getäuscht. Was er ihr erzählt hatte ..., es hatte sich so aufrichtig angehört. Doch jetzt wurde ihr bewusst, warum sich seine Ausreise dauernd verzögert hatte. Laura musste sich eingestehen, dass Jane recht hatte mit ihrer Vermutung. Leider erkannte sie es erst jetzt, wer Andy *wirklich* war – ein skrupelloser Verbrecher. *Begreifen* konnte sie sein abscheuliches, kaltherziges Verhalten trotzdem nicht. Alles, was er je gesagt hatte, basierte auf einer Lüge. Andy hatte versucht, mit einer vermutlich ausgedachten Geschichte, ihr Vertrauen zu gewinnen. Seine Versprechungen waren jedoch nicht mehr als eine List, um an ihr Geld zu gelangen. Die ganze Zeit über hatte er ihr seine Liebe also *nur vorgespielt*. Diese Erkenntnis tat weh. Lauras Augen füllten sich vor Wut mit Tränen bei der Vorstellung, wie Andy mit anderen Männern über neue Taktiken diskutierte, wie sie Frauen um ihr Geld bringen konnten.

Illusionen gehörten jetzt der Vergangenheit an. Laura fühlte im Moment nur noch Enttäuschung und Traurigkeit. „Ich hätte ihn nie in mein Leben lassen dürfen", seufzte sie resigniert.

Mittlerweile widerte Laura schon allein der Gedanke an, jemals in ihn verliebt gewesen zu sein und dermaßen viel für ihn getan zu haben.

Die Vorstellung, dass er womöglich ein prächtiges Leben in Reichtum führte, machte sie rasend. Ihre Wut und Abscheu ihm gegenüber wurden immer größer, je mehr sie darüber nachdachte.

Ihre Liebe und Gutmütigkeit waren aufs Widerlichste missbraucht worden. Laura schämte sich, dass sie so blauäugig gewesen war.

Plötzlich wurde ihr bewusst: Sie war nicht die Einzige, der so übel mitgespielt wurde und die die Lügen glaubte, die er ihr aufgetischt hatte. Andy verletzte die Herzen *vieler* Frauen, zerstörte vielleicht sogar ihr Leben.

Der Mann, den sie einmal geliebt hatte, war zu einem wahren Albtraum für sie geworden. Und während sie den Artikel ein weiteres Mal las, blieb sie immer wieder für ein paar Sekunden an bestimmten Stellen hängen. Dinge, die sie an ihre eigenen Erlebnisse erinnerten. Dinge, die lediglich jemand nachvollziehen konnte, der auch so etwas erlebt hatte. Seine angenehme männliche Stimme war und blieb wohl sein kostbarstes Kapital, welches er sehr effizient einsetzte.

Seine Stimme war zu *ihrer* Droge geworden. Aber *seine* Droge war die *Gier nach Geld*. Es war so offensichtlich – im Nachhinein.

Dies sollte das letzte Mal gewesen sein, dass sie wegen Andy geweint hatte. Auf einmal hatte sie den unwiderstehlichen Drang, ihm alles heimzuzahlen. Ihr altes „Ich" erwachte. Rachephantasien schwirrten durch ihren Kopf. Zu lange hatte sie gelitten, damit war nun endgültig Schluss! Das Lied *Sorry* von Madonna kam ihr wieder in den Sinn und verstärkte ihre neue Ansicht Andy gegenüber; jedes einzelne Wort dieses Liedes gab ihn in Perfektion wider (*You're not half the man you think you are, save your words because you've gone too far. I've listened to your lies and all your stories, you're not half the man you'd like to be*) „Mich wirst du nicht zerstören!", zischte Laura laut. Bald war sie nur noch von einem Gedanken getrieben: Zurückzuschlagen!

*

Aufklären, Wachrütteln, zum Handeln animieren – das wollte Jane bewirken. Dass ihr dies bei ihrer Freundin gelungen war, ahnte sie noch nicht, weil sich Laura bisher nicht gemeldet hatte.

Doch diese war bereits auf dem Weg zur Polizei, fest entschlossen, Andy anzuzeigen.

Dass sie diesen Schritt wagte, überraschte Laura sogar selbst. Janes Artikel stellte ihr Leben komplett auf den Kopf. Und so aufgebracht wie sie momentan war, wollte sie bloß eines: Anzeige gegen Andy erstatten. Unter Vorspiegelung falscher Tatsachen hatte er sie um viel Geld betrogen, ihr außerdem seelische Wunden zugefügt, von denen sie nicht wusste, wie sie jemals heilen sollten. Dafür würde er jetzt bezahlen.

Sie wollte, dass er gefasst werden würde, damit sie ihr Geld zurückbekäme. Die Entscheidung, zur Polizei zu gehen, half Laura dabei, sich frei zu machen von Schuldgefühlen und Scham.

Sie begriff, dass es für sie keinen Grund gab, sich zu schämen, denn *nicht sie* war kriminell, sondern *Andy*. Das alles tat Laura aber *nicht nur für sich*, sondern auch für *all die anderen 4-1-9-Opfer,* die diesen Schritt bisher nicht gewagt hatten.

Je näher Laura der Polizeistation kam, desto schneller schlug ihr Herz. Als sie so alleine vor dem riesigen Gebäude stand, spielte sie kurz mit dem Gedanken, wieder umzukehren. Schließlich nahm sie all ihren Mut zusammen, holte tief Luft und ging hinein. Sie wollte das jetzt so schnell wie möglich hinter sich bringen. Während sie den langen Korridor entlanglief, erhielt sie Janes Anruf. Ihre Freundin war freudig überrascht und unterstützte sie mit den Worten: „Ich bin sehr stolz auf dich, dass du dich dazu entschlossen hast."

*

In dem kleinen stickigen Warteraum des örtlichen Polizeireviers der Londoner Innenstadt roch es modrig. Der harte unbequeme Plastikstuhl, auf dem Laura saß, trug nicht gerade dazu bei, dass sie sich entspannen konnte. Sie wünschte, sie hätte diese unangenehme Angelegenheit mit der Anzeige schon hinter sich. Während sie wartete, zogen die Ereignisse der vergangenen Monate wie ein Endlosfilm an ihr vorbei. Die anzüglichen Blicke eines tätowierten Mannes, Mitte vierzig, der ihr gegenübersaß, machten die Situation nicht gerade erträglicher. *Hoffentlich muss ich nicht mehr allzu lange warten*, hoffte sie.

Und so, als ob jemand ihre Gedanken gelesen hätte, erschien im nächsten Moment ein Polizist und richtete seinen strengen Blick auf Laura – als wäre *sie* Täterin und nicht Opfer. „Ms. Watson, würden Sie mir bitte folgen?"

Der Tonfall, in dem der Polizist sie aufforderte, mitzukommen, löste ein beklemmendes Gefühl in ihr aus; sie fühlte eine gewisse Abneigung ihm gegenüber.

„Setzen Sie sich bitte!", bat er Laura und ließ sie dann weitere fünf Minuten warten. Anscheinend hatte er noch etwas Dringendes zu erledigen; er blätterte in einer Akte, die auf seinem Schreibtisch lag. „Nun, Ms. Watson, was kann ich für Sie tun?" Der durchdringende Blick des Beamten irritierte Laura.

Sie war sehr nervös und faltete, fast automatisch, ihre Hände wie zu einem Gebet. Es fiel ihr schwer, dem Polizisten in die Augen zu schauen. Würde er überhaupt verstehen, was sie durchmachen musste? Außerdem machte er keinen allzu sympathischen Eindruck. Durch seine etwas zynisch verzogenen Mundwinkel fühlte sich Laura sehr unwohl. In diesem Moment kamen wieder die alten Zweifel hoch, ob sie das, was sie vorhatte, wirklich tun sollte.

„Wollen Sie mir nicht erklären, warum Sie hier sind?", fragte der Beamte barsch.

„Nun ja …, ich … ich bin ein *Internet-Love-Scamming*-Opfer … und möchte Anzeige erstatten", stotterte Laura verunsichert. Sie zögerte kurz, bevor sie ihre Erlebnisse schilderte.

Der Blick des Polizisten war seltsam, fast belustigt. Mit hochgezogener Augenbraue schaute er sie etwas ungläubig an. Sein Interesse an ihrem Problem schien aber nicht allzu groß zu sein; in aller Ruhe wischte er sich die Schweißperlen mit einem Papiertaschentuch von der Stirn. Durch sein Verhalten gab er Laura zu verstehen, wer auf so etwas hereinfalle, müsse schon sehr töricht sein.

Laura brannten die Wangen vor Scham, so peinlich war ihr dies.

„Ich kann Ihnen da leider auch nicht weiterhelfen. Ehrlich gesagt, Ms. Watson …, wie konnten Sie sich so aufs Glatteis führen lassen – eine Frau wie Sie! Das kann ich nicht verstehen." Diese Bemerkung war von einem spöttischen Lächeln begleitet und traf Laura wie ein Faustschlag in den Magen. „*Internet-Love-Scamming* …, das kennt doch heute jeder!", behauptete er verächtlich.

Laura hatte das Gefühl, nicht richtig zu hören. Machte sich der Polizist etwa auch noch lustig über sie? Noch nie in ihrem ganzen Leben hatte sie sich so erniedrigt gefühlt. Im ersten Moment empfand Laura furchtbare Scham, danach nur noch brennende Wut. „Hören Sie Sir, so lasse ich nicht mit mir reden. *Ich* habe vorher noch nie etwas davon gehört, und ich bin *nicht* zu Ihnen gekommen, um mich verspotten zu lassen. Ich bin hier, weil ich ein Opfer von kriminellen Machenschaften geworden bin. Wenn Sie nicht in der Lage sind, mir auf korrekte Weise zu helfen, dann sollten wir das Gespräch wohl besser beenden." Entrüstet sprang sie von dem Stuhl auf. Bevor sie aus dem Zimmer verschwand, drehte sie sich noch kurz um: „Kein Wunder, dass kaum 4-1-9-Opfer zur Polizei gehen, bei dieser unmenschlichen Behandlung!", schnaubte Laura und verließ, ihre Handtasche eng an sich gedrückt, in Windeseile das Polizeirevier. Sie spürte, wie Kränkung und Scham Oberhand gewannen. Wie benommen, rannte sie aus dem Gebäude. Es war, als hätte dieser herzlose Polizist den Albtraum, den sie hinter sich lassen wollte, auf besonders sadistische Weise noch einmal zum Leben erweckt. Und plötzlich konnte sie sich einfach nicht mehr beherrschen – ihr liefen heiße Tränen der Wut und vor allem der Verzweiflung über das Gesicht. Ein lähmendes Gefühl der Unsicherheit überfiel sie. Konnte wirklich *niemand* Andys teuflisches Spiel stoppen? Lauras Hoffnung, dass sie ihr Geld wieder bekommen würde, verlöschte wie eine Kerze im Wind.

Deprimiert, von dem, was sie gerade erlebt hatte, erhoffte sie sich Trost von ihrer Freundin. Laura wirkte richtig aufgelöst, als sie zu erzählen begann. Ihre Stimme zitterte vor Wut: „Du kannst dir nicht vorstellen, was mir widerfahren ist. Dieser Polizist hat sich doch tatsächlich über mich lustig gemacht. Ich kann es noch immer nicht fassen."

„Er hat *was* getan, sagst du?" Jane war sprachlos. „Das darfst du dir auf keinen Fall bieten lassen!"

„Jane, ich werde da bestimmt keinen Fuß mehr hineinsetzen!", machte sie ihrer Freundin klar. Alles in ihr sträubte sich dagegen.

„Das musst du auch nicht", beschwichtigte sie Jane. „Am besten ist es wohl, du gehst zu dem für deinen Wohnbezirk zuständigen Revier in Richmond."

„Ich weiß nicht, Jane …, sich einmal verspotten zu lassen …, das genügt." Laura sah die missbilligende Miene des Polizisten förmlich vor sich, als sie ihm ihre Situation erklären wollte.

Es folgte eine kurze Pause. „Laura, du hast keinen Grund, dich zu schämen", stellte Jane klar. Das Gespräch mit dem unverschämten Polizisten hatte Lauras Selbstbewusstsein einen schweren Schlag versetzt.

Jane wollte ihre Freundin nicht überreden, sondern überzeugen. „Hör mal, Laura, ich kann deine momentane Gefühlslage sehr gut nachvollziehen, aber Andy hat dich um viel Geld betrogen. Möchtest du es nicht wenigstens versuchen, es wieder zurückzubekommen?" Das Lied „*Money*" von Michael Jackson ging ihr durch den Kopf. (They don't care, they use me for the money … anything for money, would lie for you, would die for you, even sell my soul to the devil). Wütend schluckte Laura die Tränen hinunter, die bei dem Gedanken, was Andy ihr angetan hatte, in ihr aufgestiegen waren. *Nein, du weinst nicht wegen dieses Typs*, sagte sie sich.

„Laura?", Janes besorgte Stimme holte sie in die Gegenwart zurück. „Gut, ich mache es …, wenn du mitkommst."

Jane war – als loyale Freundin – sofort damit einverstanden. Sie würde es nicht zulassen, dass irgendein Polizist Laura nochmals so schäbig behandeln würde.

Eine Stunde später trafen sie sich im Polizeirevier von Richmond. Jane drückte ihrer Freundin einen Becher Kaffee in die Hand, den sie vom Coffeeshop nebenan mitgebracht hatte.

„Ich dachte, du könntest einen vertragen."

„Danke Jane, was würde ich bloß ohne dich machen?"

Die Stühle, auf denen sie Platz nahmen, waren genauso unbequem, wie sie aussahen. Laura rutschte unruhig hin und her. Um die Atmosphäre etwas zu entspannen, erzählte Jane von dem Jamiroquai-Konzert, auf dem sie neulich gewesen war. Doch Laura war mit ihren Gedanken ganz woanders. Was würde sie erwarten? Könnte sie diesmal mit der Hilfe der Polizei rechnen oder musste sie sich erneut verhöhnen lassen?

Schließlich betraten beide den Raum, nachdem sie hereingebeten worden waren. Lauras Herz klopfte heftig. In dem Zimmer saßen mehrere Polizisten. Die meisten von ihnen waren mit Fallaufnahmen beschäftigt; einer damit, zwei randalierende Jugendliche mit Handschellen aus dem Raum hinauszuführen.

Laura wollte endlich ihren Fall vortragen.

Sich immer wieder mit der Situation von vorne zu beschäftigen und keinen Schlussstrich darunter ziehen zu können, war nicht einfach.

Jane drückte Lauras Hände, um sie zu beruhigen, und lächelte sie aufmunternd an.

Endlich winkte einer der Polizisten sie zu sich. Er stellte sich vor, und bat Laura und Jane Platz zu nehmen. Der Beamte wirkte noch ziemlich jung, so Anfang dreißig. Erfreulicherweise war er freundlich und alles andere als überheblich oder voreingenommen.

Lauras Anspannung löste sich dadurch ein bisschen; sie nahm ihm gegenüber an seinem Schreibtisch Platz.

Jane setzte sich neben ihre Freundin.

Der junge Polizist lächelte sie an, danach schaute er wieder auf seinen Computer: „Ich müsste jetzt erst einmal ein paar formale Daten mit Ihnen durchgehen wie Name, Wohnort etc., danach kümmern wir uns um Ihr Anliegen. Sind Sie damit einverstanden?"

„Ja, natürlich. Kein Problem", entgegnete Laura, ohne eine Miene zu verziehen. Doch ihr Magen kribbelte und flatterte; das Thema „Andy" schien sie mehr zu belasten, als sie es sich selbst eingestehen wollte.

Fünf Minuten später waren die Formalitäten erledigt; der Polizist sah Laura mit fragendem Blick an.

Sie musste erst einmal tief Luft holen, bevor sie erklären konnte, warum sie überhaupt hier war.

Jane hielt sich momentan noch zurück.

Der Beamte hörte Laura zu, ohne sie ein einziges Mal zu unterbrechen; er machte sich aber immer wieder Notizen.

„Es tut mir leid, dass Sie das durchmachen mussten!", bedauerte der Beamte Laura mit ehrlichen Worten: „*Internet-Love-Scamming* ist ein wirklich schlimmes Verbrechen, Ms. Watson. Ein mieses Geschäft, das sich immer schneller ausbreitet. Diese Männer handeln aus purer Geldgier, zerstören gewissenlos das Leben von Frauen, denen sie Liebe vorgaukeln, wie das bei Ihnen der Fall war." In seiner Stimme war kein Hauch von Ironie zu hören.

Sein Verständnis überraschte Laura. Ihre Anspannung ließ merklich nach. „Mr. Hanson, das finde ich wirklich nett von Ihnen, so etwas zu sagen. Ich hatte heute nämlich schon einmal versucht, Anzeige zu erstatten, aber Ihr Kollege war, vorsichtig ausgedrückt, sehr unfreundlich zu mir."

„In unserem Revier?", staunte er.

„Oh nein, nicht hier", versicherte Laura ihm.

„So sollte niemand behandelt werden, der Opfer eines Kriminellen geworden ist – egal auf welchem Revier", schaltete sich Jane ein. „Die Polizei hat sicher wichtigere Aufgaben zu erfüllen, als unbescholtene Bürger einzuschüchtern."

„Da bin ich ganz Ihrer Meinung, Mrs. Jones. Jedenfalls war es eine gute Idee von Ihnen, hierher zu kommen. Wir arbeiten eng mit einer Organisation zusammen, die sich darauf spezialisiert hat, diese Typen zu finden und ins Gefängnis zu bringen. Sie nennt sich *4-1-9 Victim Organisation.*"

„Interessant", mischte sich Jane ein. „Diese Organisation, welche Sie gerade angesprochen haben, ist auch für mich, als Journalistin, von großem Interesse."

„Und wie geht es jetzt weiter?", wandte sich Laura an Mr. Hanson.

„Ich gebe Ihnen die Telefonnummer von dem zuständigen Agenten. Sein Name ist James Key. Er wird Ihnen alles weitere erklären."

Dankbar lächelte Laura ihn an. Voller Zuversicht hielt sie die Visitenkarte von James Key in ihrer Hand. Mit einem kleinen, triumphierendem Grinsen hakte Jane sich bei ihr ein. „Siehst du, es hat sich also doch gelohnt, hierher zu kommen."

Hoffnung – das war es –, was beide in diesem Moment empfanden. Hoffnung, dass Andy Smith gefunden und bestraft wurde und Laura ihr Geld zurückbekam.

Gedankenversunken liefen die Freundinnen die Straße entlang, ohne ein Wort zu wechseln.

*

Erschöpft sank Laura auf die Couch. Mimi legte sich zu ihr und kuschelte sich an sie, als hätte sie bemerkt, dass ihr Frauchen Trost brauchte. Liebevoll strich ihr Laura übers Fell. Tiere waren treue Begleiter. Sie verletzten einen nicht bewusst und rücksichtslos wie manche Menschen.

Im Geiste sah sie Andy vor sich. Sie dachte, sie würde ihn kennen …, aber das war ein Irrtum. „Ich liebe dich", hatte er ihr immer wieder versichert. „Ich vermisse dich", hatte er noch vor Kurzem beteuert. *So viele* Lügen! Der Mann, den sie glaubte, zu lieben, war ein skrupelloser Betrüger.

Ihr Verstand hatte längst begriffen, dass sie von Andy hereingelegt worden war – aber nicht ihr Herz. Der Schmerz drohte, sie zu überwältigen. Sie fühlte sich zerbrechlich wie eine Figur aus Glas. Laura wollte nur noch eines: Schlafen, um zu vergessen. Sie schien sich in den Schlaf zu flüchten, wie in einen schützenden Kokon. Als Laura aufwachte, wusste sie nicht, ob es die Realität oder ein Albtraum war, an das sie sich erinnerte. Dieses Gefühl, als hätte ihr jemand ein Messer ins Herz gestoßen, blieb jedoch bestehen. Dann kamen die ganzen schrecklichen Erinnerungen zurück. Schlagartig war sie hellwach. Andy war nicht der Mann, für den er sich ausgegeben hatte. Er hatte sie von Anfang an nur belogen, und zwar mit einer Professionalität, die sie nicht daran zweifeln ließ, dass es der Wahrheit entsprach. Aber nun musste sie einsehen, dass er sich lediglich für ihr Geld interessierte – sie für ihn wie ein Auszahlungsschalter bei der Bank war.

Laura war so wütend auf ihn …, aber auch auf sich selbst, weil sie auf ihn hereingefallen war. Mit dem Foto von Andy in der Hand stand Laura eine ganze Weile da. Ihr vermeintlicher Traummann hatte sich als gewissenloser Betrüger entpuppt. Sie hatte so viel Zeit, Gefühle und Geld in jemanden investiert, der nur im Cyberspace existierte.

„Du verdammter Mistkerl!", schrie sie und warf das eingerahmte Bild mit voller Wucht an die Wand.

*

Bestens gelaunt kam Samantha Wong ins Zimmer. „Jane, ich habe tolle Nachrichten für dich. Die Resonanz auf deinen Artikel ist unglaublich. Er schlägt derart hohe Wellen, dass unsere Telefonzentrale völlig überlastet ist. Wie es scheint, haben wir tatsächlich ein hochaktuelles Thema beim Nerv getroffen." Mit einem anerkennenden Lächeln fügte sie hinzu: „Ausgezeichnete Arbeit!"

Jane jedoch konnte die Freude ihrer Chefin nicht wirklich teilen. Sie wirkte geradezu betrübt. „Was ist mit dir los, Jane. Du machst ein Gesicht wie Sieben-Tage-Regenwetter!"

„Ich habe gerade die Blogkommentare gelesen, welche sich auf meinen Artikel beziehen. Zu viele Leute scheinen noch immer nicht zu begreifen, dass Love-Scammer Kriminelle sind, die hinter Gitter gehören. Das frustriert mich gewaltig." Der Verdruss in ihrer Stimme war deutlich herauszuhören. „Überzeuge dich selbst!" Jane stand von ihrem Stuhl auf und überließ ihrer Chefin den Platz.

Immer wieder schüttelte Samantha den Kopf, während sie die Beiträge las.

... Hallo!!!! Was denken sich diese dummen Frauen bei dem, was sie tun? Bedeutet Single/einsam zu sein, dass man auch sein Hirn und seinen gesunden Menschenverstand verliert? ... Kazz, Sussex

...Die Alarmglocken sollten für all die einsamen Menschen läuten, sobald sie das Wort „Western Union" hören. Jeder, der bescheuert genug ist, dann noch Geld zu schicken, verdient alles Schlechte, was er kriegen kann ... Jon B., Manchester

... Ich habe über 5 Jahre lang mit Romance-Scamming-Opfern gearbeitet, und es ist definitiv nicht so einfach, die Situation gleich als ein Romance-Scamming zu erkennen, wie einige so gerne behaupten. Diese Typen nehmen sich viel Zeit, um ihr Opfer von ihrer Liebe zu überzeugen. Sie bauen eine „Beziehung" zu ihrem Opfer auf, die zu diesem Zeitpunkt als absolut wahr empfunden wird. Die traurige Wahrheit, auch für all die es nicht glauben wollen: JEDER kann ein Scamming-Opfer werden ... Wayne, Wales

... Wie kann man davon reden, dass Geld gestohlen wird, wenn die Opfer es doch freiwillig weggeben? Tina, Jamaica

„Das ist unglaublich, geradezu erschreckend. Diese Leute haben nichts verstanden. Gar nichts! Wir werden uns etwas anderes einfallen lassen müssen, um mit solchen Vorurteilen aufzuräumen." Samantha fuhr sich mit ihren Fingern durch ihr langes, schwarzschimmerndes Haar; das tat sie jedes Mal, wenn sie fieberhaft nach einer neuen, Erfolg versprechenden Idee suchte. Ihr dunkelrot geschminkter Mund verzog sich plötzlich zu einem Lächeln. Sie fixierte Jane mit jenem Blick, der Worte überflüssig machte. „Komm in einer Stunde in mein Büro! Bis dahin ist mein neuer Schlachtplan fertig." Ihre dunklen Augen blitzten vor Aufregung: „Wir werden dann besprechen, wie wir weiter verfahren", fügte sie hinzu und war auch schon zur Tür hinaus, bevor Jane nachfragen konnte.

*

Pünktlich, wie vereinbart, stand Jane vor ihrer Chefin. „Ein Interview?"

„Richtig! Und zwar nicht irgendeines, Jane, sondern ein Fernsehinterview auf BBC."

„Tolle Idee!", rief Jane begeistert. „Wenn die Zuschauer die Opfer live erleben, können sie sich vermutlich besser in sie hineinversetzen."

„Genau das war auch mein Gedanke. Übrigens ..., die Moderation übernimmst du." Samantha sprach in einem Tonfall, der keinen Widerspruch duldete. Du kennst dich aus, wie kein anderer mit 4-1-9. Es wird viel Arbeit auf dich zukommen, Jane."

*

Zusammen mit Jane saß Laura im Büro von James Key. Mit einem kräftigen Händedruck begrüßte er die Freundinnen. Mr. Key war ein stämmiger Mann mit grau meliertem Haar; er strahlte eine Autorität aus, die auf Laura beruhigend wirkte.

„Ich bin hier, weil ich Opfer eines Love-Scammers geworden bin", kam Laura ohne Umschweife gleich zur Sache. „Zunächst habe ich es nicht gemerkt, und jetzt ..., jetzt habe ich vermutlich mein Geld verloren. Aufgewacht bin ich erst, als ich den Artikel in der *World News* gelesen habe."

„Meinen Sie vielleicht diesen?", fragte er und zeigte Laura die Seite mit der Schlagzeile:

Wie man mit Gefühlen auf skrupellose Weise Geld macht.

Laura nickte.

„Ein ausgezeichneter Artikel. Man merkt, da hat jemand gründlich recherchiert über dieses ernstzunehmende Thema. Die meisten Journalisten berichten viel zu oberflächlich darüber; dem Leser wird somit suggeriert: So etwas würde mir nie passieren! Gerade deshalb ist dieser Artikel so wichtig. Vielleicht kann dadurch sogar verhindert werden, dass immer mehr Menschen auf solche Betrüger hereinfallen."

„Das wollte ich damit bezwecken", erklärte Jane dem verdutzten Mr. Key. „Den Artikel habe ich geschrieben", fügte sie voller Stolz hinzu.

„Gute Arbeit! Nun, Ms. Watson", wandte er sich wieder an Laura. „Schildern Sie mir bitte, was passiert ist!"

Seine einfühlsame Stimme, mit der er versuchte, Lauras Nervosität zu mildern, zeigte Wirkung. Die Worten purzelten jetzt nur so aus ihr heraus.

Mr. Key nickte zwischendurch immer wieder bestätigend und gab Laura dadurch zu verstehen, dass er genau wusste, über was sie sprach. Manchmal zog er aber auch erstaunt die Augenbrauen hoch, unterbrach sie aber kein einziges Mal. Seit er für die *4-1-9 Victims Organisation* tätig war, hatte er schon etliche solche Geschichten gehört. Die Methoden, mit denen die arglosen Opfern hinters Licht geführt werden, waren zwar verschieden, doch in einem gleich: hinterhältig und durchtrieben.

Fragend schaute Laura Key an. „Gibt es Hoffnung, ihn zu finden?"

„Unsere Organisation wird alles versuchen, um ihn zu fassen. Vielleicht kann man die E-Mails zurückverfolgen – aber ich will Ihnen keine falsche Hoffnung machen. Dieser Mann scheint ein absoluter Profi in diesem Metier zu sein. Es wird nicht leicht werden."

Laura war enttäuscht. Sie hatte sich von dem Gespräch mehr erwartet; stattdessen verstärkte sich ihr Gefühl der Hilflosigkeit.

Jane drückte ihre Hand, sagte jedoch nichts.

Als könnte Mr. Key Lauras Gedanken lesen, versuchte er zu erklären: „Die Chancen, Ihr Geld wiederzubekommen, wären deutlich höher, wenn Sie den Kontakt zu Andy Smith – nennen wir ihn der Einfachheit halber weiter so, auch wenn das nicht sein richtiger Name ist – nicht abbrechen würden. Wenn ich Sie richtig verstanden habe, hat er keine Ahnung, dass Sie die Wahrheit über ihn kennen. Das ist ein großer Pluspunkt für uns. Kurz und gut, was ich damit sagen will: Sie müssten noch für eine gewisse Zeit das ‚Opfer‘ spielen."

Laura starrte ihn entgeistert an. „Ich soll was?" Ihre Stimme überschlug sich vor Entsetzen. „Das kann ich nicht!" Hilfesuchend schaute sie ihre Freundin an.

„Klar kannst du das", bestärkte sie Jane.

Danach herrschte erst einmal Schweigen.

„Er ist doch nach wie vor in dem Glauben, Sie würden ihn lieben, nicht wahr?", wollte Key sicherstellen.

Zaghaft und leicht verunsichert, bestätigte Laura die Frage.

„Na, dann ist ja alles wunderbar!"

„Nicht für mich!", protestierte sie.

Mr. Key schaute Laura lange mit einem durchdringenden Blick an. „Denken Sie wenigstens darüber nach!", bat er sie schließlich.

„Lass uns doch einen kurzen Spaziergang machen, um wieder einen klaren Kopf zu bekommen", schlug Jane vor.

Laura nickte zustimmend.

Wortlos stand sie auf und ging zur Tür. Sie fühlte sich, als wäre sie mitten in einen Wirbelsturm geraten.

„Versuchen Sie, Ihre Freundin zu überzeugen, mitzuspielen", raunte Key Jane noch schnell zu.

Jane überlegte fieberhaft, wie sie Laura davon überzeugen könnte, Keys Vorschlag anzunehmen. Um einen neutralen Tonfall bemüht, erkundigte sie sich: „Wie sieht es aus? Willst du nun dein Geld zurück oder nicht? Dann ist dies nun deine Chance."

Laura atmete tief durch. „Ich glaube nicht, dass es so einfach ist, wie Mr. Key es darstellt. Früher oder später wird Andy das Spiel durchschauen. Das wird nicht funktionieren, Jane."

Während sie das aussprach, lag eine gewisse Hoffnungslosigkeit in ihrem Blick.

180

„Unsinn!", beteuerte Jane übertrieben optimistisch. „Du wirst dir dein Geld zurückholen ... Du wirst nicht kapitulieren vor diesem Mistkerl. Verdammt noch mal!"

Laura versuchte, Jane zu erklären, warum sie zögerte. „Es ist bedrückend, wenn man im wachen Zustand den Eindruck hat, den Albtraum erneut zu erleben."

„Du darfst jetzt nicht die Nerven verlieren und vorschnell aufgeben, Laura", ermahnte Jane sie. „Andy ist ein mieser Dreckskerl; sagen wir's doch, wie es ist."

„Ja, das ist er."

Trotz aller Zweifel, die Laura hatte – an einem zweifelte sie nicht. Andy würde mit seinem skrupellosen Spiel weitermachen, sich immer wieder neue Opfer suchen. Deshalb entschied sie sich, die Herausforderung anzunehmen. So schlimm das für sie auch war – Laura musste weiterhin mit diesem Lügner und Herzensbrecher in Kontakt bleiben.

„Obwohl ich gewisse Bedenken habe, Mr. Key ..., ich will es versuchen."

Wenn er darüber überrascht war, so ließ er sich jedenfalls nichts anmerken. Seine Miene verriet nichts. „Das macht die Sache leichter", entgegnete er sachlich.

Laura zögerte, überlegte, ob sie weiterreden sollte. In ihrem Kopf schwirrten so viele Fragen herum. Sie räusperte sich. „Was soll ich jetzt tun?", wollte sie wissen.

„Machen Sie einfach weiter wie bisher. Schaffen Sie das?"

Laura nickte, obwohl sie sich da nicht so sicher war.

„So können Sie uns am besten helfen, ihn zu erwischen", erklärte Key. „Ich habe in der Zwischenzeit Kontakt zu den nigerianischen Behörden aufgenommen, mit denen wir zusammenarbeiten. Die Jagd kann beginnen!

Nachdem die Freundinnen Keys Büro verlassen hatten, diskutierten sie noch eine Weile miteinander.

„Ich kann es noch immer nicht fassen, dass ich das tatsächlich in die Tat umsetzen will", bekannte Laura. „Aber es bleibt mir nichts anderes übrig, denn ich möchte, dass man Andy hinter Gitter bringt.

Mit ihm in Kontakt zu bleiben, ist wohl die einzige Chance, das zu erreichen."

„Richtig. Das ist der Sinn der Sache", bestätigte Jane.

Insgeheim war sie aber ein bisschen besorgt. Würde Laura einen kühlen Kopf bewahren können, wenn sie Andys Stimme hörte? Laura schien Gedanken lesen zu können. „Ich komme schon damit klar, Jane." Ein Blick auf ihre Armbanduhr sagte ihr, dass es höchste Zeit war, zur Arbeit zurückzukehren. „Wir sprechen uns später nochmal, okay?", verabschiedete sie sich eilig.

*

Laura versuchte, nicht zu viel über ihre Entscheidung nachzudenken, denn sonst könnte es passieren, dass sie der Mut verließ. *Zögere es nicht länger hinaus, greif endlich zum Telefon!*, hörte sie Jane im Geiste tadeln. Deshalb spielte Laura das Gespräch mit Andy schon mal in Gedanken durch. Sie wusste, wie wichtig es war, dass sie ihre Gefühle im Zaum hielt. Doch Andys Worte: „Du musst dir um dein Geld keine Sorgen machen", gingen ihr nicht aus dem Kopf und ließen sie innerlich toben. Natürlich musste sie!

Laura hatte schon so oft mit Andy telefoniert – aber dieses Mal war es anders. Sie wusste, dass er ein Love-Scammer war. Aber was noch schlimmer war: Sie musste so tun, als wüsste sie es nicht. Sie musste gute Miene zum bösen Spiel machen.

„Hallo Andy. Wie geht's dir? Alles in Ordnung?"

„Ja, alles bestens", versicherte er fröhlich und erzählte dann völlig unbekümmert, dass er seit drei Tagen arbeiten würde.

„Du hast Arbeit gefunden?", fragte Laura mit gespieltem Erstaunen.

„Ein großer Zufall kam mir da zu Hilfe. Ein Kollege von Dr. Harmmed suchte kurzfristig einen Mitarbeiter fürs Labor."

„Und da stellt er dich, einen Geologen, ein?"

„Warum nicht? Das Wichtigste bei diesem Job ist, dass man sorgfältig und gewissenhaft arbeitet, und das tue ich. Mein Chef ist jedenfalls sehr zufrieden mit mir. Was ist los mit dir, Laura? Du scheinst dich ja gar nicht zu freuen."

„Doch, doch, das tue ich", antwortete Laura hastig. „Ich bin nur erstaunt, dass du so schnell einen Job bekommen hast. Jedenfalls bin ich sehr erleichtert darüber."

„Manchmal braucht man einfach nur ein bisschen Glück, Baby."

Ein bisschen Glück?! Du unverschämter Lügner! Du Bastard! Du hast es verdient, in der Hölle zu schmoren. Ich hasse dich! ... Das hätte sie Andy nur allzu gerne um die Ohren gehauen. Aber das durfte sie nicht. Sie durfte sich nicht anmerken lassen, dass sie wusste, dass er ein Krimineller war. Die Chance, ihn dranzukriegen, stand umso besser, wenn sie das Spiel mitspielte.

Laura schob also alle unangenehmen Gedanken beiseite und versuchte, sich auf das Gespräch zu konzentrieren.

Sie erkannte schnell, dass es besser war, wenn sie Andy reden ließ und nur zuhörte. So fiel ihm ihre Distanziertheit nicht auf. Sein Ton wurde plötzlich sanft und verführerisch. Aber Andys Stimme hatte seine magische Kraft verloren. Er besaß keine Macht mehr über Laura. Trotzdem wurde ihr etwas unbehaglich zumute.

„Hör zu Andy, ich bin wirklich müde. Der Tag war die reinste Hölle. Können wir das Gespräch ein andermal fortsetzen?", bat sie ihn, obwohl es das Letzte war, was sie wollte.

„Kein Problem, Baby", stimmte er sofort zu.

Laura hasste die Vorstellung, wieder mit Andy zu telefonieren, aber sie musste weiterhin mit ihm in Kontakt bleiben und so tun, als würde sie sehnsüchtig auf ihn warten.

*

Am darauffolgenden Tag erzählte Laura James Key von ihrem Gespräch mit Andy.

„War anscheinend gar nicht so schwierig", meinte er.

Der hat gut reden, dachte sich Laura.

„Nun müssen wir systematisch alle weiteren Schritte genau festlegen. Das Wichtigste ist, Andy weiterhin in dem Glauben zu lassen, dass Sie ihn lieben, damit der Kontakt nicht abbricht. Das hat höchste Priorität. Mit Sicherheit wird er sich noch einiges einfallen lassen, um Ihnen Geld aus der Tasche zu locken. Lassen Sie sich keinesfalls auf irgendwelche Spielchen ein, vergraulen Sie ihn aber auch nicht!

Er muss daran glauben, dass Sie zu ihm stehen, ansonsten könnte er schnell auf den Gedanken kommen, sie hätten ihn durchschaut. Genau das wollen wir verhindern", waren Keys eindringliche Worte an Laura.

„Haben Sie schon etwas über ihn herausgefunden?"

„Nur, dass die Mails von verschiedenen Computern verschickt wurden, sodass es praktisch unmöglich ist, den Absender zu ermitteln. Wahrscheinlich wurden sie von einem Internet-Café aus abgeschickt. Das macht die Sache zwar nicht einfacher, aber damit mussten wir rechnen."

Während Laura ihm so zuhörte, meldeten sich leise Zweifel. „Und was jetzt?"

„Wir machen weiter nach Plan", erwiderte er, ohne irgendwelche Details preiszugeben.

James Key machte einen zuversichtlichen Eindruck: „Ms. Watson, Sie werden sehen, es ist nur eine Frage der Zeit, und dann haben wir ihn."

Diese aufmunternden Worte beruhigten Laura etwas.

*

Zusammen mit ihrer Katze Mimi saß Laura auf der Wohnzimmercouch. Sie starrte grübelnd an die Decke. Seit ihrem letzten Gespräch mit Andy waren bereits ein paar Tage vergangen. Obwohl Laura bewusst war, dass sie sich bei ihm melden musste, um ihren Plan nicht zu gefährden, zögerte sie den Zeitpunkt hinaus. Sie fühlte sich innerlich zerrissen und gehetzt und fragte sich, wie lange sie dieses Spiel wohl mitmachen müsste.

Im Hintergrund hörte sie den Song „*With or without you*" (... through the storm we reach the shore, you give it all but I want more and I'm waiting for you ...) von U2, den sie gerade im Radio spielten. Dieser Songtext brachte ihr schmerzlich in Erinnerung, was sie einmal für Andy empfunden hatte. Doch das gehörte der Vergangenheit an. Wenn sie nur daran dachte, wie er den Leidenden im Krankenhaus gemimt hatte, könnte sie vor Zorn an die Decke gehen. In ihrem Herzen brannte der Schmerz, den ihr Andy zugefügt hatte, noch immer wie ein loderndes Feuer. Liebe war in Hass umgeschlagen. Die Rachegelüste waren nicht mehr zu stoppen. Alles, was sie wollte, war: Vergeltung!

Von den ehemals zärtlichen Gefühlen war nichts übrig. Sie empfand keinen Hauch von Zuneigung mehr, dafür umso mehr Abscheu. Nur mühsam beherrscht, wählte sie seine Nummer.

Mit lallender Stimme begrüßte er sie: „Was ist los, Baby? Warum meldest du dich nicht mehr bei mir?"

„Diese Frage könnte ich dir ebenso stellen", war ihre genervte Antwort. „Außerdem will ich wissen, warum du dich betrinkst, Andy?" Möglich, dass er das nur spielte. Sicher war sich Laura, was das anging, aber nicht. Es schien ihm jedenfalls nicht schwer zu fallen, eine passende Antwort zu finden. „Weil mich alles nervt."

Er berichtete Laura, dass die Kollegen ihn neuerdings mobbten, weil sie darüber verärgert waren, dass er – als Weißer – diesen Job bekommen habe. Außerdem störe ihn, dass er fast täglich Überstunden machen müsste.

„Wenn ich nicht bald von hier wegkomme, drehe ich noch durch", jammerte er Laura vor. „Und mit *bald* meine ich nicht erst in Wochen oder sogar Monaten."

Laura fühlte Ärger in sich aufsteigen, denn sie wusste ganz genau, auf was Andy hinauswollte. Sie stand kurz vor einem Wutanfall. „Hör auf damit, dich selbst zu bemitleiden. Ich kann dein Gejammer nicht mehr hören! Anstatt sich zu beschweren, solltest du besser dankbar dafür sein, diese Arbeit bekommen zu haben." Rasch fügte sie noch hinzu: „Begreif endlich, dass du dich selber um deine Ausreise kümmern musst." Damit gab sie ihm in aller Deutlichkeit zu verstehen, dass er von ihr keine Hilfe mehr erwarten konnte.

Mit Lauras Selbstbeherrschung war es endgültig vorbei, als er daraufhin auch noch den Beleidigten spielte. Ihr Vorsatz, sich durch nichts provozieren zu lassen, blieb auf der Strecke. „Ruf mich an, wenn du wieder nüchtern bist!", fauchte sie ihn an und beendet das Gespräch kurzerhand.

Verdammt, jetzt habe ich es womöglich vermasselt, schoss es Laura im selben Moment durch den Kopf. Sie befürchtete, dass Andy sein Interesse an ihr verlieren könnte, wenn sie nicht entgegenkommender wäre. Laura war wütend ... auf sich selbst und die ganze Ungerechtigkeit der Welt. Die halbe Nacht lag sie wach im Bett. Wie konnte sie nur diese quälenden Gedanken ausradieren? Schließlich sagte sie sich: *Denk nicht so negativ! Du weißt doch, wie er tickt.*

Und – Laura glaubte es kaum – Andy meldete sich schon am nächsten Morgen. Er spürte wohl, dass dies nicht die richtige Methode gewesen war, um Laura wieder Geld zu entlocken. Also musste er sich etwas Neues einfallen lassen, um sie wieder für sich zu gewinnen. Seine Gier nach Geld musste unvorstellbar groß sein. Mit schmeichelnder Stimme umgarnte er Laura.

Sie tat so, als sei wieder alles in bester Ordnung. Er war Experte darin, ihr etwas vorzuspielen – jetzt drehte sie den Spieß einfach um.

*

Der Blick auf ihren Wecker ließ Laura hochschrecken. Sie hatte verschlafen. Aber ... sie fühlte sich erstaunlich gut. Eine Stunde später kam sie schon im Studio an – bestens gelaunt und voller Tatendrang. Nach einer erholsamen Nacht sprühte sie nur so vor Energie. Laura arbeitete stundenlang ohne Unterbrechung. Als sie etwas später eine kurze Pause einlegte, entschied sie sich, in Lagos anzurufen.

Da sie Andy schon seit mehreren Tagen wieder nicht erreicht hatte, entschloss sie sich kurzum, Dr. Harmmed anzurufen. Sie war immer ein bisschen angespannt, wenn sie bei ihm anrief. Als er sich meldete, fragte Laura sofort, ob mit Andy alles in Ordnung sei, weil er nicht ans Telefon ginge.

Daraufhin erklärte der Doktor: „Das muss wohl an seinem Handy liegen."

Aber Laura konnte das nicht so richtig glauben. Verärgert machte sie ihm klar: „Dann soll er sich endlich darum kümmern, dass es wieder funktioniert."

„Er braucht wahrscheinlich ein neues, aber dafür hat er im Moment kein Geld."

Laura konnte es kaum fassen, was Dr. Harmmed ihr da indirekt zu verstehen gab. Sie war entrüstet.

„Wieso kann Andy ausnahmsweise nicht *Ihr* Telefon benutzen, wenn seines nicht in Ordnung ist, damit wir wenigstens mal kurz miteinander sprechen können?", hakte sie nach. „Die Kosten dafür würde er Ihnen doch erstatten, sobald er wieder in L.A. ist. Oder zweifeln Sie etwa daran?"

Dr. Harmmed reagierte nicht darauf.

Auch als Laura wissen wollte: „Wo ist Andy überhaupt?", blieb es am anderen Ende der Leitung weiterhin still. Empört legte sie schließlich auf.

Tag für Tag verging, ohne dass Andy sich meldete. Laura fragte sich, ob er das absichtlich machte?

*

Getrieben von einer großen Wut und Verzweiflung, machte sich Laura auf den Weg zu James Key.

„Seit Tagen habe ich keinen Kontakt mehr zu Andy", legte sie sofort los. „Was soll ich bloß tun, Mr. Key?" Lauras Nerven flatterten. Nervös spielte sie an ihrem Silberarmreif herum.

„Zuerst einmal müssen Sie sich beruhigen, Ms. Watson. Das ist doch nicht das erste Mal, dass er Sie zappeln lässt", half er ihrem Gedächtnis auf die Sprünge. „Mit dieser Taktik manipuliert er seine Opfer. Und wie man sieht, erfolgreich."

Peinlich berührt, wich Laura seinem strengen Blick aus. Sie fühlte sich äußerst unbehaglich. Schon allein die Vorstellung, dass es zu Andys Plan gehörte, nicht erreichbar zu sein, trieb ihr die Zornesröte ins Gesicht. Der Wunsch nach Revanche verstärkte sich.

„Mr. Key, haben Sie schon etwas über Andy herausgefunden?"

„Nicht sehr viel", musste Key zugeben. „Die Anfangsermittlungen, die in Lagos durchgeführt wurden, brachten keinen gravierenden Erfolg. Deshalb habe ich gestern eine Teamkonferenz einberufen, um das weitere Vorgehen zu besprechen. Mein Team konzentriert sich nun auf umfangreichere Ermittlungen. Die Einsätze müssen nicht nur strategisch geplant werden, Geduld und Hartnäckigkeit sind ebenso wichtig."

Laura saugte all dies auf wie ein Schwamm.

„Wenn es uns gelingt, seinen Aufenthaltsort genau zu lokalisieren, schnappt die Falle zu, und wir bringen diesen Mistkerl hinter Schloss und Riegel."

*

Jane war gerade damit beschäftigt, das geplante BBC-Fernsehinterview vorzubereiten, als ihre Chefin ihr mitteilte, die BBC wolle das Interview schon in vier Wochen ausstrahlen. „Oh nein! Wie soll ich das bloß schaffen?"

„Du kriegst das hin, Jane", meinte Samantha Wong und verschwand genauso schnell, wie sie gekommen war.

Nur wie?, fragte sich Jane und raufte sich die Haare. Bisher war keines der Opfer, zu denen sie Kontakt aufgenommen hatte, dazu bereit, in solch einer Sendung aufzutreten. Zu viel Scham, zu viele Befürchtungen, was ihnen nach ihrem öffentlichen Bekenntnis widerfahren könnte, hinderte sie vermutlich daran. Es war zwar verständlich, wie diese Menschen reagierten, doch Jane hatte dadurch ein echtes Problem. Dass sie jetzt auch noch unter Zeitdruck stand, machte alles noch schwieriger für sie.

Vier Wochen bis zum Fernsehauftritt …, und Jane stand noch immer ohne einen einzigen Interviewpartner da.

„Nicht gut. Gar nicht gut!", murmelte sie vor sich hin. Sie stand vor einem nahezu unlösbaren Problem. Ratlos schaute sie auf ihren Monitor. Die rettende Idee blieb aus. In ihrer Verzweiflung schickte sie ein Stoßgebet zum Himmel. Nach einer Weile entschied Jane, sich heute lieber auf das Recherchieren zu konzentrieren. Ohne viel nachzudenken, klickte sie Andys Website an, um sich sein Profil nochmals etwas genauer anzuschauen. Anschließend ging sie auf seine Chatseite. Jane überprüfte systematisch alle Blog-Kommentare. In der Hoffnung, auf irgendetwas zu stoßen, das für sie von Interesse sein könnte, auch diejenigen, die schon längere Zeit zurücklagen. Dabei fiel ihr auf, dass eine gewisse Maria Fernandez früher regelmäßig Blog-Kommentare auf Andy Smiths Facebook Seite gepostet hatte. Janes Neugier war geweckt. Als sie auch noch feststellte, dass es urplötzlich mit einem Mal keinerlei Kommentare mehr von ihr gab, stand für Jane fest: Ein weiteres Opfer! Vielleicht war diese Fernandez bereit, den Schritt vor die Fernsehkamera zu wagen. Kurzerhand hinterließ Jane eine Nachricht auf Marias Facebook Seite.

*

Beflügelt von dem Gedanken, dass Andy bald seine gerechte Strafe bekäme, machte sich Laura eiligst auf den Weg ins Studio. Der heftige Regenschauer, der gerade auf die Stadt niederging, konnte ihr die gute Laune nicht verderben. Ein wenig atemlos stand sie dreißig Minuten später vor ihrem Assistenten, der sie fragend anschaute. Auf eine Antwort wartete er vergeblich. Stattdessen bekam er zu hören: „Jetzt brauche ich erst einmal eine Tasse Kaffee."
„Ich will dich ja nicht drängen, Laura, aber die Models warten bereits auf dich."
„Okay Ronny …, geh du schon mal vor, ich komme in zehn Minuten nach."
Seinen skeptischen Blick ignorierte Laura, rief ihm aber hinterher: „Versprochen!"
Als fünf Minuten später Andy anrief, nahm sie das Gespräch nicht an. *Schlechtes Timing!*, dachte sie.
Bevor Laura nach Hause fuhr, wollte sie für die morgige Präsentation noch schnell die besten Fotos auswählen. Vertieft in ihre Arbeit, vergaß sie mal wieder die Zeit.
Verwundert legte Ronny die Stirn in Falten, als er sah, dass Laura noch immer an ihrem Schreibtisch saß und arbeitete.
„Wolltest du heute nicht Schluss machen, bevor die Geschäfte schließen?", fragte er.
„Oh mein Gott! So spät ist es schon?! Jetzt muss ich aber schnell machen."

Kapitel 13

Laura war in Eile. Die Geschäfte würden bald schließen, und sie musste noch schnellstmöglich etwas Essbares einkaufen. In ihrem Kühlschrank herrschte gähnende Leere. Als sie im „Waitrose" Supermarkt ankam, schnappte sie sich einen Einkaufswagen und bewegte sich recht schwungvoll durch die einzelnen Abteilungen. Doch sie war nicht die Einzige, die kurz vor Ladenschluss durch die Gänge hetzte. Ein junger Mann hatte es ebenso eilig.

„Passen Sie doch auf!", fuhr Laura ihn an. „Sie hätten mich beinahe mit Ihrem Einkaufswagen gerammt."

„Entschuldigung. Es tut mir leid", lächelte er verlegen. „Ich war nur so in Eile ..., verstehen Sie?" Der junge Mann mit dem sympathischen Lächeln kam Laura irgendwie bekannt vor. Plötzlich fiel es ihr ein.

„Sie haben es wohl auf mich abgesehen", meinte sie scherzhaft.

Fragend schaute er Laura an.

„Na ja, erst fahren Sie mich mit dem Fahrrad um, und jetzt ..."

Da ging ihm ein Licht auf. „Manchmal braucht es außergewöhnliche Maßnahmen, um ein Date zu bekommen", sagte er mit einem Zwinkern.

„Darf ich Sie vielleicht auf einen Drink einladen?"

Warum nicht?, fragte sich Laura. *Der Mann hat wenigstens Humor.*

*

In dem Moment, als Laura ihre Wohnungstür aufschloss, klingelte ihr Handy. Allerdings nur ein einziges Mal. Das kam ihr merkwürdig vor, denn der Anrufer war Andy, wie sie auf dem Display sehen konnte. Sie rief umgehend zurück.

„Hast du wieder ein Problem mit deinem Handy?", wollte sie wissen. Doch auf ihre Frage wich er geschickt aus. Laura wusste nicht so recht, was sie davon halten sollte, unterdrückte aber den Drang, weiter nachzufragen. *Bloß keinen Fehler machen,* ermahnte sie sich selber.

Und so hörte Laura Andy geduldig zu, als er ausführlich von Dr. Harmmed, dessen Familie und dem Haus, in dem sie lebten, erzählte.

„Als Dank, dass sie mich so freundlich aufgenommen haben, möchte ich die gesamte Familie nach L.A. einladen. Dann kannst auch du diese liebenswerten Menschen kennenlernen."

Du niederträchtiger Lügner, wollte sie schreien … Stattdessen fragte sie: „Du willst, dass ich nach Kalifornien komme?"

„Baby, hast du etwa meine Einladung schon vergessen?"

Bei dieser Äußerung stellte sich Laura ein leicht hämisches Grinsen in seinem Gesicht vor. Es fiel ihr immer schwerer, ihre Aufgabe zu erfüllen …, aber sie bemühte sich.

„Nein, das habe ich nicht. Aber so eine Reise muss geplant werden, Andy. Ich kann nicht von heute auf morgen hier alles stehen und liegen lassen. Das geht nicht!"

„Das musst du auch nicht. Wir werden schon eine Lösung finden."

Und wie die aussah, konnte sich Laura nur allzu gut vorstellen.

So nebenbei erwähnte Andy noch, dass Dr. Harmmed plante, Nigeria zu verlassen.

„Dr. Harmmed verlässt Nigeria? Warum?", gaukelte Laura ihm Interesse vor.

„Na ja, da gibt es mehrere Gründe, wie er mir anvertraute."

Während Laura Andys Worten lauschte, überlegte sie. War irgendetwas von dem, was er ihr erzählt hatte, wahr? Sie wusste nicht, wie sie reagieren sollte.

„Wenn ich das so höre, bin ich echt froh, dass ich nicht in solch einem Land leben muss", bemerkte sie schließlich … und bereute es im nächsten Moment, denn Andy griff diese Worte sofort zu seinem Nutzen auf.

„Tja, ich muss es hier allerdings noch eine Weile aushalten. Leider."

Andy war ein guter Schauspieler. Seine Niedergeschlagenheit klang sehr echt. Er war sich seiner so sicher. Doch Laura kannte seine wahren Motive und ging nicht weiter auf dieses Thema ein. Geschickt lenkte sie das Gespräch in eine andere Richtung.

„Sag mal Andy, wie stellst du dir eigentlich unsere gemeinsame Zukunft vor? Wir leben schließlich ziemlich weit voneinander entfernt."

„Das ist doch kein Problem."

„Aber ich möchte dich nicht immer nur am Telefon hören, sondern auch sehen und Zeit mit dir verbringen", spielte Laura ihm gekonnt vor.

„Mach dir darüber keine Gedanken, mein Engel. Für mich spielt es keine Rolle, wo ich lebe. Ich könnte jederzeit nach London übersiedeln. Für dich würde ich das tun."

„Du hättest kein Problem damit, Kalifornien zu verlassen?"

„Man kann sich überall zu Hause fühlen, wenn man mit dem Menschen, den man liebt, zusammen ist."

„Aber würdest du deine Heimat nicht vermissen?", bohrte Laura.

„Solange du an meiner Seite bist …, nein. Du bist das Wichtigste in meinem Leben geworden", versicherte er Laura mit seiner tiefen, wohlklingenden Stimme.

Bei so viel Heuchelei wurde ihr ganz übel. Am liebsten hätte sie das Gespräch sofort beendet, aber das wäre taktisch nicht sehr klug gewesen. Und so ließ sie Andy in dem Glauben – um ein wenig Begeisterung in der Stimme bemüht – wie sehr sie sich darüber freute.

Die Vorstellung, dass Andy bereit war, zu ihr nach London zu ziehen, hätte Laura noch vor Kurzem in Hochstimmung versetzt. Seit sie aber wusste, dass er nur hinter ihrem Geld her war, empfand sie ganz anders – und zwar unendliche Abscheu.

Trotz allem, seine selbstsichere Art und Weise waren sehr beunruhigend für sie. Irgendetwas hatte er sicher noch geplant. Nur was? Laura ging die Sache einfach nicht mehr aus dem Kopf; während sie auf ihrer Wohnzimmercouch lag, sank sie in einen Halbschlaf, in dem sich Phantasie und Realität vermischten.

Auf der Suche nach Andy irrte sie in den Straßen von Lagos umher. Laura befand sich in einer – für sie – völlig fremden Welt; es überfiel sie bald ein Gefühl der Hilflosigkeit. Überall herrschte großes Gedränge und viel Lärm. Nie zuvor hatte sie sich so verloren gefühlt. Und dann sah sie ihn! Er wirkte so stark und selbstsicher, als könnte ihn nichts erschüttern. Ihr Herz schlug höher, als er auf sie zukam. Dann spürte sie, wie seine Lippen ihren Mund berührten … und bekam weiche Knie. Doch Andy zog sie fest an sich; seine Arme hielten sie fest umschlossen.

„Schön, dass du gekommen bist, Lisa!", flüsterte er ihr zärtlich ins Ohr.

Empört drückte Laura ihn von sich weg. „Lisa? Ich bin nicht Lisa!"

Erst jetzt bemerkte Andy seinen Fehler und wollte ihn schnell korrigieren. Aber dafür war es zu spät, denn Laura hatte bereits begriffen: Es war alles nur eine große Lüge!

Kapitel 14

Am nächsten Tag traf sich Laura mit ihrer Freundin zum Mittagessen. Jane erzählte vom bevorstehenden BBC-Interview, und wie schwierig es gewesen war, ehemalige Love-Scamming-Opfer zu finden, die bereit waren, ihre Geschichte – live – vor laufender Kamera zu erzählen. Mehr wollte sie noch nicht verraten – außer: „Das wird eine sehr emotionale Sendung werden."
Während die beiden sich angeregt unterhielten, vibrierte Lauras Handy. Aber sie ignorierte es. Als sie später auf dem Display sah, wer angerufen hatte, runzelte sie die Stirn. Sie hatten doch erst gestern miteinander gesprochen. Was wollte Andy schon wieder? Auf dem Weg ins Studio rief sie ihn zurück, um das herauszufinden. Der Tonfall in seiner Stimme, als er ihr sagte, wie sehr er sie liebe und vermisse, verursachte ein beklemmendes Gefühl in ihr. Was hatte er bloß vor? Er machte eine kurze Pause, bevor er weitersprach. „Gestern Abend habe ich noch sehr lange nachgedacht, ob es nicht doch noch eine andere Möglichkeit gibt, dass ich früher nach London kommen kann. Da ist mir plötzlich ein Gedanke gekommen. Wenn du bei deiner Bank einen kurzfristigen Kredit aufnehmen würdest, über die Summe, die ich benötige, und mir das Geld dann hierher überweist …"
„NEIN!", schrie Laura zornig ins Handy, sodass sie die Leute auf der Straße mit einem entsetzten Gesichtsausdruck musterten. Am liebsten hätte sie ihm ins Gesicht geschleudert, was er für ein mieses Schwein sei, aber sie durfte ihn nicht vergraulen.
„Oh, komm schon, Baby. Tu mir das nicht an!"
„Ich kann das nicht tun, Andy. Wirklich nicht."
„Du liebst mich also nicht mehr", stellte er resigniert fest.
Die Verbindung war bereits unterbrochen, bevor sie etwas erwidern konnte. Und dieses Mal war sie sogar darüber erleichtert.

*

Obwohl Laura es vorgezogen hätte, mal wieder einen gemütlichen Abend zu Hause zu verbringen, konnte sie die Einladung zu der

Modenschau eines Kunden nicht ablehnen. Da sie aber nicht alleine zu dieser Veranstaltung gehen wollte, begleitete sie ihr Assistent Ronny. Seinen Vorschlag, anschließend noch etwas trinken zu gehen, nahm sie gerne an. Sie entschieden sich für das „Crazy Bear" – eine Bar im Art-déco-Stil, die immer gut besucht war. Ronny beobachtete schon eine Weile einen jungen Mann, der immer wieder zu ihnen herübersah.

„Dieser gut aussehende Typ da hinten scheint sich sehr für dich zu interessieren, Laura."

„Ach ja?" Neugierig drehte sie sich um. Ihre Blicke trafen sich. Verblüfft und gleichzeitig erfreut, dass Jérôme Chandon dieser Mann war, lächelte ihm Laura zu.

„Du kennst ihn?"

„Nicht sehr gut. Aber eines weiß ich – vor dem muss man sich in Acht nehmen; vor allem, wenn er mit dem Fahrrad oder einem Einkaufswagen unterwegs ist", erklärte sie Ronny mit einem verschmitzten Lächeln.

Ronny sah Laura erwartungsvoll an. „Ich bin ganz Ohr", ließ er sie wissen. Und so erzählte sie ihm die Geschichte.

„Wenn ich ihn so betrachte", meinte Ronny grinsend, „macht er eigentlich einen ganz friedlichen Eindruck."

„Sehr witzig!", konterte Laura. „Irgendwie tut er mir jetzt leid. Alleine rumzuhängen macht doch keinen Spaß, nicht wahr?"

„Frag ihn doch, ob er bei uns sitzen möchte."

Jérôme strahlte Laura übers ganze Gesicht an, als sie ihm den Vorschlag machte.

Dass sich Laura an diesem Abend prächtig amüsierte, erkannte man an ihrem Lachen. Der Abend verging wie im Fluge.

„Darf ich euch kurz alleine lassen?", fragte Ronny. „Ich habe gerade einen Freund entdeckt, den ich gerne begrüßen möchte."

„Selbstverständlich – kein Problem", meinte Laura.

Jérôme schien sich über die Möglichkeit, mit Laura allein sein zu können, zu freuen. Er plauderte auf charmante Art und Weise mit ihr und brachte sie immer wieder zum Lachen. Und Charme, den besaß er in der Tat!

Jérôme hörte aufmerksam zu, als Laura von ihrem Beruf erzählte

– nicht aus Höflichkeit, sondern aus Interesse. Laura konnte das beurteilen, denn aus Erfahrung wusste sie, Männer waren im Allgemeinen mehr an den sexy Models interessiert – weniger an der Modefotografin. Doch Jérôme war anders – er ermunterte Laura, noch mehr von ihrer Arbeit zu erzählen und stellte sogar gezielte Fragen. Er gab ihr das Gefühl, dass sie auf ihren beruflichen Erfolg stolz sein konnte – was sie auch war.

„Jetzt erzähl du mir etwas über dich!", forderte Laura ihn interessiert auf.

Jérôme war – ebenso wie Tim – Psychotherapeut. Als er über seinen Beruf sprach, konnte Laura deutlich heraushören , wie sehr er diesen liebte.

„Wenn es mir gelingt, den Menschen, die zu mir kommen, wieder zu mehr Lebensfreude zu verhelfen, ist das sehr befriedigend", vertraute er Laura an. Nach einer kurzen Pause fügte Jérôme, etwas nachdenklich, hinzu: „Allerdings muss ich in Zukunft etwas mehr darauf achten, dass mein Privatleben dabei nicht zu kurz kommt."

Seine Augen wirkten dabei etwas traurig – aber das machte ihn Laura noch sympathischer.

Als Ronny wieder zurückkam, entschuldigte er sich: „Sorry, dass ich so lange weg war, aber mein Freund hat mich in ein Gespräch verwickelt und ..."

„Keine Sorge, wir haben uns nicht gelangweilt, nicht wahr Jérôme?"

„Ganz im Gegenteil!", bestätigte er.

Eine halbe Stunde später verließen sie gemeinsam die Bar.

*

Laura seufzte, als ihr Handy schon so früh am Morgen klingelte. Sie war noch ganz schläfrig und hätte gerne etwas länger geschlummert.

„Hör zu, Laura", sagte Andy statt einer Begrüßung. „Es war nicht meine Absicht, dich zu verärgern, aber ich dachte, es wäre eine gute Idee ..."

„... mich schon wieder um Geld zu bitten?", fragte Laura kühl.

„Aber Baby, du weißt doch, dass ich das nur aus Liebe mache", versuchte er, ihr einzureden.

Natürlich ... aus Liebe zum Geld, wollte sie ihm antworten, doch sie riss sich zusammen.

Ihre Stimme wurde eine Spur sanfter. „Andy, unsere Gespräche drehen sich immer nur um Geld und Probleme. So habe ich mir unsere Beziehung nicht vorgestellt."

„Willst du mir damit sagen, dass du ..."

„... dass ich auch mal mit dir lachen möchte und fröhlich sein", fiel Laura ihm schnell ins Wort.

Er gab keine Antwort.

Laura war sich nicht sicher, was Andys Schweigen zu bedeuten hatte. Was, wenn er sie durchschaut hatte und den Kontakt abbrechen würde? Sie sorgte sich um ihr Geld. Doch dann bat Andy sie um Verzeihung. Sie beschloss, ihn in dem Glauben zu lassen, ihm noch einmal eine Chance zu geben. Da Laura wusste, was er vorhatte, sagte sie ihm Dinge, die er hören wollte. Ihre Taktik schien aufzugehen. Das Katz- und Mausspiel begann.

*

Kaum hatte sich Laura von Andy verabschiedet, rief James Key an. „Können Sie mir die Handynummer von Dr. Harmmed geben, Ms. Watson, denn so können wir die Typen orten und zum richtigen Zeitpunkt drankriegen."

„Ja, natürlich ..., warten Sie. Die Nummer ist 234-1-554-343-659."

„Okay, Ms. Watson, danke. Ach, noch etwas ..., lassen Sie sich auf keinen Fall anmerken, dass wir ihm auf den Fersen sind. Diese Typen haben eine Antenne für solche Sachen und sind schneller über den Berg, als uns lieb ist. Bleiben Sie also so gelassen wie möglich, und spielen Sie sein Spiel mit. Auf diese Weise kriegen wir diese Schweine, das verspreche ich ihnen."

Als das Gespräch mit Key beendet war, überfiel Laura ein ungutes Gefühl. Ruhelos lief sie von einem Zimmer ins andere. Es war nicht sehr diplomatisch gewesen, so mit Andy zu reden. Ein Fehler, den sie nicht noch mal machen durfte. Offensichtlich fühlte er sich von ihr unter Druck gesetzt. Um sich nicht zu verraten, musste sie ihre Gefühle in Zukunft besser unter Kontrolle halten. Ein Vorsatz, der nicht leicht einzuhalten war, wie sich bald herausstellte.

*

Heute wollte Jérôme ins Fotostudio kommen. Sein Interesse an ihrer Arbeit freute Laura. Die Fotografie – das war *ihr* Metier. Aus der Stereoanlage schallte laut Musik, denn Lauras Motto lautete: „Mit Musik geht alles besser." Die Songs von U2, Depeche Mode und Jamiroquai brachten nicht nur die Fotografin, sondern auch die Models richtig in Schwung. Jetzt war Laura ganz in ihrem Element; sie ließ sich durch nichts ablenken.

Dass Jérôme sich schon einige Zeit im Studio aufhielt, bemerkte sie überhaupt nicht. Erst als Ronny sie darauf aufmerksam machte, winkte sie ihm kurz zu. Nach zwei Stunden harter Arbeit gönnte sich Laura eine Pause. Nachdem sie Jérôme begrüßt hatte, gab sie ihrem Assistenten noch ein paar Anweisungen. Es war seine Aufgabe, dafür zu sorgen, dass nachher alles reibungslos ablaufen konnte. Aber es gab auch noch andere Dinge, um die er sich kümmerte, obwohl Laura das nicht von ihm verlangte.

„In deinem Büro steht ein kleiner Imbiss bereit – für dich und Jérôme", informierte er sie.

„Du bist ein Schatz, Ronny! Was würde ich nur *ohne dich* machen?" Als Dank gab sie ihm einen freundschaftlichen Kuss auf die Wange. Mit großem Interesse betrachtete Jérôme die Fotos, die in Lauras Büro hingen. Fotos, welche u. a. Berühmtheiten aus dem Musikbusiness oder der Filmbranche zeigten.

„Das sind sehr schöne Aufnahmen. Du hast wirklich großes Talent. Die Schwarz-Weiß-Aufnahmen gefallen mir besonders gut."

Laura strahlte über das ganze Gesicht: „Es freut mich, dass dir meine Arbeiten gefallen."

„*Gefallen* ist noch untertrieben! Ich finde, sie sind *wunderschön*, sehr ästhetisch und stilvoll. Ich bin echt beeindruckt. Jetzt verstehe ich, warum du so eine begehrte Fotografin bist."

„Nun …", Laura wirkte etwas verlegen wegen dieses Kompliments. „Mein Beruf bedeutet mir sehr viel. Und ich bin ein Mensch mit

Prinzipien – auf mich ist Verlass. Das mag jetzt etwas arrogant klingen, aber um in diesem Geschäft langfristig erfolgreich zu sein, muss man nicht nur gute Arbeit leisten, ganz wichtig ist es auch, zuverlässig zu sein. Wenn es nötig wäre, würde ich die ganze Nacht durcharbeiten."

„Sag mir bitte, dass dies **heute** nicht der Fall ist", flehte Jérôme sie an. „Ich möchte dich nämlich gerne zum Abendessen einladen."

Laura schien darüber äußerst erfreut zu sein: „Was für eine nette Idee von dir, Jérôme. Übrigens ..., heute bin ich nur noch ein paar Stunden im Studio, du kannst dich also entspannen", lachte sie. „Deine Einladung nehme ich mit Vergnügen an."

*

Es war ein regnerischer, windiger Abend. Laura kämpfte mit ihrem Regenschirm. Daraufhin nahm Jérôme ihr diesen ab und legte seinen Arm – wie selbstverständlich – um ihre Schulter. Sie hatte nichts dagegen einzuwenden. Schweigend gingen sie nebeneinander her. Durch diese körperliche Nähe und den verführerischen Duft seines Aftershaves fühlte sich Laura auf seltsame Weise aufgewühlt. Wenig später kamen sie im „Cocoon" an.

„Ein schönes, exotisches Ambiente", bemerkte Laura erfreut, als sie sich umsah. Sessel, wie aus den 70ern und runde zweischichtige Glastische, unter denen Rosenblätter zu sehen waren, dominierten den Raum.

Wer die asiatische und japanische Küche liebte, war in diesem Restaurant genau richtig. Nicht nur Laura, auch Jérôme entschied sich, ohne lange zu überlegen, für Sushi. Wie sich herausstellte, hatten beide eine große Schwäche für Japan.

Als Jérôme über seinen Aufenthalt in Japan erzählte, geriet er richtig ins Schwärmen: „Letztes Jahr verbrachte ich einen Monat dort, und ich erinnere mich sehr gern an diese Zeit. Die Freundlichkeit und Höflichkeit der Japaner ist fast schon auffallend. In keinem anderen Land wurde ich bisher so zuvorkommend und respektvoll behandelt."

Dem konnte Laura nur zustimmen: „Als ich in Tokio war, ist

mir als Erstes aufgefallen, wie diszipliniert sich die Menschen verhielten. Ob in der U-Bahn oder an der Supermarktkasse – keiner hat versucht, sich vorzudrängeln oder gar ungehalten zu werden – das fand ich sehr bewundernswert."

Sie unterhielten sich angeregt über das Land, die Menschen und die Kultur Japans.

„Vielleicht sollten wir mal gemeinsam in das Land des Lächelns reisen", meinte Jérôme.

Als Laura ihn überrascht ansah, fügte er verschmitzt hinzu: „*Du* als die Star-Fotografin aus London, die sich nun auch in Tokio einen Namen macht, und *ich* als deine Muse."

„Ich werde darüber nachdenken", ging sie mit einem Augenzwinkern auf seinen scherzhaften Ton ein. Der Gedanke – Japan zusammen mit Jérôme zu besuchen und dem Alltag zu entfliehen – gefiel Laura. Ihr Blick schweifte in die Ferne.

„Möchtest du noch eine Nachspeise, Laura?", wiederholte Jérôme höflich, da sie nicht auf seine Frage reagierte.

„Ja, sehr gerne. Ich liebe Desserts ... und überhaupt alles Süße."

„Du bist also auch eine Naschkatze", bemerkte Jérôme erfreut. Er rieb sich die Hände bei dem Gedanken, eines dieser herrlichen Mango Desserts auf seiner Zunge zergehen lassen zu können.

„Meine Ex-Freundin lehnte Süßigkeiten grundsätzlich ab, deshalb sollte ich auch auf all diese Köstlichkeiten verzichten. Also habe ich immer heimlich genascht."

Bei der Erinnerung daran musste er lachen ... und Laura mit ihm. Sie fühlte sich in seiner Gegenwart richtig wohl und unbeschwert. Doch dann erkundigte sich Jérôme, ob sie solche Beziehungsprobleme auch kannte.

Lauras Lachen erstarb. Schlagartig landete sie wieder in der Wirklichkeit. Für eine Weile hatte sich das Erlebte in den Hintergrund geschoben, jetzt kehrte es mit aller Wucht zurück. Sie hätte Andy Smith so gerne aus ihrer Erinnerung gelöscht, aber sie konnte es nicht.

Andy wurde mittlerweile zu einer echten Plage in ihrem Leben.

Laura kramte kurz in ihrer roten Louis Vuitton Lackhandtasche herum, doch sie spürte, dass Jérôme sie aufmerksam ansah. Sie hob ihren Kopf und blickte in seine Augen, die besorgt wirkten. Schnell schaute sie weg, um diesem Blick zu entgehen.

Als sie nicht antwortete, merkte Jérôme, dass ihr das Thema unangenehm war. „Ich hätte das nicht fragen sollen", entschuldigte er sich und legte sanft seine Hand auf ihre.

Wenn diese, an sich harmlose Frage Laura so aus dem Konzept brachte, musste mehr dahinter stecken. Das war Jérôme klar.

Unsicher lächelte Laura ihn an. Sie hatte keine Ahnung, wie er auf die Wahrheit reagieren würde. Deshalb wollte sie ihm die Geschichte mit Andy nicht erzählen. Zumindest nicht jetzt. Jérôme jedoch verstand es, sogar in diesem schwierigen Augenblick, Laura wieder aufzumuntern. Ihre Anspannung ließ nach.

Laura gähnte verstohlen, aber ihre Müdigkeit konnte sie nicht mehr verbergen.

„Da du morgen wieder arbeiten musst, sollte ich dich jetzt besser nach Hause bringen."

Froh, dass sie nicht erst darum bitten musste, lächelte sie ihn dankbar an. Jérôme war eben ein Gentleman – aufmerksam und fürsorglich.

Das bestellte Taxi wartete bereits, aber Laura hatte ihren Schirm im Restaurant vergessen und lief deshalb noch mal kurz zurück. Um den Taxifahrer nicht unnötig lange warten zu lassen, beeilte sie sich. In der Hektik übersah sie wohl irgendeinen Stein, der auf dem Weg lag, und stolperte darüber. Zum Glück stand Jérôme in ihrer Nähe und fing sie in seinen Armen auf. Einen Moment lang hielt er Laura noch an sich gedrückt. Ihr lief dabei ein angenehmer Schauer über den Rücken. Trotzdem war sie von dieser Situation peinlich berührt. Jérôme schien davon nichts zu bemerken.

Der Taxifahrer sollte zuerst Laura, anschließend Jérôme nach Hause bringen. Laura lächelte Jérôme an, als das Taxi vor ihrem Wohnhaus anhielt und wollte sich verabschieden.

„Ich begleite dich noch bis zur Tür", sagte Jérôme, ganz der Kavalier. Während Laura nach ihrem Schlüssel suchte, fragte Jérôme, ob sie sich noch einmal sehen könnten, bevor er nach Paris flog, um seine Eltern zu besuchen. Nach kurzem Zögern willigte sie ein. Seine Augen leuchteten vor Freude auf.

„Also dann, schlaf gut!", sagte er zum Abschied und wollte schon gehen. Doch dann blieb er plötzlich stehen und küsste Laura auf die Wange. Mit einem sonderbaren Gefühl winkte sie ihm nach, als er im Taxi davonfuhr.

*

Lauras Handy zeigte ihr an, dass Dr. Harmmed schon mehrmals versucht hatte, sie zu erreichen. Das verhieß nichts Gutes! Bestimmt wollte er sie wieder unter Druck setzen. Sie war bereits ins Studio unterwegs, als er wieder anrief. Fassungslos hörte sie ihm zu.

„Wenn ich Sie richtig verstanden habe, Dr. Harmmed, dann erwarten Sie von mir, dass ich jetzt auch noch *meine Freunde* um Geld bitte, damit Andy nach London kommen kann?!"

„Freunde helfen doch einander. Und wenn sie Ihnen etwas leihen, dann können Sie dazu beitragen, dass Andy schon in den nächsten Tagen zu Ihnen kommt. Es wäre ja nur für kurze Zeit, dann würden sie es wieder zurückerhalten."

Lauras Stimme klang gereizt, als sie antwortete: „Daran kann ich nicht mehr so richtig glauben, Dr. Harmmed, denn dieses Versprechen habe ich schon zu oft gehört. Und … wieso ruft Andy eigentlich nicht selber an, wenn er etwas von mir will?", fuhr sie ihn an.

Dr. Harmmed wollte sich herauszureden: „Er weiß nicht, dass ich mit Ihnen spreche. Aber ich mache mir um ihn Sorgen, Laura – er ist so unglücklich über diese Situation, dass ich nicht länger tatenlos zusehen wollte."

„Dr. Harmmed, ich habe für Andy getan, was ich konnte, aber meine Freunde werde ich *nicht* um Geld bitten. Das geht nun eindeutig zu weit", wurde ihre Stimme deutlich aggressiver.

Sie erhielt keine Antwort, was auch nicht zu erwarten war. Die Verbindung blieb noch einige Sekunden bestehen, dann war die Leitung tot.

Laura stand einen Moment reglos da.

Diese Unverfrorenheit von dem Doktor ging ihr mächtig auf die Nerven, zumal sie nun wusste, was hier mit ihr gespielt wurde. Dieses Spiel mitzumachen – als Opfer – wühlte sie total auf. Herzklopfen machte sich wieder bemerkbar und ein dumpfes Gefühl in ihrer Magengegend. Sie ertappte sich bei dem Gedanken, alles hinzuschmeißen.

Hastig wählte sie James Keys' Nummer.

„Ms. Watson, bitte beruhigen Sie sich doch! So schlimm die momentane Situation ist, halten Sie durch! Wir haben eine heiße Spur, aber es ist ein mühsamer Prozess. Das hier ist die Realität und kein amerikanischer Actionfilm."

„Ich weiß, Mr. Key. Ich bin manchmal leider ein bisschen ..."

„... zu ungeduldig", ergänzte er. „Jedenfalls dürfen wir nicht allzu gewagt vorgehen, sonst riecht er den Braten und taucht unter."

„Ich habe verstanden, Mr. Key."

„Um es noch einmal zu betonen: Wir haben Andy Smith im Visier!"

Das Gespräch mit James Key lag Laura noch immer im Magen. Sie wusste, dass sie sich mehr in Geduld üben musste, um Andy auch tatsächlich dranzukriegen. Jeder neue Tag, an dem er nicht erwischt wurde, war wie eine Folter für sie.

*

Draußen war es grau und regnerisch. Ein Tag, der einem aufs Gemüt schlagen konnte. Das Wetter passte perfekt zu Lauras Stimmung. Sie wusste nicht mehr, wie oft sie es in den letzten Stunden schon versucht hatte, mit Andy Kontakt aufzunehmen – ohne Erfolg. Dieser Mann war eine echte Plage! Schließlich gab Laura den Versuch, Andy zu erreichen, auf und ging, gefolgt von Mimi, in die Küche. Frustriert ließ sie sich auf den Küchenstuhl sinken. Einige Minuten spielte Laura mit dem Gedanken, Jérôme anzurufen. Doch während sie noch überlegte, klingelte ihr Telefon.

„Hallo meine Liebe, was machst du gerade?", erkundigte sich Jane.

„Genau genommen, nichts. Ich hänge nur so rum."

„Gut, dann treffen wir uns doch in einer Stunde am Piccadilly Circus und gehen ins Kino. Einverstanden?"

Jane erwähnte zwar nicht, welchen Film sie anschauen würden, aber das spielte keine Rolle. Alles war besser, als alleine in ihrer Wohnung zu sitzen und Trübsal zu blasen.

Nach dem Kinobesuch gingen die Freundinnen noch ein Glas Wein trinken.

„Wie geht es mit der Suche nach Andy voran?", wollte Jane wissen.

„Das ist eine gute Frage."

„Und wie lautet die Antwort?"

„Laut Mr. Key arbeitet eine Truppe von professionellen Spezialisten daran, ihn aufzuspüren. Und ich muss ihn weiterhin in dem Glauben lassen, dass ich unbedingt will, dass er nach London kommt. Keine einfach Sache für mich, Jane."

„Aber es lohnt sich, durchzuhalten. Du wirst sehen."

Lauras Lippen verzogen sich zu einem gequälten Lächeln. Es folgte ein Moment des Schweigens, in dem sie ihren Gedanken nachzuhängen schien. Danach erzählte sie ihrer erstaunten Freundin ausführlich von Jérôme.

„Man kann sich wunderbar mit ihm unterhalten ..., und er bringt mich zum Lachen."

„Du magst ihn!", stellte Jane lächelnd fest.

„Er ist sehr nett."

*

Dem verregneten Sonntag folgte ein sonniger und warmer Montag. Um ein bisschen Sonne zu tanken, verbrachte Laura ihre Mittagspause heute im nahen Park. Sie setzte sich auf eine Bank und genoss die wärmenden Sonnenstrahlen auf ihrer Haut. Während sie ihr Sandwich verzehrte, beobachtete sie einen kleinen Jungen, der mit seinem Hund herumtollte. Laura schloss für ein paar Minuten die Augen und malte sich aus, wie es wäre, Mutter zu sein.

Das Klingeln ihres Handys riss sie abrupt aus ihren Träumereien. Der Anruf kam von Andy. Die Verbindung war allerdings so schlecht, dass sie nicht verstand, was er sagte. Sie konnte nur heraushören, dass er sehr aufgeregt klang. Vermutlich wollte er ihr weismachen, er stecke wieder in irgendwelchen Schwierigkeiten. Schon alleine der Gedanke erzürnte sie.

Ronny bemerkte Lauras Unmut, als sie wieder ins Studio zurückkam. Er legte den Arm fürsorglich um sie und erkundigte sich: „Willst du darüber reden?"

„Über was?", fragte Laura erstaunt.

„Über das, was dich bedrückt."

Laura überlegte kurz, bevor sie antwortete: „Vielleicht später, aber jetzt lass uns lieber an die Arbeit gehen!"

*

Am späten Nachmittag rief Andy noch einmal an. „Ich habe leider schlechte Nachrichten", kam er gleich zur Sache. „Der Betrieb, für den ich arbeite, hat momentan Zahlungsschwierigkeiten."

Obwohl Laura wusste, dass Andy log, beschleunigte sich ihr Puls bei dieser Bemerkung. Nach dem Motto „Wie du mir, so ich dir" spielte auch sie ihr Spiel mit ihm.

„Bedeutet das etwa, du bekommst *kein* Geld?", versuchte sie, empört zu klingen.

Andy schwieg einen Moment, bevor er die Sachlage ausführlich schilderte.

„Ich habe genug gehört von diesem Unsinn", warnte sie ihn eindringlich. „Andy, ich bin es soooo leid, immer nur vertröstet zu werden."

„Baby, ich schwöre dir, ich komme so bald wie möglich. Du musst mir glauben."

Jetzt war es endgültig um Lauras Beherrschung geschehen; sie brüllte ihn an: „Hör endlich auf mit diesen leeren Versprechungen!"

„Deine Vorwürfe sind völlig ungerechtfertigt, Laura; ich habe dir immer die Wahrheit gesagt. Was glaubst du, wie ich mich dabei fühle, schon wieder in so einer heiklen Situation zu sein. Ich bin doch derjenige ..."

„Genau das ist der Punkt, Andy! Du denkst immer nur an *dich*", unterbrach sie ihn aufbrausend.

Nach einer kurzen Pause fragte er: „Was erwartest du von mir, Laura?"

„Dass du dir das nicht gefallen lässt und dich zur Wehr setzt. Kämpfe um das, was dir zusteht, damit du endlich zu mir kommen kannst."

„Hast du etwa vergessen, in welchem Land ich zurzeit bin? Um keinen Ärger zu bekommen, muss ich mich möglichst unauffällig verhalten. Kannst du *das* nicht verstehen?"

Die hitzige Debatte zwischen ihnen wollte kein Ende nehmen.
Laura kam sich vor, wie in einem Boxring. Doch diesmal wollte
sie die Siegerin sein.

„Und …, wie soll es jetzt weitergehen?", erkundigte sie sich leicht
eingeschnappt.

„Ich werde mir etwas überlegen."

Laura spürte, wie er bei diesen Worten grinste. Das machte sie noch
wütender.

„Du musst mir einfach vertrauen, Laura."

„Wie oft hast du mir das schon gesagt!"

„Willst du mir damit sagen, dass du mir nicht vertraust?"

Laura zögerte. „Es geht nicht darum, ob ich dir vertraue oder nicht!"
Diese Antwort konnte sie sich nicht verkneifen. „Es geht um die
Situation – wieder nichts als Chaos!"

„Ich bedaure es wirklich, Laura, aber ich kann momentan nichts
daran ändern. Ich melde mich bei dir, sobald ich Neuigkeiten haben."

Laura beschloss, vorerst abzuwarten, was in den nächsten Tagen
passieren würde. Ein Anruf blieb allerdings aus. Das wurmte sie
unglaublich, denn schließlich arbeitete sie jetzt mit der Organisation zusammen, um Andy das Handwerk zu legen.

Nur wenn sie ihren Part erfüllte, bestand Aussicht auf Erfolg. Das
hieß, sie musste ihn davon überzeugen, dass sie voller Sehnsucht auf
ihn wartete. Also wählte sie mal wieder Andys Nummer.

„Glaub mir Laura, ich habe wirklich alles versucht, aber mein Chef
kann an der momentanen Situation nichts ändern. Sobald die Firma
wieder zahlungsfähig ist, bekomme ich mein Geld. Das hat er mir
zugesichert."

„Und wann wird das sein?", erkundigte sich Laura. Sie bekam keine
Antwort darauf. Die Verbindung kam mal wieder zum Erliegen.

*

Zwei Tage später, am Sonntagabend, versuchte Laura erneut, Andy
zu erreichen – natürlich vergebens. Ihre Nerven waren dermaßen
angespannt, dass sie das Gefühl hatte, sie könnten jeden Moment

reißen. Quälende Unruhe überfiel sie wie ein wildes Tier und raubte ihr den Schlaf. Schreckliche Träume ließen sie ständig aufschrecken. Manchmal konnte sie sich nach dem Erwachen noch sehr genau an den Traum erinnern, aber meistens hinterließ er nur ein unbestimmtes Gefühl von Angst und Beklemmung. Eine erholsame Nachtruhe sah anders aus. Laura fühlte sich am Morgen dementsprechend ausgelaugt. Sie wirkte erschöpft, als sie am Montag ins Fotostudio kam. Besorgt schaute Ronny sie an, spürte aber, dass es besser war, sie nicht auf ihren Zustand anzusprechen.

Er vermutete, dass Lauras Abgespanntheit wieder mit Andy zu tun haben musste. Er war zumindest beruhigt, dass sie endlich realisiert hatte, wer Andy wirklich war und ihn hinter Gittern bringen wollte. Doch der Wunsch schien einfacher als die Realität.

*

Es war schon spät, als Laura Feierabend machte. Dass sie in der vergangenen Nacht so wenig geschlafen hatte, machte sich jetzt deutlich bemerkbar. Hundemüde legte sie sich auf die Couch. Kurz danach klingelte das Telefon. Die Nummer, die auf dem Display erschien, kannte Laura nicht. Deshalb überlegte sie kurz, ob sie das Gespräch überhaupt annehmen sollte. Doch der unbekannte Anrufer war hartnäckig. Schließlich hob Laura ab.

„Hallo Laura, hier spricht Jérôme."

„Jérôme?!", fragte sie überrascht.

„Störe ich etwa?"

„Nein, natürlich nicht. Ganz im Gegenteil. Es ist nur … na ja, ich bin ein bisschen übermüdet."

„Zu viel gearbeitet?"

„Eher zu wenig geschlafen."

Aber mit dieser Äußerung gab sich Jérôme nicht zufrieden. „Alles in Ordnung bei dir?", hakte er skeptisch nach.

Laura schwieg einen Moment.

Schließlich erzählte sie ihm von ihren beängstigenden Träumen in der vergangenen Nacht. Nach einer kurzen Pause sagte sie: „Ich frage mich, ob sie irgend eine Bedeutung haben."

„Obwohl solche Träume selten mit Alltagsproblemen zu tun haben, können die im Traum ausgedrückten Ängste trotzdem einen direkten Bezug zur Wirklichkeit haben."

„Klingt, als würdest du dich damit auskennen."

„Traumdeutung ist sozusagen eine Leidenschaft von mir."

„Interessant. Dann könntest du also meine Träume entschlüsseln."

„Angstträume, in denen es keine unmittelbar sichtbare Bedrohung gibt, sondern nur das diffuse Gefühl von Beklemmung, erfordern eine gezielte Auseinandersetzung. Meistens erkennen wir einen wichtigen Traum an seiner Lebendigkeit und an der Intensität, mit der er uns nach dem Aufwachen im Gedächtnis bleibt. Am besten wäre es natürlich, sich ein paar Notizen darüber zu machen, um sich dann, bei Gelegenheit, konkret damit zu befassen. Aber du solltest dir nicht zu viele Gedanken darüber machen, Laura. Jeder hat mal unangenehme Träume. Und in der modernen Psychologie findet die Annahme, dass Träume – egal welcher Art – der seelischen und körperlichen Balance dienen, großen Anklang."

„Ich will ja kein Spielverderber sein, Jérôme, aber ich glaube nicht, dass diese These auch bei mir zutrifft", meinte sie skeptisch.

„Träume können ein wichtiges Mittel zur Selbsterkenntnis sein, Laura. Manchmal erkennt man das allerdings erst rückblickend. Aber ich will dich nicht zu sehr mit diesen Dingen verwirren. Viel mehr wollte ich dich fragen, ob wir uns am Freitagnachmittag treffen können."

„Freitagnachmittag? Okay, das müsste möglich sein. Was hast du geplant?"

Mit seinem Vorschlag, sich im Regent Park zu treffen, war sie sofort einverstanden, denn man konnte dort herrliche Spaziergänge unternehmen.

„Das ist eine ausgezeichnete Idee, Jérôme! Ich nehme auf jeden Fall meine Kamera mit. Vielleicht habe ich ja Glück und bekomme das Wanderfalkenpärchen vor die Linse, das auf einem Gebäude in der Nähe des Parks nistet."

„Und wenn nicht, dann darfst du – als Trost – eine Aufnahme von *mir* machen", scherzte Jérôme.

„Ich nehme dich beim Wort", entgegnete Laura lachend. Sie freute sich auf die Verabredung. Obwohl sie Jérôme noch nicht sehr lange kannte, betrachtete sie ihn als Freund – einen, mit dem man über alles reden konnte. Außerdem mochte sie seine unkomplizierte Art. Sie war gern mit ihm zusammen.

*

James Key hatte Neuigkeiten aus Lagos, die er Laura nicht vorenthalten wollte. „Die Ermittlungen vor Ort waren nicht ganz erfolglos. Die Kollegen haben herausgefunden, dass Andy Smith schon ein paar Mal im Gefängnis saß wegen verschiedener Delikte, aber immer wieder auf freien Fuß gesetzt wurde. Wir vermuten, dass jemand Schmiergelder für ihn gezahlt hatte. In Lagos ist das alles ein bisschen anders als bei uns. Zudem kam bei unseren momentanen Recherchen heraus, dass er eine luxuriöse Villa in der Nähe von Lagos besitzt, in der er regelmäßig wilde Partys feiert. Außerdem amüsiert er sich gerne in exklusiven Nachtlokalen."
„Dieses miese Schwein!", fauchte Laura hasserfüllt.
Das ist noch milde ausgedrückt, dachte Key. Dann sprach er weiter. „Auch dem Glücksspiel ist er nicht abgeneigt. Andy Smith ist bekannt für seinen ausschweifenden Lebensstil."
„Und das mit meinem Geld!" Laura zitterte vor Erregung. Sie musste sich beherrschen, sonst würde sie gleich losschreien. Während dieser Ganove ein Leben in Saus und Braus führte, spielte er ihr den Leidenden vor. Er war noch ekelhafter, als sie es je gedacht hatte. „Dieser Mann widert mich an!"
„Wir werden ihn drankriegen; früher oder später schnappen die Handschellen zu", tröstete Key Laura.

*

Heute sollte Andy endlich sein Geld bekommen. Geld, welches er sich dieses Mal selbst erarbeitet hatte. Dies wollte er Laura zumindest glauben lassen. Doch was er nicht ahnte, war, dass Laura über sein Intrigenspiel Bescheid wusste und versuchte, ihn hinter Gitter zu bringen. Ihr Drang nach Vergeltung war stark. Sehr stark.

Darauf zu warten, dass er sich endlich wieder melden würde, war nervenaufreibend. Sie klappte ihr Handy auf. Kein entgangener Anruf. Allmählich geriet sie in Panik. Als hätte Andy es instinktiv gespürt, dass Laura etwas im Schilde führte, meldete er sich nicht.

Wieder einmal war sie diejenige, die zum Handy greifen musste. Er erzählte ihr ganz gelassen, er habe seinen Lohn nun doch nicht bekommen, fand das aber nicht weiter schlimm. Natürlich nicht. Wenn man in Luxus schwelgte!

Laura dagegen konnte ihren Frust einfach nicht mehr länger unterdrücken. „Wie bitte?", schrie sie ihn empört an. „Wie lange soll das noch so weiter gehen?" Sie kochte vor Wut.

„Reg dich ab, Laura! Am Montag bekomme ich das Geld doch."

„Und das soll ich glauben?", fragte Laura bissig.

„Wenn ich dir sage, dass es so ist, dann möchte ich, dass du mir glaubst!"

Laura quittierte Andys Aussage mit eisigem Schweigen.

„Es ist alles in Ordnung, Baby. Vertrau mir!"

Gequält stöhnte sie auf. Wann würde dieses Theater endlich ein Ende finden.

*

Jérôme strahlte über das ganze Gesicht, als Laura, die Kameratasche über ihrer Schulter baumelnd, auf ihn zukam.

„Schön, dass du da bist!", begrüßte er sie gut gelaunt mit einer herzlichen Umarmung. Obwohl es nur ein kurzer Moment war, spürte Laura eine flüchtige Wärme und Harmonie, die sie umgab.

Langsam schlenderten sie zu dem Herzstück des Parks, dem Rosengarten. Ein kurzes Stück gingen sie schweigend nebeneinander her.

Jérôme betrachtete Laura unauffällig.

Sie wirkte auf ihn fast ein wenig traurig. Zwar sah sie ihn lächelnd an, aber mit den Gedanken schien sie ganz woanders zu sein. Er war allerdings zu taktvoll, um sie direkt darauf anzusprechen.

„Sieh mal, Laura – das Wanderfalkenpärchen!"

Lauras trübe Gedanken waren sofort verschwunden. Ihre Augen leuchteten auf bei diesem Anblick; sie reagierte blitzschnell. Jérôme erlebte eine Laura, die bewies, dass sie mit Leib und Seele Fotografin war. Die kurzzeitige Traurigkeit – vergessen. Freudestrahlend zeigte sie ihm die Bilder, die sie gerade gemacht hatte. Sie waren großartig. In bester Stimmung gingen sie weiter in Richtung „Inner Circle". Laura hakte sich sogar bei Jérôme ein, worüber er sichtlich erfreut war. Seine ansteckende Fröhlichkeit tat ihr gut. Kurze Zeit später standen sie inmitten unzähliger Rosen, die ihren betörenden Duft verbreiteten. Dieses Blütenmeer musste Laura natürlich fotografieren, so nebenbei schoss sie auch noch einige Fotos von Jérôme. Er war wirklich ein gutaussehender Mann mit einem umwerfenden Lächeln, der die Blicke so manch einer Frau auf sich zog.

Vergnügt plaudernd machten sie sich auf den Rückweg. Plötzlich fiel Laura etwas ein: „Wir sind hier ganz in der Nähe von ‚Marylebone High Street' – ein Paradies für Naschkatzen und bekannt als ‚die süße Ecke von London.' Und mein Gefühl sagt mir, dort sollten wir unbedingt noch hingehen."

„Prima Idee!"

Als sie die Straße überquerten, nahm Jérôme Lauras Hand. Diese Geste berührte sie.

„Das war heute ein sehr schöner Tag, und damit meine ich nicht nur den strahlend blauen Himmel", beteuerte Jérôme.

„Mir hat es auch gefallen", stimmte Laura ihm mit einem Lächeln zu.

„Hättest du noch Lust, mit mir zum Abendessen in ein kleines französisches Restaurant zu gehen?"

Laura freute sich sehr über diese unerwartete Einladung.

Es war sehr gemütlich dort. Die beiden blieben lange sitzen und redeten. Die Gesprächsthemen schienen ihnen nicht auszugehen. Sich mit Jérôme zu unterhalten, war ein wahres Vergnügen. Er war geistreich und wortgewandt. Laura war beeindruckt von seinem enormen Wissen. In vielen Dingen dachte und fühlte er wie sie, und seine Aufmerksamkeit, die er ihr schenkte, schmeichelten ihr; er gab ihr das Gefühl, etwas Besonderes zu sein. Sich diesem Charme zu entziehen, war sehr schwierig.

Für kurze Zeit hing Laura ihren Gedanken nach. *Wieso habe ich Jérôme nicht schon kennengelernt, bevor Andy in mein Leben getreten ist und ein Chaos hinterließ?*

Die Antwort darauf war eigentlich ganz einfach, es war so vorherbestimmt. Aus welchem Grund auch immer.

„Glaubst du an das Schicksal, Jérôme?"

Er überlegte kurz: „Ich glaube eher daran, dass wir unsere Zukunft selber bestimmen können, aber uns vielleicht der Zufall ein bisschen unterstützt. Doch eines ist sicher, jede Entscheidung, die wir treffen, hat Konsequenzen und beeinflusst unser Leben."

„Leider stellt sich erst nachträglich heraus, ob wir uns richtig oder falsch entschieden haben", meinte Laura nachdenklich.

„Das ist richtig. Aber dadurch sammelt man auch Erfahrungen und kann eventuell etwas daraus lernen. Ich, zum Beispiel, habe, was das angeht, schon viel gelernt."

Mit dieser Bemerkung brachte er Laura zum Lachen. Sein Humor gefiel ihr.

Nachdem die beiden das Restaurant verlassen hatten, schlich sich bei Laura ein leichter Abschiedsschmerz ein.

Jérôme begleitete sie bis zu ihrer Wohnung, auch er verabschiedete sich nur ungern.

„Es war schön, dich noch einmal zu sehen! Ich werde dich vermissen."

Laura blickte Jérôme in seine blauen Augen, die sie in ihren Bann zogen: „Ich dich auch."

Jérôme zögerte, dann nahm er Lauras Hand in seine. „Du kannst mich jederzeit anrufen – ich würde mich darüber freuen. Pass gut auf dich auf, Laura!", bat er sie und schaute sie an mit einem Blick, der ihr Herz schneller schlagen ließ. Sie hauchte ihm hastig einen Kuss auf die Wange, danach verschwand sie hinter der Eingangstür, ohne sich noch einmal umzudrehen.

*

Zwei Tage später überraschte Andy sie mit einer – seiner Meinung nach – großartigen Idee.

„Baby, ich habe endlich eine Lösung für uns gefunden", verkündete er gut gelaunt. „Allerdings brauche ich dazu deine Hilfe, damit der Plan funktioniert."

„Wie immer", antwortete Laura nüchtern. Seine unverblümte, manchmal fast unverfrorene Art erzürnte sie.

„Mein Plan ist ganz einfach: Ich werde dir Reiseschecks in Höhe von 15.000 Dollar schicken. Du löst sie bei deiner Bank ein, lässt dir 10.000 Dollar ausbezahlen und überweist mir diesen Betrag über die WESTERN UNION Bank. Die restlichen 5.000 Dollar behältst du als Anzahlung für meine Schulden."

Laura war sprachlos, aber nicht überrascht. Es war nur ein weiterer Beweis dafür, wie gerissen Andy war.

„Könntest du das für mich erledigen?", fragte er ungeduldig.

Zögernd antwortete sie: „Na ja …, ich weiß nicht so recht, ob meine Bank mir das Geld so einfach ausbezahlt, schließlich bin ich nicht der Reisescheckbesitzer. Normalerweise muss doch der Reisescheckbesitzer auch beim Einlösen der Schecks unterschreiben, sonst bekommt er kein Geld."

„Das ist richtig, aber ich würde dir eine Vollmacht ausstellen, welche dich dazu berechtigt, diese Schecks einzulösen", wischte er ihre Bedenken beiseite.

„Ich halte das trotzdem für zu riskant, Andy. Wer weiß, ob die Schecks überhaupt bei mir ankommen."

„Das Risiko würde ich eingehen, denn ich habe keine andere Möglichkeit, um an Bargeld zu kommen."

Laura unterdrückte die aufsteigende Wut über so viel Dreistigkeit. Um eine passende Antwort zu finden, musste sie jedoch nicht lange überlegen.

„Okay, es ist dein Geld!"

Nach einer dramatischen Pause fügte sie hinzu: „Auf jeden Fall werde ich mich bei meiner Bank erst erkundigen, ob …"

Die Verbindung wurde plötzlich unterbrochen. Laura versuchte daraufhin, diese wieder herzustellen, aber das Gespräch wurde nicht angenommen.

Was soll das?, schimpfte sie. Ahnte Andy, dass Laura die Wahrheit kannte, dass sie wusste, wer er in Wirklichkeit war? Wieder und wieder spulte sich ihr letztes Gespräch mit Andy in ihrem Kopf ab. Sie war sich sicher, dass sie nichts Falsches gesagt hatte. Nun musste sie abwarten.

Da fiel ihr ein, dass Key sie gebeten hatte: „Halten Sie mich auf dem Laufenden, was Andy betrifft!"

Das tat sie.

„Andy Smith ist wirklich mit allen Wassern gewaschen. Jetzt versucht er es also mit Geldwäsche. Jeder, der sich darauf einlässt, kann Schwierigkeiten bekommen, unter Umständen sogar eine Anklage. Geldwäsche ist eine Straftat und Unwissenheit schützt nicht vor Strafe. Sie haben ganz richtig gehandelt, Ms. Watson. Machen Sie so weiter!", riet er ihr. „Wären Sie nämlich plötzlich zu freundlich und entgegenkommend, würde er misstrauisch werden."

Laura stieß einen tiefen Seufzer aus. „Oh Gott, was ist Andy nur für ein Mensch. Es schockiert mich jedes Mal aufs Neue, wie er immer nach neuen Wegen sucht, um an mein Geld heranzukommen. Nur damit er sein Luxusleben finanzieren kann."

Bilder von Andy, wie er sich amüsierte, in Nachtclubs, mit jungen Frauen, zogen an ihrem inneren Auge vorbei.

„Zum Teufel mit ihm! Zum Teufel mit all seinen Komplizen, die dabei mitspielen!"

Würde er das wildentschlossene Gesicht von Laura sehen, wäre er nicht mehr so unbeschwert.

*

Würde Andy noch mal anrufen? Laura war nicht sonderlich erpicht darauf, sich mit ihm zu unterhalten. Was, wenn sie einen Fehler machte? Zweifel keimten auf, ob sie das durchziehen konnte. Dieser Gedanke machte ihr zu schaffen. Es fiel Laura schwer, sich auf ihre Arbeit zu konzentrieren. Sie brauchte eine Pause. Ein kurzer Spaziergang an der frischen Luft würde ihr sicher gut tun. Die Sonnenstrahlen erwärmten zwar ihre Haut, aber von innen überfiel sie ein Kälteschauer. Dass Andy sie bedenkenlos für eine strafbare Handlung missbrauchen wollte, versetzte sie in Aufruhr.

*

Alles wird gut! Das sagte sich Laura zumindest jeden Abend vorm

Einschlafen. James Key hatte ihr zugesichert, dass mit Hochdruck daran gearbeitet wurde, Andy Smith zu verhaften. Und bis es soweit war, sollte Laura noch ein bisschen Theater spielen, riet er ihr. Aber Andy ließ seit Tagen nichts mehr von sich hören. Folglich blieb Laura keine andere Wahl, als ihn anzurufen.

„Ich habe den ganzen Tag versucht, dich zu erreichen", beschwerte sie sich.

„Der Akku von meinem Handy war leer. Ich vergesse immer, ihn aufzuladen", entgegnete er ungerührt.

Laura konnte nicht so ganz daran glauben, dass dies der Wahrheit entsprach, behielt ihre Meinung aber für sich. Als sie Andy auf die Sache mit den Schecks ansprach, unterbrach er sie, ärgerlich, dass er sich verteidigen musste.

„Glaubst du wirklich, ich hätte dich darum gebeten, wenn ich gewusst hätte, dass du dadurch Ärger bekommen könntest?", reagierte er zuerst aggressiv, nach einer Weile mäßigte sich sein Ton. „So etwas würde ich nie tun, Laura!"

Sie gab keine Antwort. Ihr war klar, dass Andy ihr etwas vormachte.

„Hast du gehört, was ich gesagt habe?"

„Natürlich", entgegnete Laura knapp. Es gelang ihr nur mit Mühe, sich zu beherrschen.

„Aber du bist trotzdem noch wütend auf mich", bedauerte er.

„Richtig, i c h b i n w ü t e n d!", wiederholte Laura langsam. „Aber nicht nur das; ich bin enttäuscht, verzweifelt und traurig. Du bist so weit weg, Andy, und ich fühle mich sehr einsam." Würde er diese Lüge schlucken? Mit einem Mal kam ihr alles so unwirklich vor, als träume sie das nur. Aber es war kein Traum, es war real.

*

James Key bat Laura, in sein Büro zu kommen. Die vergangenen Stunden blieb ihr, wegen eines Modeshootings, nicht viel Zeit, um darüber nachzudenken, was der Grund dafür sein könnte. Langsam wurde sie jedoch kribbelig, da sich die Arbeit bis zum späten Nachmittag hinzog. Zwischen Hoffnung und nervöser Unruhe schwankend, machte sich Laura auf den Weg zu Key.

Er führte gerade ein lautstarkes Telefongespräch, als Laura sein Büro betrat. Mit einer Handbewegung forderte er sie auf, Platz zu nehmen. Key bemühte sich, seine Stimme zu dämpfen. Ging es bei dem Gespräch etwa um Andy? Sätze wie: „Er weiß also jetzt, dass ihm jemand auf den Fersen ist. Wie konnte es dazu kommen?", ließen Laura aufhorchen. Keys Stimme wurde wieder lauter. „Was soll das heißen? Keine nützlichen Hinweise!"

Lauras besorgter Blick war ihm nicht entgangen. Da Laura nur das, was Mr. Key sagte, mitbekam, zog sie ihre eigene Schlüsse. Das alles klang für sie alarmierend.

Bevor Key das Telefonat beendete, schärfte er seinem Gesprächspartner ein: „Wir brauchen eine neue Strategie, speziell auf diesen Fall zugeschnitten."

Anschließend wandte er sich Laura zu. „Ms. Watson, ich habe gerade mit einem Kollegen aus Lagos telefoniert." Diese kleine Pause, die er machte, ließ Lauras Herz schneller schlagen.

„Bisher waren sämtliche Bemühungen, Andy Smith zu erwischen, fruchtlos."

Laura brauchte ein paar Sekunden, bis sie begriff. „Oh mein Gott! Das bedeutet also, ich muss noch länger mit diesem Mistkerl in Kontakt bleiben?"

Sie wurde plötzlich ganz still. Es fiel ihr schwer, zu verstehen, wieso Andy diesen Ermittlern immer wieder entwischte. Laura sprach nicht aus, was sie dachte – nämlich, dass Mr. Keys' Kollegen in Lagos nicht kompetent genug waren, um diesen Kriminellen dingfest zu machen. Anscheinend erriet James Key Lauras Gedanken.

„Die Suche nach Love-Scammern ist nie einfach, Ms. Watson. Solche Ermittlungen sind fast immer langwierig und kompliziert. Hinzu kommt – dieser Andy Smith ist ein Mann von besonderem Kaliber. Er wechselt seine Persönlichkeiten wie ein Chamäleon. Vermutlich hat ihn aber auch irgendjemand gewarnt."

Laura hörte nur noch mit halbem Ohr hin. Sie wollte nichts mehr von Love-Scammern wissen. Schon gar nicht, wenn sie sich so ohnmächtig fühlte und Andy nicht zu fassen war. Sie war zutiefst enttäuscht. Im Moment war sie sich nicht einmal mehr sicher, ob sie die Gespräche mit ihm noch weiterführen sollte. Laura war im Begriff, alles hinzuschmeißen. Sie sehnte sich nach ihrem alten Leben – einem Leben ohne Andy.

James Key beugte sich vor und sah Laura mit besorgter Miene an. „Lassen Sie den Kopf nicht hängen, Ms. Watson! Ich glaube, dass wir noch eine Chance haben, Andy Smith hinter Schloss und Riegel zu bringen."

„Wie soll das funktionieren, Mr. Key?" Die Frage machte ihre Skepsis mehr als deutlich. „Schließlich hat dieser Mann viele Gesichter, wie Sie selbst meinten. Ich habe, ehrlich gesagt, keine Lust mehr, ein Phantom zu jagen."

Key zog seine buschigen Augenbrauen hoch, ließ sich aber von Lauras Aussage nicht aus der Ruhe bringen.

„Ms. Watson, uns stehen hier ganz andere technische Instrumente zur Verfügung, als den Kollegen in Lagos", erklärte er mit sachlicher Stimme. Er gab Laura, ohne weiter ins Detail zu gehen, zu verstehen, dass diese jetzt eingesetzt werden sollten. Die ruhige Zuversicht, die James Key ausstrahlte, trug wesentlich dazu bei, dass sich Lauras Wut und Resignation mit Hoffnung und Optimismus mischten. Andy Smith die Maske vom Gesicht zu reißen – das war ihr Ziel!

Kapitel 15

Jane Jones war nicht der Typ Frau, der schnell nervös wurde, wenn nicht alles so lief, wie geplant. Doch heute saß sie schon den ganzen Tag auf glühenden Kohlen; sollte nämlich noch ein weiterer ihrer Gesprächspartner einen Rückzieher machen, weil er plötzlich in Panik geriet, saß sie nur noch mit zwei Studiogästen in der Runde. Das Klingeln des Telefons riss sie aus ihren Überlegungen. „Nur kein Stress, Jane! Bleib einfach locker!", riet ihr Samantha Wong. Während die beiden sich unterhielten, warf Jane nebenbei einen Blick in ihre Mailbox. Sie staunte nicht schlecht, als sie sah, von wem sie eine E-Mail bekommen hatte: Maria Fernandez! Gespannt klickte sie diese an.

Liebe Mrs. Jones,
vielen Dank für Ihre E-Mail. Entschuldigen Sie bitte, dass ich mich erst jetzt bei Ihnen melde. Das ist eigentlich nicht meine Art, aber in letzter Zeit hatte ich einfach zu viel um die Ohren. Es ist sehr freundlich von Ihnen, dass sie mich vor Andy Smith warnen wollen, aber Ihre Sorge ist unbegründet. Ich bin kein Love-Scamming-Opfer! Trotzdem danke ich Ihnen für Ihr aufmerksames Verhalten.
Liebe Grüße, Maria Fernandez

„Na gut, umso besser", meinte Jane. Doch es fiel ihr nicht leicht, das zu glauben.

*

Im Fernsehstudio ging es recht hektisch zu, als Jane eintraf. Letzte Vorbereitungen, wie z. B. die Platzierung der Gäste, wurden noch getroffen. Mit Erleichterung registrierte Jane, dass alle drei Gesprächspartner bereits anwesend waren und auf ihren Auftritt warteten. Sie setzte sich noch kurz mit ihnen zusammen, um den genauen Ablauf der Sendung zu besprechen. Jane sah auf die Uhr. Noch dreißig Minuten bis zum Beginn der Talkrunde. Die Publikumsplätze waren schon alle besetzt – überwiegend von Frauen. Diese Sendung wurde live ausgestrahlt, da konnte hinterher nichts rausgeschnitten werden – egal, was passierte. Mit Sicherheit würden ganz viele Emotionen im Spiel sein, da war sich Jane sicher. Äußerlich blieb sie ruhig und gelassen. Bei den Teilnehmern der Runde wuchs die Nervosität jedoch von Minute zu Minute. Jane wechselte vor Beginn der Sendung noch ein paar aufmunternde Worte mit ihnen.

Nach der Begrüßung der Zuschauer stellte Jane sich und ihre Gäste vor.

„In dieser Sendung geht es um Internet-Love-Scamming, auch ‚4-1-9‘ genannt. Schlagzeilen wie *Liebe macht blind! 54-Jährige verliert 69.000 Dollar an Betrüger* oder *60-jähriger Mann glaubte an gemeinsame Zukunft mit Krankenschwester und wurde zum Betrugsopfer* haben Sie sicher alle schon gelesen."

Zustimmendes Nicken im Publikum.

„In solchen Artikeln werden die Geschädigten als naiv präsentiert. Jeder, der so etwas liest, denkt: Das würde mir nie passieren! Aber ..., da täuschen Sie sich! Auch eine Frau aus meinem Bekanntenkreis ist auf so eine Love-Scamming Nummer reingefallen, obwohl sie alles andere als dumm ist. Einmal in die Falle getappt, ist es schwierig, wieder herauszukommen." Jane redete sich in Fahrt.

„Im Laufe meiner Recherchen habe ich Folgendes erfahren: Bei Love-Scamming handelt es sich um kriminelle Machenschaften mit mafiösen Strukturen."

Tuscheln im Publikum.

„Wie Sie wissen, bin ich Journalistin. Ich sehe es als meine Aufgabe, über solch brisante Themen zu berichten, auch wenn das, was ich schreibe, nicht jedem gefällt. So war es auch bei meinem Artikel über 4-1-9. Doch nicht ich war das Ziel der Angriffe, sondern die Love-Scamming-Opfer. Mancher sieht sie eher als Dummköpfe, nicht als Opfer. Wie kann man davon reden, dass Geld gestohlen werde, wenn es doch freiwillig weggeben werde, schrieb eine Bloggerin. Und sie war nicht die Einzige mit dieser Meinung. Opfer, die man gerne zu Schuldigen erklärt! Warum denkt man so darüber?" Niemand im Publikum antwortete darauf.

„Weil die Medien viel zu wenig Informatives über diese Betrugsmasche berichten", fuhr Jane erklärend fort. „Das muss sich ändern! Mit dieser Sendung möchte ich meinen Beitrag dazu leisten. Aber ohne meine Gäste wäre das nicht möglich. Jeder, der hier sitzt, wurde von Love-Scammern reingelegt. Sie haben eine Geschichte, die erzählt werden muss – und sie haben auch den Mut, um sie zu erzählen. Dafür bin ich ihnen unsagbar dankbar. Die Mehrheit der Geschädigten, die ich kontaktiert hatte, wollte nicht öffentlich darüber sprechen. Sie haben ihre Scham und ihren Schmerz noch nicht überwunden. Ich will natürlich keinem schaden in dieser Sendung, sondern Wahrheiten ans Licht bringen. Und dabei wollen mir Mary, Alice und Ted helfen."

Jane wandte sich an ihre Gesprächspartner. „Gemeinsam werden wir aufräumen mit dem Klischee: Schuldig, Opfer geworden zu sein!"

Mary, 38 Jahre alt, war die Jüngste unter den Talkgästen. Sie wirkte etwas nervös, als sie in die Kamera schaute. Das, was sie hier preisgab, konnte auch falsch gedeutet werden, vielleicht sogar verfälscht. Doch das Risiko musste sie eingehen, wenn sie enthüllen wollte, wie hinterlistig Love-Scammer vorgehen.

„Bevor ich meine Geschichte erzähle, möchte ich noch eines erwähnen: Zu dem Zeitpunkt, als ich in die Fänge dieses Betrügers geriet, hatte ich noch nie von Love-Scamming gehört oder gelesen. Ich dachte wirklich, dass mich John, so nannte er sich, liebt. Dieser attraktive Geschäftsmann aus Florida zog mich in seinen Bann. Besonders seine einfühlsame Art gefiel mir. In meiner Phantasie habe ich ihn zu meinem Traummann hochstilisiert. Seine Stimme klang sehr überzeugend, als er von einer gemeinsamen Zukunft sprach. Die Geschichten, die er mir erzählte, zweifelte ich nicht an. *Jeder kann in eine Notlage kommen*, dachte ich mir und überwies ihm den Betrag, den er benötigte, nach Nigeria. Die Macht der Verdrängung war stark! Ein paar Tage später tauchte aber schon das nächste Problem auf. Das Geld reichte nicht, um ein Flugticket zu kaufen; Beamte mussten geschmiert werden, und so ging es immer weiter. Er versprach, alles zurückzubezahlen. Sein Versprechen löste er nie ein."

Man sah den Zorn und das Verletztsein in ihrer Miene.

„Der Augenblick, als mir bewusst wurde, dass mich ein Krimineller um meine Ersparnisse gebracht hatte, wird mir als einer der schlimmsten meines Lebens in Erinnerung bleiben. Wie konnte ich nur so blind sein, fragte ich mich wieder und wieder. Ich hätte mich am liebsten in Luft aufgelöst vor Scham."

Mary wirkte, als würde sie jeden Moment in Tränen ausbrechen. Sie brauchte eine kurze Pause.

„Es gab Phasen, da wollte ich mit niemandem darüber sprechen, was mir widerfahren war – keine Fragen beantworten, die meistens begannen mit: Wieso, weshalb, warum? An manchen Tagen war ich dermaßen blockiert, dass ich nur mit allergrößter Mühe meinen Job als Grafik-Designerin erledigen konnte. Erst später, als ich die Geschehnisse mit etwas Abstand betrachtete, wurde mir klar, wie gerissen dieser Kerl vorgegangen war. Aber das brachte mir mein Geld auch nicht wieder zurück." Tränen schossen ihr in die Augen, bei dem Gedanken daran. „Mittlerweile weiß ich, dass ich nicht die Einzige bin, die von diesem Betrüger über den Tisch gezogen wurde. Das tröstet mich aber nicht wirklich. Dieses Gefühl, verraten und verkauft worden zu sein, schmerzt noch immer; es hat sich in meine Seele eingebrannt. Zur Hölle mit dir, wer auch immer du bist!", schrie Mary in die Fernsehkamera.

Keine Sorge, ich habe alles im Griff, signalisierte Jane dem Aufnahmeteam.

„Was man Mary angetan hat, ist weder harmlos noch verzeihlich. Um auf solche Praktiken hereinzufallen, muss man nicht dumm sein", ergriff Jane das Wort. „Die wenigsten rechnen nicht mit der Gerissenheit und der kriminellen Energie ihrer vermeintlichen Traumpartner. Diese Männer haben kein Gewissen und kennen auch keine Schuldgefühle. Die Versprechungen sind Lügen. Wenn die Opfer begreifen, wie skrupellos sie reingelegt worden sind, ist es bereits zu spät. Auch Alice wird uns einige Einblicke in diesen Abschnitt ihres Leben gewähren."

„Es ist ein ungutes Gefühl, zu wissen, dass der Mann, dem man vertraute, ein Betrüger ist. Ich weiß nicht einmal, wie sein wirklicher

Name lautet. Er nannte sich Bill Wilder." Unruhig spielte Alice an ihrem Ring herum. „Angeblich war er als Berater für ein großes amerikanisches Unternehmen tätig. Noch in diesem Jahr wollte er sich ein Haus in Malaysia kaufen, um dann nächstes Jahr, wenn er in Rente ging, für immer dort zu bleiben. Das zu hören, machte mich wehmütig; auch mein verstorbener Mann hatte diesen Traum gehabt. Leider konnte er ihn nicht mehr verwirklichen. Ich glaube sogar, dass ich das Bill gegenüber mal erwähnte. Ich hatte so nette Gespräche mit diesem Mann und wirklich ein gutes Gefühl. Als er mich ein paar Wochen später fragte, ob ich mir vorstellen könne, mit ihm zusammen in Malaysia zu leben, merkte er anscheinend, wie erstaunt ich war.

‚Ich meine das wirklich ernst Alice', beteuerte er. Trotzdem wollte ich nichts überstürzen; dass ich ihn um Bedenkzeit bat, störte ihn nicht. Warum auch? Er hatte schließlich ganz andere Pläne. Ich fühle mich einfach furchtbar betrogen." Bei der Erinnerung daran konnte sie ihren Zorn auf ihn nicht verbergen. Ihr Gesicht, ihre Mimik wurden in einer Großaufnahme gezeigt.

„Eines Tages rief Bill mich ganz aufgeregt an. Er hatte sein Traumhaus gefunden! In zwei Tagen würde er nach Malaysia fliegen, um eine Anzahlung zu leisten. Dieses Haus zu kaufen, war ihm ein großes Anliegen. Sein nächster Anruf kam aus Malaysia. Er klang verzweifelt. Man hatte ihn bestohlen! Nun fehlte ihm das Geld für die Anzahlung. Da es noch einen anderen Interessenten für das Haus gab, brauchte er schnellstmöglich 15.000 Dollar."

Die Zuschauer hörten Alice aufmerksam zu.

„Er hat mich sehr raffiniert manipuliert; schließlich habe ich einen kurzfristigen Kredit aufgenommen, um ihm das Geld vorzustrecken. Vorstrecken bedeutete für mich, ich bekomme es von ihm rasch wieder zurück. Und nun habe ich eine Menge Schulden, die mich finanziell sehr belasten", sagte sie leise weinend. „Dieser Mann hat mir mein Leben, meine Zukunft versaut."

„Vermutlich gehören die Betrüger, von denen wir gerade gehört haben, der sogenannten ,Nigeria Connection' an", ergriff Jane wieder das Wort. Und diese hat – man möge es kaum glauben – sogar ihr eigenes

Lied. Es heißt: ‚I GO CHOP YOUR DOLLAR (Ich hole mir deine Dollars)‘. Wir spielen es jetzt ein."

4-1-9 is just a game, you are the losers, we are the winners. White people are greedy, I can say they are greedy, white men, I will eat your dollar, will take your money and disappear. 4-1-9 ist nur ein Spiel (**ihr seid die Verlierer, wir die Gewinner, weiße Leute sind gierig, ja, weiße Leute sind gierig, ich esse eure Dollar, nehme euer Geld und verschwinde.**)

Ein Raunen ging durchs Publikum.

Jane wartete, bis es wieder ruhiger wurde. „Der Zweck dieser Sendung ist, aufzuklären und zu warnen vor diesen Betrügern, die regelrecht auf Jagd gehen im Internet. Zu den Opfern zählen Frauen und Männer. Einer davon ist Ted Blake. Er wird uns schildern, was Love-Scamming bei ihm angerichtet hat.

„Vor etwa zwei Jahren habe ich Elizabeth kennengelernt. Schon bald entwickelte sich ein reger E-Mail-Kontakt zwischen uns. Sie holte mich raus aus meiner Einsamkeit, die ich immer wieder verspürte, seit ich nicht mehr berufstätig war. Obwohl sie zwanzig Jahre jünger war als ich, zeigte sie großes Interesse an mir. Natürlich schmeichelte mir das – sie war eine bildhübsche Frau. Die Korrespondenz wurde rasch vertraulicher. So wie ich, war auch Elizabeth geschieden. Während ihrer Ehe musste sie viel Kummer und Schmerz ertragen. Doch das war Vergangenheit, wie sie selber betonte. Jetzt wollte sie ein neues Leben beginnen – mit mir. Elizabeth versprach mir, mich zu besuchen. Doch vorher musste sie wegen einer dringenden Angelegenheit nach Nigeria reisen. Ich wunderte mich zwar, was sie dort zu erledigen hatte, wollte aber nicht indiskret sein. Außerdem war für mich nur eines wichtig: Dass Elizabeth zu mir kommt. Dann hörte ich mehrere Tage nichts mehr von ihr. Diese Ungewissheit machte mir schwer zu schaffen. Nie zuvor in meinem Leben fühlte ich mich so hilflos." Seine Stimme versagte ihm. „Doch dann kam ein Anruf aus einem Krankenhaus in Lagos. Ein Arzt teilte mir mit, dass Elizabeth Walker bei einem Raubüberfall angeschossen worden sei. Trotz aller Bemühungen der Ärzte schwebe sie noch immer in Lebensgefahr, wurde mir erklärt. Diese Nachricht hat mich ins Herz getroffen. Ich konnte an nichts anderes mehr denken. Tag und Nacht verbrachte ich mit quälenden Sorgen. Genau vier Tage später bekam ich abermals einen Anruf aus diesem Krankenhaus. Ich wurde gefragt, ob ich die Behandlungskosten für Mrs. Walker übernehmen würde. Wenn nicht, müsste sie in ein anderes Krankenhaus verlegt werden, was allerdings mit Risiken verbunden wäre. Da musste ich nicht lange überlegen. Ich überwies die geforderte Summe noch am selben Tag. Doch dabei blieb es nicht. In den folgenden Wochen wurde ich noch mehrmals aufgefordert zu bezahlen. Als ich mich schließlich weigerte, ließ man mich kurz mit Elizabeth sprechen. Ohne meine finanzielle Hilfe sei sie dort verloren, argumentierte sie. Sie flehte mich an, die angefallenen Kosten zu begleichen. Selbstverständlich würde sie mir alles zurückerstatten, versicherte sie mir. Ich zweifelte nicht daran. Zwei Wochen später überwies ich ihr ein letztes Mal Geld für angefallene Hotelkosten – in dem Glauben, dass sie jetzt zu mir kommen würde. Aber – sie kam nicht! Was ich damals empfunden habe ..., ich finde keine Worte dafür. Manchmal dachte ich sogar an Selbstmord." Es fiel Ted schwer, weiterzureden. „Der Versuch, das Ganze aus meinem Gedächtnis zu streichen, war gescheitert. Obwohl ich begriffen hatte, dass Elizabeth Walker eine Betrügerin war, zögerte ich, eine Anzeige bei der Polizei zu machen. Dass ich aus Sorge um diese Frau so gehandelt habe, würde keiner verstehen. Ich fühlte mich so gedemütigt. Außerdem wollte ich nicht abgestempelt werden als bedauernswerter Idiot." Wieder machte er eine Pause. „Mein ganzes Leben habe ich hart gearbeitet, habe gespart und alles für meine Rente geplant." Ted versuchte nicht mehr, seine Wut zu überspielen. „Und jetzt stehe ich da mit NICHTS!" Die Zuschauer musterten ihn mit ernstem Gesicht.

Jane wartete noch einen Moment, bis sie sich wieder zu Wort meldete. „Betrogen von falschen Versprechungen, hintergangen von Männern und Frauen, die nur daran dachten, ihre Opfer auszunehmen. Die meisten schweigen aus Scham. Die Dunkelziffer ist extrem hoch. Solche Tragödien wie Mary, Alice und Ted sie erlebt hatten, interessieren Love-Scammer reichlich wenig. Sie handeln ohne moralische Skrupel. Neulich habe ich einen Spruch gelesen: Gier frisst Hirn und tötet Gewissen! Und genau das trifft bei Love-Scamming zu. Den Opfern wird nicht nur ihr Geld gestohlen, es wird ihnen auch ihre Würde geraubt."

Bei Mary und Alice flossen Tränen. Ted saß mit gesenktem Kopf da. Man konnte sich vorstellen, wie belastend diese Situation für alle drei war. Sie hätten sicher gern darauf verzichtet, so viel Aufmerksamkeit zu bekommen.

„Bei ihrem Auftritt im Fernsehen, haben meine Gäste großen Mut bewiesen. Sich als Love-Scamming-Opfer zu outen, ist ihnen nicht leicht gefallen. Sie haben diesen Schritt gewagt, um auf 4-1-9 aufmerksam zu machen. Das Tragische ist nämlich, es werden immer mehr Opfer von Love-Scamming. Unsere Sendung soll dazu beitragen, diese zu vermindern. Eines sollten Sie nicht vergessen: Diese Männer und Frauen sind wie Raubtiere – ständig auf der Suche nach Beute!"

Es wurde rasch klar – Janes Fernsehsendung wirbelte Staub auf. Am nächsten Tag berichtete auch die Presse davon. Love-Scamming war zu einem Thema geworden, das großes Aufsehen erregte und genau das war Janes Ziel. Nicht nur Jane, auch ihre Gäste spielten dabei eine entscheidende Rolle, dass man sich mit 4-1-9 auseinandersetzte.

*

Nachdem Laura ihre Katze gefüttert hatte, machte sie es sich im Wohnzimmer bequem. Sie war mehr als gespannt auf Janes Sendung. Aufgeregt saß sie vor dem Fernseher. Jane wirkte von Anfang an kämpferisch. Die Talk-Gäste redeten über ihre Betrüger mit einer Mischung aus Hass und unbändiger Wut.

Konfrontiert mit den Erlebnissen dieser Menschen, die Ähnliches erlebt hatten wie sie, schwankten ihre Gefühle zwischen Anteilnahme und Bestürzung. Zwischendurch kamen aber auch hässliche Erinnerungen zum Vorschein; auch Andy hatte seine Rolle perfekt gespielt – und tat es noch immer.

Kapitel 16

Es war Samstag – meistens auch für Laura ein arbeitsfreier Tag. Doch manchmal kam es vor, so wie heute, dass sie trotzdem ein paar Stunden im Fotostudio verbrachte, um Büroarbeit zu erledigen. Kaum saß sie an ihrem Schreibtisch, klingelte das Telefon.

„Wir haben es geschafft, Ms. Watson – Andy Smith wurde vor einer Stunde festgenommen", berichtete James Key. Mehr Informationen hatte er noch nicht dazu. Da Key wusste, wie sehnsüchtig Laura auf diese Nachricht wartete, wollte er sie ihr nicht vorenthalten. Lauras Jubelschrei brachte ihn zum Schmunzeln.

„Entschuldigen Sie, Mr. Key. Manchmal bin ich ein bisschen zu temperamentvoll."

„Das habe ich gehört, Ms. Watson. Zum Glück sind meine Ohren an einiges gewöhnt", fügte er humorvoll hinzu.

Eigentlich wollte Laura heute Abend mal entspannen. Doch Andys Verhaftung ..., das musste gefeiert werden! In ihren Augen blitzte ein Hauch von Genugtuung auf.

*

Lauras Nerven lagen blank. Es war einer dieser Tage, an denen alles schief ging – aber wirklich alles! Da erhielt sie auch noch einen Anruf von Mr. Key. Er wollte möglichst bald mit ihr sprechen – persönlich. Sofort beschlich sie ein ungutes Gefühl. *Heute ist einfach nicht mein Tag*, ärgerte sie sich. Und damit sollte sie recht behalten. Entgeistert schaute Laura James Key an, als könne sie es nicht fassen, was er ihr gerade mitgeteilt hatte.

„Wollen Sie damit sagen, Andy ist wieder auf freiem Fuß?"

„Genauso ist es", bestätigte er.

Diese Worte trafen Laura wie eine Ohrfeige.

„Das kann nicht sein. Das darf nicht sein!", reagierte sie entsetzt. Vor ihren Augen drehte sich alles. Key merkte, wie sehr Laura diese Sache zusetzte. Voller Sorge musterte er sie.

„Wer hat die Kaution für ihn bezahlt?", fragte Laura, als sie sich halbwegs wieder im Griff hatte.

Obwohl sie Keys Worte hörte – klar und deutlich – fiel es ihr schwer, sie zu begreifen.

„Das ist nicht fair!", schoss es aus ihr heraus. „Dieser Mistkerl bleibt unbehelligt, weil er die richtigen Leute schmiert?!" Laura war nach Weinen zumute, aber sie weinte nicht.

„Wir finden einen Weg, um ihn ins Gefängnis zu bringen, Ms. Watson. Aber ..., so bitter das auch für Sie ist", brachte er das Problem auf den Punkt, „es ist unvermeidlich, dass Sie mit ihm in Kontakt bleiben."

Schon der Gedanke daran verursachte ihr Unbehagen. Laura gab sich keine Mühe, ihren Widerwillen zu verbergen. Nach kurzer Überlegung ließ sie Key wissen: „Ich brauche etwas Zeit, um wieder einen klaren Kopf zu bekommen, aber vor allem, um mich gedanklich darauf einzustellen."

„Natürlich." Das war alles, was er dazu sagte. Offenbar war er darüber nicht gerade erfreut. Laura merkte es an seinem Blick. Doch Andy Smith widerte sie dermaßen an, dass sie eine kleine Pause von ihm brauchte. Die Arbeit half Laura über den Frust, dass Andy wieder freigekommen war, hinweg. Gefühlsmäßig war sie trotzdem noch nicht bereit, mit ihm zu reden. Stattdessen wählte sie Jérômes Nummer.

„Das nenne ich Gedankenübertragung! Ich wollte dich nämlich gerade anrufen, um dir Bescheid zu geben, dass ich in zwei Tagen wieder nach London zurückkomme."

Diese Information stimmte Laura sofort fröhlich, die Anspannung der letzten Tage ließ ein wenig nach. Das Gespräch mit Jérôme war Balsam für ihre Seele. Sein Lachen, seine gute Laune, taten ihr gut. Sie redeten über alles Mögliche ..., aber über Andy erzählte Laura nichts.

*

Lauras Handy klingelte. Sie warf einen Blick auf die Anzeige: Andy. Sie drückte auf „Ablehnen". Eine halbe Stunde später, sie saß gerade in der U-Bahn, spürte sie, wie das Handy in ihrer Tasche vibrierte. *Oh Gott, nicht schon wieder.* Nervös biss sie sich auf die Lippen. Seinen nächsten Anruf nahm sie schließlich entgegen, um ihn nicht zu verärgern.

„Warum gehst du nicht ran, wenn ich dich anrufe?", schnauzte er sie an. *Weil ich nicht mit dir reden wollte,* hätte sie ihm am liebsten an den Kopf geschmissen. Mit der Begründung, dass sie bei einem Kunden war und keine Zeit für ein Telefonat hatte, gab er sich zufrieden. Laura bemühte sich, ruhiger zu klingen, als sie war. „Ich melde mich heute Abend bei dir", versicherte sie ihm noch, bevor sie das Gespräch beendete. Den restlichen Tag versuchte Laura, jeden Gedanken an Andy zu verdrängen. Doch am Abend musste sie ihr Versprechen, ihn anzurufen, in die Tat umsetzen, damit er nicht misstrauisch wurde. Die Rolle, die Laura spielen musste, beanspruchte sie seelisch enorm. Sie wartete, bis ihre Hände aufgehört hatten zu zittern, ehe sie zum Telefon griff.

„Ist jemand bei dir?", fragte Laura, als sie Stimmen im Hintergrund hörte.

„Dr. Harmmeds Frau hat heute Geburtstag, und die Party ist voll im Gange."

„Apropos Geburtstagsfeier – meine ist in zwei Wochen. Schade, dass du nicht dabei sein kannst."

„Ja, sehr bedauerlich. Wie gerne würde ich diesen besonderen Tag mit dir verbringen", spielte er ihr vor. „Ich kann es nun mal leider nicht ändern, Baby."

„Könntest du dir das Flugticket nicht übers Internet kaufen?"

„Das ist viel zu riskant, Laura. Sobald ich meine Kreditkarte benutzen würde, wäre es für nigerianische Hacker ein Kinderspiel, mein Bankkonto zu plündern."

Das war typisch: Nie war Andy um eine Ausrede verlegen.

„Bist du da nicht ein bisschen zu pessimistisch eingestellt?"

„Du hast wirklich keinen blassen Schimmer von solchen Dingen, um es salopp zu formulieren. Deshalb hat es auch keinen Zweck, dir das Ganze erklären zu wollen."

Laura war zu perplex, um darauf etwas zu erwidern. Als sie sich wieder gefangen hatte, musste sie die Zähne zusammenbeißen, um keine sarkastische Antwort zu geben. Sie durfte Andy nicht provozieren; das Risiko, dass er zu ihr den Kontakt abbrach, war zu groß.

*

Wieder einmal lag Laura in ihrem Bett und konnte nicht schlafen. Statt sich zu entspannen, kamen die Ereignisse des Tages hoch. Vor allem das Telefonat mit Andy kreiste noch immer in ihrem Kopf herum. Die Vorstellung, dass er ihr Spiel durchschauen konnte, ließ sie nicht zur Ruhe kommen. Andy Smith war ein Meister im Vortäuschen. Im Gegensatz zu ihr fiel es ihm nicht schwer, zu lügen. Für sie war jedes Gespräch mit ihm die reinste Qual. Lange würde sie die ihr zugedachte Rolle nicht mehr spielen.

Fest entschlossen, Mr. Key ihren Entschluss mitzuteilen, wählte sie seine Nummer.

„Man darf nicht jeden Tag darüber nachdenken, weil einen das runterzieht", beschwichtigte Key sie. Übrigens habe ich Neuigkeiten, die uns in dem Fall voranbringen könnten."

Diese Worte ließen Laura aufhorchen.

„Gestern hat sich ein ehemaliger Love-Scammer bei unserer Organisation gemeldet. Omi Okuba ist vor drei Monaten ausgestiegen und das Beste daran ist ..., er hat mit Andy Smith zusammengearbeitet."

Laura traute ihren Ohren nicht.

„Seine Aussage war wirklich aufschlussreich. Er ermöglichte der Organisation Einblicke in die Verflechtungen von Kriminellen und Polizisten sowie Behörden. Omi Okuba berichtete außerdem von den Methoden der Bande, zu der er einst selbst gehört hatte, und schilderte ausführlich den Ablauf. Das bestätigte mir: In moralischer Hinsicht ist jeder von denen Abschaum. Morgen nehme ich ihn mir vor. Vielleicht bekomme ich einige nützliche Hinweise über Andy Smith."

„Da möchte ich unbedingt dabei sein, Mr. Key", sagte Laura in entschlossenem Ton. „Geht das?"

Key räusperte sich, bevor er antwortete. „Nun, Ms. Watson, ich finde, das ist keine so gute Idee. Das wäre sicher keine angenehme Situation für Sie."

„Mr. Key, die Telefonate, die ich mit Andy führen muss, sind auch nicht angenehm für mich", erinnerte sie ihn. „Ich würde Ihre Befragung nicht stören. Ich möchte nur hören, was dieser Typ zu sagen hat."

„Okay, Ms. Watson. Wenn Sie sich sicher sind, dass Sie das nicht zu sehr belastet, bin ich damit einverstanden. Aber bringen Sie Ihre Freundin mit; wenn Sie nicht alleine sind, wird es für Sie leichter."

Laura wirkte etwas aufgekratzt, als sie bei Jane anrief und ihr von ihrem Gespräch mit James Key erzählte. „Willst du überhaupt mitkommen?", wollte sie wissen.

„Was für eine Frage? Natürlich will ich!"

Dass sie Journalistin war, sollte sie Omi Okuba gegenüber besser nicht erwähnen, ging es Jane durch den Kopf.

*

Laura und Jane saßen in James Keys Büro und warteten darauf, dass Mr. Okuba endlich kam. Keys Blick war auf den Monitor fixiert, die Freundinnen unterhielten sich leise.

Als sich die Bürotür öffnete, drehte Laura sich um. Ein großgewachsener dunkelhäutiger Mann trat ein; gekleidet war er in traditionell nigerianischer Tracht. Er gab sich charmant, als er die beiden Frauen begrüßte. Noch hatte er keine Ahnung, dass eine davon ein Love-Scamming-Opfer war. Vermutlich dachte er, sie seien Kolleginnen von Mr. Key.

Im nächsten Moment klärte Key ihn darüber auf, wer Laura war. Ihre Blicke kreuzten sich für einen Moment. Omi Okuba schien sich plötzlich unwohl zu fühlen. Sicherlich hatte er nicht damit gerechnet. Die Feindseligkeit in Lauras Blick war offensichtlich. Sie wusste ja ganz genau, dass sich hinter der Fassade des smarten Mannes ein skrupelloser Betrüger verbarg.

Während Key ihm einige Fragen stellte, starrte Laura Okuba mit hasserfüllten Augen an. Die teure Rollexuhr, die er trug, hatte er sich nicht durch ehrliche Arbeit verdient. Das war klar.

„Love-Scammer werden darauf gedrillt, aufmerksam zuzuhören, damit sie dementsprechend agieren können", erklärte er Mr. Key mit sachlicher Stimme. Okuba erzählte brühwarm, wie die Frauen reingelegt werden würden.

Jane konnte ihre Verachtung nicht mehr verbergen. „Es ist eine Schande! Und das ist noch das Freundlichste, was ich dazu sagen kann."

Laura hüllte sich in eisiges Schweigen.

„Wie können Sie das mit Ihrem Gewissen vereinbaren?" Janes Augen funkelten empört.

Argwöhnisch betrachtete er sie. Plötzlich ging ihm ein Licht auf. „Sie sind doch die Journalistin, die über 4-1-9 berichtete. Warum ist sie hier?", wandte er sich an James Key. „Ich will nicht, dass über mich geschrieben wird." Er stand auf und wollte gehen.

„Setzen Sie sich wieder!", befahl ihm Mr. Key. „Mrs. Jones ist als Privatperson hier, nicht als Journalistin."

„Laura Watson ist meine Freundin, Mr. Okuba", schaltete Jane sich ein; sie drückte kurz Lauras Hand. „Genügt Ihnen diese Erklärung?"

„Na gut, ich vertraue Ihnen. Aber ich betone es ausdrücklich: Sie dürfen nichts von dem, was ich hier preisgebe, im Fernsehen und in der Presse publik machen. Das ist meine Bedingung."

„Keine Sorge, Mr. Okuba, ich gehöre nicht zu den Leuten, die andere reinlegen." Diese provokative Äußerung konnte sich Jane nicht verkneifen. Ihre Frage, warum er sich erst jetzt dazu entschlossen habe, auszupacken, beantwortete er mit einem Achselzucken.

Key schaute Jane mit einem Blick an, der besagte: *Lassen Sie es gut sein.* Daraufhin sagte sie nichts mehr.

Okuba erzählte alles, was er über seine früheren Kumpane wusste. Mr. Key machte sich immer wieder Notizen. Durch Okuba erhielt er neue Kenntnisse über das Leben von Love-Scammern.

„Was können Sie mir über Andy Smith mitteilen?", erkundigte sich Key.

„Sein Nachname variiert ständig; mal nennt er sich Smith, dann wieder Simpson oder Sanderson, aber sein wirklicher Name ist Andy Mobuto."

Einen Moment lang war es still. Obwohl Laura inzwischen schon wusste, dass Andy ihr viele Lügen aufgetischt hatte – damit hatte sie nicht gerechnet. Wie erstarrt saß sie da und brachte keinen Laut heraus.

Sogar Jane war sprachlos.

„Reden Sie weiter, Okuba!", forderte Key ihn auf.

„Andy hatte manchmal wirklich haarsträubende Ideen; er zog damit aber seinen Opfern um so mehr Geld aus der Tasche."

Nach einer kurzen Pause fuhr er fort: „Jeder Mensch träumt doch davon, seinen Seelenverwandten zu finden. Andy nutzt diese Schwäche gnadenlos aus. Außerdem kann er sehr überzeugend sein."

Laura bemerkte, dass Okuba sie aufmerksam beobachtete.

„Die Frauen lauschen gern seiner irreführend sanften Stimme. Aber für ihn zählt nur, möglichst viel Geld rauszuholen, alles andere ist ihm egal. Ich habe hautnah miterlebt, wie knallhart er sein konnte."

Bei dem, was Okuba noch alles über Andy verriet, kristallisierte sich heraus, dass dieser Mann keine echten Gefühle zu haben schien. Okuba dagegen schien wirklich Gewissensbisse zu haben. „Ich bin nicht stolz auf das, was ich diesen Frauen angetan habe. Wer aber, wie ich, in Nigeria aufwächst, sieht die Dinge anders", erklärte er.

„Tolle Ausrede!", bemerkte Jane spitz.

„Zurück zu Andy Smith!", versuchte Key, das Gespräch wieder in die richtige Bahn zu lenken.

„Andys Ziel ist es, den Gangmaster, der in New York lebt, vom Thron zu stoßen. Er ist es leid, seine Regeln und Anweisungen zu befolgen und ständig unter Druck gesetzt zu werden, genügend Geld zu machen."

„Wie heißt der?"

„Sein Deckname ist Johnny. In einem sind sich die beiden ziemlich ähnlich. Sie scheren sich den Teufel um Recht und Gesetz, ihnen geht es nur um Macht und Besitz. Andys Freundin hat sich deswegen sogar von ihm getrennt. Den gemeinsamen Sohn zieht sie lieber alleine auf, damit er nicht so wird wie sein Vater."

„Kennen Sie ihren Namen?"

„Maria Fernandez."

Da wurde Jane hellhörig. Dass ausgerechnet Maria Fernandez, die ihr vor kurzem eine Mail geschrieben hatte, Andy Smiths Ex-Freundin war, erschien ihr in diesem Moment wie ein Fingerzeig des Himmels. Jane lächelte. Das Lächeln war so schnell wieder verschwunden, wie es erschienen war. Fragen über Fragen hämmerten in ihrem

Kopf. Nachdenklich wiederholte sie den Namen. Plötzlich spürte Jane eine enorme Entschlossenheit. Noch heute würde sie Kontakt zu Maria aufnehmen; vielleicht konnte sie Andys Ex-Freundin als Verbündete gewinnen. Aber diese Idee behielt sie vorerst für sich.

Mr. Key schaute in seine Notizen. „Noch eine letzte Frage, Mr. Okuba, wer ist dieser Dr. Harmmed?"

„Ein Kumpel von Andy. Er ist tatsächlich ein Doktor. Mit seinem Gehalt kann er jedoch seinen anspruchsvollen Lebensstil nicht finanzieren. Andy setzt ihn immer ein, wenn er einen Unfall vortäuscht. Dr. Harmmed erklärt dann den Opfern die medizinischen Probleme sehr glaubwürdig. Er gibt sich größte Mühe, sie in dem Glauben zu lassen, dass es Andy sehr schlecht geht."

Diese Worte trafen Laura wie Pfeile. Sich daran erinnernd, dass er dies auch bei ihr getan hatte, spürte sie wieder diesen brennenden Schmerz der Verzweiflung, den sie damals empfunden hatte. Schnell drehte sie sich zur Seite. Niemand sollte sehen, wie sich ihre Augen mit Tränen füllten. Vor dem Gedächtnis kann man nicht davon laufen, es holt einen immer wieder ein. Das wurde Laura nur zu deutlich bewusst.

„Sind Sie sich da sicher?", fragte Key gerade Okuba. Laura wusste aber nicht, um was es dabei ging, weil sie mit ihren Gedanken für eine kurze Zeit ganz woanders gewesen war.

„Wieso wissen Sie über Andys Pläne so genau Bescheid, Mr. Okuba?", schaltete Jane sich wieder ein. „Ich dachte, Sie sind raus aus der Szene?!"

„Das stimmt, Mrs. Jones. Doch Andy kontaktiert mich immer wieder mal und versucht, mich umzustimmen. Aber ohne Erfolg", fügte er schnell hinzu.

Mr. Key notierte sich rasch etwas, bevor er das Gespräch beendete. Laura brachte nur ein gequältes Lächeln zustande, als sie sich von ihm verabschiedete. Bevor sie den Raum verließ, warf sie Okuba einen verächtlichen Blick zu.

*

„Mimi, sei ruhig!", schimpfte Laura mit ihrer Katze. „Ich möchte noch etwas schlafen." Doch Mimis Miauen wurde lauter und fordernder, sodass sich Laura schließlich aus dem Bett quälte. „Ist ja gut, ich komm' schon. Du scheinst ja am Verhungern zu sein." Schlaftrunken schlurfte Laura in die Küche, um ihren Stubentiger zu füttern. Nachdem Mimi versorgt war, legte sich Laura nochmals ins Bett – schließlich war heute Sonntag. Doch schlafen konnte sie nicht mehr – zu vieles ging ihr durch den Kopf.

Anscheinend spürte Mimi Lauras innere Ruhelosigkeit; sie sprang aufs Bett und drückte sanft ihr Köpfchen an Lauras Gesicht. Liebevoll strich sie ihr übers Fell. Die bedingungslose Liebe, die ihre Katze ihr entgegenbrachte, hatte etwas Tröstendes. Tiere verletzten einen nicht bewusst und rücksichtslos, so wie das manche Menschen tun. Schon der berühmte Psychologe Sigmund Freud hatte gesagt: „*Ich ziehe die Gesellschaft der Tiere der menschlichen vor. Gewiss, ein wildes Tier ist grausam, aber die Gemeinheit ist das Vorrecht des zivilisierten Menschen.*" Genau so empfand es auch Laura.

Nach der zweiten Tasse Kaffee war Lauras Müdigkeit verflogen. Schmunzelnd betrachtete sie ihre Katze, die sich genüsslich auf dem Teppich rekelte. Lauras Miene veränderte sich plötzlich. Im Radio lief „*For the love of money*" von O'Jays. Wie passend, dachte sie, als es im Song hieß: „*Almighty dollar ... I know money is the root of all evil ... give me a nickel brother, can you spare a dime, money can drive some people out of their minds ... don't let, don't let money rule you.*" Dieser Text erinnerte sie an ihre desaströse Beziehung zu Andy.

Jérômes Anruf riss Laura aus ihren Erinnerungen. „Überwiegend sonnig lautet die Wettervorhersage für heute. Hättest du Lust, mit mir etwas zu unternehmen?"

Da musste sie nicht lange überlegen.

Strahlend kam ihr Jérôme entgegen. „Schön, dass du da bist!" Er schien sich sehr zu freuen, Laura zu sehen, und schüttelte ihr überschwänglich die Hand.

„Tut mir leid, dass ich mich verspätet habe", lächelte sie etwas unsicher.

„Halb so wild." Jérôme war der erste Mann, der sich einfach freute, dass sie da war, und ihr keine Vorwürfe machte wegen ihrer Unpünktlichkeit.

„Tja, dann wollen wir mal."

In dem Moment klingelte Lauras Handy. Als sie sah, dass der Anrufer Andy war, reagierte sie verärgert. Sie war sowieso schon total genervt von diesem Kerl; diesen Nachmittag mit Jérôme würde sie sich nicht von ihm verderben lassen. Kurzentschlossen schaltete sie das Handy aus.

„Alles in Ordnung?", erkundigte sich Jérôme höflich. Lauras Anspannung war ihm nicht entgangen.

„Sicher". Doch ihre Augen sprachen eine andere Sprache.

Während sie durch den Hyde Park schlenderten, erzählte Jérôme ausführlich von seinem Besuch in Paris.

Prüfend musterte er ihr Gesicht.

Laura war eine Frau, die ihre Emotionen gerne unter Kontrolle hatte, aber heute war es anders. Aus irgendeinem Grund gelang es ihr nicht, ihre Gefühle zu verbergen.

„Du machst keinen besonders glücklichen Eindruck", meinte Jérôme besorgt. „Liegt das etwa an meiner Gesellschaft?" Er sah ihr einen Moment lang tief in die Augen.

„Das meinst du doch nicht im Ernst?!" Ungläubig schaute sie ihn an. Dass Jérôme überhaupt auf so eine abwegige Idee kam, entsetzte sie. Erneut überwältigte Laura eine maßlose Wut auf Andy, weil er ihr Leben noch immer so negativ beeinflusste. Nur seinetwegen war sie so geistesabwesend gewesen. Dass Jérôme sie so trübsinnig erlebte, war Laura äußerst unangenehm. „Bitte entschuldige, aber momentan habe ich ziemlichen Stress."

„Manchmal tut es gut, über etwas zu sprechen, das einen belastet", ermunterte er Laura, sich ihren Kummer von der Seele zu reden. Ihr zaghaftes Lächeln signalisierte ihm, dass ihr das, zumindest im Augenblick, schwer fiel.

Der plötzlich aufkommende Wind zerrte an Lauras langen Haaren. Jérôme strich eine widerspenstige Haarsträhne aus ihrem Gesicht. Diese kleine Geste machte ihr bewusst, wie achtsam er sich ihr gegenüber verhielt.

Laura musste sich eingestehen, dass sie sich in seiner Gesellschaft ausgesprochen wohlfühlte. Nun tat es ihr plötzlich leid, dass sie ihm nicht offen und ehrlich erzählt hatte, was sie bedrückte.

Das Donnergrollen in der Ferne verhieß nichts Gutes. Als sich dann völlig unerwartet ein Gewitter zusammenbraute, meinte Laura: „Wie wär's, wenn wir zu mir nach Hause fahren würden?"

Dieses Angebot nahm Jérôme gerne an. Als sie aus dem Taxi stiegen, begann es zu regnen; da Laura keinen Schirm dabei hatte, mussten sie sich beeilen. Jérôme nahm ihre Hand, dann liefen sie los. Als sie, ein paar Minuten später, die Wohnung betraten, öffnete der Himmel seine Schleusen. Sie waren froh, dass sie es noch rechtzeitig ins Trockene geschafft hatten.

Laura begleitete Jérôme ins Wohnzimmer. „Fühl dich wie zu Hause! Ich bin gleich zurück."

Während sie sich noch in der Küche aufhielt, betrachtete Jérôme interessiert eine Reihe von Bildern, die an der Wand hingen – Familienfotos, Schnappschüsse von Jane und Tim und lustige Aufnahmen von Lauras Katze Mimi.

Erstaunt beobachtete Laura, die gerade ins Wohnzimmer kam, ihre sonst so scheue Katze, die sich Fremden gegenüber normalerweise sehr zurückhaltend verhielt. Jetzt aber tappte sie völlig furchtlos auf Jérôme zu und ließ sich von ihm sogar streicheln.

Noch vor ein paar Minuten hatte Laura mit sich gehadert, ob sie Jérôme von Andy erzählen sollte. Mimi hatte ihr, durch ihr Verhalten, die Entscheidung erleichtert.

Bei einem Glas Wein erzählte sie ihm die ganze verhängnisvolle Geschichte. Dabei tauchten wieder schmerzliche Erinnerungen auf. Als sie davon berichtete, dass man sie glauben ließ, Andy hätte einen schweren Unfall gehabt, zitterte ihre Stimme. Es fiel ihr sichtlich schwer weiterzusprechen.

Jérôme ergriff spontan Lauras Hände, um sie zu beruhigen.

„Ich war so zuversichtlich, als Andy nach dem Unfall aus dem Koma erwachte", sagte sie leise. „Damals wusste ich ja noch nichts von diesem fiesen Spiel. Um ihm zu helfen, habe ich viel Zeit, Mühe und Geld investiert, aber es tauchten immer wieder neue Probleme auf. Jetzt weiß ich, dass sie alle nur inszeniert wurden von diesem miesen Schwein."

Jérôme spürte ihre Wut und Verzweiflung. Mitfühlend schaute er sie an. „Ich verstehe es, wenn du nicht weiter darüber reden möchtest, Laura."

Sie lächelte ihn mit Tränen in den Augen an. „Ob jetzt oder später, Jérôme, das spielt für mich keine Rolle. Dieses ungute Gefühl, verraten und verkauft worden zu sein, wird noch lange bleiben." Laura schwieg einige Zeit, um sich wieder zu fassen. Dann erzählte sie Jérôme alles, was sich in den vergangenen Monaten ereignet hatte. „Um das Geld, sollte ich es nicht mehr zurückbekommen, tut es mir natürlich leid, aber das ist noch lange nicht das Schlimmste." In ihrem Gesicht spiegelte sich das Trauma des Erlebten.

Jérôme nahm großen Anteil an dem, was Laura zugestoßen war. Es hatte sie tief berührt. Sein besorgter Blick wurde plötzlich ernst: „Eines ist sicher, diesem Mann fehlt die kleinste Dosis Menschlichkeit. So jemand gehört schnellstens hinter Gitter."

„Ja, da hast du recht, denn ich bin sicher nicht die Letzte, der so übel mitgespielt wurde. Gier ist nun einmal eine starke Droge! Das könnte ihm aber auch eines Tages zum Verhängnis werden."

Das hoffte sie zumindest.

Jérôme versuchte, sie ein bisschen aufzuheitern, indem er ihr von lustigen Begebenheiten, die er auf seinen Urlaubsreisen erlebt hatte, erzählte. Dadurch brachte er Laura wieder zum Lachen, und ihre Stimmung besserte sich.

Als Jérôme sich verabschiedete, drückte er Laura kurz und freundschaftlich. „Vergiss nicht, du kannst mich jederzeit anrufen – Tag und Nacht."

Allein der Gedanke daran, hatte etwas Beruhigendes.

Kapitel 17

Seit Tagen versuchte Jane, mit Maria Fernandez in Kontakt zu treten. Dass Maria bisher nicht auf ihre Mails reagiert hatte, verstimmte sie zwar, hielt sie aber nicht davon ab, ihr weiterhin zu schreiben. Müde von den vielen Stunden, die Jane heute schon am Computer verbracht hatte, wollte sie nur noch eines: nach Hause. Trotzdem kontrollierte sie, wie auch schon die letzten Tage zuvor, bevor sie die Redaktion verließ, ihren speziell für Maria eingerichteten Facebook Account mit einem E-Mail Postfach. „Na endlich!", seufzte Jane erleichtert. Eine E-Mail von Maria Fernandez. Ihre Beharrlichkeit hatte sich doch noch bezahlt gemacht.

Mrs. Jones, ich verstehe nicht, was Sie von mir wollen. Sie schreiben von Zusammenarbeit; ich wüsste nicht, wie ich Ihnen helfen könnte. Andy Smith ist zwar der Vater meines Sohnes, aber ich habe mich schon lange von ihm distanziert. Ich bin froh, wenn ich nichts von ihm höre, und das hat seine Gründe. Sie fragen sich vermutlich, wieso ich überhaupt mit so einem Menschen zusammen sein konnte. Doch damals, das heißt, bis vor etwa drei Jahren, war Andy ein völlig anderer Mann. Aber das wird für Sie wohl kaum von Interesse sein.

Da irrte sich Maria allerdings. Janes Neugier war geweckt, und sie schrieb umgehend zurück. Es klang aufrichtig für Maria, als sie las:

Ich würde gerne verstehen, was passiert ist, dass aus einem guten Mann ein böser wurde.

Kurz darauf erhielt sie die Antwort.

Als ich Andy kennenlernte, war er ein anständiger junger Mann. Ein ehrgeiziger Mann mit Träumen. Er verdiente zwar gut, aber nicht gut genug, um sich seine Wünsche zu erfüllen. Andy träumte von einem eigenen Haus mit Swimmingpool, einem tollen Auto und so weiter. Ich nahm das nicht so ernst. Dann wurde er arbeitslos ... und ich schwanger.

Seine Träume zerplatzten. Da traf er Johnny. Dieser erklärte ihm, wie man viel Geld verdienen konnte – mit Love-Scamming. Dieser Gedanke gefiel ihm. Es war nur eine Frage der Zeit, bis Andy unter dem Einfluss von Johnny auf die schiefe Bahn geriet. Meine Warnungen sind alle ins Leere gelaufen. Das Angebot war für ihn einfach zu verlockend, um lange zu widerstehen. Eine Weile spielte er noch den ehrenhaften jungen Mann, obwohl er mit Johnny bereits gemeinsame Sache machte. Die Skrupel, die er anfangs noch hatte, hat er schnell verloren. Seine kriminelle Karriere begann.

Mit seiner sanften Stimme verführte Andy am Telefon ahnungslose Frauen und betrog sie um ihr Geld. Dadurch konnte er ein Leben in Luxus führen. Champagner, Markenkleidung ..., all dies war für ihn bald zur Selbstverständlichkeit geworden. Andy war wie ausgewechselt; er veränderte sich charakterlich ziemlich stark.

Diese negative Veränderung bemerkte auch meine Familie; sie beschworen mich, ihn zu verlassen. Noch zögerte ich. Schließlich erwartete ich ein Kind von ihm. Doch dann wollte Andy mich dazu überreden, mir mein Geld mit Love-Scamming zu verdienen, so wie er, obwohl er wusste, dass dieses schmutzige Geschäft meinen moralischen Prinzipien widersprach. Darüber war ich so empört, dass ich mit ihm nichts mehr zu tun haben wollte. Kurze Zeit später verließ Andy die Staaten und kehrte nach Nigeria zurück. Damals war ich sehr erleichtert über seine Entscheidung. Jetzt bin ich allerdings beunruhigt, da er plant, Lagos den Rücken zu kehren. Seine Zukunft sieht er in New York.

Diese Information könnte sich als äußerst wertvoll herausstellen. Jane ging gerade ein verrückter Gedanke durch den Kopf; morgen würde sie mit Mr. Key darüber sprechen.

„Das ist ein interessanter Vorschlag, Mrs. Jones", meinte James Key. „Es würde uns ganz neue Perspektiven eröffnen. Leicht wird es sicher nicht sein, Maria Fernandez für diesen Plan zu gewinnen, befürchte ich. Aber einen Versuch ist es wert."

Bevor Jane wieder Kontakt zu Maria Fernandez aufnahm, wollte sie ihrer Freundin von ihrem Vorhaben erzählen. Unverzüglich wählte sie ihre Nummer, doch Laura ging nicht ran. „Ruf mich bitte sofort zurück!", sprach sie ihr auf die Mailbox. Doch es dauerte noch Stunden, bis der Rückruf kam.

„Gibt es ein Problem?", fragte Laura besorgt.

„Ganz im Gegenteil."

Jane berichtete von Maria Fernandez und von ihrer Idee, sie als Drahtzieherin einzusetzen, um an Andy ranzukommen.

Laura hörte schweigsam zu, und blieb auch weiterhin stumm.

„Hat es dir die Sprache verschlagen?"

„Könnte man sagen. Jedenfalls bin ich sehr überrascht. Meinst du wirklich, sie macht das? Schließlich ist Andy der Vater ihres Sohnes. Mir scheint, du verlangst eine ganze Menge von ihr."

„Mag sein, aber ich will es wenigstens versuchen, sie zur Mithilfe zu bewegen."

Die Wahrscheinlichkeit, dass Maria dieses Spiel mitspielte, schätzte Laura nicht allzu hoch ein. In ihren Augen war Jane ein bisschen zu optimistisch.

Jane jedoch ging mit unerschütterlichem Selbstbewusstsein an die Sache ran.

Kapitel 18

Heute war Lauras 35. Geburtstag. Schon früh am Morgen klingelte es an ihrer Tür: Ein Bote überreichte ihr einen wunderschönen Blumenstrauß. Neugierig öffnete sie das dazugehörige Kuvert – der Geburtstagsgruß kam von Jérôme. Damit hatte sie nicht gerechnet. Umso mehr freute sie sich über diese nette Geste. Ein paar Stunden später saß Laura, tief in Gedanken versunken, an ihrem Schreibtisch. Andy hatte sich bisher noch nicht gemeldet. Eigentlich war sie ganz froh darüber, denn die Gespräche mit ihm waren für sie alles andere als ein Vergnügen.

„Vielleicht solltest du dir den restlichen Tag freinehmen", schlug Ronny ihr vor. „Schließlich hast du Geburtstag, und ich komme auch ganz gut alleine zurecht."

Da musste Laura nicht lange überlegen. Sie trank noch schnell den Rest ihres Kaffees aus, schnappte sich ihre Tasche ..., und weg war sie.

Kurzentschlossen ging sie in einen Beauty Salon, um sich mal so richtig verwöhnen zu lassen. Danach fühlte sie sich großartig ..., jedenfalls für kurze Zeit. Doch das änderte sich im Handumdrehen. Der Grund dafür war eine SMS von Andy; und bei der einen blieb es nicht – es wurden gleich mehrere hintereinander gesendet:

Es gibt Augenblicke im Leben, an die man sich immer gerne erinnert und die uns für ewig im Gedächtnis haften bleiben. So ein Moment war es für mich, als ich zum ersten Mal dein Foto sah. Da wusste ich: Das ist sie – meine Traumfrau und wie ich später feststellte, meine Seelenverwandte. Manche suchen ihr ganzes Leben lang nach diesem besonderen Menschen und finden ihn nie. Wenn man dann das Glück hat, ihn zu finden, dann muss man ihn festhalten. Du bist ein Geschenk für mich, Laura. Ich danke dir dafür, dass du in meiner schwierigsten Zeit für mich da warst, für all die Opfer, die du für mich gebracht hast. Danke! Ich liebe dich. Ich möchte, dass du das nie vergisst. HAPPY BIRTHDAY, mein Engel.

Laura konnte nur den Kopf schütteln über so viel Süßholzraspelei. Eines wurde ihr aber dadurch klar. Hätte Andy gewusst, dass aus dem hilfsbereiten, zahlungswilligen Engel, der sie einmal für ihn gewesen war, inzwischen ein Racheengel geworden war, hätte er diese SMS nicht geschrieben. Diese Erkenntnis erfüllte sie mit Genugtuung – einerseits. Andererseits wurde ihr dabei auch etwas flau im Magen; das bedeutete nämlich, dass sie sich möglichst bald bei ihm melden musste, damit er nicht doch noch misstrauisch wurde. Obwohl sie mit Unbehagen daran dachte, irgendwie musste sie ihn bei Laune halten. Nur wie?

*

Unschlüssig stand Laura vor ihrem Kleiderschrank; welches Kleid sollte sie anziehen? Dieses Problem kannte wohl jede Frau. Laura legte das kleine Schwarze und das rote, mit Pailletten bestickte Seidenkleid aufs Bett. Zuerst probierte sie das Schwarze an und betrachtete sich damit im Spiegel. Nein, zu vornehm für diesen Anlass. Also das Rote, welches sie sich erst vor Kurzem gekauft hatte. Die nächste halbe Stunde verbrachte Laura im Badezimmer, um sich zu stylen.

Bevor sie die Wohnung verließ, streichelte sie Mimi sanft über den Kopf. Ein kurzer Blick auf die Uhr verriet ihr, dass sie sich beeilen musste. Schnell steckte sie die Autoschlüssel in die Handtasche. Kurze Zeit später war sie auch schon auf dem Weg zu Jane und Tim. Zunächst kam sie gut voran, doch der Verkehr wurde stetig dichter. Das, was Laura befürchtet hatte, war eingetreten. Sie steckte mitten im Stau. „Mist, jetzt komme ich zu spät –, und das zu meiner eigenen Geburtstagsfeier!", schimpfte sie vor sich hin.

Dann bemerkte sie, dass sie in der Hektik vergessen hatte, ihr Handy einzustecken. Nun konnte sie Jane nicht einmal Bescheid geben, sollte sie sich verspäten. Glücklicherweise löste sich der Stau bald auf. Mit einem Seufzer der Erleichterung parkte Laura ihr Auto, gerade noch rechtzeitig, vor dem Haus ihrer Freunde.

„Du siehst toll aus, Laura", begrüßte Jane sie bewundernd.

„Das kann ich nur bestätigen", pflichtete Tim ihr bei.

„Genug der Komplimente!", mischte Ronny sich ein, „lasst uns lieber auf das Geburtstagskind anstoßen!"

Die Stimmung war den ganzen Abend sehr ausgelassen. Lauras Fröhlichkeit war nicht gespielt. Allmählich schien sich ihr Leben wieder zu normalisieren. Man sah es ihr an, wie gelöst sie war. Doch dann brachte Ronny sie, mit einer Bemerkung über Jérôme, in die Zwickmühle. Sie wurde ein bisschen verlegen, als sie den Blick, den Jane und Tim wechselten, bemerkte.

Eigentlich hatte sie nicht die Absicht, heute Abend, über ihn zu reden.

Ronny zwinkerte Laura schelmisch zu: „Ein umwerfend attraktiver Mann, mit Augen, die jede Frau schwach werden lassen, nicht wahr, meine Liebe?"

Laura ließ ihr Weinglas sinken, und überlegte kurz, wie sie darauf reagieren sollte.

„Nun, da kann ich nicht widersprechen; Jérôme sieht wirklich gut aus. Aber vor allem", fügte sie hinzu, „kann man sich wunderbar mit ihm unterhalten."

Janes' Neugierde war endgültig geweckt. „Schade, dass du ihn nicht mitgebracht hast!", meinte sie.

„Vielleicht ein andermal", antwortete Laura, sichtlich bemüht, nichts von ihren Gefühlen zu verraten.

„Wie wär's mit Sonntag?!", kam Jane sofort zur Sache. „Wir könnten uns doch in der Stadt treffen und ..."

„Moment mal, Jane!", unterbrach Laura sie, „bevor du weitere Pläne schmiedest, sollte ich zuerst Jérôme einmal fragen, ob er dazu Lust hat."

„Na gut, dann mach es!"

Auf Janes Drängen hin rief Laura ihn gleich an. Jérôme war begeistert von dem Vorschlag.

*

Vor dem Einschlafen dachte Laura darüber nach, über was sie mit Andy reden könnte, wenn sie ihn morgen anrufen würde. Ihr wurde ganz anders bei dem Gedanken, dass sie diesem üblen Gauner wieder einmal vorheucheln musste, sie würde ihn lieben. Natürlich musste sie so tun, als hätte sie sich über seine SMS wahnsinnig gefreut. Und genau das machte ihr Sorgen. Laura hatte Angst, zu versagen.

„Hallo Baby", meldete sich Andy beschwingt.

Während Laura sich mit ihm unterhielt, hörte sie im Hintergrund Gelächter. Sie malte sich in ihren Gedanken aus, wie Andys Freunde amüsiert seinen Lügen lauschten. Es machte sie unglaublich wütend, dass er diese Typen – indirekt – an ihrem Gespräch teilhaben ließ. Seine Ankündigung, in zwei Wochen nach London zu kommen, ließ Laura vollkommen kalt. Dennoch tat sie so, als würde sie sich darüber freuen. „Das ist ja wunderbar!" *Verdammter Lügner!*, dachte sie. Dass es Andy großen Spaß bereitete, sie an der Nase herumzuführen, spürte sie klar und deutlich. Sie war kurz davor, ihm die Meinung zu geigen, doch dann schluckte sie ihren Ärger hinunter. Die Hoffnung, ihr Geld zurückzubekommen, wollte Laura nicht begraben.

Kapitel 19

Janes Hoffnung, dass Maria Fernandez mit der 4-1-9 Organisation zusammenarbeiten würde, hatte sich bisher nicht erfüllt. Immerhin sorgte Janes Ausdauer dafür, dass sich Maria bereit erklärte, ein Telefongespräch mit ihr zu führen. Das war schon mal ein wesentlicher Fortschritt; vielleicht gelang es ihr bei einem Gespräch eher, Maria von der Wichtigkeit ihrer Mitarbeit zu überzeugen. Doch ihre Rechnung ging nicht auf.

Was Jane sagte, leuchtete Maria zwar ein, trotzdem ließ sie sich nicht dazu verleiten, als Lockvogel zu agieren. Dem Gedanken, Andy zu kontaktieren, stand sie sehr ablehnend gegenüber.
„Schade, ich dachte, Sie würden die Gelegenheit beim Schopfe packen!", bedauerte Jane.
„Was bedeutet das?", wollte Maria wissen.
„Es ist nur so eine Redensart. Sie drückt aus, dass man die Chance nutzen sollte."
Es folgte eine lange Pause am anderen Ende.
Marias Unschlüssigkeit blieb von Jane nicht unbemerkt. Mit mahnender Stimme appellierte sie deshalb an Maria. „Andy Mobuto, wie ja sein richtiger Name ist, wird weiterhin auf gemeine Art und Weise Frauen um ihr Geld betrügen, wenn wir ihn nicht daran hindern – mit Ihrer Unterstützung. Darüber sollten Sie auf jeden Fall nachdenken."
Ob sie wollte oder nicht, Marias Gedanken kreisten noch lange um das Gespräch mit Jane. *Was soll ich bloß machen?*, fragte sie sich wieder und wieder. Mit den Gefühlen einer Frau Geschäfte zu machen, war echt mies.
In dieser Nacht konnte Maria nicht schlafen, zu viel ging ihr im Kopf herum. War es nicht ihre Pflicht, mitzuhelfen, Andy das Handwerk zu legen?
„Ja, ich werde es tun!"

*

Maria war eine zierliche, aber lebhafte Person; ihr Temperament zu zügeln, fiel ihr manchmal schwer. Könnte sie ihre Wut auf Andy im Zaum halten, wenn sie mit ihm telefonierte? Das war im Moment ihre größte Sorge. Trotzdem wollte Maria das Risiko eingehen. Zuerst musste sie allerdings mit Mr. Key darüber sprechen, wie sie sich Andy gegenüber verhalten sollte. Marias Stimme wurde eine Oktave höher vor Aufregung, als sie mit James Key über diese Angelegenheit redete.

Obwohl sie versuchte, ihre Nervosität zu überspielen, entging Key nicht, wie angespannt Maria war. Deshalb verlor er keine Zeit mit langatmigen Erklärungen; kurz und bündig unterrichtete er sie: „Ihre Aufgabe wäre, herauszufinden, wo sich Andy Smith aufhält."

„Gut", stimmte sie zu.

Und dann erzählte sie James Key, dass Andy vorhatte, nach New York zu kommen.

„Das ist schon mal eine erfreuliche Nachricht, Ms. Fernandez. Die Chance, ihn dort zu schnappen, ist erheblich größer als in Nigeria."

„Gut", bestätigte sie noch einmal.

Trotzdem hatte Key das Gefühl, dass Maria Gewissensbisse hatte, weil sie mithelfen wollte, den Vater ihres Kindes hinter Gitter zu bringen. Allein ihrem Pflichtbewusstsein war es zu verdanken, dass sie eingewilligt hatte, die 4-1-9-Organisation zu unterstützen. Das war Key klar.

Andy wusste, wie sehr Maria das Leben, das er führte, verachtete. Wenn sie bei ihm anrief – ohne plausiblen Grund – würde er skeptisch werden. Was sollte sie ihm sagen, welche Erklärung klang einleuchtend? Darüber zerbrach sich Maria seit Längerem den Kopf. Den Anruf zögerte sie immer wieder hinaus. Es schien, als wäre sie noch nicht bereit für diesen Schritt. Doch dann kam der Zeitpunkt, da wollte sie es einfach nur hinter sich bringen, und sie rang sich endlich zu dem Telefonat durch.

Mit heftig pochendem Herzen wählte sie Andys Nummer. Als Maria, kurz danach, seine Stimme hörte, hätte sie am liebsten wieder aufgelegt, so nervös war sie.

„Maria?" Sein Erstaunen war nicht zu überhören. „Hast du dich etwa verwählt ..., oder gibt es ein Problem?"

Maria entschied, Andys spöttischen Unterton zu ignorieren. Sie versuchte, ihre Gefühle auszublenden und sich auf das Wesentliche zu konzentrieren. „Hallo Andy. Könntest du mir einen Gefallen tun?" Ihre Stimme klang neutral, weder freundlich noch verärgert.

„Hängt davon ab, was du von mir willst."

„Ich möchte, dass du Enrico besuchst, wenn du in New York bist."

„Hmm!"

„Du willst nicht kommen?" Jetzt platzte Maria der Kragen. „Andy ..., er ist dein Sohn! Soll ich diesem kleinen Jungen etwa sagen, *dein Daddy will dich nicht sehen?"*, tobte sie. Maria spielte ihre Rolle ausgesprochen gut. „Möchtest du das wirklich?"

„Natürlich nicht!", protestierte er. „Ich habe aber eine viel bessere Idee, Maria. Du kommst mit Enrico zu mir nach New York."

Dieser Vorschlag brachte Maria vor Schreck zum Verstummen. Obwohl sie versucht hatte, Andy nach Mexiko zu locken, musste sie einsehen, dass dieser Plan nicht funktioniert hatte. Nun saß sie in der Patsche. Ihr Schweigen deutete Andy völlig falsch.

„Um die Kosten musst du dir keine Sorgen machen, die übernehme selbstverständlich ich. Sobald ich in New York ankomme, werde ich alles Nötige arrangieren."

Und ehe Maria noch etwas darauf erwidern konnte, war die Verbindung unterbrochen.

Andy war clever. Hatte er sie etwa durchschaut?

Dieser Gedanke erfüllte Maria mit zunehmender Panik. Unschlüssig, ob sie Andys Einladung annehmen sollte, holte sie sich Rat bei James Key.

Ihm war schnell klar, dass Maria gern darauf verzichtet hätte, mit ihrem Sohn nach New York zu reisen. Er dagegen sah es als *die* Chance, Andy Smith möglichst bald ins Gefängnis zu bringen.

„Diese Gelegenheit dürfen wir uns nicht entgehen lassen, Ms. Fernandez", redete Key ihr ins Gewissen. „Wenn Sie sein Angebot annehmen, könnten Sie uns wertvolle Informationen zukommen lassen", argumentierte er.

Maria antwortete nicht sofort; sie war hin- und hergerissen. Nach einer Weile erklärte sie: „Okay, Mr. Key, ich werde nach New York fliegen!"

*

Vor zwei Wochen hatte Andy angekündigt, nach London zu kommen; gemeldet hatte er sich seitdem nicht mehr. Auch Laura hatte kein einziges Mal versucht, ihn zu erreichen. Ob er sich darüber wunderte – es war ihr egal. Sie hatte die Nase gestrichen voll von diesem Spiel, in dem jeder mit verdeckten Karten spielte. Es frustrierte Laura, dass sie es nicht geschafft hatte, Andy nach London zu locken, wie James Key es erwartet hatte. Seit sie wusste, dass Maria Fernandez mithelfen würde, Andy zu fassen, sah Laura keinen Grund mehr, mit Andy in Kontakt zu bleiben. Sie hoffte sehr, dass Keys Plan dieses Mal funktionierte, und Maria mehr Erfolg hatte als sie, damit dieser Bastard seine gerechte Strafe bekam. Wenn sie nur daran dachte, wie er sie durch seine Lügen dazu gebracht hatte, ihm zu helfen, könnte sie platzen vor Wut. Doch dann stellte sie sich vor, wie Andy Smith in Handschellen abgeführt wurde – dieser Gedanke gefiel ihr.

Um sich abzulenken, schaltete Laura ihren i-pod an. Als sie es sich auf ihrer Couch gemütlich machte, legte sich Mimi sofort zu ihr. Laura hörte sich die Songs von BEYONCÉ an. Bei dem Lied *I care* hatte sie das Gefühl, BEYONCÉ sang das Lied speziell für sie. Dieses Lied brachte all ihre Empfindungen zum Ausdruck, so authentisch, als wäre es für sie geschrieben worden.

Nur mühsam konnte sie ihre Tränen zurückhalten bei Strophen wie *„I told you how you hurt me baby but you don't care. Now I'm crying and deserted baby but you don't care. Ain't nobody tell me this is love, but you're immune to all my pain ... Ever since you knew your power you made me cry ... you see these tears falling down to my ears I swear you like when I'm in pain.*

(Ich habe dir gesagt, wie weh du mir tust, Baby. Jetzt weine ich und bin verlassen, Baby, aber dir ist's egal. Soll mir bloß niemand sagen, dass dies Liebe ist, doch du bist immun gegen all meinen Schmerz ... Seitdem du deine Macht erkannt hast, brachtest du

mich zum Weinen … Du siehst, wie diese Tränen an mir herunterrinnen, ich schwöre, dir gefällt's, wenn ich Schmerz spüre.)
Diese Worte, so wahr, ließen all den Schmerz in ihr erneut aufleben.
Ob sie jemals dieses seelische Trauma verarbeiten würde?

*

Als die Türklingel summte, schaute Laura erstaunt auf die Uhr.
Oh nein, war es wirklich schon so spät?
„Bin gleich fertig", empfing sie Jérôme. „Noch fünf Minuten."
„Bist du sicher? Oder meinst du fünfzehn?", neckte er Laura.
Über seine Reaktion musste Laura schmunzeln. Während sie sich fertigmachte, kam Mimi ins Zimmer und schmiegte sich um Jérômes Beine, wie sie es mit Vorliebe tat, wenn sie auf sich aufmerksam machen wollte. Er strich ihr ein paarmal übers Fell und brachte sie dadurch zum Schnurren.
„Ich hole nur schnell meine Tasche, dann können wir los", ließ Laura ihn wissen.

*

Jérôme und Lauras Freunde waren sich auf Anhieb sympathisch.
Jane machte den Vorschlag, zunächst eine Runde im London Eye zu drehen; im Gegensatz zu Tim und Jérôme war Laura nicht gerade begeistert von der Idee. Das Riesenrad bot einen fantastischen Rundblick auf alle wichtigen Wahrzeichen der Stadt und in die Umgebung. Jane, Tim und Jérôme bereitete die Fahrt großes Vergnügen.
Laura dagegen wurde immer mulmiger zumute, je höher sie stiegen.
Als Jérôme das bemerkte, legte er sanft seinen Arm auf ihre Schulter. Durch diese beschützende Geste fühlte sie sich gleich besser.
Dankbar lächelte sie ihn an.
Jane fiel sofort auf, wie höflich und zuvorkommend er sich verhielt.
Auch sie konnte sich seinem lässigen Charme nicht entziehen.
Als die Fahrt mit dem Riesenrad beendet war, winkten sie ein Taxi heran und fuhren zum Hyde Park.
„Wir könnten uns doch Ruderboote mieten", schlug Laura vor.

Während die Männer das Rudern übernahmen, genossen die Freundinnen die friedliche Atmosphäre auf dem See.

„Seht euch mal die Schwäne an, wie elegant und schön sie sind! Vor Kurzem hatte ich einen Traum, in dem ein schwarzer Schwan vorkam", erzählte Jane.

„Ein schwarzer Schwan als Traumsymbol könnte bedeuten, dass du Streit mit anderen Menschen bekommst", meinte Jérôme.

Janes Neugier war augenblicklich geweckt. „Du kannst Träume deuten?"

„Ich beschäftige mich vor allem aus beruflichen Gründen damit. Das Unterbewusstsein enthüllt uns im Traum manchmal Dinge, die dem Bewusstsein womöglich entgangen sind. Vor allem bei Kindern kann ich das in der Therapie gut anwenden. Träume, so meinte einmal ein Mädchen, zeigen uns, wie es in uns drinnen aussieht. Das ist vielleicht gar nicht so weit von der Wahrheit entfernt. Der Traum versucht, etwas Bestimmtes so gut wie möglich zum Ausdruck zu bringen. Wenn wir gründlich über einen Traum nachdenken, kommt fast immer irgendetwas dabei heraus."

„Also, ich träume sehr selten, und wenn, kann ich mich kaum daran erinnern", behauptete Tim.

„Jeder Mensch träumt, sogar mehrmals pro Nacht – nur die Befähigung, sich an seine Träume zu erinnern, ist unterschiedlich stark ausgeprägt", erklärte Jérôme.

„Nehmen wir mal an, ich träume von einem Unfall – könnte das bedeuten, dass ich in einen verwickelt werde?", wollte Laura wissen.

„Es könnte eine Warnung sein. Der Traum könnte aber auch auf einen persönlichen Fehler hinweisen. Die Personen, die in den Unfall verwickelt sind, könnten eventuell in irgendeiner realen Situation Schwierigkeiten bereiten."

„Das klingt sehr verwirrend für mich", gab Laura zu.

„Traumsymbole sind bewusst irreführend – sie verschlüsseln eine Botschaft. Natürlich muss man erst lernen, die geheimen Botschaften der Träume erfolgreich zu deuten. Es ist wie eine Forschungsreise ins Unbewusste – geheimnisvoll und faszinierend."

Laura war beeindruckt von Jérôme. Als sich – unabsichtlich – ihre Knie in dem kleinen Boot berührten, durchströmte sie eine unbeschreibliche Sehnsucht. Die Blicke, die Jérôme Laura während der Bootsfahrt zugeworfen hatte, sprachen Bände.

Er ist in sie verliebt, stellte Jane erfreut fest.

Den Abschluss dieses schönen Tages bildete ein Abendessen im „Criterion Grill", einem französischen Restaurant, in das Jérôme Laura und ihre Freunde einlud.

„Jérôme scheint ein echt netter Kerl zu sein", flüsterte Jane ihrer Freundin zu, als sie sich verabschiedeten.

*

In den vergangenen Tagen hatten Laura und Jérôme ein paarmal miteinander telefoniert. Momentan war Lauras Terminkalender so voll, dass sie keine Zeit für eine Verabredung hatte. Umso mehr genoss sie diese unbeschwerten Gespräche mit Jérôme. Er verstand es, wie kein anderer, sie aufzuheitern. Besonders amüsant fand sie es, wenn er versuchte, ihre Träume zu entschlüsseln. Laura träumte viel wirres Zeug, wie sie selber meinte, doch Jérômes Erklärungen überraschten sie stets aufs Neue. Dass sie auch von ihm schon geträumt hatte, behielt sie lieber für sich.

Den ganzen Weg von der Arbeit nach Hause dachte Laura nur an ihren neuen Auftrag in Paris. Paris – noch immer verband sie damit schmerzvolle Ereignisse. *Ich muss mich von diesen quälenden Erinnerungen befreien*, nahm sie sich vor. Würde ihr das wirklich gelingen? Vor Müdigkeit war Laura vorm Fernseher eingedöst. Das Klingeln des Telefons ließ sie hochschrecken. Ihre Stimme klang nicht gerade munter, als sie sich meldete.

Das fiel Jérôme sofort auf.

„Geht es dir gut?", fragte er ehrlich besorgt.

„Natürlich!" Laura bemühte sich vergeblich, das Gähnen zu unterdrücken. „Es war nur ein anstrengender Tag."

„Du arbeitest zu viel, Laura."

„Das siehst du falsch. Ich liebe meine Arbeit, Jérôme und ..."

„Laura, das tue ich auch, aber man darf sich nicht davon aufzehren lassen."

Laura wollte ihm schon erklären, dass das nicht vergleichbar wäre, wollte aber seine Gefühle nicht verletzen.

„Mir scheint, du brauchst dringend eine Pause. Hättest du vielleicht Lust, dich am Samstag mit mir zu treffen?"

Bevor Laura antworten konnte, redete er weiter. „Solltest du tagsüber keine Zeit haben, könnten wir doch am Abend essen gehen."

Schließlich vereinbarten sie, sich um 16 Uhr bei Madame Tussauds zu treffen.

*

Laura hatte noch jede Menge Zeit, um sich für die Verabredung mit Jérôme fertig zu machen. Trotzdem überlegte sie sich schon jetzt, was sie anziehen sollte; heute wollte sie auf keinen Fall zu spät kommen. Sie entschied sich für Hose und T-Shirt. Die Haare steckte sie hoch, sodass ihre Ohrringe – sie hatte sie aus Japan mitgebracht – hervorragend zur Geltung kamen. Sie hatten die Form eines Fisches und funkelten und glitzerten im Sonnenlicht besonders intensiv. Laura hatte eine Vorliebe für ausgefallenen Schmuck. Bevor sie aus dem Haus ging, warf sie noch einmal einen prüfenden Blick in den Spiegel. Sie war zufrieden mit dem, was sie sah.

Als Jérôme Laura erblickte, strahlten seine Augen. Sie merkte es ihm an, dass er sich ehrlich darüber freute, sie zu treffen. Er gab ihr einen flüchtigen Kuss auf die Wange.

Für einen kurzen Moment konnte Laura sein Aftershave riechen – ein verführerischer Duft, der bei ihr sinnliche Empfindungen weckte. Dieses Gefühl schüttelte sie schnell wieder ab. Ihr fiel jedoch auf, dass Jérôme sie neugierig von der Seite musterte – das machte sie nervös.

Er fragte mit amüsiertem Lächeln: „Bereit für einen Besuch bei der königlichen Familie?"

„Sicher. Du musst mich nachher unbedingt zusammen mit Prinz William fotografieren."

„Kein Problem. Aber du machst dann auch eine Aufnahme von seiner Frau Kate und mir."

„Einverstanden!", erwiderte Laura lachend.

Sie waren beide fasziniert von der Ähnlichkeit der Wachsfiguren mit den Originalpersonen. Während sie durch das Wachsfigurenkabinett schlenderten, wurde Laura klar, wie viel Spaß es machte, mit Jérôme auszugehen. Die Zeit verflog nur so.

Zum Abendessen gingen sie in ein beliebtes Lokal in der Nähe; es war bereits gut besucht. Die Gäste stammten aus unterschiedlichen Ländern – das hörte man. Sie schienen alle guter Stimmung zu sein – auch das war nicht zu überhören. Glücklicherweise saßen Laura und Jérôme an einem Ecktisch, da war es ruhiger. Sie unterhielten sich sehr angeregt. Später berichtete Laura von ihrem neuen Auftrag.

Jérôme freute sich für sie und meinte: „Das müssen wir feiern! Wie lange bleibst du in Paris?"

Aber Laura reagierte nicht darauf. Sie dachte gerade daran, was alles passiert war, als sie das letzte Mal dort war. Die Erinnerungen übermannten sie; einen Moment lang flackerte ihr Schmerz wieder auf. Dabei hatte sie sich vorgenommen, keine Gedanken mehr an Andy Smith zu verschwenden. Laura bemerkte plötzlich, dass Jérôme sie fragend anschaute. „Entschuldige, ich war gerade meilenweit weg."

Jérôme nickte; er konnte sich vorstellen, was in ihrem Kopf vorging. Sie hatte ihm ja von Andy erzählt; er wusste deshalb, dass dieser Typ sie nach allen Regeln der Kunst reingelegt hatte. Laura war dadurch emotional ziemlich angeschlagen. Nun wurde sie, durch die bevorstehende Reise nach Paris, von Gefühlen überflutet. Möglicherweise dachte Laura, sie könne einen Schlussstrich hinter diese gefühlsintensiver Zeit machen. Jetzt wurde ihr klar, dass es nicht so war. Es würde noch lange dauern, bis die emotionalen Narben verheilt waren. Jérôme wusste das. Er kannte sich aus mit der menschlichen Psyche. Probleme dieser Art gehörten zu seinem Berufsalltag. Folgedessen verhielt er sich Laura gegenüber sehr feinfühlig. Auf seine spezielle Art gelang es ihm, sie wieder zum Lächeln zu bringen.

Jérôme hatte etwas Jungenhaftes an sich, wirkte aber gleichzeitig sehr reif. Laura mochte das; sie entwickelte zunehmend Gefühle für ihn.

Als sich ihre Finger versehentlich streiften, jagte ihr ein angenehmer

Schauer durch den Körper. Ihre Blicke trafen sich; keiner sagte jedoch ein Wort.

Jérôme überlegte, ob er Laura noch auf einen Drink zu sich nach Hause einladen sollte, verwarf den Gedanken aber wieder.

Kurz nach Mitternacht verließen sie das Lokal; flanierten aber, wie etliche andere Leute, noch eine Weile durch die Stadt.

Laura hakte sich bei Jérôme ein; sie sprachen über ihre Familien. Dabei stellten sie fest, wie unterschiedlich diese waren. Dann brachte er sie nach Hause. Sie winkte ihm noch einmal zu, bevor sie die Haustür aufschloss. Lächelnd betrat sie ihre Wohnung. Sie wirkte glücklich.

Laura wollte gerade aus dem Haus gehen, als ihr Computer meldete: „Sie haben Post." Die E-Mail war von Jérôme.

Hallo Laura,
um zu beweisen, dass ich ein guter Koch bin, lade ich dich zum Abendessen ein. Wäre Freitag, 19 Uhr okay?
Liebe Grüße
Jérôme

Die Idee gefiel Laura. Sie setzte sich an ihren Schreibtisch und antwortete.

Hallo Jérôme,
einverstanden!
Liebe Grüße
Laura

Die Botschaft war kurz und präzise. Jérôme freute sich sehr darüber.

*

Erstaunt ließ Laura ihren Blick in Jérômes Wohnung umherschweifen. Alles war tadellos sauber und aufgeräumt. *Untypisch für einen Mann*, dachte sie. Bei der Einrichtung bewies er einen guten Geschmack – modern und doch gemütlich. Seine Wohnung gefiel ihr ..., sehr sogar.

Die flackernden Kerzen schufen eine romantische Atmosphäre. Im Hintergrund lief leise typisch französische Musik. Jérôme servierte ein französisches Gericht – coq au vin. Es schmeckte köstlich. Laura war beeindruckt von seiner Kochkunst und sparte nicht mit Lob.
„Meine Mutter ist eine ausgezeichnete Köchin; von ihr habe ich eine Menge gelernt.“
„Ja, das hast du“, bestätigte Laura voller Hochachtung. „Sie war dir eine gute Lehrmeisterin.“
Laura sah ihm an, dass er sich über dieses Kompliment freute.
Als Jérôme Geschichten aus seiner Kindheit erzählte, gab es viel zu lachen. Sie fühlte sich wohl in seiner Nähe. Mit ihm war es jedenfalls nie langweilig; wie im Fluge gingen die Stunden dahin.
Jérôme umarmte Laura zum Abschied. Sie spürte, dass er sich wünschte, sie würde bleiben. Aber das tat sie nicht. Nicht heute.

Kapitel 20

Seit drei Tagen hielt sich Andy bereits in New York auf; den Besuch bei Johnny schob er allerdings immer wieder hinaus. Er hatte es nicht besonders eilig, sich mit ihm zu treffen. Das war unklug! Johnny hasste es, wenn einer seiner „Money Boys" – so nannte er seine Gangmitglieder – ihm nicht genügend Respekt zollten. Er war ein typischer Egomane. Andy schien das vergessen zu haben.

Unbekümmert betrat er Johnnys Reich, das sich in einem Hochhaus mitten in der City befand. Beste Lage, luxuriös eingerichtet und unglaublich teuer ... Für Johnny kein Problem. Seine „Money Boys" scheffelten genug Geld für ihn. Sie taten es, ohne zu murren. Von ihrem Anteil des ergaunerten Geldes konnten diese Typen ein gutes Leben in Nigeria führen. Abgesehen davon, war es ein großer Vorteil, dass Johnnys Bruder eine leitende Position bei der Polizei in Lagos hatte. Das bot Schutz vor unangenehmen Konsequenzen. Wurde wirklich einmal einer von ihnen festgenommen, sorgte Johnnys Bruder dafür, dass derjenige möglichst schnell wieder freikam.

Andy zwinkerte gutgelaunt Johnnys hübscher Assistentin zu, die ihn telefonisch beim Boss anmeldete. Vielleicht würde er sie nachher fragen, ob sie mit ihm ausging. Er brauchte mal wieder ein bisschen Spaß!

Wenn Johnny schlechte Laune hatte, ließ er es jeden spüren. Als Andy nun sein Büro betrat und ihn mit den Worten begrüßte „Hey, Boss, wie geht's?", reagierte er nicht. Wortlos fixierte er Andy, der ihm gegenüber Platz genommen hatte. Dann zündete er sich erst einmal eine sündhaft teure Havanna Zigarre an und blies kleine Rauchwölkchen in die Luft, bevor er grimmig fragte: „Warum tauchst du erst jetzt bei mir auf?"

„Weil ich noch einiges zu erledigen hatte. Wieso fragst du mich das überhaupt?"

„Ich stelle hier die Fragen, kapiert?"

Johnny war so laut geworden, dass man ihn auch außerhalb des Zimmers hören konnte. Andy ließ sich dadurch nicht einschüchtern.

Er entschied sich, Johnny von Maria und Enrico zu erzählen. „Es war nicht einfach, in so kurzer Zeit, eine passende Unterkunft für die beiden zu finden", behauptete Andy. Es war eine relativ glaubwürdige Ausrede.

Johnny gab sich jedenfalls damit zufrieden. Dann sprach er Andy auf Laura an. „Mir ist aufgefallen, dass von der Braut schon seit einiger Zeit kein Geld mehr fließt. Was ist da los?"

„Das kann ich sie wohl kaum fragen", meinte Andy sarkastisch. „Vermutlich hat sie bemerkt, dass irgendetwas nicht stimmt."

„Dann hast du versagt, Bruder!"

Entrüstet schaute Andy ihn an. „Du redest Mist, Johnny!"

„Hey, Mann, pass auf, was du sagst!"

Nach einigen Momenten des Schweigens ordnete er an: „Versuch es noch ein letztes Mal! Bezahlt sie dann wieder nichts, kommt sie auf die ‚Sucker List'."

„Du willst ihre E-Mail Adresse an andere Scammer verkaufen?"

„Natürlich!" Selbstgefällig zog er an seiner Zigarre und blies Andy den Rauch ins Gesicht. „Schon vergessen, wie das Spiel läuft?", fragte er und gab die Antwort selbst: „*ICH* bestimme, wer auf die Liste kommt!" Johnnys unverwechselbare raue Stimme mit dem leichten nigerianischen Akzent holte Andy zurück auf den Boden der Tatsachen. Er hatte hier nichts zu melden ... *Johnny* war derjenige, der das Sagen hatte. Aber nicht mehr lange, versuchte er sich einzureden. Vorerst musste Andy – ob er wollte oder nicht – nach Johnnys Pfeife tanzen; er kam nicht darum herum, sich erneut eine gute Geschichte für Laura auszudenken.

*

Nichts konnte Lauras gute Laune dämpfen. Nicht der graue Himmel über London, nicht einmal der Stau, in dem sie gerade steckte. Das Leben war wieder schön – dank Jérôme.

Als sie endlich zu Hause ankam, wartete Mimi schon auf sie. Behutsam nahm Laura ihre Katze auf den Arm und ging mit ihr in die Küche, um sie zu füttern. Da klingelte das Telefon. Laura nahm den Anruf allerdings nicht entgegen; er kam aus Nigeria. Sie spürte, dass ihr Herz schlagartig schneller schlug. Die Gefühle, die in diesem Moment in ihr hochstiegen, setzten ihr zu. Doch sie versuchte, nicht in Panik zu geraten. Von Mr. Key wusste Laura, dass sich Andy in New York aufhielt; infolgedessen konnte er nicht der Anrufer gewesen sein. Aber ..., wer war es dann? Diese Frage ließ ihr den ganzen Abend keine Ruhe.

Schläfrig griff Laura am nächsten Morgen nach dem Telefonhörer. „Hallo?"

Ein Mann mit tiefer Stimme meldete sich, vermutlich Nigerianer. Laura erkannte es an seiner Aussprache.

„Wir haben deinen Mann gekidnappt! Du musst 20.000 Dollar bezahlen, sonst bringen wir ihn um."

Im ersten Moment brachte Laura vor Fassungslosigkeit keinen Ton heraus.

Plötzlich dämmerte es ihr: Dahinter steckte Andy! Er suchte also einen neuen Weg – und dafür war ihm jedes Mittel recht – um an ihr Geld zu kommen.

„Hast du verstanden?", fragte der Mann unwirsch nach. „20.000 Dollar, sonst ..."

„Vergiss es!", schrie Laura ins Telefon. „Was seid ihr nur für widerliche Kreaturen! Ich habe es so satt ..."

Die Verbindung wurde abrupt beendet.

Laura schüttelte ungläubig den Kopf; rasende Wut überfiel sie; sie ballte die Hände zu Fäusten. Für wie dumm hielt Andy sie eigentlich, wenn er dachte, sie würde diesen Unsinn schlucken und wieder Geld nach Nigeria schicken? N I G E R I A – das klang inzwischen wie eine Art Fluch für Laura. Unschöne Gedanken bestürmten sie jedes Mal, wenn sie das Wort hörte.

Doch dann erinnerte sie sich an den netten, redseligen nigerianischen Taxifahrer in Paris, mit dem sie über Andys Unfall gesprochen hatte. Als sich Laura damals von ihm verabschiedet hatte, sah er sie mit diesem seltsamen – oder war es ein wissender – Ausdruck in den Augen an. Bedeutete das vielleicht, dass er von solchen Machenschaften seiner Landsleute gewusst hatte? Und wenn ja, warum hatte er sie nicht gewarnt? Darüber wollte Laura jetzt nicht länger nachdenken, sie wollte abschließen mit diesen Dingen.

Der Anruf machte jedoch ihre Bemühungen, diese schlimme Zeit hinter sich zu lassen zunichte ..., er brachte alles wieder zum Vorschein. Sie war kurz davor, in Tränen auszubrechen. Würden die seelischen Wunden, die Andy ihr zugefügt hatte, jemals ganz heilen? Möglicherweise nur dann, wenn er für seine Taten büßen musste, also, im Gefängnis landete. Sie wollte ihn leiden sehen! Leiden, für diese emotionalen Grausamkeiten, die er ihr angetan hatte. Leiden, so wie sie gelitten hatte.

In ihrem Kopf machten sich immer mehr feindselige Gedanken breit. Laura wusste gar nicht, dass sie zu solchem Hass fähig war. Sie atmete tief durch, um sich wieder zu beruhigen. Irgendwann würde es ihr gelingen, Andy Smith aus ihren Gedanken zu verjagen.

Kapitel 21

Eilig verließ Maria das Krankenhaus, in dem sie als Schwester tätig war. Morgen würde sie mit Enrico nach New York fliegen. Ein Abenteuer – nicht nur für ihren dreijährigen Sohn – irgendwie sogar bizarr. Denn sie machte diese Reise nur, um mitzuhelfen, Enricos Vater hinter Gitter zu bringen. Sie würde dabei sogar einen bedeutenden Part übernehmen. Gestern hatte sie von Mr. Key noch Anweisungen bekommen. Er war der Experte. Maria hatte schnell begriffen, worauf es ankam; dessen ungeachtet, war sie extrem nervös. „Sie werden das schon hinkriegen!", hatte Key ihr versichert.

Maria saß mit Enrico im Flugzeug – jetzt gab es kein Zurück mehr! Gedankenverloren schaute sie aus dem Fenster, während ihr Sohn friedlich in seinem Sitz schlummerte. Sie sah dem Treffen mit Andy mit sehr gemischten Gefühlen entgegen. Als das Flugzeug landete, dachte Maria: *Warum habe ich mich darauf eingelassen?!*

Sie spürte ihre Nervosität, und ärgerte sich darüber. Jetzt kam der große Augenblick ... Maria stand mit Enrico an der Hand Andy gegenüber. Er strahlte übers ganze Gesicht, während sie lediglich ein schwaches Lächeln zustande brachte. Dass sich Maria so zurückhaltend verhielt, schien Andy nicht weiter zu stören; im Augenblick galt sein ganzes Interesse Enrico. Er sah seinen Sohn heute zum ersten Mal. Zuerst war der Kleine ihm gegenüber noch etwas schüchtern, doch das legte sich bald. Schon während der Taxifahrt ins Hotel plapperte er fröhlich drauflos. Andy verstand zwar nicht alles, aber das war egal. Der niedliche kleine Kerl war sein Sohn ..., und er war mächtig stolz darauf.

Da Maria ihm weiterhin die kalte Schulter zeigte, vermutete Andy, dass sie noch immer wütend auf ihn war. Jedenfalls war sie es damals, als er sich nicht für sie, sondern für Reichtum entschieden hatte – sehr sogar. Maria konnte äußerst nachtragend sein.

Andy wusste das ..., und hoffte, dass er sie besänftigen konnte, wenn sie am eigenen Leib erfuhr, wie angenehm es war, viel Geld zu besitzen. Er selber war nun an allen erdenklichen Luxus gewöhnt und genoss ihn in vollen Zügen.

Voller Stolz zeigte er Maria später die Hotelsuite, die er bewohnte. Auch sie und Enrico würden während ihres Aufenthalts in New York hier übernachten. Schweigend schaute sie sich um. *Das musste ein Vermögen kosten*, dachte sie entsetzt.

Ihr war nicht ganz wohl dabei, dass Andy sie hier, bei ihm, einquartiert hatte.

Als hätte er ihre Gedanken gelesen, sagte er: „Ich hoffe, es stört dich nicht, dass ich euch bei mir untergebracht habe. Aber so kann ich mehr Zeit mit euch verbringen."

Maria gab keine Antwort. Innerlich verfluchte sie ihn. Diese Wohnsituation erschwerte es ihr, aller Voraussicht nach, regelmäßig mit der 4-1-9 Victims Organisation in Kontakt zu treten.

„Welches Zimmer ist für uns?", erkundigte sie sich lediglich. „Ich würde jetzt gerne den Koffer auspacken", fügte sie beiläufig hinzu.

Andy nahm Enrico auf den Arm und ging vor. „Fühlt euch wie zu Hause!"

Maria lächelte verhalten. Zunehmend skeptisch schaute Andy sie an. „Bist du sauer auf mich, Maria? ..., du wirkst irgendwie distanziert."

„Damit mal eines klar ist, Andy: Ich bin nur wegen Enrico hier, nicht deinetwegen. Außerdem, mit einem kleinen Kind zu verreisen, ist sehr anstrengend."

„Na gut, dann ruh' dich aus! Ich kümmere mich währenddessen um Enrico." Großspurig meinte er: „Dafür sind Väter doch da, nicht wahr?"

Maria schnaubte verächtlich. Sie spielte kurz mit dem Gedanken, Andy darauf hinzuweisen, dass er bisher **kein Vater** für Enrico gewesen war. Doch sie sagte es nicht. Erstaunlicherweise schaffte es Andy, sich mit Enrico eine Stunde lang zu beschäftigen. Genügend Zeit für sie, um sich zu überlegen, wie es weitergehen sollte.

Andy konnte sehr charmant sein, wenn er es darauf anlegte. Er war verdammt gewitzt und wusste genau, wie er Frauen um den Finger wickeln konnte. Bei Maria hatte er jedoch keinen Erfolg mit seiner Charme-Offensive. Der Gedanke, dass er ein gewissenloser Betrüger war, verfolgte sie auf Schritt und Tritt. Es kostete sie äußerste Überwindung, Andy nicht ins Gesicht zu schreien, was sie von ihm hielt.

Dass Maria ihn verraten könnte, kam Andy nicht in den Sinn; diese

Vorstellung existierte für ihn nicht. Das war ihr Vorteil. Trotzdem war sie vorsichtig mit dem, was sie äußerte. Meistens. Doch wenn sie sich über Andy ärgerte, so wie heute, vergaß sie das. Ihrer Meinung nach verwöhnte er seinen Sohn zu sehr mit materiellen Dingen. Enrico wuchs in einem Zuhause auf, in dem eine liebevolle Atmosphäre herrschte; Luxus dagegen gab es nicht. Nun wurde ihm plötzlich von seinem Vater jeder Wunsch erfüllt.

Dass ihm das gefiel, war nicht zu übersehen. Ein so kleines Kind würde nicht verstehen, warum das nicht so weiterging. Maria konnte das Gefühl nicht abschütteln, dass es ein Fehler gewesen war, herzukommen. Gegen Andys Idee, mit Enrico heute mal alleine etwas zu unternehmen, hatte sie nichts einzuwenden. Er verhielt sich seinem Sohn gegenüber sehr fürsorglich. Für sie war es außerdem eine günstige Gelegenheit, sich bei Mr. Keys' Kollegen in New York zu melden. Sie konnte sich zwar nicht vorstellen, dass sie schon irgendetwas Brauchbares mitteilen konnte, aber schaden würde es auf keinen Fall.

Während Maria auf der Terrasse, hoch über Manhattan, ein Sonnenbad nahm, stand ihr Sohn mit leuchtenden Augen im größten New Yorker Spielzeugladen F.A.O. Schwarz. Hier gab es alles, was sein Kinderherz höher schlagen ließ.

„Du hast wohl einen Knall!", zischte Maria Andy an, als sie all die Spielsachen sah, die er seinem Sohn gekauft hatte. Ihre Augen funkelten vor Empörung, aber Enrico zuliebe schluckte sie ihre Wut zunächst einmal hinunter.

„Was ist falsch daran, seinem Kind eine Freude zu machen? Schau ihn dir doch an, wie er strahlt." Er nahm Enrico an der Hand: „Komm, mein Junge, wir spielen noch eine Weile, bevor dich deine Mutter in die Badewanne steckt. Vielleicht sollte ich mich heute Nacht ein bisschen mit dir beschäftigen", raunte er Maria im Vorbeigehen zu. „Dann wärst du sicher nicht mehr so schlecht gelaunt", fügte er selbstgefällig hinzu.

Sie starrte ihm, sichtlich erbost über diese anzügliche Bemerkung, wütend hinterher. Wenn Blicke töten könnten!

Später, als Enrico schlief, wollte Maria mit Andy ein klärendes Gespräch führen. Sie versuchte, ihm verständlich zu machen, dass es unvernünftig wäre, so viel Geld für Spielzeug auszugeben. „Andy, das ist Wahnsinn!"

„Du machst aus einer Mücke einen Elefanten, Maria", begann er betont ruhig. Energischer fuhr er fort: „Es ist mein Geld ..., damit mache ich, was ich will, klar?"

Nun ließ Maria ihrer angestauten Wut freien Lauf. „Ha, dein Geld ..., dass ich nicht lache! Du meinst Geld, dass du von ahnungslosen Frauen ergaunert hast."

„Das sehe ich anders. Diese Frauen haben mir ihr Geld freiwillig gegeben ..., und sie haben genug davon, sonst würden sie nicht bezahlen."

Schuldgefühle kannte Andy nicht. Es wirkte so, als würde ihn das Ganze völlig kalt lassen. Angeberisch sprach er weiter: „Wie du sehen kannst, bin ich ein reicher Mann geworden."

„Ich kann nur eines sehen: du lässt die Puppen tanzen ..., auf Kosten anderer!», antwortete Maria aufgebracht. „Ist dir nicht klar, dass du den Frauen mit deinem Verhalten das Herz brichst?"

„Wen kümmert's?" Sein höhnischer Ton war nicht zu überhören. „Außerdem ..., woher willst du das überhaupt wissen?"

„Erstens habe ich darüber gelesen, und zweitens gab es in England sogar ein Fernsehinterview mit Betroffenen ..., aber das Wichtigste ist, ich kann mich in diese Frauen hineinversetzen." Ihre Stimme wurde lauter. „Das nennt man Empathie, Andy!"

Maria hatte sich zwar vorgenommen, Ruhe zu bewahren, aber ihr überschäumendes Temperament war schwer zu bändigen. Sie schaute Andy böse an.

Es folgte ein kurzes, aber bedeutungsvolles Schweigen.

„Ein Interview in England, sagtest du?"

Maria verstand nicht, warum er sich dafür interessierte. Bekam er plötzlich Skrupel?

Er wirkte sehr ernst, als er sagte: „Ich hab noch etwas zu erledigen." Dann verschwand er, ohne sich zu verabschieden.

Wann Andy nach Hause gekommen war, wusste Maria nicht. Sie ermahnte Enrico, leise zu sein. Einem Wildfang wie ihm, fiel das nicht leicht. Deshalb entschloss sich Maria, nachdem sie gefrühstückt hatten, in den nahegelegenen Central Park zu gehen. Dort gab es Spielplätze, auf denen er sich austoben konnte. Bevor sie die Wohnung verließen, hinterließ sie für Andy eine Nachricht.

Auf dem Spielplatz tummelten sich bereits etliche Kinder; es kamen immer mehr hinzu. Enrico fand schnell Spielkameraden, mit denen er herumtobte. Als sie zwei Stunden später wieder in die Hotelsuite zurückkamen, war Andy gerade im Begriff, diese zu verlassen.

Ohne Maria zu begrüßen, fragte er in resolutem Ton: „Warum hast du auf meine Anrufe nicht reagiert?"

Enrico dagegen strich er liebevoll über den Kopf.

Verblüfft sah Maria ihn an. „Na vermutlich, weil ich nicht gehört habe, dass ich einen Anruf bekam."

„Hör auf, mich für dumm zu verkaufen!", schnauzte er sie an. „Willst du meine Meinung hören? Du lügst!"

Jetzt wurde auch Maria ärgerlich. „Das ist echt krank! Was soll das überhaupt, Andy? Du führst dich auf wie ein Idiot. Weißt du eigentlich, wie hoch der Lärmpegel auf diesen Spielplätzen ist, wenn es von Kindern nur so wimmelt?" Mit entrüsteter Miene schaute sie ihn an.

Obwohl Andy sich daraufhin für sein Verhalten entschuldigte, konnte sich Maria nicht verkneifen zu sagen: „Ich bin nicht deine Ehefrau, vergiss das nicht!" Anschließend drehte sie sich um und ging zu Enrico ins Zimmer.

*

Auf dem Weg zu Johnny überlegte Andy, was er wohl von ihm wollte. Er bezweifelte, dass es ein angenehmes Gespräch werden würde. Johnny klang mürrisch und verärgert, als er ihm sagte – eigentlich klang es nach einem Befehl – er solle auf der Stelle vorbeikommen.

„Der Boss hat mal wieder fürchterliche Laune", flüsterte Johnnys Assistentin Andy zu. „Vorhin ist er völlig ausgerastet."

Andy zog die Augenbrauen hoch; das hörte sich nicht gerade aufmunternd an. Aber was sollte ihm schon passieren? Dachte er.

„Hey Mann, was gibt's?" Andy bemühte sich, lässig zu klingen.

Johnny antwortete nicht gleich. Er nahm seine Brille ab und musterte Andy. „Schicker Anzug …, teuer, nicht wahr?"

Andy stierte ihn verständnislos an.

„Solche Edelmarken wirst du dir bald nicht mehr leisten können."
Er machte eine kurze Pause. „Irgendjemand macht uns das Geschäft
kaputt! Seit einiger Zeit sinken die Einnahmen. Ist dir das etwa
nicht aufgefallen?"

„Nun ..., ich habe Besuch, da muss ich mich etwas zurückhalten.
Du verstehst?"

Johnny verstand es nicht – deutlich erkennbar an seiner Mimik.
Für ihn, mit seinem zwielichtigen Charakter, zählte nur Profit. Mit
Sarkasmus in der Stimme grummelte er: „Wie lange willst du noch
den liebenden Vater spielen? Das ist doch reine Zeitverschwendung."
In Andys Augen blitzte die Wut auf, die er in diesem Moment verspürte. Am liebsten hätte er Johnny für diese Bemerkung eine ver-
passt. Das wäre allerdings nicht clever gewesen. Noch war Johnny
der Boss.

„Also, was ist nun? Irgendeine Idee, wer uns das Geschäft versaut?"
„Ich ... könnte mir vorstellen ...", begann Andy zögernd.
„Komm zur Sache, Mann!"
„Nun ja, im Gegensatz zu früher berichten die Medien neuerdings vermehrt über Romance-Scamming; im Fernsehen gab es
unlängst sogar eine Sondersendung darüber. Dabei klärte die
Moderatorin die Zuschauer nicht nur besonders ausführlich über
dieses Thema auf, sie ließ auch Betroffene ihre Geschichte erzählen. Diese Sendung könnte der Grund dafür sein, warum es zur
Zeit Probleme gibt und die Einnahmen nicht so sprudeln wie
bisher. Jeder, der sie gesehen hat, ist dadurch vermutlich misstrau-
ischer geworden. Zusätzlich verbreiten sich solche Informationen
auch im Netz ... und das rasant. Das hat natürlich Auswirkungen
auf unser Geschäft."

Mit geballter Faust schlug Johnny auf den Tisch. „Wer zum Teufel ist
diese Braut, die so einen enormen Einfluss auf die Menschen hat?"
„Ich weiß nicht, jedenfalls scheint sie ..."
„Finde es heraus!", unterbrach er Andy schroff. „Und jetzt verschwinde! Ich muss nachdenken."

Andys Augen verengten sich. Johnnys totalitäres Auftreten löste
bei ihm Gefühle aus, die er nicht mehr lange unterdrücken würde.

„Scheißkerl!", knurrte er leise, als er die Tür hinter sich zuzog. Mit einer Stinkwut im Bauch verließ er das Gebäude.

*

So vieles ging Maria durch den Kopf. Dass sie der 4-1-9-Organisation bisher keine entscheidenden Hinweise über Andy liefern konnte, bereitete ihr Kopfzerbrechen. An ihre Bedingung, dass Andy nicht im Beisein von Enrico verhaftet werden durfte, hielten sich die Leute. Bisher. Aber wie lange noch?

Maria trat ans Fenster. Von der Suite aus konnte man den Central Park überblicken. Sie mochte den Ausblick, den man von hier oben hatte. Während sie das Treiben dort unten beobachtete, überlegte sie. Andy erzählte ihr nie, wo er hinging, wenn er die Suite verließ. Vermutlich, weil die Stimmung zwischen ihnen immer so angespannt war. Das musste sich ändern. *Sie* musste sich ändern! Vielleicht würde ihr Andy mehr anvertrauen, wenn sie sich ihm gegenüber anders verhielt – zugänglicher.

Neulich hatte er zu ihr gesagt: „Maria, du bist eine schöne, begehrenswerte Frau ..., aber eine Kratzbürste."

Da war es ihr egal gewesen, was er von ihr hielt, aber jetzt musste sie umdenken. *Ich werde ein bisschen Theater spielen*, nahm sie sich vor. Andy sollte zwar nicht den Eindruck bekommen, sie sei wieder an ihm interessiert – denn das war sie nicht; aber wenn sie ein bisschen netter zu ihm wäre, könnte das sicher nicht schaden.

In diesem Moment hörte Maria den Schlüssel im Schloss. Andy kam zurück. An seiner Miene erkannte sie, dass er aufgebracht war. Sie schauten sich einen Moment lang schweigend an.

In dem Augenblick kam Enrico aus dem Zimmer gestürmt. „Daddy, Daddy!", rief er voller Freude, „spielst du mit mir?"

„Später, Enrico."

Als er sein enttäuschtes Gesicht bemerkte, schob er hinterher: „Versprochen!"

Andy war angespannt, übermüdet. Der Schlafmangel der letzten Nacht machte sich allmählich bemerkbar; ganz zu schweigen von dem Ärger mit Johnny. Er brauchte dringend eine kleine Ruhepause, bevor er sich mit seinem Sohn beschäftigen würde. Kleine Kinder konnten ganz schön anstrengend sein, wie er inzwischen aus Erfahrung wusste.

*

Obwohl es für Andy kein Problem war, herauszufinden, wer die Fernsehsendung über Love-Scamming moderiert hatte, gab er die Information nicht sofort an Johnny weiter. Dass er ihn wie seinen Laufburschen behandelte, ging ihm gewaltig gegen den Strich. Seine Anrufe ignorierte er deshalb demonstrativ. Rückblickend war das wahrscheinlich ein Fehler. Andy schien vergessen zu haben, wie unangenehm Johnny anderen gegenüber sein konnte.

Als er am nächsten Tag bei ihm vorbeischaute, bekam er es zu spüren. Dass Johnny ihn nicht, wie sonst, mit Handschlag begrüßte, verhieß nichts Gutes. Übellaunig fauchte er: „Hörst du deine Mailbox nicht ab?"

„Du hast nicht gesagt, dass ich ständig erreichbar sein müsste", erwiderte Andy ausweichend.

Johnny betrachtete ihn mit finsterem Blick. „Hast du etwas herausbekommen über dieses Miststück?"

„Ihr Name ist Jane Jones. Sie ist Journalistin und lebt in London."

Johnny dachte nach. „Wir sollten ihr einen Denkzettel verpassen. Ihr Drohbriefe zukommen lassen."

„Was?" Andy lachte etwas irritiert.

„Sie ist verantwortlich dafür, dass dieses lukrative Geschäft nicht mehr so boomt wie früher. Diese elende Hexe! So einfach soll sie mir nicht davonkommen."

Johnny überlegte einen Augenblick. „Wie wär's mit einem Unfall?"

„Ich bezweifle, ob das klug wäre; das könnte uns in Teufels Küche bringen."

„Hast du eine bessere Idee? Dann schlag was vor!"

„Vergiss den Quatsch!"

„Nein, das tue ich nicht! Sie hat uns enorm geschadet, und du wirst dafür sorgen, dass sie nicht ungeschoren davonkommt." Johnnys Wort war Gesetz – zumindest glaubte er das gern.

„Willst du damit sagen, ich ...? Auf keinen Fall!"

„Du bist mir aber noch einen Gefallen schuldig, Andy", bemerkte er trocken. Die Botschaft war klar: „Du tust, was ich sage. ICH bin hier der Boss! Kümmere dich darum! Verstanden?"

Der warnende Tonfall war unverkennbar. Andy hatte nur noch den Wunsch, von hier zu verschwinden. Er hatte keine Lust mehr, sich diesen Irrsinn anzuhören. Vermutlich war es Johnnys Größenwahn, der ihm das Gehirn vernebelt hatte. An der Tür drehte sich Andy noch einmal um. „Ohne mich, Johnny!"

Seine Antwort war ein grimmiges Lächeln.

*

Langsam beschlich Andy das Gefühl, dass es ein Fehler gewesen war, nach New York zu kommen. Seiner Miene nach hing er recht düsteren Gedanken nach, als er im Wohnzimmer auf und ab ging. In Lagos hatte Andy das Sagen, hier wurde er von Johnny wie der letzte Dreck behandelt – als wäre er ein Nobody.

ICH bin der Boss, stellte Johnny jedes Mal klar, wenn Andy bei ihm war. Schon der Gedanke allein, machte ihn wütend.

„Was für ein Arschloch! Jetzt will er sogar dieser Journalistin aus Rache eins auswischen lassen. Er entpuppt sich immer mehr als Teufel in Menschengestalt. Vielleicht sollte ich besser von hier verschwinden, bevor dieser Idiot noch ganz durchdreht."

Das Selbstgespräch, das Andy führte, war für Maria sehr aufschlussreich. Wenn das stimmte, was sie gerade gehört hatte, musste Jane Jones gewarnt werden.

Andy blickte Maria überrascht an, als sie in ihrem aufregend kurzen Nachthemd, mit einem Glas Wasser in der Hand, zu ihm ins Wohnzimmer kam. Die Gedanken, die bei Marias Anblick in ihm hochstiegen, verdrängte er rasch wieder.

„Ich habe Licht gesehen. Kannst du nicht schlafen?", erkundigte sie sich freundlich. Da Andy nicht darauf antwortete, sagte sie: „Verstehe. Du willst allein sein."

„Maria ..., warte!"

Fragend schaute sie ihn an.

„Ich will dir nichts vormachen. Ich denke, ich gehe wieder nach Lagos zurück. Johnny und ich hatten einen heftigen Streit."

Marias Interesse war geweckt. „Steckst du in Schwierigkeiten?"

„So würde ich das nicht nennen ..., vorausgesetzt, ich tue, was Johnny von mir verlangt." *Aber das werde ich nicht*, fügte er in Gedanken hinzu. Sein Job war es, Frauen zu manipulieren, nicht zu terrorisieren; genau das erwartete Johnny aber jetzt von ihm. Doch diese widerwärtige Aufgabe würde er auf keinen Fall übernehmen. Er verstand ohnehin nicht, warum Johnny in dieser Sache so verbissen war. Jane Jones war keine bösartige Hexe, die man jagen musste, sondern eine Journalistin, die ihnen den Kampf angesagt hatte. Ihre Bemühungen waren sicher nicht von Dauer. Die Zeiten würden sich wieder ändern – zu ihren Gunsten. Zumindest glaubte er das.

Da sich Andy jeden weiteren Kommentar dazu ersparte und das Thema wechselte, verkniff sich Maria die Frage, was genau Johnny von ihm erwartete. Sie hatte Angst davor, dass Andy misstrauisch werden könnte, wenn sie sich zu sehr dafür interessierte. Das wollte sie um jeden Preis vermeiden.

*

„Wie wär's, wenn wir heute in den Bronx Zoo gehen würden?", fragte Andy Maria beiläufig, als sie aus der Dusche kam.

Maria zwang sich zu einem Lächeln. „Klingt gut. Enrico liebt Tiere."

„Okay, dann machen wir das."

Andy genoss es, zusammen mit Maria und Enrico durch den Zoo zu schlendern. Enrico war ein so aufgewecktes Kerlchen; sein sonniges Gemüt machte es Andy leicht, ihn zu lieben. Damit der Ausflug für ihn nicht zu anstrengend wurde, fuhren sie später mit dem Zoo Shuttle, einem Traktor-Zug, der das gesamte Terrain umrundete. Höhepunkt für Enrico war natürlich der Kinderzoo. Während Andy mit Maria und Enrico den Nachmittag verbrachte, summte sein Handy schon zum vierten Mal; aber er ignorierte es.

Zuhause las er die Nachrichten. Sie stammten alle von Johnny. *Was will er bloß jetzt schon wieder von mir*, dachte Andy; er wirkte mehr als genervt. Johnnys Anweisung war, sofort zu ihm ins Büro zu kommen.

Andy überlegte einen Augenblick. Schließlich schrieb er ihm diese Nachricht: *Bin gerade mit meinem Sohn unterwegs. Komme später.*

Johnnys Antwort kam umgehend: *Du kommst JETZT! Kapiert?!*

Andys Mimik veränderte sich schlagartig. „Dieser rücksichtslose Fiesling!"

Andy sagte es so scharf, dass Maria zusammenzuckte. Aber er musste seiner Verärgerung einfach Luft machen. Dass Johnny so mit ihm umsprang, war eine bodenlose Frechheit.

„Hör zu, Maria, ich muss dringend weg."

„Zu Johnny?", erkundigte sie sich interessiert.

Andy nickte grimmig, sagte aber nichts weiter dazu. Er wirkte allerdings gereizt.

Nachdem Andy die Wohnung verlassen hatte, verständigte Maria die Organisation.

*

Ohne ein Wort der Begrüßung fragte Andy frostig: „Was ist so wichtig, dass es nicht warten kann?"

Höhnisch grinsend beugte Johnny sich vor. „Hey Mann, du musst der Realität ins Gesicht schauen. ICH bin der Boss! Was ich sage, wird getan – ohne Wenn und Aber."

„Okay", meinte Andy mit betont gleichgültiger Miene. „Das klingt absolut einleuchtend."

Johnny lachte kurz auf. Er kaufte ihm nicht ab, dass er das ehrlich meinte. Einen Moment herrschte angespannte Stille. Als hätte Johnny gewusst, was Andy dachte, warnte er ihn.

„Du solltest klug genug sein, um zu wissen, dass man sich mit mir nicht anlegt." Eine Antwort erübrigte sich.

„Übrigens, was ist mit Laura Watson? Hattest du Erfolg, hat die Braut noch etwas überwiesen?"

„Nein. Die können wir vergessen."

„Wenn du deinen Job ordentlich machen würdest ..."

„Das hat doch nichts mit mir zu tun, sondern ..."

Johnny brachte Andy mit einer Geste zum Schweigen. „Für mich zählt nur das Resultat, oder anders ausgedrückt – die Kohle. Wie sieht eigentlich dein Plan für diese Journalistin aus?"

Andy brauchte einige Augenblicke, um zu begreifen, auf was Johnny hinauswollte. „Ich habe meine Meinung darüber nicht geändert und halte das nach wie vor für eine schlechte Idee. Damit will ich nichts zu tun haben", sagte er mit ernstem Gesicht. In Wirklichkeit hatte Andy ganz andere Pläne, und das sollte Johnny schon bald merken.

„Du bleibst also stur. Na gut, dann nimmt eben ein anderer deine Position ein. Jeder ist ersetzbar."

„Völlig richtig, Johnny. Jeder!", nickte Andy ungerührt.

Johnny begriff, dass er damit sagen wollte: *Auch du!* Auf diese provokante Bemerkung folgte Schweigen; zornig starrten sie einander in die Augen. Inzwischen war klar, sie waren keine Verbündeten mehr – sie waren Gegner. In einem waren sie sich jedoch ähnlich: Beide waren äußerst machthungrig. Andy war wild entschlossen, Johnnys Platz einzunehmen. In Gedanken bastelte er bereits an einer Erfolg versprechenden Strategie. Doch diesen Kampf hatte er bereits verloren, noch ehe er begonnen hatte.

Johnny schaute ihn herausfordernd an. „Glaubst du wirklich, ich weiß nicht, was du vorhast?"

Der drohende Ton war nicht zu überhören. Andy verzog keine Miene. Woher sollte Johnny wissen, was sein Ziel war?

Eine leise Stimme im Hinterkopf warnte ihn. Doch er hörte nicht auf sie. „Jeder ist sich selbst der Nächste!", gab er unbedacht von sich. In diesem Moment erkannte Andy seinen Fehler und verfluchte sich selbst dafür.

Johnny reagierte mit hämischem Grinsen darauf. Überheblich sagte er noch: „Denk nach, Mann! Das ist eine Nummer zu groß für dich. Im Gegensatz zu dir habe ich keine Skrupel, Leute, die mich nerven, einzuschüchtern, oder, falls nötig, aus dem Weg räumen zu lassen."

Etwas beunruhigt von dem Gedanken, dass Johnny ihn damit meinte, forschte er: „Worauf willst du hinaus?"

Doch er erhielt keine Antwort. Mit eisigem Blick schaute er Andy in die Augen. Schließlich drohte er, und es war sein Ernst: „Niemand legt sich mit mir an. Niemand!"

Andy war nicht der Typ, der sich schnell einschüchtern ließ, aber diese Sache fing an, aus dem Ruder zu laufen. Die Gefahr, dass Johnny seine Drohung wahrmachte, war vorhanden. Er war wirklich ein mieses Schwein. Ernüchtert musste Andy sich eingestehen: Das Spiel war aus!

Sein Vorhaben, Johnny vom Thron zu stoßen, musste er sich aus dem Kopf schlagen. Während er noch überlegte, ob es sinnvoll war, Johnny mitzuteilen, dass er nach Lagos zurückgehen würde, brüllte dieser ihn an: „Ich habe genug von Typen wie dir! Und jetzt raus!"

Andy sprang von seinem Stuhl auf. Der Zorn verdrängte seine Selbstbeherrschung. „Mann, du bist echt verrückt."

„Aber nicht so dumm, wie du gedacht hast", entgegnete Johnny teuflisch grinsend.

*

Ein Mitarbeiter der 4-1-9-Organisation hatte umgehend nach Marias Anruf die Polizei verständigt, damit Andy Smith verhaftet werden konnte. Sofort machten sich zwei Polizisten auf den Weg zu der angegebenen Adresse. Als sie dort ankamen, verließ er gerade das Gebäude. Sie blieben ihm auf den Fersen.

Was wie eine Filmszene wirkte, war Realität. Andy wartete an einer roten Ampel; plötzlich sackte er zusammen. Er spürte einen heftigen Schmerz in der Brust. Sein Hemd tränkte sich mit Blut.

Bevor es ihm so richtig bewusst wurde, dass er angeschossen worden war, wurde es für einen Moment dunkel um ihn. Dann hörte er Sirenen, die immer näher kamen. Kurz danach wurde er auf einer Liege in einen Krankenwagen geschoben.

Andy starrte in die fremden Gesichter, die sich über ihn beugten; er versuchte, sich darauf zu konzentrieren, was passiert war. Jemand hatte auf ihn geschossen – mitten auf einer belebten Straße! *Johnny, dieser Hurensohn!*, schoss es ihm durch den Kopf, bevor er erneut das Bewusstsein verlor.

Andy spürte, wie sein Herz hämmerte. *Ich lebe noch,* dachte er, nachdem er aus der Narkose erwacht war. Aber er hatte höllische Schmerzen. „Das wird er mir büßen", flüsterte er mit schwacher Stimme.

*

Maria wartete darauf, dass ihr Handy klingelte und man ihr sagen würde, Andy Smith sei verhaftet worden. Und dann kam der Anruf. „Oh mein Gott!", brachte sie nur heraus, als sie hörte, dass Andy angeschossen wurde.

„Es ist nicht Ihre Schuld, Ms. Fernandez, was da passiert ist", versicherte ihr Mr. Keys New Yorker Kollege. „Allem Anschein nach handelt es sich um einen Racheakt", erklärte er ihr. „Sobald Mr. Smith in der Lage ist, wird er vernommen."

„Und wie sieht es jetzt mit einer Verhaftung aus?", wollte Maria wissen. „Um die kommt er nicht herum. Im Moment steht er unter Arrest, das Gefängnis bleibt ihm allerdings nicht erspart. Die Handschellen werden zuschnappen, sobald es sein Gesundheitszustand erlaubt. Er wird seine gerechte Strafe bekommen, Ms. Fernandez."

Maria atmete erleichtert auf. Auf die Idee, dass Maria ihren Teil dazu beigetragen hatte, würde Andy nie kommen. Sie beschloss, gleich morgen New York zu verlassen. Andy wäre sicher nicht darüber verwundert; er würde denken, sie wäre aus Angst so überstürzt abgereist.

*

Als Andy die SMS, die von Maria kam, las, waren sie und Enrico bereits wieder in Mexiko bei ihrer Familie und in Sicherheit, wie sie betonte.

Er verstand, warum sie nicht länger in dieser Stadt bleiben wollte und sie so fluchtartig verlassen hatte. Maria hatte Panik bekommen, nachdem sie von der Polizei informiert wurde, was ihm zugestoßen war. Eine andere plausible Erklärung fiel ihm nicht ein. Doch eines wusste er genau: Johnny war dafür verantwortlich, dass er mit einer Schussverletzung im Krankenhaus lag, dass Maria und Enrico deswegen abgereist waren und ... dass er ins Gefängnis musste. Deshalb wollte er sich an ihm rächen – ihm die Polizei auf den Hals hetzen. Er würde auspacken, der Polizei Hinweise geben und damit Johnny – diesen Dreckskerl – mit ins Verderben reißen. Das war sein Plan.

Kapitel 22

Es war Freitag. Der letzte Arbeitstag dieser stressigen Woche ging zu Ende. Schon am Sonntag würde Laura nach Paris fliegen. Auch dort erwartete sie jede Menge Arbeit. Doch wenn dieser Auftrag abgeschlossen war, wollte sie Jérômes Rat beherzigen und sich eine Pause gönnen. Laura hatte vor, zwei Wochen in Sardinien zu verbringen. Sie stellte sich Jérômes erstauntes Gesicht vor, wenn sie ihm davon erzählte. Spontan entschloss sie sich zu einem Überraschungsbesuch bei ihm. Dass sie ihn in seiner Wohnung antreffen würde, wusste sie. Gestern, als sie miteinander telefoniert hatten, erwähnte er so nebenbei, er würde heute zu Hause arbeiten – wegen irgendwelcher Recherchen. Den ganzen Tag vorm Computer zu sitzen, war anstrengend.

Bestimmt freute Jérôme sich, wenn sie kurz vorbeikam.

Bestens gelaunt, machte sich Laura auf den Weg zu ihm.

Als Jérôme die Tür öffnete und Laura vor ihm stand, war er mehr als überrascht. In seinem Blick sah sie nicht nur Erstaunen – er strahlte geradezu vor Freude.

Trotzdem entschuldigte sich Laura, dass sie unangemeldet bei ihm aufgetaucht war.

„Ich werde dich nicht lange aufhalten, aber ...“

„Du störst mich nicht, Laura. Ehrlich!“, versicherte er ihr und schaute sie dabei mit einem liebevollen Blick an. „Du kommst genau zur richtigen Zeit. Ich wollte mir gerade Kaffee machen.“

„Prima. Eine Tasse Kaffee könnte ich jetzt gut gebrauchen.“

Schmunzelnd ging Jérôme in die Küche. Er kannte natürlich Lauras Vorliebe für frisch aufgebrühten Kaffee; da sagte sie nie nein.

Als Laura merkte, dass Jérômes Rechner eingeschaltet war, warf sie einen Blick auf den Monitor. Ganz beiläufig betrachtete sie den Text auf dem Bildschirm. Dann sah sie etwas genauer hin. Und in diesem Moment erkannte sie, was da stand! Es erinnerte sie sehr an eine E-Mail, die sie vor längerer Zeit bekommen hatte: Andy hatte ihr diese und ähnliche Phrasen auch geschrieben.

„Das darf doch nicht wahr sein!“, flüsterte sie entgeistert und starrte weiterhin auf den inzwischen schwarzen Monitor. Was hatte das zu bedeuten? Durch ihren Kopf geisterten blitzschnell Gedanken, Vermutungen ..., beunruhigende Bilder.

Ein fürchterlicher Verdacht beschlich sie. Der Gedanke, Jérôme sei ein Love-Scammer, jagte ihr einen Schauer über den Rücken; sie bemerkte, wie sich ihr Puls beschleunigte. Laura fühlte sich, als wäre sie erneut in einen Albtraum katapultiert worden. Wieder einmal wurde sie von einem Mann auf schändliche Weise getäuscht. Sie war so entsetzt, dass sie nicht mehr logisch denken konnte.

Laura wurde von ihren Gefühlen beherrscht, die Stimme der Vernunft hörte sie nicht. Für sie war klar: Jérôme war ein Love-Scammer – obwohl er nie Geld von ihr verlangt hatte. In diesem emotionalen Zustand, in dem sie sich befand, war ihr Verstand wie gelähmt. Sie spürte, wie ihr die Tränen in die Augen stiegen; für ein paar Sekunden schloss sie die Lider. Danach holte sie tief Luft, um sich zu beruhigen, doch das Hämmern ihres Herzens konnte sie nicht aufhalten. Sie wollte nur noch fort von hier – fort von Jérôme. In diesem Moment kam Jérôme zu ihr ins Zimmer zurück und riss sie aus ihren Gedanken.

Es kam Laura nicht in den Sinn, ihn zu fragen, was diese E-Mail zu bedeuten hatte. Stattdessen versuchte sie, so zu tun, als wäre nichts; das gelang ihr aber nicht. Ihr Gesichtsausdruck hatte sich verändert. Es lag etwas Gequältes in ihrer Miene, ihre Augen wirkten unendlich traurig.

Von Jérôme blieb das nicht unbemerkt, aber er hatte nicht die leiseste Ahnung, was der Grund dafür war. Hatte sie etwa eine schlechte Nachricht erhalten, während er sich in der Küche aufhielt? Aber warum redete sie nicht mit ihm darüber, wie sonst, wenn sie etwas bedrückte?

Ohne ein Wort zu sagen, trank sie hastig ihren Kaffee.

Dass Laura so schweigsam war, irritierte Jérôme. Er merkte, dass sie nervös war, sich unwohl fühlte, wusste allerdings nicht, weshalb. Ihr Verhalten ergab für ihn keinen Sinn. Seine Augen suchten ihren Blick.

„Hast du ein Problem, Laura?", fragte er behutsam. „Vielleicht kann ich dir helfen."

„Nein!", gab sie ungewohnt scharf zurück.

Jérôme schüttelte kaum merklich den Kopf. Was war nur mit ihr los? So kühl und distanziert hatte er Laura noch nie erlebt. Möglicherweise hatte ihr eigenartiges Verhalten mit der bevorstehenden Reise nach Paris zu tun. Sie war eindeutig überarbeitet. Als er sie darauf ansprach, reagierte sie verärgert und unterbrach ihn schroff: „Überlass das mir! Ich sage dir auch nicht, was du tun sollst. Also, kümmere dich lieber um deine eigenen Angelegenheiten ..., damit hast du sicher genug zu tun."

Jérôme kannte Laura bisher nur als höfliche, friedfertige Person; dass sie plötzlich so angriffslustig war, gab ihm zu denken. Irgendetwas war da nicht in Ordnung.

Laura versuchte, ihre Gefühle zu kontrollieren, aber lange würde sie das nicht mehr durchhalten. Sie holte ihr Handy aus der Handtasche und warf einen kurzen Blick darauf.

„Ich muss jetzt gehen", erklärte sie kurz angebunden.

Es fiel ihr schwer, Jérôme anzusehen. Gefühle konnte man nicht einfach ausschalten – ihre Wut hatte sich inzwischen in Schmerz verwandelt. Als sie sich verabschiedete, sah sie Jérôme auf seltsame Weise an.

Geistesabwesend ..., fast wie eine Schlafwandlerin lief Laura zwischen all den anderen Menschen die Straße entlang, nachdem sie Jérômes Wohnung verlassen hatte. Die Enttäuschung über ihn war riesengroß. Sie fühlte sich hintergangen, aber vor allem sehr verletzt. Ihr war zum Weinen zumute. Laura versuchte jedoch, ihre Gefühle in den Griff zu bekommen.

Zuhause überrollten sie allerdings ihre Emotionen. Heftig schluchzend, die Knie ganz fest an sich herangezogen, hockte sie auf der Couch. *Warum Jérôme, warum nur tust du mir das an?*, fragte sie sich verzweifelt. Sie wusste keine Antwort darauf. Laura war im Moment nicht in der Lage, einen klaren Gedanken zu fassen; sie spürte nur noch eine große Leere. Nie wieder würde sie einem Mann vertrauen können, da war sie sich sicher. Jetzt hätte Laura ihre Freundin gebraucht, aber Jane war weit weg. Sie und Tim kamen erst am Freitag aus Australien zurück. Laura würde zu dem Zeitpunkt bereits in Paris sein.

Jérôme hatte versucht, Laura auf dem Handy zu erreichen, er sprach auf ihre Mailbox und schickte ihr eine SMS. Laura antwortete nicht. Nun saß sie im Flugzeug nach Paris. Sie blickte aus dem Fenster und betrachtete eine Weile die Wolken, die langsam vorüberglitten. Sie schloss die Augen ... und sah Jérôme im Geiste vor sich. Die Erinnerung zehrte an ihren Nerven. *Du musst ihn aus deinen Gedanken verjagen*, ermahnte sie sich selbst. Er ist ein Lügner! Während des ganzen Fluges ging ihr das Lied „*A brand new me*" von Alicia Keys ständig durch den Kopf; es passte zu ihrer Situation.

Die ersten Tage in Paris waren nicht einfach für Laura; es gab einige emotionale Tiefs, die sie sehr aufwühlten – aber sie „funktionierte". Es existierte da eine Kraft, eine unsichtbare Kraft, die ihr innere Ruhe schenkte, solange sie die Kamera in der Hand hielt. Es schien, als könne sie am Arbeitsplatz ihren Gefühlen entfliehen. Vermutlich drehte sich deshalb bei Laura alles nur noch um die Arbeit – sie war ihr Lebensinhalt.

Als hätte Jane erraten, dass ihre Freundin emotionale Unterstützung benötigte, meldete sie sich bei ihr, obwohl sie von der langen Reise noch ziemlich angeschlagen war. Sie hörte Laura schweigend, aber aufmerksam zu. Ihr Zorn war nicht zu überhören, doch auch ihre Traurigkeit nicht, während sie ihr von dieser ungeheuerlichen Geschichte mit Jérôme berichtete.

„Versteh mich nicht falsch Laura, aber ich kann das einfach nicht glauben, dass Jérôme ein Romance-Scammer sein soll. Bist du dir da wirklich sicher?"

„Ich bin mir sicher!"

Nach diesem Gespräch mit Laura versuchte Jane erst einmal, ihre Gedanken zu ordnen. Eines war klar – Jérôme wollte Lauras Geld nicht; unklar war, was diese Mail zu bedeuten hatte. Also nahm sich Jane vor, der Sache auf den Grund zu gehen. Sie wählte Jérômes Nummer. Bereits eine Stunde später stand sie vor seiner Wohnungstür, darauf hoffend, die Wahrheit herauszufinden.

Jane trat sehr entschieden auf. Sie redete nicht lange um den heißen Brei herum, sondern fragte ihn geradeheraus, ob er ein Romance-Scammer sei.

„Wie kommst du denn auf diese absurde Idee?", wollte Jérôme, etwas irritiert, wissen.

„Nun, ehrlich gesagt ..., Laura hat eine Mail auf deinem Rechner gesehen ..."

„Welche Mail?"

War er tatsächlich überrascht, oder spielte er ihr das nur vor?

„Sie enthielt eine Liebesbotschaft an eine andere Frau; aber auch von irgendwelchen Problemen war die Rede."

Jérôme überlegte kurz. Er machte nicht den Eindruck, als fühle er sich dabei ertappt, etwas Unrechtes getan zu haben. Schließlich äußerte er: „Man sollte keine vorschnellen Schlüsse ziehen, Jane ..."

„Eine sehr ähnlich formulierte E-Mail bekam auch Laura vor einiger Zeit – von Andy!", unterbrach Jane ihn. „In Lauras Augen kann es dafür nur einen Grund geben ..."

„Sie denkt, ich bin ein Romance-Scammer?", rief Jérôme schockiert.

Jane nickte lediglich.

„Das traut sie mir zu?" Er blickte Jane traurig an. „Und deshalb hat sie den Kontakt zu mir abgebrochen", sprach er mehr zu sich selbst. Jérôme war nicht wütend, sondern gekränkt, dass Laura ihn einer solchen Sache verdächtigte. „Ich bin kein Romance-Scammer, Jane!", wiederholte er mit Nachdruck.

„Davon gehe ich aus, sonst wäre ich jetzt nicht hier, Jérôme. Trotzdem würde es mich interessieren, wieso diese E-Mail auf deinem Rechner war." Jane schaute ihn erwartungsvoll an.

„Nun..., ich schreibe gerade an einem Buch über Internet-Love-Scamming."

„Wirklich? Wie bist du auf diese Idee gekommen?"

„Einige Klientinnen von mir wurden von einem Romance-Scammer reingelegt. Und immer wieder bekam ich zu hören: ‚Ich hatte doch keine Ahnung von Internet-Love-Scammern.' Eines Tages meinte eine von ihnen, man müsste ein Buch darüber schreiben. Da wurde mir klar ..., sie hatte recht; folglich versuchte ich, diesen Gedanken in die Tat umzusetzen.

Die Charaktere in meinem Buch sollten authentisch sein. Ich wollte darüber schreiben, wie sich die Opfer fühlten; aber auch nach welchem Schema die Betrüger vorgehen. Also begann ich zu recherchieren. Außerdem startete ich auf Facebook einen Blog; somit konnten mir Betroffene unter einem Pseudonym ihre Erlebnisse mit Romance-Scammern schildern. Da sich das Ganze anonym abspielte, bekam ich eine Menge Stoff zusammen. Ich bin von der Wichtigkeit eines Buches über dieses Thema überzeugt Jane – deshalb schreibe ich es. Darüber reden wollte ich noch nicht."

*

Reglos wie eine Statue stand Laura da und hörte Jane zu.

„Jérôme hätte es dir erzählt, wenn er gewusst hätte, dass du ihn für einen Romance-Scammer hältst. Aber da du nichts dergleichen erwähnt hast ..."

Laura fühlte sich schrecklich. Sie hatte das Gefühl, als würde sie in einen dunklen Abgrund gerissen werden. Eine Weile stand sie noch wie gelähmt da, dann sank sie auf den Stuhl. Plötzlich flossen Tränen.

Jane tätschelte ihr den Arm. „Alles wird gut!", meinte sie tröstend. Doch Laura glaubte nicht daran. Sie redete sich ein, dass ihr Jérôme nicht verzeihen würde, dass sie ihn so voreilig verurteilt hatte. Das machte die Sache für sie noch schlimmer.

„Rede mit ihm!", schlug Jane vor.

„Das werde ich, aber erst nach meinem Urlaub."

Mit diesem Vorsatz machte sich Laura auf den Nachhauseweg.

*

Tief in Gedanken versunken, saß Laura in der Wartehalle des Flughafens. Zwei Wochen Urlaub hatte sie vor sich; Urlaub, den sie dringend benötigte, um neue Energie zu tanken. Und dennoch ..., richtig darauf freuen konnte sie sich nicht. Sie wurde den Gedanken nicht los, dass es ein Fehler war, das Gespräch mit Jérôme zu verschieben. Würde er ihre Entschuldigung überhaupt akzeptieren, ihr verzeihen? Sie glaubte nicht daran und hoffte es doch so sehr.

Unruhig rutschte Laura auf ihrem Sitz hin und her; dass sich der

Abflug ihrer Maschine um eine Stunde verzögerte, ging ihr gewaltig auf die Nerven. Wie sollte sie diese Stunde bloß rumkriegen? Sie suchte in ihrer Handtasche nach ihrem i-pod.

„Laura?" Es war Jérômes Stimme, die sie aufschrecken ließ.
Verlegen schaute sie ihn an. „Hey!", war alles, was sie herausbrachte.
Jérôme betrachtete Laura nachdenklich. Sie sah blass aus.
„Fliegst du etwa auch nach Paris?", fragte er interessiert.
„Nein, nach Sardinien. Ich mache dort Urlaub."
„Eine gute Entscheidung", meinte er und lächelte dabei.
„Hast du vor deinem Abflug noch Zeit für eine Tasse Kaffee?"
Laura nickte. Erstaunlicherweise schien Jérôme nicht sauer auf sie zu sein. Das machte es für Laura leichter, sich bei ihm zu entschuldigen. Nach kurzem Schweigen traute sie sich: „Es tut mir wirklich leid, Jérôme, dass ich dich gekränkt habe. Ich hätte mehr Vertrauen zu dir haben sollen."
„Ja, das hättest du. Ich verstehe es aber, warum du so reagiert hast." Jérôme nahm Lauras Hand in seine und gab ihr damit zu verstehen: Vergeben und Vergessen.
Eine Träne lief über ihre Wange – eine Träne der Erleichterung.

Laura lehnte sich, als das Flugzeug abhob, in ihrem Sitz zurück und dachte daran, was in den vergangenen Monaten alles geschehen war. Bald verscheuchte sie die Gedanken an die Vergangenheit – es zählte nur das Hier und Jetzt. Es war ein befreiendes Gefühl.

Quellenangaben:

S. 12/13 Los Angeles Times „Nigerian Cyber Scammers", Kommentar mit Basil Udotai

S. 13 U2 „a man and a woman, 2004, Islands Records

S. 85 I miss you, Beyonce, Sony Music, 2011

S. 103 You give me something, Jamiroquai, Sony Music

S. 161 Smile, Jamiroquai, Mercury Records, 2013

S. 169 Sorry, Madonna, Warner Bros, 2006

S. 173 Michael Jackson, Money, Sony Music, 1995

S. 184 With or without you, U2, Island Records, 1987

S. 234 For the love of Money, O'Jays, Sony Music, 1973

S. 248/249 I care, Beyonce, Sony Music, 2011

S. 278, A brand new me, Alicia Keys, Sony Music, 2012

S. 152 - S. 158, www.detektei-aplus.de/heiratsschwindel-im-internet.htm, www.dangersofinternetdating.com, www.spiegel.de, Artikel "Hirn aus, Geld her" vom 01. Juni, 2010, www.mdr.de, Artikel „Love-Scamming -Heiratsschwindel im Internetzeitalter, mirror.co.uk „would you be able to spot a scam"/"I fell in love with a man who never existed"/true love or a lying conman", www.dailymail.co.uk „Would you fall for this war hero on a dating website?", www.actionfraud.police.uk, www.telegraph.co.uk „British victim of romance fraud tells of ordeal", www.contra-romance-scam.de „Wie läuft das Romance-Scamming ab", www.kurier.at „Internet-Liebe entpuppt sich als Betrueger", www.suedkurier.de, www.abendblatt.de/wirtschaft „Wenn die grosse Liebe nur Betrug ist"